The Marquis And I

by Ella Quinn

放蕩侯爵と不本意な花嫁

エラ・クイン

高橋佳奈子・訳

ラズベリーブックス

孫娘のジョセフィーヌとヴィヴィアンに
あなたたちはわたしの人生の光

そして、作家と暮らすことに我慢してくれている
わたしのすばらしい夫に
愛してる、あなた

謝辞

出版にかかわる人なら誰でも知っていることだが、作者の頭に漠然と浮かんだものを印刷された書籍、もしくは電子書籍にするまでには、チームを組んでとり組まなければならない。ベータ・リーダー（出版まえの原稿を読んで意見を言ってくれる人たち）のジェンナ、ドリーン、マーガレットには、感想と提案をもらったことにお礼を言いたい。エージェントのデイドラ・ナイトとジャンナ・ボニコフスキーには、本書のいくつかの部分を考えるのに力を貸してくれたことと、シャーロットがあまりたやすく屈しないほうがいいとアドバイスくれたことに感謝する。きっとケニルワースはそれが気に食わなかっただろうが、まあ、それはそれ。

わたしのすばらしい編集者であるジョン・スコニャミリオに。わたしの本を愛し、ケンジントンへとつないでくれたことに感謝する。宣伝においてほんとうにすばらしい仕事をしてくれたケンジントン・チームのヴィーダ、ジェーン、ローレンにも。それから、わたしには見つけられなかった小さなまちがいをすべて見つけてくれた校正者のみなさんにも感謝する。

わたしにアイディアをくれたすてきなテッサ・デアにも謝意を表したい。最後に、もちろん少なくない感謝を読者のみなさんへ。あなた方がいなければ、本書もなんの価値もないものになる。わたしのお話を愛してくださったことに心からの感謝を！

読者のみなさんからのご意見もぜひお聞きしたいので、質問等あれば、わたしのウェブサイトかフェイスブックにご連絡ください。両方のリンクとわたしのニュースレターのリンクは www.ellaquinnauthor.com にアクセスしていただければわかります。

さて、次の本にとりかかろう！

エラ

放蕩侯爵と不本意な花嫁

主な登場人物

シャーロット・カーペンター……………………スタンウッド伯爵令嬢。

コンスタンティン（コン）・ケニルワース…………ケニルワース侯爵。

マシューズ（マット）・ヴァイヴァーズ…………ワーシントン伯爵。コンスタンティンの親友。

グレース・ヴァイヴァーズ…………ワーシントン伯爵夫人。シャーロットの姉。

ルイーザ・ロスウェル…………ロスウェル公爵夫人。シャーロットの親友。マットの妹。

ギディオン・ロスウェル…………ロスウェル公爵。ルイーザの夫。

ドロシア（ドッティ）・ブラッドフォード…………ブマートン侯爵夫人。シャーロットの親友。

ドミニク・ブラッドフォード…………マートン侯爵。

ジェーン・アディソン…………シャーロットの親戚。

ジェオフリー・ハリントン…………伯爵。マーカム侯爵の跡取り。

レディ・ベラムニー…………社交界の貴婦人。

ジェラルド・ヒースコート…………社交界の紳士。

ブラックストン卿…………社交界の紳士。

ラッフィントン卿…………社交界の紳士。

ジェミー…………使用人の少年。

ネル・クローヴァリー…………生地問屋の娘。

エリザベス・ベル（ミス・ベッツィ）…………元娼館の女主人。

1

イギリス、ロンドン、メイフェア、バークリー・スクエア
一八一五年五月

レディ・シャーロット・カーペンターの背筋をちくちくした恐怖が駆け降りた。喉元にすっぱいものが上がってくるのを抑える。手袋のなかで手はじっとりと湿っていた。

子供のころ、雷が怖かったときにも、ここまでの恐怖を感じたことはなかった。姉のグレースや友人のドッティがさらわれたときに感じたのもこういう恐怖だったにちがいない。シャーロットは身を震わせながら息を吸った。でも、ふたりとも生き延びた。わたしも生き延びてみせる。

荒っぽく馬車に押しこまれたときには、ドアの端で膝を打ち、床に倒れそうになった。幸い、持っていたバスケットがクッションになってくれ、倒れるまえに分厚い手につかまれて、前進方向を向いた座席に荒っぽくすわらされたのだった。

「面倒をかけさせるなよ。そうすりゃ、痛い思いはさせねえ」と、向い合う席にすわる悪党に言われた。

シャーロットは目を上げずにうなずいた。

姉グレースがさらわれた一件のあと、シャーロットの義理の兄で保護者にもなったワーシントン伯爵マシューズ――マット――が、自身の実の妹ルイーザと、結婚したばかりの妻と、シャーロットと、三つ年下の妹オーガスタに、自己防衛の方法と、こういうことが起こったときにどうしたらいいかを教えてくれた。

今できるのは、教えが役に立つと信じ、教えられたことをすべて思い出すことだけだった。動揺せずに、それに気持ちを集中させなくては。それでも、永遠とも思えるあいだ、頭は協力を拒んだ。シャーロットは目を閉じ、散り散りになった考えをまとめようとした。

学んだことがじょじょに頭に戻ってきた。まず教わったのは、こちらが言いなりになると悪者たちに思わせることだった。逃げ出そうとはしないだろうと連中に思わせるために。この状況では、それもさしてむずかしいことではなかった。彼らの言いなりであるのはたしかだったのだから。どちらの男もシャーロットよりずっとたくましく、逃げ出すのはむずかしいと思われた。

次に、男たちの手から逃げるのに役立つと思われるものを頭のなかで並べた。そうすることで気分がましになるはずだ。脚にひもでくくりつけた短剣。うまくそれを引き出すにはもっと練習が必要だったが。バスケットのなかには、特別にあつらえた拳銃も――弾丸をこめて――予備の銃弾と火薬とともにはいっている。ただ、不運にも、バスケットには子猫のコレットもはいっていた。しかし、猫にはシャーロットが作ってやったハーネスとひもがついている。バスケットを捨てる必要が生じたときには、その両方が役に立ってくれるだろう。

シャーロットは枝編みの取っ手を持つ両手に力を加えた。

そして三番目に考えなければならないのは逃げ出す方法だ。それは最初のふたつよりも少々むずかしいかもしれない。広場の向こうのワーシントン・ハウスより遠くに行くつもりがなかったので、お金を持っていなかった。乱暴者たちの手からどうにか逃れたとしても、先立つものがなければあまり遠くまでは逃げられない。逆に、馬車の操り方ならわかっているので、馬車を奪えれば、操縦することはできるかもしれなかった。

荒くなっていた呼吸が鎮まると、少し気持ちもおちつき出した。自分を拉致した乱暴者たちを無視しているかぎりは、だが。

マットの友人が、姉とシャーロットに鍵の開け方も教えてくれた。時間はかかるかもしれないが、いざとなれば、鍵を開けることはできるはずだ。

身に着けているのは上品な革の短靴と、綾織物の散歩用のドレスだった。田舎道を歩かなければならなくなっても持ちこたえてくれる実用的でしっかりしたものだ。

心臓が胸から飛び出してしまったかのようにすでに鼓動が止まった気がしていたそのとき、「そのバスケットのなかには何か食い物がはいってるのかい？」と向かいの席の男が訊いてきた。

ああ、どうしよう、コレット！　子猫に何をされるか知れたものではない。男たちにバスケットのなかを見られるわけにはいかない。「いいえ。ものをとりに行くことになっていたので」

男はすり切れたクッションに背を戻した。シャーロットは安堵の息をつきたくなる衝動と闘った。

彼女をさらった男たちは中流階級風にきちんとした装いをしていた。たとえ、話し方が中流には思えなくても。脚にぴったりしたズボンの代わりに膝丈のズボンを穿き、クラバットではなく、ネッカチーフを首に巻いていた。少なくとも、臭かったり、ひどく汚かったりはしなかった。胃がまだ結び目のようになっていたので、それはありがたかった。すぐにも吐き気がこみ上げてきそうだったのだから。

馬車がどちらの方角へ向かっているのかわかりさえすれば、逃げ出す計画を立てる役に立つのだけれど。

数分後、丘の上にある大きな邸宅に目を惹かれた。「あそこの建物は何？」

向かいの席にすわる男は日よけを下ろした。「なんであっても、あんたには関係ねえ」

「口を閉じていろ、ダン。その女とは話をしちゃならねえんだ」横にいるもうひとりの悪者はダンに対し、逆らうつもりなら逆らってみろというように顎をまえに突き出した。

「この女がどうするってんだ？　馬車から飛び降りて、助けてって逃げるってか？」ダンと呼ばれた男はあざけるように笑った。「おれたちふたりから逃げなくちゃならねえんだぜ。おれは誰にもなかを見られないように閉めただけだ」

シャーロットの頰が燃えるように赤くなった。隣の悪者にじっと顔を見られているようだったが、目を見返す勇気はなかった。

「命令に従わなきゃならねえ」隣にすわっている男が言った。「おまえのせいで失敗するわけにはいかねえんだ」

ダンは肩をすくめた。頬が燃えるような感覚はなくなった。

これまでどれほどのあいだ馬車に揺られていたかは見当もつかなかったが、じきに馬を替える必要があるはずだ。おそらく、そこで誰か助けてくれる人を見つけられるだろう。子猫がどうしているか気になったが、バスケットを気にしている様子を見せるわけにはいかなかった。きっとふたりの悪者はそれに気づき、拳銃と猫を見つけることだろう。

男たちはまた黙りこんだ。ダンのまぶたがゆっくりと閉じたが、もうひとりはそれほど気を緩めているとは思えなかった。いずれにしても、馬車から飛び降りるのは不可能だった。ようやく行き交う馬車や馬が減り、馬車はより速く、一定の速度で走っていた。

少しして、ダンの足が靴に押しつけられた。シャーロットは足を動かして隙間を作ったが、男の足はついてきた。

ふいにダンが声をあげた。シャーロットがひそかにそちらに目を向けると、彼は膝に身を折り曲げていた。もうひとりが蹴りを入れたにちがいない。「なんでだよ」

「この女にちょっかい出すな」シャーロットの隣の悪党がうなるように言った。「話すな。触るな」

シャーロットはある意味ほっとした。誰かが無傷の自分を欲しているのは明らかだ。ただ、そのせいでいったい誰が誘拐を計画したのかという疑問は募った。自分に敵などいないのはたしかだ。マットが油断なく目を光らせてくれているので、財産ねらいの人間は自分やルイーザの近くに寄ることも許されなかった。

シャーロットは気づかれないように身震いした。いいえ、そんなことを考えていても、逃げ出す役には立たない。気が散るだけだ。すでに感じている以上の恐怖に襲われることになる。

御者が警笛を鳴らし、馬車は速度を落としはじめた。道路料金所にさしかかったにちがいない。しかし、シャーロットが何をするか思いつくまえに、馬車はまた速度を上げ出した。ああ、まったく！　次はもっとすばやく動かなければ。少しして、馬車が速度を上げたり落としたりしているのに気づいた。料金所のせいではない。馬を替えなくてもいいように、御者が馬たちを休ませているのだ。

「おれは便所に行かなきゃならねえ」ダンがむっつりと言った。「女が行きたいと言わないのがびっくりだ。きっと怖くてもらしちまったにちげえねえな」自分の冗談にダンは笑った。

シャーロットの横の男は鼻を鳴らした。

そう、どこかで停まるなら、そのときに用を足しに行って助けを求めよう。そう考えると尿意がこらえきれないほど強くなった。「すぐに用を足さないといられないわ」

「バート、ここで停まればいい。女はおれがついていって見張ってる」ダンにいやらしい目で見られ、シャーロットの胃がひっくり返った。

「もうすぐ宿屋だ」とバートという男は言った。「ひとことでも話したり、誰かに助けを求めたりしたら、お嬢さん、縛り上げてさるぐつわを嚙ませるからな。わかったか？」

シャーロットはうなずいた。どんな形であれ、拘束されるのだけはご免だった。

数分後、馬車は停まった。

「馬の面倒を見ろ」とバートが怒鳴り、ダンがウサギのようにすばやく馬車から飛び降りた。宿の馬丁が現れて、踏み台を下ろした。馬丁はシャーロットが馬車から降りるのに手を貸したが、バートが彼女の肘をつかんで宿屋へと連れていった。

「お客さん」宿の亭主が急いで出てきて言った。「ご用はなんでしょう？」

「おれはスミスだ。部屋を予約してある」

「ああ、はい。たしかに予約をいただいております」宿の亭主はシャーロットにとがめるような目をくれた。「こちらです」

まったく。宿の亭主は、シャーロットの友人のドッティを監禁していた夫婦者が聞かされていたような作り話を聞かされているのだろう。結婚式の二日まえ、今はマートン侯爵夫人のドッティはマートンとの結婚を阻止しようと思う男に拉致されたのだった。彼女はリッチモンドのとある家に連れていかれ、そこで彼女の世話をした夫婦者は、彼女が駆け落ちしたと聞かされていたのだった。運よく、マットとマートンが彼女の居場所を知り、全速力でドッティを助けに向かった。マートンが到着したときには、ドッティはすでに逃げ出す方法を見つけていたのだった。

今日もマットがロンドンを離れていなければよかったのだけれど。しかし、マットは、それにドッティとマートンもロンドンを離れていた。自分が拉致されたのを目撃した人がいるかどうかもわからなかった。そうだとすれば、することはひとつだけ。どうにか自力で逃げ出す方法を見つけなければならない。


「侯爵様！　侯爵様！」ケニルワース侯爵のコンスタンティン——コン——は自分に向かって狂ったように手を振りながら駆けてくる黒い装いの男に目を向けた。

なんてことだ！　友人のワーシントン伯爵の執事のソートンではないか。いったいどうなっているのだ？

二人掛け四輪馬車《フェートン》を歩道に寄せ、コンは馬の足を緩めさせて止めた。

「侯爵様」執事は震える手で通りを走っていく黒い馬車を指さした。「あの馬車を追ってくださらなくてはなりません。レディ・シャーロットが連れていかれました」

「レディ・シャーロット？」ワーシントンの妻の名前はたしかグレースだった。

「レディ・ワーシントンの妹君です」

「ワーシントンはどこだ？」どこか近くにいてくれとコンは祈った。

「旦那様は奥様とごいっしょに数日街を離れていらっしゃいます」執事は心配そうに去っていく馬車にちらりと目をやった。「急いでください、侯爵様。お嬢様を救ってくださらなくては」

コンはまわりを見まわしたが、なぜか、広場には知っている顔がひとつもなかった。

くそっ。

今日の午後はこんな予定ではなかったのに。

「馬車をまわすあいだ、知っていることをすべて話してくれ」問題をすぐに解決できれば、すみやかに元々の用事に戻れるはずだ……愛人に会える。

「レディ・シャーロットは旦那様と奥様それぞれのごきょうだいが暮らしているスタンウッド・ハウスから広場を横切ってワーシントン・ハウスに向かっているところで、ふたりの悪党につかまったんです。ふたりはお嬢様をあの馬車に乗せて去りました」執事は手をもみしだいた。

「メイドや男の使用人といっしょじゃなかったのか？」ワーシントンが自分の庇護のもとにある人間についてそれほどに不注意であるとは想像できなかった。

「男の使用人が止めようとしたんですが、遅すぎました」執事はいまだにどうしてレディ・ワーシントンのことがあってからは――」口のまわりの皺が深くなる。「つまり、旦那様のご結婚のあと数週間は、もっと警戒していたんですが、子供たちがあまりに頻繁に行ったり来たりするもので、まさか……」執事はハンカチをとり出して額を拭いた。「レディ・シャーロットもほかのごきょうだいも、危険にさらされていると考える理由はなかったんです」

コンはワーシントンのふたつのタウンハウスをいったい何人の子供たちが占めているのか訊きたかったが、その質問はあとにとっておかなければならなかった。

「彼女が駆け落ちした可能性は？」悪い評判を呼ぶことではあったが、グレトナ・グリーンへ恋人たちが遁走するのはめずらしいことではなかった。しかし、その場合、ふつうは悪党どもがかかわることはない。

問題が簡単に解決するというコンの期待は、執事の顔が凍りついたようになったのを見て即座についえた。なんとも険しい表情だ。ワーシントンが執事を笑わせたいと思うのも不思議はない。

「まったくありません、侯爵様」執事の唇はほとんど動かなかった。「何にしても、お嬢様はご家族の名を汚すようなことはされません」執事は馬車が去った方向へ目を向けた。「急いでください、侯爵様。馬車が遠ざかってしまいます」

コンは歯噛みした。「できるだけ急いで馬を回れ右させているところだ」なんてことだ。つまり、ワーシントンやその家族に害をおよぼそうとしている人間がいるということか。ご婦人の評判を汚して結婚に持ちこもうとする試みである可能性もある。「ぼくが彼女の救出に向かったことをワーシントンに伝えてくれ」コンは思わず身をひるませそうになった。まったく。姉たちが好きな小説の登場人物が言いそうなことだ。「いや、それよりも、ぼくがどうにかすると伝えてくれ」

「かしこまりました。お伝えしておいたほうがいいと思うのですが、幼い使用人のジェミーがくだんの馬車の後ろに飛び乗っています」

幼いとはどのぐらい幼いのだ？　コンは胸の内でつぶやいた。しかし、そんなことはどうでもいい。その少年が役に立ってくれるといいのだが。立たなければ、無力なご婦人だけでなく、無力な少年も救わなければならなくなる。

なんともはや。

今日、貴族院は開かれていなかった。自分がこうして外をうろつく理由はなく、愛人であるエーメの家に留まっていてもよかったのだ。所領地での問題について手紙を受けとっていなければ——それも結局片づかないわけだ——エーメのところにいて、こうしてどこぞの若いご婦人を追いかけることもなかったはずだ。

コンは顔をしかめた。こんな厄介なはめにおちいるようなことを自分は何もしていないのに。領地や小作人の面倒を見て、貴族院で活動し、母やその他の家族に愛情を注いでいる。結婚しろと熱心に言ってくるのを受け流しているとはいえ。足に足枷をつけられるまでにはまだ山ほど時間はある。コンは思い通りの人生を送っていた。

これまでは。

心騒がせる感覚がアリのように首筋に這い上がった。やめてくれ。今は想像にふけるときではない。

その若いご婦人を救うのだ。ワーシントンに恩を着せることになり、すべてうまくおさまるはずだ。運がよければ、きれいなエーメとの夕食に間に合って戻れることだろう。そしてそのあとは劇場へ行く。無垢な女性にはまるで興味がなかった。そばに寄りたいとも思わなかった。それでも、友人の力になることを拒むわけにはいかない。

通りに目を向けると、馬車はまだ視界から消えていなかった。「すぐに連れ戻そう」コンは馬たちに出発の合図をした。幸い、馬たちは元気で、多少運動する準備はできていた。

数分後、コンは追っている馬車をつぶさに眺めることができた。さほど大きくはなく、おそらくは辻馬車に使われていたものだ。男の子には――馬車の後ろにしがみついている人影はどう見ても小さな子供だった――つかまり立ちできるだけの足場があった。つかまる取っ手もあったが、後ろの窓はなかった。馬車の持ち主は使用人の乗り心地を気遣いつつも、彼らの姿を見たくないと思い、彼らから見られたくもないと思っているようだ。それがコンには好都合だった。ご婦人の――くそっ、執事は、彼女の名前はなんだと言っていた？　レディ・シャーロット、そう、それだ――レディ・シャーロットを拉致した悪党どもが誰であれ、自分たちが追われているとわかったときには、逃げ出そうとしても手遅れだ。

馬車が馬を替えるか休憩のために停まったときに、ご婦人を奪いとれればなおいい。こういった場合には、ひそかに行動するほうが、身分を述べて騒ぎを起こすよりもずっといい。救出の過程で若いご婦人の評判を落とすようなことになったら、誰のためにもならない。

馬たちを抑え、コンは追っている馬車から距離を開けてほかの馬車にまぎれていたが、昼間の混雑した道で相手を見失う危険があるほどの距離は開けなかった。拳銃を持ってきているか、悪党どもが複数でなければ、まえにまわって馬車を停めようとしてもよかった。しかし、行き交う馬車も多く、命を賭けたいとも思わなかった。

コンは手綱を片手に持ち、懐中時計をとり出して蓋を開けた。ちくしょう。四時になろうとしている。外をうろつくなら、午前中にしろということだ。

それでも、運命が味方してくれるなら、若いご婦人をとり戻してから用事を済ませ、今晩劇場に行く時間の猶予はあるかもしれない。

一時間後、コンは夕食だけでなく、劇場もあきらめることにした。馬車はロンドン南部からサリー州にはいり、沿岸地域に向かっていた。いい兆候とはまったく言えない。

2

コンはワーシントンの妹を乗せた馬車のすぐあとから、ヘア・アンド・ハウンド亭の敷地に馬車を乗り入れた。フェートンから飛び降りると、馬車の背後へ歩み寄り、ほかの誰かに見られるまえにジェミーという少年をつかまえた。

「ちょっと！」少年は手から逃れようと身もだえした。「何するのさ」

少年は五、六歳以上ではあり得なかった。いったいどうしてこの子は大人の目の届かないところにいたのだ？

ジェミーが叫び出して要らぬ注意を惹くまえに、コンは身をかがめて少年に耳打ちした。

「ワーシントンの執事から頼まれて助けに来たんだ」

「レディ・シャーロットを助けに来たの？」と少年は訊いた。

コンはうなずいた。「ああ、そうだ。ぼくはケニルワース、おまえの主人の友人だ」

〝若い体には年寄りの魂が宿る〟とはよく言ったものだ。これほどに疑いの目で見られたのは、母の料理人からパイを丸ごとくすねたのをつかまって、それについて嘘を言ったとき以来だ。

しばらくしてジェミーの顔にコンの話を信じようという思いが浮かび、彼はうなずいた。

「どうやって助けるの？」

目を上げたコンは、大柄な荒っぽい男にご婦人が宿屋へと連れていかれるのを目にした。

「おまえにはぼくの馬丁のふりをしてもらいたい。いいかい？」

ジェミーは鋭い目を細めた。「それで、どうやってお嬢様をここから連れ出すんです？」

頭のまわる子だ。コンはまずこの子の安全を確保しようと考えたのだったが、ジェミーの安全を確保するまえに計画を立てなければならないようだ。「宿の馬丁を手伝ってぼくの馬の世話をしてくれ。同時に、厩舎にはいっていった黒髪の男をよく見張るんだ。そいつはおまえの女主人をさらった悪党のひとりだからな。おまえがそうするあいだ、ぼくはおまえが会ったなかで誰よりも横柄な貴族のふりをする。おまえは宿の使用人と仲良くなってくれればいい。なんでもいいから話をこしらえて、レディ・シャーロットがどの部屋にいるか、それと、ひとりでいるかどうかを調べるんだ」

ぴょんぴょんと飛び跳ねながら、ジェミーはにっこりし出した。そうすると、幼い子供の顔になった。「それで、ぼくらでお嬢様を助けるんだね？」

「それで、おまえはぼくが助けに来たと彼女に伝えるんだ」少年ががっかりした顔になると、コンは口答えはなしだというように片手を上げた。「おまえのことはワーシントン・ハウスに戻して、彼女の居場所と無事であることをほかの者たちに伝えてもらうつもりだ。でも、まずは、彼女を見つけて、ぼくがここに来ていることを伝えてもらわなければならない。ぼくはブラックストン卿という名前を使うことにしよう」そうすれば、あとで誰かがレディ・シャーロットを探そうとしても、まちがった人間を追うことになる。単純に宿へはいっていって彼女をとり戻せないのは残念だったが、レディ・シャーロットの評判がかかっているのはもちろん、そのまえに彼女を拉致した悪党どもと闘わなければならなかった。

宿屋は街道を外れた村にあったが、大きく外れているわけではなかった。コンには、彼自身とブラックストンを知っている人間が現れないようにと祈るしかなかった。再度宿屋に目を向ける。上流階級の人間が泊まる場所には見えなかったが、たしかなことは言えなかった。ジェミーはコンから命じられたことをよく考えてから同意した。まったく！ ワーシントンの使用人はみんな使用人らしく振る舞うことがないのか？

「やります」少年はきっぱりとうなずいた。

「よし」じっさい、今の状況で少年に選択肢があるわけではなかった。「おまえがロンドンに戻るための馬を雇ってやろう」

少年は眉を下げてゆっくりと首を前後に揺らした。「それはできません」

「できないとはどういうことだ？」コンは眉を上げ、見る者に恐怖を呼び起こすようなまなざしを少年にくれた。「もちろんできるさ」

「したくないんじゃなくて、できないんです。まだ馬の乗り方を知らないので」

ああ、まったく。コンは手で顔をぬぐった。「ここを駅馬車が通るか調べるんだ。郵便馬車でもいい」

ジェミーの顔に笑みが浮かんだ。「駅馬車に乗るのは初めてだ」

「たのしい旅になるといいな」それに、あまり問題を起こさないでくれ。「急ぐんだ。この馬たちはこすってやっておちつかせなければならない。ほかの馬車の馬の手入れが終わるまで待てないぞ」コンはその場を離れようとして振り返った。「馬の手入れの仕方はわかるんだろう？」

「馬の手入れはほんとうに上手なんです。乗馬はまだちょっと下手だけど」

ワーシントンが馬に乗れない馬丁を雇っている理由はコンの理解を超えていた。子供を雇っている理由もわからなかったが。

コンは宿の人間が出てくるのを待つあいだ、片眼鏡で宿屋の建物を観察した。少なくとも二百年は経っている建物だ。古い建物の多くがそうであるように、窓はあまり大きくない。小柄な人間なら窓から這い出ることもできるだろうが、這い出たとしてもそこまでだ。宿屋の外壁には足がかりとなる格子も蔦もなかった。

宿の馬丁が出てきて、ジェミーとことばを交わしてから、馬を厩舎に連れていった。コンの目の端でジェミーが建物の裏手へ駆けていくのが見えた。レディ・シャーロットの居場所もさほどかからずにわかるだろう。

少しして、何かを探すようにあたりを見まわしてから、コンは足を速めて宿屋へはいり、大声で言った。「主人はいるか。すぐに主人を出せ」より高く、不機嫌な声で彼は続けた。「ぼくを誰だと思っているんだ？」

二十代ぐらいの男が腰に巻いたエプロンを外しながら走り出てきた。「父はすぐに戻ります。何か御用ですか、お客様？」

コンは片眼鏡をその男に向けた。「お客様ではなく、閣下だ。ぼくはブラックストン卿。従者が一時間以上まえに到着しているはずなんだが、うちの旅行用の馬車が見えない。ぼくが使う部屋と個人用の応接間を予約するようにと命じておいたんだが。従者や馬丁や使用人の部屋も」

「え――いいえ、閣下。予約のお客様は――先ほど到着したばかりのご一行だけで」

つまり、宿の亭主も使用人もレディ・シャーロットについては口に出さないほうがいいとわかっているわけだ。おもしろい。彼らも誘拐にかかわっているのか？

コンは胸をふくらませて怒った声を出した。「部屋はないというのか？」

宿の亭主がやってきて、若い男を脇に押しやった。「閣下」亭主は深々とお辞儀をした。「大きなお部屋と個人用の応接間をご用意できます」

コンは怒りに逆立てた毛を宿の亭主が数分かけておさめようとするのにまかせてから、宿の提供を受け入れた。「しかし、ぼくの従者がここにいないという事実は変わらない。馬丁をロンドンに送り返さなければならない。郵便馬車はここを通るのか？」

「ええ、通ります、閣下」宿の亭主はまたお辞儀をした。「二時間ほどでこちらに参るはずです」

それから、ふつうならば気にもかけないようなことをあれこれ指図して亭主をそこに留め、ジェミーがレディ・シャーロットと話をするのに充分な時間が過ぎたころに、コンは決して満足することのない人間の声で言った。「それでいい。今のところは。ここで充分待った。

部屋に案内してもらいたい」

宿の亭主は再度お辞儀をした。「こちらへどうぞ、閣下」

コンは亭主のあとに従った。ジェミーがレディ・シャーロットを見つけるのに充分な時間を作れたならいいのだが。すぐにロンドンへの帰途につきたかった。


シャーロットは洗面用の湯を与えられ、夕食はすぐに運ばれると言われた。しかし、湯を持ってきて、夕食の内容を教えてくれたメイドと会話を交わそうとすると、若い女の唇はきつく閉じられた。

シャーロットはため息をついた。「きっと必要以上にわたしと話をするなと言われているのね」

メイドはうなずいた。彼女に助けを求めても仕方ないのは明らかだ。

まったく。少なくとも、この宿屋について多少詳しいことがわかればいいと思ったのに。ロンドンからどのぐらいのところにある宿屋なのか。逃げるのに協力してくれる人間ができればなおよかったが。

メイドが去ると、シャーロットは開いた窓から外へ目を向けた。窓から這い出ることはできるかもしれないが、壁を降りる方法はないようだった。それだけでなく、部屋は通りに面しており、誰に姿を見られるか知れなかった。

自分をさらったふたりの男がどこにいるかさえわかれば、つかまらないときをねらって扉の鍵を開け、階下《した》へひそかに降りられるのに。逃げようとしたときに男たちと鉢合わせしたら最悪だ。縛り上げてやるという脅しは単なる脅しではないだろう。

この村にも助けてくれる人はいるはずだ。

シャーロットはまた窓の外に目をやった。さほど遠くないところに教会の尖塔がある。もしかして司祭がいる？　きっと聖職者なら助けてくれるばかりか、このことを内密にしてくれるだろう。こうしてさらわれたことは、誰にも、犬にさえも知られたくはないのだから。自分はまったく悪くなくても、何があったか知られたら、評判に瑕《きず》がついてしまう。

とはいえ、ほかの誰かを危険にさらしたくもなかった。それに、誰が誘拐を計画したのかという問題もある。

バスケットをひっかく音がした。

まずは、コレットの世話をしなければ。

シャーロットがバスケットの蓋を開けると、子猫が飛び出してきた。

かわいそうな小さな猫を抱き上げ、顎を撫でてやると、コレットは喉を鳴らし出した。

「わかってるわ、コレット。今日はいい日じゃなかったわね」衝立の陰へ行くと、用足しの壺があったが、蓋がなかった。ようやく、蓋が隅にあるのが見つかった。「新しいことに挑戦しなきゃならないわね」自宅では、ルイーザとともに猫たちには用足しの壺の上に置いた板の上で用を足すように教えていた。これだとあまりきれいにはいかないだろうが、少なくとも、蓋には革の継ぎ目があったので、半分に折ることができ、猫が体勢を保つことができそうだった。「ほうら」

ありがたいことに、コレットは用を足せることがうれしかったのか、飼い主が思っていたよりもずっと旅行に向いているのか、まったく不満をもらすことなく用を足した。

猫を用足しの壺から下ろしたところで、誰かが扉をひっかく音がした。ああ、こんなにすぐにメイドが戻ってくるはずはない。コレットのことは隠さなければ。

猫を抱き上げたところで、子供っぽい声が扉の向こうから聞こえてきた。「お嬢様、ジェミーです」

ジェミーですって？　つまり、ほかの使用人もいっしょに来ているということ？　わたしは助け出されるの？

シャーロットは扉のところへ急いだ。「ジェミー、ここで何をしているの？」

「お嬢様がぼくを助けてくれたときのことを思い出して、あの男たちを見かけたときに、お嬢様を救い出せるよう、馬車の後ろに飛び乗ったんです」

ジェミーのことは、かつて幼い子供たちに掏《す》りなどの技を教えこんでいた犯罪組織のひとつから救い出したのだった。

感謝の涙がシャーロットの目を刺した。「男の使用人や馬丁の誰かがいっしょなの？」

「ううん、お嬢様。ぼくだけです。ほかは誰もそれほどすばしこくなくて」そのことばは多少自慢するように発せられた。

「わかったわ」ジェミーはシャーロットの幼い弟や妹たちといっしょに教育を受けており、

すばらしい進歩を遂げていた。ジェミーは外にひとりでいて大丈夫なのかと心配になったが、今は、声を聞けただけでありがたかった。ジェミーともども無事に家に帰り着く方法を考えなければ。「ジェミー、あの連中につかまっちゃだめよ」

「つかまらないよ、お嬢様。ぼくがここへ来る――来たのは、旦那様のお友達がこの宿にいると伝えるためなんだ。自分の馬車でお嬢様を救いに来てるんです。ぼくがお嬢様を見つける時間を作るために、宿の亭主にはブラックストン卿と名乗って、おうへ――おうなんとかに振舞うって言ってた。それで、ぼくを駅馬車でロンドンに送り返すって」ジェミーのささやき声が熱を帯びた。「それってすごい冒険じゃない？」

「ええ、そうね」シャーロットは扉に頭を寄せた。心から不安がかき消される。

ありがたいことに、誰かが追ってきてくれていた。笑いの発作を起こしそうになる。

そして運がいいことに、それは本物のブラックストン卿ではない。ブラックストン卿はロンドンで誰よりも噂好きの貴族だった。ここへ来ているのが彼だったら、ロンドンへ戻って一時間もしないうちに、上流社会全体がシャーロットの災難を知り、評判には瑕がついてしまうことだろう。

それでも、ブラックストン卿のふりをするという考えはすばらしく、ジェミーも無事に戻れる。「その紳士はどんな計画を立てているの？」

「よくはわかりません――」ちょうどそのとき、貴族らしき声が比較的静かな宿屋に響き渡った。「あれだ、たぶん。騒ぎを起こすって言ってたから」

家に戻ったら、ジェミーの言葉遣いをもっと直さなければ。

「わたしのところへ来てくれてありがとう。その方に、わたしは自力で部屋を抜け出すつもりでいるので、輸送手段を整えて待っていてくださると助かるって伝えて……」シャーロットは顔をしかめた。いつになったら宿屋が静まり返り、自分を拉致した男たちが眠りにつくか、知りようはなかった。「まあ、いつになったら安全か、その方にはわかるはず」

「誰か来る。行かなくちゃ」

少しして、扉をノックする大きな音がした。

「あのメイドに痛い思いをさせたくないなら、そいで、あんた自身が縛り上げられてさるぐつわをされたくないなら、もう話しかけようとするな」バートが廊下からうなるように言った。

ああ、もう。メイドが宿屋の主人に告げ口したにちがいない。自分のせいでメイドが痛い思いをさせられるのは嫌だった。「もう二度としないと約束するわ」

「そのほうがいいな」

シャーロットは扉に背中をつけて、むき出しの木の床を遠ざかっていく男の足音に耳をそばだてた。

貴族の大声も聞こえなくなっていた。

その紳士がジェミーをロンドンに送り返してくれるのはありがたかった。自分もいっしょに戻れたら、なお喜ばしいのだが。ジェミーは紳士が馬車を持っていると言っていた。運に恵まれたら、朝になるまえに家に戻れるかもしれない。それまでに戻らなければどうなるかは考えたくもなかった。駅馬車のほうがずっと問題は少ないかもしれない。

今はワーシントン伯爵夫人となっている姉と義理の兄は数日ロンドンを離れており、現在自分に求愛してくれている唯一の男性ハリントン卿は父親のところへ行っているため、シャーロットはわざわざ親戚のジェーンに付き添いを頼むよりはと約束をすべてとり消していた。ゆえに、自分がロンドンにいないことに誰も気づかない可能性はあった。誰かが気づいたとしたら――シャーロットは顔をしかめた――そうなったら、そうなったときのこと。きっと、家族とのあいだで、何かもっともらしい話を作ることもできるだろう。

少しして、馬たちが足を踏みならす音や御者が乗客に呼びかける声が聞こえてきて、駅馬車が着いたことがシャーロットにもわかった。駅馬車が出発したときには、そこにジェミーが乗っていますようにと祈らずにいられなかった。

小さなベッドに身を横たえ、シャーロットはそばに猫を引き寄せた。そうすることで、夜じゅう馬車に揺られるまえにできるだけ休息をとることができるはずだ。夕食まえに昼寝を決めこむというわけ。

眠りは浅いほうではなかったが、誰かが扉をノックしたり、名前を呼んできたりすれば、すぐさま目が覚めるはずだ。それは大家族の上から二番目に生まれたことも関係あるだろう。

眠りに落ちるまえに廊下に鋭い足音が響き、すぐそばの扉が開いた。「こちらへどうぞ、閣下。洗面用の湯は用意してあります。お夕食は三十分以内にご用意いたします」

紳士が答えるまえに束の間沈黙が流れた。「ここが最高の部屋というのは絶対にたしかか？」

シャーロットは忍び笑いを押し殺した。ブラックストン卿の真似をしているのが誰であれ、よく彼を知っている人にちがいない。

「申し訳ありませんが、ここがわたくしどもではもっともよいお部屋でして」

大きなため息がそれに応えた。「この部屋から想像されるよりはましな料理を出してくれるといいんだが」

シャーロットはあわてて両手で口をふさぎ、吹き出しそうになるのをこらえた。誰かが食べ物に唾を入れなかったなら、この紳士は運がいいと言えるだろう。

料理と聞いておなかがぐうぐうと鳴り出した。幸い、扉をノックする音がして、メイドが夕食を持ってはいってきた。うれしいことに、夕食は量が充分あるだけでなく、味もよかった。シャーロットはスープと野菜を食べ、肉と魚とチーズはコレットと分け合った。

シャーロットと子猫がおなか一杯になると、ロンドンまでの旅に備えて残りのパンとチーズと肉を包んだ。

窓の外へ目をやると、何人かの男たちが通りを宿屋のほうへ歩いてきた。宿屋とその使用人たちが寝床にはいるまでには、まだかなり時間がかかるかもしれなかった。

3

一時間後、メイドがバートという男とともにシャーロットの部屋へ皿を下げに来た。メイドが静かにテーブルを片付けているあいだ、バートはシャーロットににらみをきかせていた。「あとでメイドが戻ってきて、着替えを手伝う」そう言ってシャーロットに大きな綿のドレスを突き出した。「洗濯女が寝巻の予備を貸してくれた」

「ありがとう」シャーロットはうめきたくなった。運に恵まれて、このドレスを手助けなしにまた着ることにならずに済みますように。着替えを強制されたら、寝巻姿で逃げなければならないかもしれない。それは困る。「お礼を言っておいて」

「あんたが賢ければ、会いたいとも思わないような洒落者がここに来ている」とバートは言った。「助けを求めようなんて思わねえこったな。そいつに害をおよぼしたくなければ」

「警告してくれて助かるわ」シャーロットは慎み深く目を伏せたままでいた。この悪党に彼と仲間を怖がっていると思わせるためだった。

バートはメイドのために扉を開けてやり、外に出て扉を閉めると鍵をかけた。ふたりが階段を降りていく足音が聞こえるやいなや、シャーロットは髪からピンをふたつ外した。

眠るのはあとにしなければ。今は扉の鍵を外す技を実践するときだ。

扉のそばに椅子を引っ張ってくると、シャーロットはそこにすわってピンを鍵穴に差しこんだ。十五分後、首がじっとりと汗ばみ、玉の汗が顔を伝った。目に湿った巻き毛が落ち、それを吹いてのけようとした。

鍵が外れる音が聞こえるかと思うたびに、ピンはすべった。「もう」シャーロットは立ち上がって伸びをした。「こんなんじゃ、絶対に開けられないわ」

「レディ・シャーロット？」扉の向こうから男性のささやき声がした。

ありがたい！　その洗練された声からして、ジェミーが話していた紳士にちがいない。宿屋の人間と彼女を拉致した男たちのほかは、シャーロットがそこにいることは誰も知らないはずだった。「はい？」

「きみの馬丁が郵便馬車でロンドンへ向かったことを知らせたくてね。彼には辻馬車でメイフェアまで行くように指示し、必要な金を渡しておいた」ブラックストン卿の真似をしていない今、その紳士の声は深く、音楽的にすら聞こえた。いったい誰なの？　会ったことのない人物であるのはほぼまちがいなかった。この声を聞いたことがあったら、覚えているはずだ。

「ありがとうございます」シャーロットは顔からまた湿った巻き毛を払った。「あの子がつかまって傷つけられたらと、とても心配していたので。わたしをさらった悪人たちは危険な連中です」

「きみは痛い思いをさせられなかったかい？」これまでにはなかった緊迫した響きが声に加わった。

「手首に多少すり傷がありますけど、それだけです。鍵を外そうとしていたんですけど、外れなくて。どうやったらこの部屋からわたしが出られるか、何かお考えはありますか？」この会話を誰にも聞かれていませんようにと彼女は祈った。この紳士がつかまって危害を加えられることにはなってほしくなかった。彼が拳銃を持っていたとしても、悪党たちとのあいだで一発ずつ撃ち合うだけのことにしかならない。

「いや」紳士はにべもなく答えた。「残念ながら」シャーロットは両手に顔をうずめた。この扉の開け方がどちらにもわからないとしたら、どうやって逃げ出したらいいのだろう？

「悪党どもの数はひとり減らしたけどね」その声はこれまでよりも多少きっぱりしていた。

「黒髪の男は立てないほどに酔っぱらっている」

それはいい知らせだった。「すばらしいわ。もうひとりはどうなんです？」

「そいつは階下《した》にはいない。その男はメイドといっしょに必ず来るのかい？」

「いいえ」そう考えてみれば、少し妙だった。「メイドがわたしの夕食の片付けに来たときに一度来ただけです。そのまえに、メイドと話をしようとしたら、彼女に痛い思いをさせると警告しに来ましたけど、そのときは扉越しでした」

紳士は咳払いするような音を立てた。「あの若いメイドが痛めつけられることはないと思うな。ここの使用人たちはほとんどが主人の身内だと思う。おそらく、主人が悪党どもを手助けしているんだろう」そうだとしたら、余計に声をひそめなければならない。「メイドは今晩また来ることになっているのかい？」

「ええ。実を言えば、もうすぐ来るはずです」シャーロットは背筋を伸ばした。メイドに害をおよぼしたくはないが、逃げなければならないのはたしかだった。

「心配要らない。ぼくが何か考えるから」紳士は自信に満ちた声で言った。そのすぐあとで、廊下の向こうの扉が開いて閉じた。

しかし、紳士がまた自分の部屋にはいったときに、すぐさまシャーロットにある考えが浮かんだ。シャーロットはバスケットを開けて拳銃をとり出し、すべてが整っているのをたしかめた。それからまた丸くなった猫とともにベッドに横になって待った。

コンは考えこみながら、レディ・シャーロットが閉じこめられている部屋の扉を見つめ、いったいどうしたら彼女をそこから脱出させられるか考えた。シーツを細く裂いてつなぎ合わせ、何かに固定して、それを伝って窓から降りるように言おうと思っていたが、おそらく、彼女はこれまで階段以外のものを降りたことはないだろう。悪党の部屋が彼女と同じ側にあったら、それを見られてしまう危険もあった。

幸い、彼女は予想していたのとはちがうタイプの若い女性だった。声もデビューしたてのご婦人のものではなかった。十七か十八ぐらいの女性の声よりももっと成熟した声だった。ワーシントンが彼女にとって初めてのシーズンだと言っていたのを覚えているので、それよりも年が行っているはずはないのだが。

少なくとも、とり乱したり、気を失いかけたりはしていないようだった。鍵を開けようとしていると聞いたときには笑いそうになった。それほどに創意工夫に富み、賢明な女性とは思いもしなかったからだ。

ヴァイヴァーズ家に特有の黒髪でワーシントンのような青い目だろうかと想像をめぐらす。そんなことはどうでもいいことだったが。コンは妻を探しているわけではない。愛人のエーメとはすばらしい関係を保っている。彼女のことは気に入っており、友人ともみなしていた。ときおりエーメが自分に恋愛感情を抱いているのではないかと思うこともあったが、立場をわきまえている彼女は、これまでの愛人たちとはちがって何があっても騒ぎ立てるようなことはしないはずだ。

ただ、それが女性と付き合う上での問題であるのはたしかだ。女たちはあまりに簡単に恋に落ちる。だからこそ、未亡人や既婚婦人に手を出すのはやめたのだった。レディ・シャーロットも、助けに来た相手と恋に落ちたなどと思いこまないだけの良識を持ち合わせているといいのだが。

今夜劇場に連れていけなかったことについても、エーメならそれほど気を悪くしないでくれるはずだ。その埋め合わせに彼女に装身具を買うのを忘れないようにしなければ。

もうひとりの悪人にちがいない重いブーツの足音が廊下を近づいてきて、レディ・シャーロットの部屋のまえで止まった。コンの注意は目下の問題へと引き戻された。どうやって彼女を部屋から脱出させよう。

残った悪党ひとりなら力で負かすことができるかもしれないが、宿の亭主が悪党たちと手を結んでいるとしたら、自分のほうが打ちのめされて閉じこめられるかもしれない。レディ・シャーロットが悪党たちといっしょにいるのを見つかって騒ぎになるのは言うまでもなく。

鍵が置いてある場所はよく見ておいたのだが、彼女の部屋の鍵がそこにあるとは思えなかった。女性を部屋に閉じこめて鍵を簡単に見つかる場所に置くとしたら、あまりにずさんなやり方だ。

レディ・シャーロットの部屋からはなんの音も聞こえてこなかったが、まもなく男が廊下を自分の部屋へと向かう足音が聞こえた。この悪党が相棒と同じぐらいジンを好まないのは残念だ。

コンはひとり笑みを浮かべた。黒髪の男に泥酔するに充分な金を与えるにあたって、ジェミーがすばらしい仕事をしてくれたのだった。

レディ・シャーロットとすばやく逃げられるよう、馬をフェートンにつないでおく必要もある。厩舎で眠っている人間を起こすことなく、自分自身で音を立てずにそれをしなければならないかもしれない。

コンは手で顔をこすった。ああ、なんてことに巻きこまれてしまったのだ？

彼女が駆け落ちしたのだったら、もっと事はずっと単純だっただろうに。すぐにもロンドンに戻れたはずだ。誰が誰と駆け落ちしようが、コンにとってはどうでもいいことだった。

しかし、これは駆け落ちでも、結婚目的の拉致でもない。問題は今度のことが世間にはどう見えるか知れないということだった。

唯一たしかなのは、レディ・シャーロットを救出し、誘拐の話が世間に知られて彼女の評判に瑕がつくまえに、家族のもとに戻さなければならないということだ。

しかし、まずは、彼女をあの忌々しい部屋から脱出させなければならない。


「お嬢様？」シャーロットの目がはっと開いた。

眠りに落ちた覚えはなかったが、落ちたにちがいなかった。つけておいた一本の蠟燭の明かり以外、部屋は真っ暗だった。宿屋は静まり返っている。「どうぞ」

鍵が外れ、メイドが部屋にはいってきた。「着替えのお手伝いに来ました」

「ありがとう」シャーロットは目をこすり、温かい笑みを浮かべた。「手を借りないとドレスを脱ぐのは絶対に無理なの」そこでことばを止め、悲しそうな顔を作った。「パンとチーズを持ってきてもらうのはだめよね？　夕食はすばらしかったけど、まだとってもおなかが空いていて。空腹だと眠れないのよ」

「そうでしょうね」メイドは渋々言った。「うちの母に訊いてみます」

メイドが去って少ししてから、先ほどの紳士が扉のところへ来てささやいた。「レディ・シャーロット、いい考えがある」

「わたしもです」シャーロットは彼が計画に耳を貸してくれるかどうかたしかめるために間を置いた。紳士のなかには――ふと心に浮かんだのは求愛してくれているハリントン卿だったが——耳を貸さない人もいる。

「レディ・ファーストだ」その声は太く表情豊かだったため、手の動きが見える気がするほどだった。なんてすてきな人。

「拳銃を持っているんです。わたしがメイドに拳銃を向けているあいだにあなたが彼女を縛り上げるの。さるぐつわもしなければならないわ」

「ぼくが考えたことよりもずっとうまくいきそうだ」彼が動く気配があった。「たぶん、メイドが戻ってきた」

シャーロットはベッド脇のテーブルから拳銃を手にとり、コレットをバスケットに戻した。

「ここにいて、コレット。すぐに出発するので、あなたを探してベッドの下にもぐりこむ暇はないの」

ドアが開いたときには、武器はスカートの襞のあいだに隠しておいた。「母は寝ていたので、これだけ持ってきました。あなたの旦那さんとミス・ベッツィもあなたを飢えさせたくはないでしょうから」

シャーロットは礼を言おうとしたが、そこでメイドのことばにはっとした。口のなかがからからになる。夫？　全身に恐怖が広がる。今度のことは想像していたよりもずっと深刻な事態なのだ。

シャーロットは膝が崩れないように空いている手で椅子をつかみ、かすれたささやき声を発した。「ミス・ベッツィ？」

「あなたの旦那様があなたを見つけるのに彼女を雇ったんです」メイドはそう言いながら、パンとチーズと果物をテーブルに並べた。「うちの両親は妻が逃げるのには反対なので、彼女に協力しているんです」

シャーロットは唾を呑みこもうとしたが、喉が詰まったようになっていて呑みこめなかった。「その女性――彼女は……逃げた妻を連れ戻すだけなの？」

「今は誰も聞いていないから言えますが」メイドはナイフとフォークを並べながら言った。「子供が迷子になったり、若い女性が逃げ出したりすることもあって。彼女はそういう人たちを家に連れ戻してくれるんです」

家へですって。

手が震え出し、シャーロットは拳銃をつかむ手に力を加えた。娼館へというほうがあたっている。

ここを逃げ出して、家族とドッティに報告しなくては。海外に駐在する軍人の妻を麻薬漬けにして娼婦として働かせていたミス・ベッツィが、より幅広い犠牲者を出していると。

シャーロットは顔に笑みを貼りつけた。メイドがおしゃべりする気分でいるあいだに、できるかぎり情報を入手したほうがいい。「彼女はこういう仕事をいつからやっているの？」

「わかりません。わたしたちがお手伝いするようになって二カ月ぐらいだと思います。あなたで四番目か五番目です」

シャーロットは胸の内で誓った。どうにかして、あの女性が拉致した女性や子供を助け出す方法を見つけてみせる。「そういう人がここからどこへ連れていかれるかご存じ？」

メイドは目をみはった。「ご家族のところです。ほかにどこへ連れていくんです？」

もちろんほかのところへ連れていかれるのだ。でも、今は言い争っている場合ではない。家に戻ったら、かつての娼館の主人の悪だくみを阻止すべく努めよう。

シャーロットが椅子にかけておいた大きな綿の寝巻をメイドがベッドの上に置くと、シャーロットはメイドに銃口を向けた。「ほんとうにごめんなさい。でも、その椅子にすわってと頼まなければならないわ」メイドは口をぽかんと開けた。「叫んだりしないで。撃たなきゃならなかったら、撃つから」

自分がメイドを殺せるとは思わなかったが、脅しはかけなければならなかった。

メイドは喉を動かし、何度かうなずいてから椅子に腰を下ろした。

「よし、ちょうど間に合ったな」扉越しに話をした紳士が部屋にはいってきた。外套を身に着け、帽子を目深にかぶっているせいで顔は影になっている。

部屋にともっている蠟燭が一本だけでなくても、顔をよく見るのはむずかしかっただろう。シャーロットにわかったのは、その紳士が長身で、義理の兄と同じぐらい肩幅が広いということだった。そして角ばった顎にはくぼみがある。目は何色だろうとシャーロットは思わずにいられなかった。想像どおり、ハンサムな人なのだろうか。

胸の奥で鼓動が高まった。まったく、なんであれ、男性に反応している場合ではないのに。

紳士はすばやくメイドの手と足を縛った。「ひとつ提案していいかな？」

シャーロットは目をぱちくりさせ、目下の問題に注意を引き戻した。「もちろん」

紳士の口の端が持ち上がった。「この椅子だと大きな音を立てられる。ベッドに縛りつけたほうがいい」

「わかったわ」シャーロットはメイドを小さなベッドに移して縛りつけるのに手を貸した。それが終わると、ボンネットをかぶってリボンを結び、ナプキンに包んだ食べ物を集めてバスケットのなかに入れた。

「ほんとうにごめんなさい」とメイドに謝る。「でも、ミス・ベッツィが連れていくところへは行きたくないの。あなたが思っていることとはちがって、彼女はいい人じゃないから」シャーロットはメイドの口にさるぐつわをした。「これについても謝るわ」

紳士はシャーロットに鋭い目をくれたが、何も言わなかった。シャーロットは鍵を見つけ、廊下に出て扉に鍵をかけた。「馬車の準備はできているんですか？」

「ああ。それで少し遅くなった。厩舎へ行って自分で馬の準備をしたからね」紳士は腕を差し出してささやいた。「レディ・シャーロット？」

シャーロットは彼の腕に手を置き、ふたりは音もなく正面の石段を降りて前庭へ行った。毛並みのいい鹿毛が二頭、とても洒落たフェートンにつながれていた。

「きれいな馬ね」シャーロットはできるだけ声をひそめて言った。同時に、鼓動が激しくなり、胸から飛び出てしまうのではないかと思った。こんな調子では、二十歳になるまえに卒中を起こしてしまう。

「さあ、急がなければ。夜が明けるまで数時間しかない。夜明けまえにきみをご自宅に戻したい」

「今何時ですの?」寝室を出るまえにわざわざ時計を見ることはしなかったのだった。今は月明かりのもとでも、暗すぎて文字盤は見えなかった。それでも、午前零時を過ぎていることはあり得ない。

「二時になろうとしている」ああ、なんてこと。思ったよりも長く眠ってしまったにちがいない。「どうしてメイドはこんなに遅くわたしのところへ来たのかしら?」

「酒場のほうで働いていた。最後の客が帰ったのが三十分まえだった」

「ああ、それでですね」メイドとその両親は、ミス・ベッツィが拉致した人々をほんとうはどうしているか知ったらどう思うだろう。おそらく、知っていることをすべてメイドに話してやるべきだったのだろうが、宿の亭主がミス・ベッツィを責めたとしても、彼女は単に拉致した人を連れていく場所を変えるだけだろう。家に帰ったらすぐにドッティに手紙を書かなくては。

馬車に乗ると、紳士は小さく舌を鳴らし、二頭の鹿毛は歩き出した。それからの数分、宿屋の誰かにいなくなったのを気づかれ、あとを追われるのではないかと不安でシャーロットの肌には鳥肌が立った。もっと速く馬車を走らせてくれればいいのにと思ったが、逃げるためにはできるだけ音を立てないようにするほうがいいとはわかっていた。

ようやく紳士は馬たちにだくを踏ませた。シャーロットは少しだけ気を緩めた。

どちらもことばは発しなかった。シャーロットが思うに、話すことがないわけではなく、夜には音がより遠くまで伝わるからだった。シャーロットは、メイドが姿を消したのにどのぐらいで気づかれるだろうと考え、日が昇るまで気づかれませんようにと祈った。

それでも、その問題を心から払いのけるつもりもなかった。あのメイドは午前二時まで働いたあとでどのぐらい眠らせてもらっているのだろう？　使用人は休息を充分とるべきだと姉はよく言っており、シャーロットも遅くなるときには、おつきのメイドのメイに仮眠をとらせるようにしていた。宿の亭主夫婦はそれほどやさしいとは思えなかった。たとえ相手が実の娘であっても。

シャーロットと彼女の救い主は広々とした平原を通っており、地平線が明るみ出したのが見えた。太陽が昇るまであとどのぐらいだろう？

目のまえに続く道は白っぽかった。シャーロットはひとりつぶやいた。「明るすぎるわ」

「月がまだ沈んでいないんだ」

シャーロットははっとした。ひとりごとはやめにしなければ。とくにひとりでないときには。そうでなければ、相手が答えることに心の準備をしておかなければならない。

シャーロットは空に目をやった。月がまだ出ていると言われたばかりなのに、そうするのは奇妙なことだった。でも、誰でもそういうことをしてしまうものでは？　相手のことばを信じないからではなく、単に自然な反応なのだ。「そのようね」紳士が白い歯を見せてほほ笑むのもわかった。「こんな時間に起きていたことは一度もないわ。夜明けまであと何時間かおわかりになります?」

「少なくともあと二時間以上はあるはずだ」

運に恵まれれば、人さらいたちが追いかけてこようとしてもつかまらないだけ遠くに行けるはずだ。

「ほら」紳士が金属のものを手渡してよこした。「ぼくが合図したら、小さいほうの端に息を吹きこむんだ」

シャーロットは手渡されたものをひっくり返した。片方が広く口が開いていて、もう一方は細くなって小さな穴が開いている。「これは?」

「吹いてみればわかるさ。今だ」

4

大きく息を吸うと、レディ・シャーロットは小さな穴のほうに息を吹きこんだ。「うちの御者が使っているものだわ」そうとわかって驚いたといった声だ。「これまで見たこともなかったなんて」

「警笛ってやつさ」と彼は言った。

「ええ、知ってるわ」彼女は再度警笛をしげしげと眺めた。「何でできているんです？」

「錫《すず》がほとんどだ」

コンは馬の脚を緩め、料金所で膝丈のズボンに寝巻と寝帽姿の通行門の料金徴収人が小さな家から出てくるのを待った。それから徴収人に硬貨を放り、馬をまた歩かせた。

「通行料金がいくらかどうやってわかったんです？」とレディ・シャーロットが訊いた。

「料金表がある」と彼は説明した。「ロンドンの外へ旅することが頻繁にあれば、覚えるものさ」

「わたしはあまり旅をしたことがないので。田舎の家からロンドンへ来た一度きりですわ。もっと旅してまわりたいとは思うんですけど」

予想に反して、コンはたのしいひとときを過ごしていた。レディ・シャーロットは驚くべき若い女性だった。あれだけのことがあったのにとり乱す様子はまるでなく、それどころか、膝に載せたバスケットをきつくつかんでいる手だけが唯一緊張を示していた。

会話が途絶えたまま、さらに一マイルほど進んでから、コンは訊いた。「ミス・ベッツィと言っていたね。その名前を聞いたのは数カ月ぶりだ。その女はニューゲートの監獄にいると思っていたんだが」

「ミス・ベッツィについてご存じなの？」レディ・シャーロットは目をみはって彼のほうに顔を向けた。

「あ、ああ。何があったか、多少噂が出まわっていたから」質問などするべきではなかった。訊くつもりはなかったのだが、彼女はあの娼館の女主人のことを知っているようだった。

「ワーシントンから聞いた話では、逃げたそうです」シャーロットが言った。「でも、義兄《あに》もまさか彼女が復讐を試みるとは思ってもいなかったはずよ。今度のことはそういうことだと思うんですけど」

かつての娼館の女主人については愛人や友人たちとの会話のなかで断片的に話を聞いて知っているだけだった。「かかわり合ってはいけない女というわけか」

「そう聞いています。でも、わたし自身はじかに知っているわけじゃないんです。わたしの義兄と親戚とお友達が彼女を破滅させるのに手を貸したそうで」レディ・シャーロットは顔をしかめた。鼻先が少し上を向いた鼻に皺が寄った。「少なくとも、そう聞いています。彼女もこの国を離れるぐらいの分別はあったでしょうに。でも、どうやら、今もまだ問題を引き起こしているようね」

その光り輝くような美しさと無垢さで、レディ・シャーロットは、競売にかけられれば、ミス・ベッツィに多大な金をもたらしたことだろう。もし金だけが目的だったとしたら、レディ・シャーロットが誘拐されることは二度とないだろう。しかし、推測どおり復讐か身代金目的だったとしたら、ワーシントンは家族を連れてただちにロンドンを離れたほうがいい。

ふいにコンはレディ・シャーロットについてもっとよく知りたくなった。「きみはつねに拳銃を持ち歩いているのかい？」

「いいえ」笑いたいのをどうにかこらえている声だ。「ワーシントン・ハウスに射撃の練習に行く途中だったんです。それと、子猫にひもをつけて歩くのを教えに。だいぶうまく歩けるようにはなったんですけど、気が散ることもあって」

コンはワーシントンの近隣の人間は銃声をどう思っているのかと訊こうとしたが……いや、まさか。「そのバスケットに猫もはいっているんじゃないだろうね」

そこでレディ・シャーロットはこらえきれずに笑った。その声は軽やかで鈴を鳴らすようであり、どこまでも魅惑的だった。「それが、はいっているんです」

「ぼくの知っている猫なら、今頃はうるさく鳴きわめいているはずだ」

レディ・シャーロットはバスケットの蓋を開けて手をなかに突っこんだ。「物静かな猫なんです。音を立てるのは甘える声を出すときだけよ」そう言ってわずかに彼のほうを向いて顔をしかめた。「あまりかわいらしい声じゃないけれど」

「この猫の種類は？」コンはレディ・シャーロットに話しつづけるよう促したかった。彼女の声の響きが気に入っただけでなく、これまでは勇敢なところを見せてくれているが、遅かれ早かれショックに襲われる可能性はあるからだ。話しつづけることで、起こったことや起こる可能性があったことを彼女が考えずに済むかもしれなかった。

「シャルトリュー種です。古いフランスの血統なの。生まれたばかりの子猫を溺れさせようとしていた少年たちからお友達のレディ・マートンが救ったんです。幸運なことに、わたしはそのうちの一匹をもらったの。コレットは知らない人が好きじゃないんです。だから、バスケットから這い出そうともしなかったんだと思うわ」そこで沈黙が流れた。数分後、彼女は口を手で覆い、あくびをした。「ご面倒をおかけしたことをお詫びしますわ」

「力になれて光栄です」彼は首をかがめながら顔を彼女のほうに向けた。彼女の唇が彼の唇に触れた。

レディ・シャーロットは単にすわる位置を変えようとしたか、何か言おうとしただけだったのだろう。それでも、口が触れ合うと、コンはそのやわらかくふっくらした唇を唇で覆わずにいられなかった。口にすばやく舌を走らせ、大胆に味わえるだけのものを味わおうとする。引き結んだままでも唇は柔らかく、コンは口を動かし、口を開いてくれるよう促そうとした。

手綱がぐいと引かれ、コンはキスをやめた。くそっ！

彼女に目をやると、当惑した目で見つめ返してきた。少しして彼女はまたあくびをした。濃いブロンドの長いまつげが下がり、彼女は彼にもたれかかった。やわらかい胸が腕をかすめた。

まるで誘われたかのようにすぐさま硬くなる。

ちくしょう！

こんなことあり得ない。単に、昨日の晩愛人と過ごせなかったせいだ。コンは欲望を感じればいつでも性的な関係を持てることに慣れていた。戦いのあとで性的解放を求める男は多いと聞く。自分もある意味、戦いを終えた状態だ。突然の欲望にはそうとしか説明がつかない。自分は無垢な女性にはまるで欲望を覚えないはずなのだから。精神的にも肉体的にも。コンはたかぶったものがおちつくようにと、行く手の道に注意を向けた。


少しして、コンの腹が鳴った。昨晩は、宿の誰かがスープに唾を吐いたような気がして、あまり食が進まなかったのだった。

レディ・シャーロットがチーズとパンをナプキンに包んでバスケットに入れていたのを思い出した。彼女を起こしたくはなかったので、コンは彼女の体越しに腕を伸ばし、そっとバスケットの蓋を開いてなかに手を突っこんだ。

「痛！　こいつめ！」コンは手をさっとひっこめた。一本の指に血がにじんだ。

レディ・シャーロットははっと目を覚ました。「どうしたんです？　つかまったの？」

「いや、きみの猫にひっかかれた」

「ごめんなさい」レディ・シャーロットはまばたきしながら彼の指を見下ろした。「この子は知らない人が嫌いだと言ったはずよ」

「だからって、攻撃してこなくてもいいはずだ」コンはバスケットをにらんだ。

「それはそうね。ほんとうにいけない子。ふつうはただ隠れるんです。正直、この子がバスケットから逃げ出して追いかけなくちゃならなくなった夢を見たわ」

「逃げ出してはいないさ」コンはうなるように言った。猫のために馬車を停めずに済んだのはよかった。「きみが包んでおいた食べ物にぼくが手を伸ばしただけだ」

「それで理由がわかったわ」レディ・シャーロットはバスケットに手を突っこみ、食べ物の小さな包みを引っ張り出した。それから、ハンカチもとり出した。「あちこちに血がつかないように、傷にハンカチを巻いてあげる」コンが要らないと言うまえに、彼女はハンカチを細く裂いて彼の指にしばりつけた。「ほうら」そう言って指を軽くたたいた。「すぐによくなるわ」

「悪かった」コンは謝るつもりはなかったのだが、彼女の振る舞いはとても分別に満ちていたため、できるだけ急いで身を引き離す必要があった。「騒ぎ立てるべきじゃなかった」

「きっとびっくりしたせいよ」彼女はパンの上にチーズの塊を置いてパンを折った。「においと同じぐらい味もいいといいんだけど。チーズのことよ」

彼女の唇ほどはよくないだろうが、もう二度とそれを味わうつもりはなかった。二度と。

コンがサンドウィッチを食べると、レディ・シャーロットはチーズをきれいに割ってそれをバスケットのなかに入れた。少しして、また彼にパンとチーズを手渡してくれ、自分も多少食べた。

彼女は食べ物を呑みこんだ。「悪くないわ。料理人がどこでこれを手に入れたか訊けばよかった」

コンは彼女のほうに顔を向けてほほ笑んだ。「あそこに戻ることはもうないな」

「わたしも戻りたくはないわ。ああいうことは一度で充分よ、おあいにくさまだけど」その声にはなんの感情も込められておらず、コンは驚いた。

驚くべきことだ。こんな冷静沈着な若い女性には——もっと年上の女性にも——会ったことがない。彼女はキスのことに触れもしなかった。「これはきみにとって初めての社交シーズンかい？」

「ええ」ほほ笑んでいるのが見なくてもわかる。「昨日までは、とてもすばらしい時間を過ごしていたわ」

「ほんとうに？」彼女には彼の表情は見えなかっただろうが、コンは眉を上げずにいられなかった。

「ええ、ほんとうに。どうしてご婦人たちが、とくにデビューしたてのご婦人たちが退屈なふりをしているのかわかりませんわ。ばかばかしいもの」

「それは新しい物の見方だな」彼女と結婚するどこかの紳士は幸運だ。そうなったときに、夫がレディ・シャーロットの喜びをかき消そうとするような人間でないことを祈らずにいられなかった。「たぶん、ぼくもきみに賛成だな」

「賛成かどうかはっきりはわからないってことですか?」信じられないというような抑揚の声になる。「殿方って、ご自分の望むことと望まないことがはっきりわかっているんだと思っていましたわ」

ああ。危険なご婦人だ。どんな男を選ぶにしても、彼女はきっとすぐさま相手を自分の意のままにすることだろう。自分が妻を求めておらず、無垢な女性を好まないのはありがたいことだった。「きみは結婚相手を探しているんだろうね」

「わたしと同じことを信じ、わたしが愛せる殿方と出会えればの話です」

「そうなったら、きみは必ず夫に賛成するのかい?」コンは自分が彼女をからかってたのしんでいるのに気づいた。

「わたしですか? 夫が正しくなければ賛成しませんわ」

おそらくどんな紳士でもいいとは言えない。ときに意のままに動かされたり、挑戦されたりするのを好む男でなければ。彼女を無視したり、不幸にしたりするような男との結婚は許されるべきではない。

「これまでお会いしたことはありませんよね?」とレディ・シャーロットは訊いた。

コンは彼女をちらりと見た。彼をどこかで見かけたか思い出そうとするように彼女はわずかに眉根を寄せている。

ロンドンには、彼女には知る由もない別の社交界があるということを説明するつもりはなかった。「ああ」

「そうだと思いました」彼女は寄せていた眉をゆるめ、明るい声になった。「会っていたら、声でわかったでしょうから。ロンドンには社交シーズンを過ごしにいらしたんじゃないんですか？」

「ほかの用事で忙しかったからね」答えとも言えない答えだったが、彼女にはそれで満足してもらうしかない。

行く手の道が暗くなり、コンは空を見上げた。月は沈み、遠くの空はサファイヤ色になっている。思ったよりも早く夜が明けかけていた。夜明けまで長くても一時間ほどしかない。コンはもう少し馬たちの歩みを速められればと思ったが、明かりのない道では並歩《なみあし》で進ませるしかなかった。

メイドの始末をつけて宿屋をあとにするのに思った以上に時間がかかったにちがいない。どうしても避けたいのは、レディ・シャーロットといっしょにいるのを誰かに見られることだった。そうなったら、どちらにとっても破滅的なことになる。

ああ、まったく！　これほどに暗くては、朝までに彼女をロンドンに送り届けられない。よく知った道なら、もっと速く馬を走らせられるのだが。

昨日の道中を思い返してみると、悪党たちは駅馬車の停まる大きな宿を避けるためにいくつか裏道を通っていた。どうやら帰る道をまちがえて迷ってしまったようだ。さて、いったいどうしたらいい？

馬車は標識のそばを通り過ぎた。コンの母が住んでいる邸宅からほんの一マイルのところにある村を示す標識だった。ヒルストーン・マナーにこれほど近いところにいるとどうして気づかなかったのだろう？　そう、これで問題を解決できる。レディ・シャーロットを母のところへ連れていくのだ。それで、自分はそのままロンドンへ戻ればいい。

そして母は息子の結婚式を計画することになる。

ああ、くそっ！　まさしく母はそうするだろう。この数年、妻を持てとずっとうるさかったのだから。

空は明るみはじめていた。レディ・シャーロットをヒルストーンへ連れていくとしても、早くてもあと一時間か二時間はかかる。

「だめよ」レディ・シャーロットがバスケットに向かって言い、蓋を閉めた。

「猫かい？」

「ええ」彼女はにっこりした。

コンはレディ・シャーロットにつかのま目を向けた。明るくなった空と同じ色の目がみはられ、みずみずしいバラ色の唇が大きく開かれた。

「こんな緑の目は見たことがないわ」

生まれてこのかた言われつづけてきたことだったが、彼女の口から発せられると……特別に聞こえた。「母方の家系の目はみんなこの色なんだ」

ふっくらした下唇を歯で噛み、レディ・シャーロットは突然物思いに沈んだ。しばらくして口を開いた。「わたしがあなたの名前を知らないのに、あなたがわたしの名前を知っているのは適切かしら？」頰が赤く染まる。「その、わたしたち、ちゃんと紹介されるべきだとはわかってるんですけど——」彼女はてのひらを上に向け、まわりに目をやった。「紹介してくれる人が見あたらないので」

コンはにやりとした。「ケニルワースです、レディ・シャーロット」

「ケニルワース？」愛らしい笑みが突然しかめ面に代わった。軽い口調が真冬の氷室ほども冷たくなる。「あなた、ケニルワース侯爵様なの？」

「ああ、そうだ」コンはそんな思わしくない反応をされる何を自分がしただろうかと考えた。輝くブロンドの巻き毛の房が落ち、彼女はそれをボンネットのなかに押し戻しながら、高級娼婦とかわいそうなご婦人について何かつぶやいた。もう一度言ってくれと頼もうとは思わないことばを。

しかし、どこで見られたのだ？　最近おおやけの場所に行ったのは……ああ、くそっ、劇場か。あの髪。

どうして忘れていられた？　彼女はワーシントン家のボックスから、エーメと彼女の友人といっしょにいる自分をにらみつけていた若いご婦人ではないか。ほとんどのボックスがそうだったが、ワーシントン家のボックスも明るくなっていた。しかし、愛人が注意を惹きたくないというので、ケニルワース家のボックスは明かりを暗くしてあった。それでも、エーメの友人は実質手すりから身を乗り出すようにしてできるかぎりの注意を惹いていた。あの女は——今はワーシントンの別の妹と結婚している——ロスウェル公爵がそこにいるからということで、無分別にもワーシントン家のボックスに連れていってくれとまで言ったのだった。

それでも、きっとレディ・シャーロットにはわかっていないはずだ……。若く、未婚で、高貴な生まれの貴婦人が愛人が何たるかについてわかっているはずはない。しかし、ミス・ベッツィのことは知っていて、高級娼婦がどうのと言っていた――たとえ話を聞いていたとしても、どうして彼女が気にしなくてはならない？　コンに愛人がいようと、レディ・シャーロットには関係ないことだ。たいていの男に愛人がいる。

「わたしを助けるためにずいぶんと骨を折ってくださって感謝いたしますわ」レディ・シャーロットは張りつめた声で言った。「でも、ロンドンへ戻る郵便馬車が停まる宿を見つけてくださるほうがいいわ」

たしかにそうだろう。しかし、妹を郵便馬車に乗せたとなったら、ワーシントンに殺される。彼女のことはこのまま家に連れ帰ることにしよう。いずれにしても、彼女の装いは馬車に乗るときのものだ。多少皺が寄っているとはいえ、朝早く馬車に乗りに行ったのではないのだと思われることはないはずだ。ハイドパークに到達するまで、誰にも見られずにロンドンにたどりつければ、すべてうまくいくはずだ。

ああ。ぼくとあろうものが、そううまくいくなどと考えるとは。誰かに見られたら、おしまいであるのはたしかなのに。

宿屋を出てから何時間も過ぎていた。一分ごとに空に日が昇るのが速くなる。道をまちがえなければ、もっとずっとまえにロンドンに着いていたかもしれない。

馬車は市場町らしき場所にはいった。店の主たちが店のまえを掃いており、老いも若きも女たちは腕に大きなバスケットをかけて速足で行き交っている。幸い、知っている馬車も人も見あたらなかったので、通りをまっすぐ進んだ。これまでのところは大丈夫だ。

「どうしてあそこで停まらなかったの？」

「郵便馬車が停まる宿じゃないからさ」彼は嘘をついた。郵便馬車が停まる宿にちがいないと思ったら、きっと彼女は馬車から飛び降りたことだろう。市場町なのだから。

「そう」レディ・シャーロットはまたぴりぴりとした沈黙におちいった。

バスケットから喉を鳴らす音が聞こえた。少なくとも、猫は旅をたのしんでいるようだ。

5

三十分後、母の邸宅の近くにある市場町の標識を再度目にしたことが、苦境におちいったコンにとって唯一の救いとなった。少なくとも、今どこにいるかはわかった。村を通り抜けるあいだ、息を止め、誰にも気づかれないようにと祈らずにいられなかった。

コンの名前を知ってからというもの、レディ・シャーロットはできるだけ彼から離れようとしていた。スカートがまだ彼の太腿に触れていることを考えれば、それほど離れることはできないようだが。彼女は彼のほうへ目を向けることも拒んでいた。「馬車を停めてくださいな」

コンは何も考えずに手綱を引いた。何をする気かと訊く暇も、腕をつかむ暇も与えてくれず、彼女はフェートンから降りて村へと道を歩き出した。

腹の立つ娘だ。「いったいどこへ行くつもりなんだい、レディ・シャーロット?」

「ロンドンへ帰るんです」彼女は肩越しに答えた。「もうずっとまえに着いていてしかるべきよ」

ちくしょう。「道を……まちがったんだ。もうすぐぼくの母の家に着く」レディ・シャーロットは何か聞きとれないことばをつぶやいた。「ロンドンへの道がわかるのかい?」

「いいえ」彼女は先ほど彼がほれぼれと見つめたきれいな丸みを帯びた顎を上げた。「でも、一マイルかそこら戻ったところに宿屋があったわ。郵便馬車が停まらない宿かもしれないけど、メイフェアまで帰る手段を見繕うのに手を貸してくれるはずよ」

物を知らない腹立たしい娘だ。あとはワーシントンにまかせてしまおう。悪い噂をみずから招いているなどとは彼女が思いもしないようにしっかり手綱を引いておけばいい。

コンは馬車から飛び降りて馬の向きを変え、村へ向かって歩く彼女を追った。村へ行き、宿屋へ行けば、彼女の身の破滅は決まったも同然だ。「金は持っているのかい？」

「もちろん、持っていないわ」レディ・シャーロットは苛立った声で鋭く答えた。「広場を横切ってワーシントン・ハウスへ歩いていくのに、どうしてお財布が要るというの？」

コンは彼女を膝に載せて尻を叩いてやりたくなった。「だったら、教えてくれ」彼はわざとひどく穏やかに言った。「どうやってロンドンまでの運賃を払うつもりだ？」

今度は彼女も足を止めた。火かき棒ほども背筋をぴんと伸ばしている。「それがあなたにどんなかかわり合いがあるかわかりませんわ、侯爵様」彼女の歯噛みする音が聞こえる気がした。「名刺を渡して、とり残されてしまったと説明するわ。費用がかかっても、わたしの家族があとで払うときっとわかってくれるはずよ。力を貸してくれなかったら、村の司祭に助けを求めるわ」

「どうしてぼくだったんだ？」コンは片手で目を覆い、ひとりつぶやいた。「このお転婆がさらわれたときにたったひとり通りかかったのがどうしてぼくだったんだ？」

「何かおっしゃった？」彼女はコンの一番上の姉に劣らない高慢な声を出した。

コンにとっていい兆候とは言えなかった。「いや」

「よかった」レディ・シャーロットは舞踏会にでもいるようなお辞儀をした。「でしたら、お暇《いとま》を申し上げますわ、侯爵様。もうお目にかかることがないといいんですが。わたしの評判に瑕がついてしまいますから」

こんな仕打ちを運命から受けるどんなことをぼくがしたというのだ？　彼女がメイドも荷物も明確な輸送手段もなく宿屋にはいるだけで、彼女の評判には瑕がつくことだろう。

ああ、くそっ。妹がいればとこれほどに思ったのは初めてだった。そうすれば、少なくとも、レディ・シャーロットに道理を言い聞かせるやり方は心得ていたかもしれない。

困難に見舞われたときにいつもドイツ語の教師から聞かされていたことばはなんだっただろう？　ああ、そうだ、シュリット・フュア・シュリット。一歩ずつ。とにかく、レディ・シャーロットに、彼女がみずから飛びこもうとしている危険を理解させなければならない。

「育ちのよいご婦人はひとりでうろついたりしないことはわかっているんだろう？」

「ええ、もちろん、わかっているわ。だからこそ、ふつうは男の使用人がいっしょなのよ。でも、わたしをさらったとき、悪人たちは使用人のことはそうし損ねたの」

姉だったら、きっとあてこすりを許さないだろう。「若いご婦人が荷物もなく、メイドも連れずに宿屋に現れたら、亭主がどう思うか見当がつくかい？」

レディ・シャーロットはしばし歩みを止めた。ふたたび歩きはじめたときには、まえほどきっぱりとした声ではなくなっていた。「姉が天気のせいで立ち往生したときには、ミスター・ブラウンはとても親切だったそうよ。そのとき姉はメイドを連れていなかったし」

コンの奥歯が痛み出した。「その尊敬に値するミスター・ブラウンはきみの姉上をまえから知っていたりはしなかったのかい？」

「もちろん。うちの家族と彼は長年の知り合いよ」

「これだけは言えるが、この宿の亭主が誰であれ、それほどきみを歓迎してはくれないだろうよ」

レディ・シャーロットはくるりと振り向いて彼をにらみつけた。「それはどうして？」バスケットを持っていないほうの手が腰にあてられた。じっさい、その腰がどれほど細いかがわかる。

それだけでなく、胸が上下していて、そのやわらかさを思い出しただけで下腹部に刺激が伝わった。

「いったい何を見てらっしゃるの？」彼女の青い目は氷のかけらを思い出させた。

少なくとも、今回は侯爵様と呼びかけるのを忘れている。「別に」

またまえを向き、レディ・シャーロットは歩き出した。「何にしてもあなたに説明しなきゃならない理由がわからないわ。品行のよろしくないあなたに。きちんとしたご婦人がどう扱われるべきか、どうしてあなたにわかるの？」

「まず、ぼくには姉や母がいる。次に、ぼくは不品行ではない」

「ほんとうに？」引き延ばすようなその言い方は、最近耳にしたことがないほどに嘲笑的だった。

こうだから、男は愛人を持つんだ。愛人はこんな声で話したりしない。愛人は逆らうこともない。言われたとおりのことをする。

「ああ、ほんとうさ」どうにかしてレディ・シャーロットを縛り上げ、ロンドンに連れ戻す方法があれば。「不品行な男は無垢な女性を食い物にする。ぼくは絶対にそんなことはしない」無垢な女性は死ぬほど退屈だからというのが主な理由だった――これまでは。レディ・シャーロットが退屈とは言えない――命も惜しいので、そんなことは口が裂けても言えないが。

「へえ」

レディ・シャーロットは口を閉じた。コンはもう一度理性に訴えてみようと考えた。「宿の亭主が万が一きみの話を信じなかったらどうするんだい？」

「さっきも言ったけど、司祭様を探して、ワーシントンに手紙を送ってもらうわ」

忌々しい女性だ。何を言っても答えを用意している。こうしてふたりでおちいっている窮地からの抜け出し方以外は。ミス・ベッツィをつかまえられたら、忌々しい売春の斡旋女の骨ばった首を絞め、思い知らせてやるのだが。レディ・シャーロットの首も絞めてやりたい思いだったが、彼女のほうは自分がどれほどあやうい立場に置かれているか、わかっていない。上流社会はもちろん、宿の亭主すらも、たったひとりで田舎をうろついている若いご婦人について、すぐさま最悪のことを想像するにちがいないのに、それがわかっていないのだ。

宿屋が見えてきた。彼女が大きく安堵の息をついたのが、数フィート離れた彼のところまで聞こえてきた。

「さて、わたしが正しいことがおわかりになるわよ」彼女はそう言って、細いスカートが許すかぎり歩幅を広げて歩いた。これまでほぼずっと田舎で過ごしてきたことがよくわかる。

彼らが宿屋の入口に到達したのと同時に、別の馬車が宿屋の前庭にはいってきた。なんてことだ！　ブラックストンではないか。ロンドン一の噂好きの男がジェラルド卿といっしょにやってきた。

どうにかしてこの状況をうまくおさめなければならない。コンは厩舎の馬丁に手綱を放ると、グリーンマン亭の扉へ急ぎ、レディ・シャーロットが自分で開けるまえに扉を開けた。彼女は帆を上げた帆船さながらに頭を高く掲げて宿屋にはいった。

神よ、われらふたりをお救いください。コンはレディ・シャーロットのあとから建物のなかにはいり、事態を収拾しようとした。それを彼女がありがたがるとは思えなかったが。

ぎょっとした亭主のまえに立ち、彼女は身分を告げた。「わたしはレディ・シャーロット・カーペンター――」

「そしてぼくはケニルワース侯爵だ。婚約者とぼくはぼくの母を訪ねるところなんだが、馬車に問題が生じてね」ブラックストンが入口からはいってきたときには、息を吐き出したくなる衝動を抑えた。

婚約者？　シャーロットははっと振り向いて抗議しようとしたが、そこでブラックストン卿の姿を目にし、急いで穏やかな表情を作った。

なんてこと！　何ひとつまともに運ばないの？　あれだけのことをケニルワース卿に言ったあとで。彼がひとりよがりの答えを返してきたことには怒りが湧いたが、辱めを受けるのは耐えられなかった。彼が自己満足にひたるのも。

ふだんはあまり腹を立てることもないのにむしょうに腹が立った。正直に言えば、慰みに女性を買う男性に何をされるかという不安が――勝ったのだった。もちろん、彼の言うことは正しい。若い貴婦人がただ単に宿屋へ行って部屋を借りたいなどと言うことはない。

あのキスのせいかもしれない。とてもやわらかくて甘いキス――想像していたものよりもすばらしかったが、ドッティやルイーザが話してくれた通りのキス。何時間かぶりに心から安心できたのだった。そして……いいえ、今そのことを考えてはだめ。あのキスは二度とあってはならないのだから。家に戻ったら、彼に会うことは二度とない。

「ケニルワース」ブラックストンが呼びかけてきた。「きみだと思ったよ。婚約したと言ったかい？」

「ああ、そうさ。レディ・シャーロットとぼくはうちの母を訪ねるところなんだ」ケニルワースは片眼鏡を持ち上げて相手をじっと見つめた。「ただ、きみには関係ないことだと思うけどね」

シャーロットは不満の声をもらしたくなるのをこらえた。どうしてわたしなの？　わたしがこんな状況に置かれるような何をしたというの？　他人にはつねにやさしくしようとし、助けが必要な人は助けてきた。それなのにこんなことになって、マットに殺されてしまう。グレースにもそれは止められないだろう。少なくとも、ケニルワース侯爵はにやにや笑うことはやめている。ああ、何か言うことを思いつけたなら。この常軌を逸した状況に終止符を打つことばを。

背後の短い廊下の奥にある扉が開いた。出てくるのがブラックストン卿と同類の別の紳士ではありませんように。

「レディ・シャーロット――」

知っている声を聞いて、息を吐き、シャーロットはケニルワース卿に勝ち誇った笑みを向けてから感謝の祈りをささげた。

「どうして到着までこんなにかかっているのかしらと思っていたのよ」

ドッティとドムが結婚するのに力を貸した社交界の大物の貴婦人にお辞儀をしながら、シャーロットは安堵の思いが全身に広がるのを感じた。「レディ・ベラムニー、お待たせしてすみません」シャーロットは年輩の女性の頬にキスをし、ささやいた。「どうにかして家に戻ろうとしていたところです。どうやってわたしを見つけてくださったんです？」

家に帰り、ケニルワース卿からはできるだけ離れていなければ。望んでもいないのに、必要に迫られて彼が婚約を告げてしまったことについては、あとで考えればいい。

「運がよかったのよ、シャーロット。あなたが無事でよかった」レディ・ベラムニーはかすれた声で言ってシャーロットの頬を軽くたたき、一歩下がった。「ええ、ええ、そうでしょうね。あとでね、シャーロット」腹立たしいほど冷静な声だった。「こっちにいらっしゃい」レディ・ベラムニーはシャーロットについてくるように合図し、廊下を見まわした。

それから肩越しに後ろに目をやった。「あなたもよ、ケニルワース様。あなたのお母様にまたお会いするのがたのしみだわ。ここでわたしに会ってくださるなんておやさしいのね。ミセス・ワトソン――」レディ・ベラムニーは宿のおかみに向かって言った。「お茶と何か食べ物をいただけるかしら」ブラックストン卿がまえに進み出ようとすると、レディ・ベラムニーは彼に鋭い目を据えた。「あなたは結構よ、ブラックストン様」

扉を抜けると、そこはそれなりの広さの応接間だった。レディ・ベラムニーはシャーロットに四角いオーク材のテーブルにつくよう手で示した。ケニルワース卿がそれに続き、暖炉に面した席にすわった。

幸い、さほど待つことなく、おかみのワトソン夫人と使用人がお茶のポットをふたつとパンとチーズと肉と果物を運んできた。テーブルにお茶と食べ物を並べると、宿の女性たちは部屋を出て扉を閉めた。

レディ・ベラムニーもケニルワース卿もことばを発しなかった。しかし、ケニルワース卿が先ほどまで顔に貼りつけていた愉快そうな表情は消えていた。自己満足が過ぎる彼がそんな顔になるのはいい気味だった。レディ・ベラムニーがここにいてくれる今、シャーロットはお茶を飲んでくつろげる気がした。

ふたりをちらりと見て、シャーロットは右手の真珠の指輪をひねった。つかのま、沈黙を破ろうかと思ったが、そうしないことにした。何かが進行している気がしたからだ。それが何かはわからないだけで。

「レディ・シャーロットと婚約しているとおっしゃるのを聞いたわ」レディ・ベラムニーはシャーロットと向かい合う椅子にすわってお茶をカップに注ぎ出した。

ケニルワース卿は歯噛みするようにわずかに顎を動かしてから、あまり上品とは言えない態度で答えた。「状況からして、ぼくにできることはほかになかったので」

レディ・ベラムニーは尊大に片方の眉を上げて見せた。「そんな意気消沈した顔をしないで。レディ・シャーロットはあなたにとってこの上なく愛らしい妻になりますよ。あなたのお母様もあなたがようやく結婚する決心をしたと聞いて大喜びなさるわ」

妻？　結婚？　いいえ、いいえ！　婚約するだけでも最悪なのに。婚約ならどうにか逃れることもできる。でも結婚なんて！　ケニルワース卿はこの世で一番結婚したくない相手だった。ほかの女性に対してひどいことをしているその同じ手で触れられると考えただけで胃がせり上がる気がした。

シャーロットはすばやくキスの記憶を脇に追いやった。彼がどんな人間か知っていたら、絶対にキスなどしなかったはずだ。

大きく息を吸うと、シャーロットはできるだけしっかりした声を保って言った。「侯爵様が何を言ったにせよ、わたしはこの方と結婚したくありませんわ。きっと何か方法が――」

「それはこの際どうでもいいのよ、シャーロット」あまりに冷静な声でレディ・ベラムニーに不満を払いのけられたシャーロットは、誰かを殺したくなった。おそらくはケニルワース侯爵を。「数日ロンドンを留守にするってあなたのお姉様に伝えにスタンウッド・ハウスに寄ってみたら、代わりにあなたの親戚、アディソン夫人のジェーンがいたのよ。わたしが家族にとって信頼できる友人だとわかっていたから、彼女は起こったことを話してくれたわ。わたしの勘違いでなければ、あなたは少なくともひと晩、ケニルワース様といっしょにいて、彼といっしょに宿屋にはいってくるのを人に見られた」彼女は片眉を上げた。「それもかなり乱れた姿で」

シャーロットは皺が寄り、汚れたドレスのことは無視することにし、もっとも重要な問題に注意を向けた。「じっさいには彼とひと晩ともに過ごしたわけじゃないわ」ひと晩ずっといっしょにいたわけではなく、厳密に言えば、宿屋にも自分が最初にはいったのだった。「宿屋にだって彼はわたしのあとからはいってきただけで――」

「同じことだ」侯爵の口調は砂ほども乾いていた。「ここへいっしょに歩いてくるのを見られたし、ぼくはきみのために扉を押さえていた」

「ねえ、シャーロット」レディ・ベラムニーの厳しい声を聞いてシャーロットははっとした。彼女が辛辣なことばを向ける対象になったのは初めてだったからだ。「まさか、あなたをさらった悪者たちとひと晩をともに過ごしたとは言わないわよね」それを言い終えるまでにもう一方の眉も上がった。

「まさか」そう口にするやいなや、それが世間に知られたら、どんな結果になるかが強く意識された。

残念なことに、上流社会の目から見れば、ああいう悪党たちといっしょに過ごすことは、貴族と過ごす以上に最悪なことだった。危害を加えられていないと言っても誰も信じないだろう。今朝早く、ケニルワース卿に助け出されたという事実も、ブラックストン卿のような噂好きにとってはなんの意味もないことだ。

さらに最悪なのは、ケニルワース卿の言うことが正しかったということだ。わたしは世間知らずのおばかさんだった。それでも、彼のことは信頼できなかった。彼のように女を利用する男はみなろくでなしなのだから。

「それはよかった」レディ・ベラムニーはお茶を飲み、シャーロットに冷静な目を向けた。「だったら、ケニルワース様を夫とするのにどんな不満があるというの？　見た目もいいし――」

シャーロットは思わず目を見開いた。

「まったく、シャーロット。わたしは年寄りかもしれないけど、目が見えないわけじゃないのよ」

レディ・ベラムニーがお茶のカップを彼のほうに上げると、ケニルワース卿はわずかに頭を下げた――唇の端に笑みのようなものがかすかに浮かんでいる。「そう、見た目もいいし、裕福だし、侯爵よ。たいていの若いご婦人はそんなご縁に恵まれたら、大喜びするところだわ」

たいていはそうかもしれないが、わたしはちがう。「でも――でも、昨日の晩まではお会いしたこともなかったのよ」シャーロットは椅子にすわったまま背筋を伸ばした。「あまりよく知りもしない殿方と結婚なんてできません」

知らない同士だという事実が多少は意味を持つにちがいない。シャーロットは、みずからの悦びのためにお金で女性を買うような男性とは絶対に結婚しないと誓っていた。愛人を持つとはまさにそういうことだ。同時にふたり持つのは言うまでもなく。そう、自分の信条は固く守らなければならない。

「この状況では、あなたに選択肢はないわね」レディ・ベラムニーは穏やかにお茶を飲んだ。

「この人は品行がよろしくない方だわ」シャーロットはそれがまちがっているなら、どちらかそう言ってみてと挑むように顎を上げた。「わたしは女性を虐げるような男性とは結婚しません」

「女性を虐げる？」ケニルワース卿は緑の目を険しくし、射るようなまなざしをシャーロットに向けた。声は危険なほど静かで、シャーロットの背筋に冷たい震えが走った。「ぼくはこれまで女性に危害を加えたことは一度もない」

よくもそんな嘘を。女性の体を利用するのにお金を払っているという事実だけでも耐えがたいどころではなかった。ドッティは救出された女性たちがどれほど辱められていたかを話してくれた。女性たちは無理やり体を奪われるか、アヘンを与えられて、薬のためならなんでもするようになっていた。ミス・ベッツィのところにいた女性たちのうち、みずから選んでそんな人生を送っていた女性はほんのひとにぎりしかいなかった。あとはほかの誰かに強いられるか、そうしなければ飢えて死ぬしかない女性たちだった。

「そうですか」シャーロットは細めた目を彼に向けた。「じゃあ、お金を払って女性の体を利用することはどう説明するんです？」

「取引さ」ケニルワースは何も悪いことはしていないとでもいうように鋭く言い返した。

「ふたりとも、もうたくさんよ」レディ・ベラムニーは小さなベルを鳴らした。「レディ・シャーロット、あなたは知るべきではない問題については議論しないほうがいいわね。それから、ケニルワース様、あなたはご自分が若い女性と話している紳士であるのを忘れないように。あなた方ふたりには解決すべき相違点があるようね」レディ・ベラムニーはまたベルを鳴らした。「レディ・シャーロット、部屋に引きとりなさい。顔を洗って朝食をとったら――あなたがあなたらしくないのは空腹のせいであるのは明らかですからね――あなたとケニルワース様に付き添ってわたしも彼のお母様のお宅に伺います。あなたはワーシントンが迎えに来てロンドンに戻れるようになるまでそこに滞在するの。わたしがグレースに手紙を書いて、あなたが無事だと知らせますからね。ケニルワース様、あなたもワーシントンに手紙を書いたほうがいいわ」宿のおかみが応接間にはいってきた。「顔を洗えるお部屋にレディ・シャーロットをお連れして。あなたが用意してくださった軽食はとてもすばらしかったわ。でも、レディ・シャーロットが戻ってきたらすぐに、たっぷりした朝食をここに三人分用意してもらいたいの」

6

シャーロットは応接間を離れられるのがとてもありがたかった。

レディ・ベラムニーがここに来てくれていたのは運がよかった——そうなったことに運命がかかわっていたのはまちがいない。それでも、娼婦を利用する、絶対に結婚しないと誓っていたような男性と無理やり結婚させられるかもしれないと考えると、胃がきりきりと痛んだ。ロンドンに戻るお金を持っていたなら、すぐにここを去り、二度と彼とは会わないのに。訊かれたら、けんかをして、結婚について心変わりしたと答えればいい。それなのに、少なくともあと一日か二日、彼と同じ家に留まらなければならないのだ。

シャーロットとワトソン夫人は階段をのぼりきったところの近くにある扉のまえまで来た。

「お手伝いするのに長女をやりますので、お嬢様」

「ありがとう」

部屋にはいって扉が閉まると、シャーロットはボンネットをとり、髪からピンを外してもつれた長い巻き毛を指で梳いた。お風呂にはいりたくてたまらなかった。家に帰る手段がない以上、せめてケニルワース卿の母の家でお風呂にはいれるといいのだけれど。

ああ、なんて。見えない手でつかまれたかのように胸が締めつけられた。自分がどうしようもない状況に置かれていることを受け入れられないのだ。彼との結婚を強いられるということを。

最悪なのは、彼が何者か知らないときには、好ましいと思いはじめていたことだ。キスをしたあとは、自分にぴったりの紳士を見つけたかもしれないとまで思った。しかし、彼とは結婚できない。結婚するつもりもない。

婚約を解消するのにきっとグレースが力を貸してくれるはずだ。ドッティのときは力になれなかったが、ドッティの結婚は誰が予想したよりもずっと望ましいものになった。マートン侯爵はドッティに夢中で、ドッティも彼に夢中だ。

シャーロットは女性の体を取引の対象と考えるような男性といっしょになって幸せになれるとはどうしても思えなかった。彼は利用している女性に自分がどれだけの害をおよぼしているかを知らなければならない。

彼女は部屋のなかを歩きはじめ、やがて足を止めた。もしかしたら、彼は自分の行動がどれほど害をおよぼすものか知らないのかもしれない。自分の行動がどんな結果をもたらすか、考えていない男性が多いとドッティも言っていた。グレースですら、男性はやみくもに自分の欲望を満たそうとすることがあると言っていた。

ケニルワースとは結婚するつもりはなかったが、困っている女性は助けるべきで、利用すべきではないのだと、どうにかして彼にわからせる努力をしよう。

扉をノックする音がして、シャーロットと同い年ぐらいに見える女性が部屋にはいってきた。「サリーです。母にここへうかがうように言われました、お嬢様」

「ありがとう。髪に櫛を入れようとしていたの」

「お体をきれいにできるよう、ドレスを脱ぐのをお手伝いしたほうがよければ、あとで髪も整えましょう」

「ええ、お願い」シャーロットは少女に背を向けた。「手伝ってもらえるとほんとうにありがたいわ」

三十分後、シャーロットは身ぎれいになったと感じ、自分のために解決しようと決心した問題にもっと真剣に向き合える気がした。結婚に反対し、絶対に譲らないことだ。


「紙とペンが要る」宿のおかみが戻ってくると、コンは言った。「それと、ヒルストーン・マナーに伝言を送りたい」

「かしこまりました」

机のある小さな部屋に案内されると、コンは硬い木製の椅子に腰を下ろして書きはじめた。

親愛なるワーシントン
すでにご存じとは思うが、きみの妹は無事だ。彼女のことはぼくの母の家であるキングズブルックのヒルストーン・マナーに案内するつもりだ。レディ・ベラムニーが良識を働かせ、すばらしく時宜を得てこのあたりを訪問中で――どうやら、彼女のご主人が見たいと思う岩石層があるらしい――われわれといっしょに母のところへ来てくれるそうだ。

何も問題ないと保証しておく。ただ、きみの妹さんとぼくは宿屋に馬車を乗り入れるのをある人物に見られてしまった。当然ながら、その人物には、ぼくらが婚約していて、母を訪ねるところだと言っておいた。

きみがここへ着いたら、結婚のとり決めについて話し合うつもりでいる。

C・ケニルワース

敬具

次に彼は母宛てに客人がある旨の手紙を書いたが、どんな客人かほのめかすことはしなかった。あまりうまいやり方ではないかもしれないが、どうして婚約することになったのか、そして、婚約者が――婚約した相手との結婚を拒んでいるご婦人を婚約者と呼んでよければの話だが――喜んでいない理由について説明しなければならない。説明は面と向かってする必要があった。レディ・ベラムニーがいっしょにいることを自分がうれしく思うことがあろうとは思ってもみなかったのだが、彼女の手助けは絶対に必要だった。

従者のカニンガムにも一筆したためた。少なくとも一週間分の着替えや身のまわりの品々を携えてすぐにヒルストーン・マナーに来るようにと指示する手紙。それから思いついて、レディ・シャーロットのメイドと連絡をとって、いっしょにヒルストーン・マナーに来るように伝えろと命じた。

コンはペンを下ろし、インクに栓をして手紙に砂をかける（インクを乾かすために砂をかける）と、たたんだ紙に赤い蠟を垂らして指輪の印章を押しつけた。

それから、硬い木製の椅子に背をあずけた。自分とシャーロットがほぼひと晩馬車で過ごしたのちに宿屋の前庭に馬車を乗り入れたのを目にしたのが、誰彼かまわず噂しまくる連中のなかでもブラックストンでさえなかったなら。自分が迷信深い人間なら、昨晩ブラックストンのふりをしたせいでおしゃべり男を呼び寄せてしまったと思うところだ。

コンは顎をこすった。それについてはもうどうしようもない。賽《さい》は投げられたということ。少なくとも、母と姉たちは喜ぶことだろう。

コンは宿屋の正面へ行って亭主を見つけた。「すぐに使いの者をやってこの手紙を送らなければならない。それで、返事を待つように命じてくれ。それから、部屋と顔を洗う水が必要だ」

「かしこまりました」亭主のワトソンは慇懃に言った。「すぐさまお部屋を準備させます」

コンは部屋が準備できるのを待つあいだ、自家製のエールを一杯やろうと広間の脇にある酒場にはいっていった。

「ケニルワース」ジェラルド・ヒースコート卿がコンに歯を見せてほほ笑みかけた。「ここのエールはすばらしいぞ」声をかけてきた男はテーブルから足で椅子を押し出した。「ここにすわれよ」

「そう聞いた」コンはまわりに目を走らせ、ブラックストンの姿がないのを見てとってジェラルド卿のテーブルについた。「ぼくも一杯やろう。おもしろい朝だったからな」そして夜も。しかし、ほかに何を言えばいい？「どうしてこの田舎へ？」

「ボクシングの試合さ。きみも知っているだろう？」ジェラルド卿は酒場の主に指を二本立ててみせた。「早く来ることにしたんだ。そういう催しがあると、宿屋はすぐに一杯になるからな。ブラックストンは、ぼくがほかの誰かに話すのを聞いて、いっしょに来ると言ったんだ」

どうしてぼくはこんな間抜けなのだ、とコンは思わずにいられなかった。その試合には自分も参加するつもりだったのだ。「忘れていた」

「ああ、そのことだが」ジェラルド卿は声をひそめてささやいた。「レディ・シャーロットがここで何をしているんだい？　ブラックストンはきみたちが駆け落ちをしているにちがいないって言っていたが、グレトナ・グリーンへ行くなら方向がちがうって言ってやったんだ」ジェラルド卿は眉根を寄せた。「そもそも、きみたちがなぜ駆け落ちしなくちゃならないかわからないしな。どんな貴婦人が相手でも、きみは望ましい花婿候補のはずだ」ふたつのジョッキがまえに置かれた。ジェラルド卿は自分のジョッキからごくごくと飲んだ。「きみが花嫁探しをしているとは知らなかったな。知っていたら、妹を紹介したんだが。上の妹を。もうひとりはまだデビューしていない。考えてみれば、今シーズンは舞踏会などできみを見かけた覚えはないいな」

なぜなら、そういう催しにはひとつも参加していないからだ。積極的に妻を見つけようともしていなかった。運命というやつは人の計画に妙な形で干渉してくる。

シャーロットに――もうレディ・シャーロットとは呼ばなくていいはずだ――言っておく

のを忘れないようにしなければ。これから知り合いに説明するふたりのなれそめに関する作り話のことを。「レディ・シャーロットとぼくは最近結婚の約束をしたんだ。それで、彼女をぼくの母に合わせるのは早いほうがいいと思ってね。ここへ来る旅のあいだに、フェートンにちょっと問題が生じて。誰もけがはしなかったが。ただ、そのせいで彼女もぼくも少々乱れた恰好になってしまった。もちろん、レディ・ベラムニーもご自分の馬車でぼくらに同行していた」レディ・ベラムニーが現れたときにどんな話をしたか思い出さなければ。シャーロットと口喧嘩していたのをブラックストンに聞かれなかったのはありがたかった。

「きみがこんなにすぐに足枷をつけられるとは思ってもみなかったな」ジェラルド卿の顔が満面の笑みになった。「それでも、喜んで幸せを祈るよ。でも、どうして急いでここへ？ 試合に参加していたかもしれないときに」

「うちの母に結婚の意志を告げたくてね」シャーロットといっしょにいるところをブラックストンに見られたと、母やワーシントンが聞いたら、シャーロットが抗っても結婚させられることになるのはまずまちがいないだろう。

「ワーシントンはロンドンを離れていると思ったが？」ジェラルド卿は当惑して訊いた。彼は昔から鋭いところのある男だった。

「ワーシントンがロンドンを離れる直前に話をしたんだ。でも、さっきも言ったが、うちの母には婚約を発表するまえに知らせなきゃならないからね」

「そうか、そういうことか」ジェラルド卿はエールを飲み終えて立ち上がった。「ちょっと行ってブラックストンに勘違いだと言ってやることにするよ」彼はコンに軽快にお辞儀してみせた。「話せてよかったよ。これでブラックストンから仔馬をせしめられる。レディ・シャーロットが駆け落ちなんかするものかと言ってやったんだ。そういうタイプじゃないって。ぼくの言いたいことはわかると思うが」ジェラルド卿は突然不安そうな顔になり、口を開けたり閉じたりし出した。「すまない。そういう意味で言ったんじゃないんだ。きみは当然、彼女がそういうタイプじゃないとわかっているはずだよな。そういうタイプだったら、彼女と結婚するはずがない」

「もちろんさ」コンの手が拳ににぎられた。理由はなんであれ、ブラックストンには喜んで一発お見舞いしてやる。残念ながら、そんなことをしても状況はよくならないが。あの男は毒蛇ほど邪悪な人間だ。自分のたのしみのためだけにシャーロットとコンを破滅させようとするかもしれない。

「じゃ、ぼくは行くよ」

コンは安堵の息を吐きたくなるのをこらえた。少なくとも、ジェラルド卿は作り話を鵜呑みにしてくれた。

コンがエールを飲み終えて少しすると、宿屋の主人が現れて部屋へ案内してくれた。

コンは服を脱ぎ、洗面器に湯を入れてできるだけ体をきれいにし、ひげを剃った。つぶれたクラバットやシャツのしみについてはどうしようもなかったが、今夜にはカニンガムがヒルストーン・マナーに来るだろう。

シャーロットはメイドに手紙を書いただろうか。メイドのことは自分が手配したと彼女に告げるべきだろうか。それとも、自分といっさいかかわりを持ちたくないようだったことを思えば、言わないでおいたほうがいいだろうか。

自分たちの立場がいかにあやういものであるかを彼女が理解するまでは、つねに頭を悩ませることになりそうだったが、嫌がる花嫁を無理に祭壇に連れていきたくはない。若いご婦人たちが集まる舞踏会や上流社会の催しを避けていた理由のひとつは、こういう状況におちいるのを避けるためだったというのに。自分の力のおよばないことによって誰かと婚約せざるを得なくなること。

まったく。なんてことだろう。ウェリントンは義務感から結婚したが、それがいかに最悪の結果になったか考えてみるといい。その点、自分はあの将軍よりもさらに選択の余地がなかったわけだ。道に迷いさえしなければ。夜明けまえに彼女をロンドンに連れ戻せていたら、こんな問題は避けられたのだ。もしくは、彼女が彼に対し、侮辱に思えるほどにばかばかしい、まったく理にかなわない偏見を抱かなければ。

男が単に愛人を持つことで女性を虐待していると責められるなど、どんな世の中になっているんだ？　それればかりか、虐待など真実からはかけ離れている。愛人のことはつねに寛容にやさしく扱ってきた。文句を言ってきた愛人はひとりもいない。男が愛人から愛人へと移っていくのは、愛人というものはそういうものだからだ。

男がみなしていることをしているからといって、彼を悪く思うのは、ばかげているとしか言いようがない。

　高級娼婦がミス・ベッツィの家などの娼館にいる気の毒な女たちとはちがう階級の人間であることをシャーロットに理解させなければならない。娼館にいる女たちのなかに、たとえみずから選んでそこにいる女でも、ひどい扱いを受けている者がいるのはたしかだ。しかし、コンの愛人のような女たちは、紳士をもてなすことに利益を見出し、それをたのしんでいる。そこに倫理的な問題は何もない。女たちが充分に報酬を得ているのもたしかだ。

　誰かがシャーロットに道理をわからせなければならない。しかし、その誰かは自分ではない。ぼくの声には耳を貸そうとしないだろう。願わくは、レディ・ベラムニーが彼女と話をし、世の習いについて説明してくれるといいのだが。そうすれば、シャーロットも、彼と結婚するか、社交界からはじき出されて一生結婚しないかのどちらかしか選択肢がないと理解して、考えを改めるかもしれない。

　結婚しないとなれば、ふたりがレディ・ベラムニーといっしょにここへ来たという話を信じる者はいないだろう。誰かがほんとうのところをよく調べようとしたら、こんな見え透いた作り話など、簡単に見破られてしまうはずだ。それで危険にさらされるのは彼女の評判だけではない。彼女の妹たちにも害がおよんでしまう。

　コンはうなった。うちの姉たちのことは言うまでもなく。無垢な若いご婦人を説得して結婚に同意させるだけの頭もない、軽率な浮気者だと彼を責める、姉たちの非難や叱責の声が聞こえる気がするほどだった。

シャーロットのせいで本物の浮気男とみなされるわけにはいかない。選択肢はないのだ。彼女はぼくと結婚するしかない。

コンはシャーロットのやわらかい体の曲線を思い出して頰をこすった。彼女に対する――愛人を持っていることでがみがみ言いはじめるまえの彼女に対する――自分の反応は、彼女に官能の世界を教えてやるのがたのしみに思えるほどに強かった。

シャーロットは美しく、持参金も申し分なく、情熱的で、知的な女性だ。みだらなことを非難するという残念な性向さえなければ、自分が結婚を考える類いの女性であるのはまちがいない……いつの日か。

コンはひげ剃り用の小さな鏡に映った自分をじっと見つめた。望むと望まないとにかかわらず、そのいつの日かが来てしまった。

自分が愛人としてきたことに向けられているシャーロットの激しい感情を、これから彼女とするつもりでいることに向ければいいだけだ。婚約者を誘惑する以上に簡単なことがあるだろうか？　自分の目のまえにいるのは、ちゃんとキスされたこともないような――あの兄からして、キスなど一度もしたことがないような――無垢な女性なのだ。

コンは自分の馬たちが世話をされている厩舎へ向かった。「別の二頭を借りなくちゃならない。この二頭については、ヒルストーン・マナーに連れていくよう、うちの厩舎長に手配させるよ」

「へえ、わかりました」年の行った馬丁が答えた。「この二頭についてはよくお世話しておきますよ。代わりの馬はあの二頭の葦毛です。言っときますが、よく走りますぜ」

コンは馬の脚に目を向け、満足して言った。「三十分以内に準備しておいてくれ。レディ・ベラムニーの馬車も準備してもらわなければならない」

一日じゅうご婦人たちを待って過ごすとしたら最悪だ。母の家にはシャーロットの付き添いといっしょに到着しなければならない。

「レディ・ベラムニーの御者を呼びましょう」

「頼む」コンは宿屋に戻り、まっすぐレディ・ベラムニーの応接間へ向かった。そこでレディ・ベラムニーとシャーロットはお茶を飲んでいた。テーブルの上のふたつの皿には食べ残ししかなかったが、トレイにはコンが朝食をとるのに充分な食べ物があった。

シャーロットのそばのテーブルの上には、ほぼ空になったミルクのボウルがあった。猫のコレットはソファーの女主人のそばで丸くなっており、女主人は上の空で背中を撫でていた。その家庭的な穏やかな情景は今の状況とはまるで裏腹だった。

「三十分で馬車の用意ができるように命じてきました。それでかまわなければ」

「結構よ」レディ・ベラムニーが答えた。「わたしはレディ・シャーロットの親戚に手紙を書いて、メイドをよこすように頼んだの。レディ・ワーシントンにも手紙を書いたわ。妹たちにかかわることだと、ワーシントンはちょっとかっとなりがちだから。それを鎮められるのはグレースだけなのよ」

誰かには時間がたっぷりあったというのはいいことにちがいない。「それはよかった」コンはシャーロットの隣の椅子に腰を下ろした。「お茶は残っているかい？」

「新しく淹れてもらうわ」レディ・ベラムニーが呼び鈴のひもを引っ張った。

「お願いします」コンはシャーロットにちらりと目を向けた。彼女は猫を見つめたまま目を上げようともしなかった。

この忌々しい若い女は無視すれば、相手がいなくなってくれるとでも思っているのだろう。コンが口を開いて彼女に話しかけようとしたところで、レディ・ベラムニーが彼の目をとらえて首を振った。まあ、いいさ。今のところは放っておいてやろう。彼女も彼が何者であるかを知るまえは、無作法でも、生意気でもなかった。おそらく、昨日の出来事がじわじわと身に染みてきたのだ。母の家ではもっと行儀よくするだろうし、回復する機会も持てる。

自分には爵位も富もあり、数えきれないほどの女性からハンサムだと言われてきた。彼女に自分よりずっと望ましい相手は現れないだろうと考えても、厚かましいとは言えないはずだ。彼女が相手として公爵を望むのでなければ。若い公爵は非常に数が少ない。遅かれ早かれ、シャーロットも結婚に同意するだろう。

コンは皿にレアのローストビーフの薄切りとパンを載せた。

運命が味方してくれれば、ワーシントンが来るまえに、彼女を説得して、生涯をともに過ごしたいと思わせる時間は充分ある。

7

ほとんどの人にはミス・ベッツィとして知られ、一部ではE・ボトムズ夫人としても知られているエリザベス・ベルは、朝十時を少し過ぎたころにヘア・アンド・ハウンド亭に到着し、そこが大騒ぎになっているのを知った。「バート」彼女はそばを急いで通り過ぎようとした男の腕をつかんだ。「どうなってるんだい？」

「うちの娘、かわいそうなアナベルがいなくなったんですよ」宿のおかみであるウィック夫人が大きなハンカチに顔をうずめて叫んだ。「昨日ここへ来た人、貴族だって言っていたあの男が娘を連れていったんですよ」おかみはエプロンで手をもみしだいた。「うちのかわいそうな娘を無理やり連れていったんだ」

ベッツィはすぐさま両手を合わせて胸に持っていった。「ああ、ミセス・ウィック、きっと男と逃げたりはしていませんよ。アナベルはあんないい子なんだから」

「そうですよ」年上の女は目をぬぐってうなずいた。「きっとなぐって意識を失わせて連れていったんだ」そういう考えがおかみの頭にいつはいりこんだのか、ベッツィにははっきり見てとれた。「助けてもらえますか、ミス・ベッツィ？　たしか、あんたが仕事で相手にしてるのはあたしらよりも金持ちの連中だ。うちにはたいした財産もないが、あの子をとり戻してくれるなら、ありったけのものを差し上げますよ」

「そんなこと頼む必要もないですよ」ベッツィはおかみのウィック夫人の体にやさしく腕を巻きつけた。「あなたとあなたの家族はわたしにとって、とてもいい友達なんだから、手を貸すのにお金なんてもらいませんよ」

「ああ、ありがとう。あんたがいなかったら、あたしらはどうしていいかわかりませんよ！」ウィック夫人はエプロンを直した。そして新しいハンカチをとり出して鼻をかんだ。「すぐに行ってくれますか？」

「もちろんよ。彼女を連れ去った男の名前と、その人について覚えていることをすべて教えてくれたら、昨日スミスが連れてきたご婦人を送り届けたあと、すぐに捜索をはじめますよ」ベッツィはバートに目をやった。「一時間以内にここを出るよ」ウィック夫人に顔を戻すと、ベッツィは訊いた。「二階の若いご婦人に食べるものを充分用意して、身ぎれいにするのにも手を貸してくれました？」

「ああ、なんてこと」女は飛び上がった。「そのご婦人のことはすっかり忘れてましたよ。応接間であんたにお茶を一杯お出ししてから、すぐに支度を整えますね。あんたのような貴婦人を酒場に通すわけにはいきませんから。たとえこんな朝早くでも」

「あなたってとても親切ね、ミセス・ウィック。ありがとう」ベッツィは宿屋のおかみににっこりとほほ笑みかけると、宿屋で唯一応接間と呼べる部屋へ向かった。

この宿屋を選んだのは、ここがふだんは貴族に宿を提供することがないからだった。ベッツィがほんとうに知りたかったのは、アナベルを連れ去った紳士が誰で、あの娘を手元に置くのにいくら払ってくれるかだった。少女を見つけるころには、すでに処女ではないだろうから、それは理にかなったことだった。

少しして、耳をつんざくような悲鳴が聞こえてきた。

「いた！　いた！」ウィック夫人の叫び声は隣村でも聞こえただろう。

まったく、この件はこれで終わりってことね、とベッツィは苦々しく胸の内でつぶやいた。

宿屋のおかみが部屋にはいってきた。「ああ、ミス・ベッツィ、何があったのか、信じられないと思いますよ。あの不道徳な若い貴婦人は――こんなことをして、貴婦人と呼んでいいかどうかはわかりませんがね――銃を持っていて、うちのアナベルを縛り上げたそうです。ブラックストン様という貴族がそれを手伝ったそうで」ウィック夫人はまたエプロンをもみしだいた。「彼女がちゃんとした夫のもとから逃げ出した理由はきっとその貴族ですよ」

ベッツィは言うべきでないことを言うまいと唇を強く嚙んだ。バートとダンには答えてもらうことが山ほどある。あのばかどもはレディ・シャーロットを逃がしてしまったのだ。彼女をつかまえるのにあれだけ綿密な計画を立てたというのに。いったいどうして彼女は拳銃など持っていたんだろう？　あのふたりにはそれにも答えてもらう。

「スミスとその連れにわたしが会いたいと言っていると伝えてくださいな」

「ええ、ミス・ベッツィ。すぐに呼んできます」

ミス・ベッツィがお茶を飲み終えたところで、バートが扉をノックして開き、袖をつかんでダンを引きずってきた。しばらくミス・ベッツィはその場を動かず、ふたりの男がもじもじしているあいだ、沈黙が部屋に重く垂れこめるにまかせた。しばらくして彼女は訊いた。「どうして彼女は拳銃を持っていたんだい？」

バートはダンに目を向け、その目をミス・ベッツィに戻した。「きっとバスケットに入れていたにちげえねえ」

ベッツィは癇癪を起こすまいと奥歯を嚙みしめた。みんなが自分を貴婦人だと思っている場所で癇癪を起こしてもいいことは何もない。「バスケットね」嚙みつくようにそのことばを吐き出す。「そのバスケットのなかを検めなかったのには理由があるのかい？」

「訊いたんだ」ダンがバートをにらみながら言った。「そこに食べ物がはいっているのかって」そう言ってバートの手を振り払った。「そうしたら、食べ物をとりに行くところだったって言われた」

ベッツィはバートに目を向けた。「それで、女が嘘をついているとは思わなかったのかい？」

「ええ、ミス・ベッツィ。ダンが女とよろしくやろうとするのを止めるのに忙しくて。おれの言う意味はわかるでしょうが」バートはそう言ってダンをにらみつけた。「若い貴婦人が銃を持ってるなんて思いもしませんでしたよ。もう一方の家へ向かって歩いてただけだったんだから」

まあ、それはそうねとベッツィも認めざるを得なかった。そこにいたのが自分だったとしても、思いもしなかっただろう。それでも、自分が男だったら、女を逃がした罰に両方の男に拳をくれてやったことだろう。おまけにダンときたら。まったく！　手を引っこめておけない男はこの仕事には用なしだ。

ベッツィは手をバッグに突っこんで袋を引っ張り出した。「ダン、これがあんたへの支払いだ。あんたにはしばらく仕事をしてもらわなくていいよ」

ダンは口をぽかんと開けたが、金をつかむと、急いで応接間を出ていった。

「バート、この問題をどう解決するつもりだい？」ベッツィはレディ・シャーロットを絶対にとり戻すつもりだった。あの貴族が払おうと言ってきた金額は、これまでベッツィがかかわった三件を合わせた以上の価値のものだった。


ケニルワース卿が手を貸してレディ・ベラムニーとシャーロットをレディ・ベラムニーの旅行用の馬車に乗せたときには、朝露はすでに乾いていた。シャーロットは彼に触れられることにも耐えられず、手袋をしていたことをありがたく思った。

彼も同じ馬車に乗るのだと思って、レディ・ベラムニーの隣にすわったのだったが、ありがたいことに、ケニルワース卿は女性たちと馬車に乗るのではなく、自分のフェートンを走らせるほうがいいと思ったようだ。

「いつもはお行儀がいいあなたのお行儀がなっていないのは――」レディ・ベラムニーが辛辣な口調で言った。「昨日の恐ろしい経験のせいにしておきますよ」鋭い目で見つめられて、シャーロットは自分が十八ではなく、六歳になったような気がした。「レディ・ケニルワースのまえでは、ちゃんとお行儀よく振る舞ってくれるわね」

「ええ」レディ・ケニルワースは彼の母親ではあっても、彼の行動に責任はないのだ。いずれにしても、シャーロットはレディ・ベラムニーのことばには必ず従った。シャーロットの母の友人だっただけでなく、今はグレースと家族全員の友人でもあるのだから。

「そのむっつりした顔をレディ・ケニルワースに見せてもだめよ。あなたが婚約したのは彼女の息子なのだから」シャーロットは礼儀正しい笑みを唇に貼りつけようとしてみじめに失敗した。「わたしの経験から言って、必ずやすべてなるようになるものよ」レディ・ベラムニーはそこでしばし沈黙したが、シャーロットにはそれで終わりではないことがわかっており、それはその通りだった。少しして、レディ・ベラムニーは続けた。「ケニルワースよりもずっと最悪の相手と婚約する可能性もあったのよ。彼は賭け事もしないし、わたしの知るかぎり、お酒を飲みすぎることもない。貴族院での評判もすばらしいわ。じっさい、ワーシントンと協力して重要な法案を通したそうよ。あなたがおちついて状況をよく考えてみたら、きっともっとずっと最悪の結果に終わった可能性もあるって思うようになるわ。ケニルワースはいいお相手よ」

女性をお金で買う人であれば、いいお相手とは言えない。しかし、レディ・ベラムニーに鋭い目を向けられて、シャーロットは返事をしなければと感じた。「ええ、そうですね」

レディ・ベラムニーは満足して目を閉じ、居眠りをはじめた。シャーロットは物思いにふけることができた。

何よりも、ただ家に帰りたかった。姉やその子供たちに会い、自分の身に起こったことや起こっていたかもしれないこと、そうなったらどうなっていたかを考えなくていい状況に身を置きたかった。

男の使用人のフランクを射撃用の手袋をとりに家に戻らせたりしなければ、ほかの誰かが助けに駆けつけてくれるまで、フランクが悪人たちに抵抗できたかもしれない。フランクがそこにいて、自分が短剣を使う練習をもっとまじめにやっていたら、人さらいたちのひとりを短剣で刺して逃げられたかもしれない。

目の奥が熱くなり、シャーロットはみずからを奮い立たせた。すでに起こってしまったことについて泣いてもしかたがない。まえに進む方法を見つけるのだ。知り合うずっとまえに嫌悪を感じていた相手と結婚しなくて済む方法を。

少なくとも、今ごろジェミーは彼女が救出されるという伝言を持ってバークリー・スクエアに着いているはずだ。そう考えると心が明るくなった。ただ、救ってくれた人間がほかの誰かだったらよかったのに。それでも、あのときの状況は自分でどうにかできるものではなかった。

さまよう心が昨日の出来事に戻るのは止められなかった。ケニルワース卿も最初はとてもすてきな人に思えたのだった。ハンサムなのは否定できない。それにあのキス。それでも、ハンサムな人はハンサムな人らしく振る舞ってこそで……。ほんとうにケニルワースについて考えるのはやめにしないと。

マットとグレースはまだ家に戻っていないだろうが、親戚のジェーンはレディ・ケニルワースの家への行き方を記した手紙を受けとったらすぐに来てくれるはずだ。おそらく、ジェーンなら、シャーロットには思いつかないような何かを考えてくれることだろう。結局、ジェーンは彼女の父親が決めた相手との結婚をうまい具合に避けたのだから。

シャーロットはドッティにも手紙を書くつもりだった。友はシャーロットが問題に直面するたびに、もっとも良い解決法を見つけて力になってきてくれた。ケニルワース卿と結婚などできない理由もドッティならわかってくれるはず。ミス・ベッツィの娼館を見つけ、彼女が気の毒な女性たちにそこで何をしていたのかを暴いたのもドッティなのだ。

そのあいだ、ケニルワースのことは避けて過ごそう。あんな大変なことがあったのだから、彼の母も、シャーロットが何日か具合が悪かったり、礼儀を失したりしても当然と考え、部屋に食事を運ばせることも大目に見てくれるだろう。そういう女々しい振る舞いをこれまでばかにしてきたが、今度ばかりは例外としよう。

一日か二日のうちに、ジェーンが来て、家に連れ帰ってくれるはずだ。そしてたぶん、姉がすでに家で待っていてくれるだろう。すぐに手紙を書けば、ドッティもロンドンにいてくれるかもしれない。気分がましになり、希望もふくらんだ。もうひとりの親友でマットの妹でもあるルイーザも来られるとよかったのだが、彼女は結婚したばかりで、ロンドンに呼び戻すのはいい考えとは言えなかった。

ブラックストン卿とジェラルド卿があそこにいなければ、こうしたことは何も必要なかったのだ。それでも、彼らがいたのは事実なのだから、このもつれた状況からどうにかして逃げ出す方法を考えなければならない。

シャーロットはひとりうなずいた。姉とドッティに手紙を書いて、起こったすべてを知らせよう——そう、たぶん、キスについては書かないけれど。そして三人でケニルワース卿との婚約をなかったことにする方法を考えればいい。婚約を破棄したとしても、彼も気にもしないことだろう。いずれにしても、彼のほうもわたしと結婚したいとは思っていないのだから。

レディ・ベラムニーの言ったことは正しい。すべてはなるようになる。ただ、それはレディ・ベラムニーの予想とはちがうものになるが。

三十分もしないうちに、コンはシナノキの並木に囲まれた見慣れた邸内路へと馬車を乗り入れていた。わずかに身をまえに乗り出し、エリザベス朝時代の邸宅が視界にはいるのを待った。馬にも彼の興奮が伝わったらしく、足の運びが速くなった。

近づくにつれ、窓ガラスにダイヤモンドでもはめこんでいるかのように窓が光った。梁がクリーム色の小舞壁（竹や木を組んだ下地に漆喰などを上塗りして仕上げた壁）だけでなく、赤いレンガにも渡されている。正面からは見えないが、裏庭も元通りの見事なものに復元されており、もう一度をそれを目にするのが待ちきれなかった。ここは所有しているすべての邸宅のなかでも一番のお気に入りと言ってよかった。

シャーロットには面倒ばかりかけられているが、彼女も自分と同じぐらいこの場所を気に入るだろうかと思わずにいられなかった。

二頭の馬の脚をゆるめ、フェートンから飛び降りると、駆け寄ってきた馬丁に手綱を放った。

レディ・ベラムニーの旅行用の馬車が停まると、コンは扉を開き、踏み台を下ろした。

「ご婦人方、ようこそ」彼はそう言って手を差し出した。レディ・ベラムニーが馬車から降りると、きっと断られると思いつつ、シャーロットが降りるのに手を貸そうと振り向いた。しかし、彼女は扉のところに立ったまま、畏敬の念に打たれたように家の正面をじっと見つめていた。

「きれいな家だろう」コンは新たに知る彼女の一面がこのまま失われないことを祈りつつ、小声で言った。

「ええ、きれい」表現豊かな青い目がきらきらと光った。「小舞壁と窓がとてもいいわ。窓枠はEの形？」

「ああ、そうさ。きみは建築に詳しいんだね」古い建物に関心を寄せる若い女性には会ったことがなかった。称賛の思いが高まる。自分に対する彼女の考えを変えるようなことをレディ・ベラムニーが言ってくれたのだろうか？　コンはこれまで女性に拒絶されたことがなく、結婚しなければならなくなった女性に望まれないことで、自尊心がちくちくと痛んでいた。

「あなたの祖先の誰かが建てたの？」彼女はなかにはいるまえに家の構造のすべてを頭に入れようとでもするように、建物の正面を見まわした。

「ぼくの一族の所有になったのは、たった百年ほどまえさ」コンはまた手を差し出した。

「裏にはノット・ガーデン（生け垣の縁によって結び目のような模様が浮かび上がる庭）や迷路もある」

家のどっしりとした両開きの扉が開き、執事が出てきた。「旦那様、ようこそ。奥様がすぐにいらっしゃいます」

男の使用人が何人か馬車に歩み寄り、すぐに当惑して後ろに下がった。まったく。ご婦人がふたり到着したのに、荷物のないことがどれほど奇妙に見えるか、どうして忘れていられたのだ？

「荷物はない、ダルトン」コンは片腕をレディ・ベラムニーに、もう一方をシャーロットに差し出し、シャーロットがほっそりした指を彼の上着にかけるのを見て、安堵の息を吐きそうになった。「荷物はぼくの従者とレディ・シャーロットのメイドがあとで持ってくる」

つかのま執事はとくにすっぱいレモンでもかじったかのように唇を引き結んだ。ここの執事は内心の思いを表に出さないように訓練する必要がある。「かしこまりました、旦那様」

コンはレディ・ベラムニーとシャーロットを案内し、大きな広間へと足を踏み入れた。

シャーロットは彼の腕から手をはずし、年月とともに黒ずんだ木製の曲がった梁を見上げた。それから目を下に向け、紺と白の市松模様の大理石のタイルを眺めた。

コンの母が移り住むまえは、壁には古い武器が飾ってあった。それは古い絵画や、さらに古いタペストリーに置き換えられていた。

「この家とお庭を探検して一生過ごすこともできそうね」シャーロットは壁を見上げながらホールをまわった。

「そうかもしれない」彼女の声に惜しむような響きがあったのでは？　それが聞きまちがいでなければいいとコンは思った。「ぼくもまだ全部見てまわれていないからね。やってみようとしなかったわけじゃないが」

風向きがよくなりつつあることをコンが内心喜んでいると、黄褐色の髪をした長身の女性――彼の母――が階段を降りてきた。今も肌にはしみひとつない。最後にここを訪れてから、一日も年をとっていないように見える。母はコンからシャーロットに目を移し、その目をレディ・ベラムニーに向けた。

母のことを愚かだと言う人間はいない。階段を降りてくる短いあいだに、母が状況をほぼ理解したのはたしかだった。ついに息子を結婚させたいという願いがかなうのだ。

母の唇がゆっくりと大きな笑みの形になった。「アルメリア、お会いできてなんてうれしいんでしょう。どんな喜ばしい知らせを持ってきてくださったの？」

「わたしもお会いできてうれしいわ」レディ・ベラムニーはレディ・ケニルワースの差し出した手に触れ、頬にキスをした。「あなたはもっと頻繁にロンドンに来なきゃだめよ」

年上の女性たちが抱擁を交わしたあとで、彼の母は息子に向き直り、眉を上げた。「コンスタンティン？」

彼はすぐさまお辞儀をし、シャーロットを顎で示した。「母さん、こちら、レディ・シャーロット・ヴァイヴァーズ――」

「カーペンターです」シャーロットはきっぱりと、しかし温かい口調で訂正し、優美にお辞儀をした。「ヴァイヴァーズは義理の兄、ワーシントン伯爵の姓です」

義理の兄で保護者。ワーシントンが妻の弟妹を自身の妹たちとともに養育していることをコンはようやく思い出した。奥歯で歯噛みしたくなるのをこらえる。この調子でいくと、年をとるまえに歯がすり減ってしまうだろう。「ぼくのまちがいだ」

ああ、まったく。彼女が宿屋の主人に告げた名前をどうして忘れていた？　それだけでなく、彼女はヴァイヴァーズ家に特有の黒髪と瑠璃色の目をしていないではないか。カーペンター？　スタンウッドか？　くそっ。彼女は先代のスタンウッド伯爵の娘で、現伯爵の姉か。これほど自分を愚かに感じたことはない。

それればかりか、こうしてしくじったことで、母に話すつもりだった作り話にも齟齬が生じる。シャーロットと以前から知り合いだったという話に。

「レディ・シャーロット、母のケニルワース侯爵夫人だ」

「お会いできて幸いです」

まるで動じることなく、母は歓迎の印に手を差し出した。傍から見たら、息子が名前さえちゃんと知らない、乱れた恰好の若い女性を家に連れてくるのは日常茶飯事だと思われるかもしれない。「朝の間でお茶を飲みましょう。それでこれがどういうことか、すべて話してくれればいいわ」レディ・ケニルワースはわずかに目を細め、シャーロットと息子を見つめた。「でも、それはあとでもいいわね。レディ・シャーロットに体を休める時間をあげましょう。よく眠れなかったような顔をなさっているわ」

シャーロットの背筋はまっすぐのままだったが、体から力が抜けたように見えた。コンは心のどこかがうずく気がした。たしかに彼女は大変な目に遭ったばかりなのだ。

「ありがとうございます。かなり疲れているのはたしかですわ」とシャーロットは答えた。呼ばれるのを待っていたかのように、母の家政婦のムーア夫人がシャーロットのそばに寄り、お辞儀をしてコンの母に目を向けた。

「さあ、どうぞ」母は挨拶したときの笑みと軽い口調を保ったままだった。「ミセス・ムーアがお部屋まで案内しますわ」

「いっしょに来ていただけますか、お嬢様。お部屋は準備できています」

「ありがとう」シャーロットは感謝の笑みを浮かべた。

コンが彼女の笑みを見るのは……そう、名前を知られて以来初めてだった。どうして彼女の態度がこれほどに変わったのかはわからなかったが、ありがたいことではあった。

シャーロットと家政婦が階段をのぼって東棟へ向かうと、母が行動を開始した。「ダルトン、お茶を用意して。それと、今の時間、料理人のところにある食べ物を」

コンはお辞儀をして逃げ出そうと試みた。「レディ・ベラムニー、力を貸してくださってありがとうございました。母さん、ぼくも休憩してからお目にかかります」

母は両方の眉を生え際近くにまで持ち上げて息子に目を向けた。「そんなに急がないで、コンスタンティン。何より先に、あなたから話を聞くわ」

息子に答える暇を与えず、母はレディ・ベラムニーの腕をとって踵を返し、家の奥へ向かった。

コンはふたりのあとに従って廊下を進んだ。少なくとも、シャーロットにさえぎられずに話をし、母の協力をあおぐことができる。

8

シャーロットはムーア夫人のあとから大階段を昇り、ツゲらしき木で囲まれたバラ園を見晴らす大きく居心地のよい部屋にはいった。

暖炉のまえには湯船とついたてがあった。暖炉には火がはいっており、すでに寝室は暖まっていた。

「奥様のメイドをここへ来させますね」

「ありがとう」

家政婦が出ていって扉が閉まると、シャーロットは腕をこすった。暖を求めてというよりは、眠りこまずにいるためだった。

少しすると、軽いノックの音がして、扉が開き、リネンの寝巻を持った女性が部屋にはいってきた。「おはようございます、お嬢様。わたしはグレイと申します」女性は部屋を見まわし、やがて満足した様子で訊いた。「服を脱ぐのをお手伝いしましょうか？」

「ええ、お願い」シャーロットは言った。昨晩の宿屋にいるときとはちがい、寝巻に着替え、やわらかいベッドに沈みこんで眠りたくてたまらなかった。

ケニルワース卿が同じ家にいるにもかかわらず、安全な気がした。彼のようなならず者でも、母親の家で言い寄ってくることはないだろう。

「お休みのあいだに、お召し物をきれいにしてブラシをかけておきますね」メイドの声は心をなだめてくれ、安心感に包んでくれる気がした。「お嬢様のメイドは今日到着予定とうかがっています」

「ええ、そう」ありがたいことに、レディ・ベラムニーがそれを手配してくれたのだった。

メイドが馬車用のドレスの留め金を外せるようにとシャーロットは背を向けたが、そこで短剣のことを思い出した。「ちょっと待っていてくれるかしら。ついたての陰に行かなくちゃ」

グレイはふたつの本棚のあいだにある扉を指差した。「お手洗いはその扉の向こうです」

「すぐに戻るわ」シャーロットは小さな部屋へはいった。部屋の片側にたたんだ布が置かれた棚があった。彼女は短剣と鞘を外すと、それらを布の陰に隠し、寝室に戻った。

グレイにドレスを脱がせてもらっているあいだ、シャーロットにはあれこれ思い返す機会ができた。レディ・ケニルワースがとても若く見えることには驚いた。挨拶するために現れたときに、肌にしみひとつないことがわかった。目のまわりに小さな皺がある以外、ほとんど皺も見あたらなかった。

ケニルワース卿の母親としては若すぎるように見えた。かつてのレディ・ワーシントン、今のレディ・ウォルヴァートンのように、継母なのだろうか。それでも、レディ・ケニルワースの目はケニルワース卿と同じ美しい若葉色だったので、血のつながりがあるのはまちがいなかった。

レディ・ケニルワースが休んだほうがいいと言うまで、シャーロットは体の力を抜くことをみずからに許さなかったのだが、何時間も馬車に揺られ、ほとんど寝ていない事実が突如として力を奪ったのだった。

シャーロットが腕を上げると、メイドが寝巻を頭からかぶせてくれた。シャーロットは口を覆ってあくびを隠した。

グレイは上掛けの下に暖かい鍋をすべらせた。「さあ。ベッドに寝ましょうか、お嬢様」すぐにもシャーロットは上掛けの下にたくしこまれた。メイドが部屋を出て扉が閉まると、もう一度さらわれでもしないかぎりは、シャーロットが夢の神に屈するのを止めるものはないはずだった……ただ――バスケットから物哀しい鳴き声が聞こえてきた――コレットだ。

シャーロットは上掛けをはねのけた。どうして猫のことを忘れていられたの？

自分で思っていた以上に疲れていたにちがいない。バスケットを開けてかわいそうな猫に用足しをさせてやると、コレットをベッドに乗せて自分もベッドに戻り、猫をそばに引き寄せた。「さあ、たっぷり昼寝をしましょう。充分休んだら、このばかばかしい婚約から逃れる方法を見つけるわ」

ベッドはやわらかく、カーテンは閉まっていたが、それでも眠りは訪れなかった。ケニルワース卿がわたしと結婚したいと思うはずはない。宿屋では、わたしが無視していたのに気づかないほどわたしのことを気にしていなかった。それから、母親に紹介する際に姓をまちがったのに、まるで悪びれた様子もなかった。ちゃんとした感情すら持ち合わせていないのは明らかだ。これも彼と結婚できない理由のひとつだ。

そう、女性の体をお金で買う男性から――彼のことは階級的には紳士であっても、紳士とは呼ばないでおこう――それ以上何を期待できるというの？　それも複数の女性の体を。

おそらく、彼は婚約を拒絶してレディ・ベラムニーの怒りをまともに浴びたいと思わなかっただけなのだ。そうにちがいない。マットとマートンですら、レディ・ベラムニーの機嫌を損ねたいとは思っていなかった。そのことについて考えれば考えるほど、婚約者を排除できれば、ケニルワース卿もきっと喜ぶにちがいないという思いが強まった。

そう結論づけると、また眠気に襲われはじめた。心配することは何もない。すべてうまくいけば、遅くても明日の夜には家に帰れることだろう。


コンはレディ・ベラムニーと母のあとから廊下を進み、家の奥にある、光に満ちた朝の間へ向かった。

その部屋は――古い家具がところ狭しと置かれ――格式張っているというよりは居心地がよかった。壁の下半分は艶消しの青りんご色のペンキが塗られていた。カーテンと上半分の壁は大きな花模様だった。飾られている絵画は、ほとんどが子供やペットやほかの人々の肖像画で、壁の二方をほぼ隙間なく埋めていた。母がしつらえさせたフランス窓が、母の気に入りの庭の一画へと通じていた。

「コンスタンティン」母はソファーのまえに立ち、そばにある二脚の椅子のひとつを身振りで示して言った。「あなたの顔がよく見えるところにすわってちょうだい」

コンにとって幸先がいいとは言えなかった。母の指示に従う代わりに、コンは暖炉のそばに立った。「すわるより立っていたほうがいいと思うので」

「好きになさい」母は息子に細めた目を向けながら、優美にソファーに腰を沈め、スカートを直した。

執事が大きなお茶のトレイを持ってはいってくると、コンはひとつの皿一杯に好きなレモンタルトが載っているのを見てうれしくなった。これは料理人の考えか？ それとも母の？

レディ・ベラムニーは母の右にある、籐の背のついた古いフランス製の椅子を選んでいた。

母からお茶のカップを受けとると、コンはまずもっとも重要な情報から伝えることにした。

「レディ・シャーロットとぼくは婚約しているんです」

「婚約！」母は口を開けたり閉じたりした。何かもっと言おうとするのだが、なんと言えばいいかわからないというように。残念ながら、それもさほど長くは続かなかった。息子がロンドンへ行ったときから、母はこの日を待ちつづけていたのだから。「あなたは彼女の姓も知らなかったじゃない。どうしてそんなご婦人と婚約できるというの？」

ああ、くそっ。そんなちょっとした失敗をどうして忘れてくれないんだ？

また奥歯の歯ぎしりがはじまった。「母さん、話を続けてもいいかな」

片方の眉を上げて彼は待った。少しして、母は首を縦に振った。「わかったわ。続けて」

もっとうまく、すらすらと説明できたなら。しかし、コンにはできなかった。「どうやら、ぼくはレディ・シャーロットの評判に瑕をつけることになったようで――」

「なんですって？」母の顔が怒りで真っ赤になった。「ケニルワース、どうしてそんなことができたの？　それに、彼女の評判に瑕をつけることになったようだってどういうこと？　そういうことをほんとうにしたの、しなかったの？」

ありがたいことに、そこでレディ・ベラムニーが咳払いをした……大きく。「ちょっといいかしら？」彼女はそこで一瞬間を置き、誰もどうぞとは言わないうちに話を続けた。「ケニルワースは昨日、ワーシントン・ハウスのまえを通り過ぎるときに、声をかけられて、レディ・シャーロットを救ってくれと頼まれたの。さらわれた彼女を」

彼の母は息を呑み、手を胸にあてた。「まあ、かわいそうに」

「ほんとうにそう」レディ・ベラムニーはうなずいた。「彼はあとを追い、彼女が閉じこめられていた宿屋まで行って彼女を助けたの」

母はにっこりした。「それはほんとうに賢明だったわね、コンスタンティン」

コンは浅くお辞儀をし、レディ・ベラムニーが話を続けるのを待った。

「ただ、今朝、夜が明けるまえにロンドンに彼女を連れ戻すことができず、ふたりの軽薄な人間に宿屋にはいるところを見られてしまったの」コンの母はまた口をはさもうとするかに見えたが、どうにか沈黙を守った。「そのうちのひとりは、レディ・シャーロットとケニルワースの両方の名前を嬉々として穢そうとする人間よ。当然ながら、紳士であり、貴族であるケニルワースは義務をはたそうとしているわけ」

「あなたもレディ・シャーロットもほんとうに勇敢だったと思うわ」と母は言った。「ここへいらしたときに彼女がひどくとり乱していなかったことが不思議なぐらい」母はまたお茶を飲んだ。そのあいだずっと息子を値踏みするように見つめていた。「あなたも知っているように、あなたには恋愛結婚をしてほしいと思っていたのよ。でも、あなたが彼女に好きになってもらうよう仕向けられない理由はないわね。その気になれば、あなたはとても魅力的なんだから」

ただし、彼女がぼくとはなんの関係も持ちたくないと思っていなければの話だ。

「あなたが紳士として当然の振る舞いをしたことはとてもうれしいわ。そうしないと思っていたわけじゃないけど。それにそう、ようやく孫が持てるのもうれしいわね」

姉たちが十一人もの孫をもうけ、彼らを溺愛していることを、どうして母が完全に失念できるのか、コンには理解できなかった。おそらく、跡継ぎという意味なのだろうが、それを口にしたくないのだ。

「わたしが知りたいのは、それについてあなたがどう思っているかよ」

母のことばがコンの物思いを振り払った。ぼくがどう思っているか？

最初はそんな立場に置かれたことに怒り狂っていた。それから、シャーロットがいかに動揺しているかがわかって怒りはほぼ消えた。彼女は片意地を張ってはいても、少なくとも自分の信念の正しさを情熱的に信じている。そんな情熱を持ち合わせているならば、それをもっとふさわしい方向に向かわせることもできるはずだ。彼女は自分の気持ちを表すことを恐れない。ただ、それも諸刃の刃で、今はその刃がコンの首に突きつけられていた。

無垢であるのも、正直であるのと同様にすがすがしかった。こうなったのがもっとずっと最悪の相手だった可能性もあり、彼女よりもずっといい相手だった可能性はなかった。唯一の問題は、彼といっしょにいるのは耐えられないと彼女が思っていることだった。

「彼女はきれいで、知的で、ぼくにとっていい妻となり、いい侯爵夫人になるでしょう」

母はうなずいた。

レディ・シャーロットが今の状況を自分ほど受け入れていないことを母に言うなら今だ。「ただ、残念ながら、彼女のほうはぼくと婚約することについてぼくほど満足していないようなんです」

母の目が険しくなり、エメラルドのかけらのようになった。おそらくは息子を擁護するためだろう。コンはたったひとりの息子なのだから。「彼女はケニルワースよりもいい相手がいると思っているの？」

「いるだろうとぼくが思っているんですよ」コンは母の気分を明るくしようとすぐさま言い返した。「彼女が不満に思っているのはそういうことじゃないんです。ぼくに愛人がいることを嫌がっているんです」

「なんてこと、コンスタンティン！」母は両手を投げ出した。「愛人のことを彼女に言うなんて、いったい何を考えていたの？　社交界を長く避けていたせいで、どう振る舞っていいかも忘れてしまったの？　未婚の若い女性にそんなことを知らせるべきでは――」

「そのことを持ち出したのはぼくじゃない」

「だったら、どうやって彼女が知ったというの？」母は息子のことばが信じられないというように訊いた。

コンは片手で顔をぬぐった。「劇場でぼくを見かけたんですよ」

「それは――」知らされたことを呑みこもうとするように母は何度かまばたきした。「そんなのたいした問題じゃないわ。愛人とは手を切るとレディ・シャーロットに約束すればいいだけよ。じっさい、心のなかではもうそうしてるって」

そんな単純な話だったらいいのだが。「愛人を持つような男とは結婚しないと言うんですよ」

「そんなのばかばかしい」母は払うように手を動かした。「紳士が愛人を持つのは世の習いですもの。あなたのお父様にもいたし」母の顔と唇が険しくなった。「もちろん、わたしと出会うまえのことだけど。出会った後は……愛人を持つ必要もなくなったし」

母はレディ・ベラムニーをちらりと見たが、彼女は首を振っただけだった。よかった。シャーロットがそれほど簡単に納得させられる相手ではないことを知っている人がほかにもいた。「残念ながら」コンは言った。「レディ・シャーロットには不運な女性たちが嘆かわしい状況に置かれているのを知る機会があったんです。でも、結局は結婚に同意しますよ」ああ、そうならいいのだが。

「彼女の姉とワーシントンが来て、問題解決の糸口をつけてくれるのを待ったほうがいいわ。

それで――」レディ・ベラムニーは立ち上がった。「わたしは宿に戻らなくては。書きつけを置いてきたけれど、わたしがどこへ行ったか夫が不審がるでしょうから。ケニルワース様とレディ・シャーロットが着く少しまえに、岩石層か何かを眺めに出かけたの」

「ぼくも――」コンも背筋を伸ばして言った。「昼寝します。昨日の夜、睡眠を奪われたのはレディ・シャーロットだけじゃないんでね」そう言って母の頭にキスをした。「レディ・ベラムニー、玄関までお送りしましょう」

そうして廊下を半分進んだところで、レディ・ベラムニーが口を開いた。「幸運を祈るわ。あなたには運を味方につける必要がある気がするから。これまでわたしが見てきた感じだと、レディ・シャーロットは家族にも友人にも自分の信念にもとても誠実な人よ」

「まさしくそのとおりでしょうね」

「どうやらあの村でボクシングの試合があるようなので、今日ロンドンに戻ると夫に告げるつもりよ」彼女はため息をついた。「ただ、夫が田舎の家に帰ると言い出しても驚かないわね。ロンドンには論文を発表しに来ただけなのに、思った以上に長くいたんだから。それはそれとして、あなたの結婚がうまくいくよう、わたしもできるだけのことはするわね」

「助かります」自分だったら、田舎に留まりたいと思うのに、妻だけがロンドンへ行ってしまうのは受け入れられないだろうと思ったが、ベラムニー夫妻には両方の意に即したとり決めがあるようだった。

レディ・ベラムニーを見送ると、コンは寝室へ向かった。しかし、安らかな眠りにはつけず、何度も寝返りをくり返し、一度ならず枕をなぐることになった。

シャーロットがここを出てどうにかしてメイフェアに戻ろうと試みる姿が、彼女を自分のものにするという、より喜ばしい夢にくり返し乱入してきた。結局、それをどうしても止められなかったので、そうして乱入してくる情景もたのしむことにした。

頭では、賢い彼女がそんなばかげたことをするはずはないとわかっていた。娼館の女主人と誘拐を実行した悪党たちが自分を探すであろうことは彼女にもわかっているにちがいない。ミス・ベッツィについて聞いた話からして、ワーシントンに復讐するための道具に逃げられたことに彼女はひどく腹を立てているはずだ。

眠りにつくことをあきらめ、コンは娼婦の斡旋をしているその女について耳にしたことを正確に思い出そうとした。あれは愛人のエーメが好んでフランス風に装飾した応接間にいたときのことだった。ミス・ベッツィの娼館がつぶされた直後のことだったにちがいない。ほかの高級娼婦のひとりがそこで働いていた娼婦を知っていた。みずから進んで娼婦になった女ですら、意志に反してそこに留め置かれたようだった。ミス・ベッツィに借金があるというのが一番の理由で、残念ながらそういうとり決めはめずらしくなかった。コンはそう聞かされていた。

心がざわついたのは、無垢な女性や貴婦人が娼館で無理やり働かされていたという話だった。おとなしくさせるのにアヘンも使われていたという。アヘンの話はまったく信じられなかった。

コンはまた枕をなぐった。もちろん、ロンドンに出てきた田舎の少女が、かどわかされて娼婦になるという話は誰でも聞いたことがある。そういう少女に何度か遭遇したこともあったが、慣れてしまえば、みなその仕事を受け入れていた。

それなのに、どうしてワーシントンがミス・ベッツィを廃業に追いこんだのかという疑問が生じる。そして、なぜシャーロットがそういう話を聞かされていたのかという疑問が。無垢な若い女性に娼館の話をするなど無分別極まりない。いったいワーシントンはどうしてしまったのだろう？

それは友がシャーロットを迎えに来るまでわからないことだったので、コンの忙しく働く頭はレディ・シャーロットの身の安全を守るという目下の問題に戻った。もっと重要なことに、今はこうして彼女に目を配れるだけでなく、結婚してくれるよう説得できる状況にあるのだから。

意図せぬ状況での婚約だったにもかかわらず、そしてその理由を完全には理解できないもののの、コンはシャーロットを妻に迎え、ベッドにいざなうことを心待ちにするようになっていた。

9

「お起こししたほうがいいですか?」メイのささやき声がシャーロットの眠りの帳《とばり》を貫いた。

「いいえ、目が覚めるまでそばに付き添っているわ」仲のいい親戚のジェーンの声のようだ。スカートのこすれる音と小さなしゅっという音がして、ジェーンがベッドのそばの椅子にすわったのがわかった。目は覚めていると告げるべきなのだろうが、どう頑張っても目が開かなかった。奇妙なことに。

少しして、誰かがそっと体を揺すった。「シャーロット」

ああ、ジェーンが来てくれたのだ。

「起きないと、今夜眠れなくなってしまうわよ」

シャーロットは目を開けて眠気を払うように目をこすった。カーテンは開かれ、陽光が寝室に射しこんでいた。「いつからいるの?」

「二時間ほどまえから。もうお昼すぎよ」ジェーンはほほ笑んでいるが、眉のあいだには心配そうな皺が寄っていた。「メイを呼びましょう。軽食を手配してくれるわ」

ちょうどそのとき、シャーロットのおなかが鳴った。今朝は胃が結び目のようにきつく締めつけられていたせいで、トーストひと切れしか食べていなかったのだ。そのせいで胃が空っぽだった。「たっぷりした軽食をお願い。おなかが空いて死にそうなの」

ジェーンの笑みが深まり、心配そうな皺は消えた。「よかった」

ベッドの端から足を垂らし、シャーロットはコレットを抱き上げた。「ヘクターも来てるの？」

「いいえ。夫もいっしょに来たがったんだけど、子供たちと残ってもらうほうがいいと思って」シャーロットがお手洗いに行くあいだ、ジェーンが猫をあずかった。「ワーシントンの執事がすぐにわたしたちに使いをくれて……昨日の午後のことだけど。あなたがどこにいるかわかってすぐ、グレースに、マットといっしょにここへまっすぐ向かったほうがいいって手紙を書いたの。でも、彼らがわたしの手紙を間に合って受けとれなかった場合、向こうにヘクターがいれば、この場所を教えることができるから」

つまり、少なくともあと一日か二日はケニルワース卿とその母親とともに過ごさなければならないということだ。シャーロットは愚痴をもらしたくなるのをこらえるために唇を嚙み、ついたての陰へ行った。自分の石鹼と歯ブラシがそこにあるのがわかってうれしくなる。

数分後、メイが扉を軽くノックして部屋にはいってくると、シャーロットをしげしげと見てからドレスを差し出した。「お会いできてほんとうによかった、お嬢様。お食事が終わったら着替えられるよう、淡い緑のドレスをご用意しました。お食事が来るのを待つあいだ、おぐしを整えましょう」

意外なことだった。誘拐のことを、ジェーンは言わなくても、メイは口にするだろうと思っていたからだ。どうやらどちらもそのことについては話したくないらしい。

ドレッシング・テーブルにつき、シャーロットはメイドが髪をねじってきれいな団子を作り、高く結い上げるのを見つめた。

「金のイヤリングはまだお持ちですか？」

「ナイトスタンドの上よ。ベッドにはいるまえに外したの」

「ああ、ありました」シャーロットが宝石を身に着けたところで、扉をノックする音がした。メイは先ほどのジェーンに負けず劣らぬ満面の笑みとなった。「軽食が来たようです、お嬢様」

メイドが皿を並べるあいだ、シャーロットは窓辺に立ち、庭を眺めていた。

「どれもおいしそうですよ」とメイが言った。シャーロットは初めて、メイドの声に無理に明るく作っているものを感じた。

ジェーンの額の皺が見えたように、メイの目にも心配の色が見える気がした。何かあるのね。でも、何があるというの？　ふたりとも、シャーロットが壊れやすい磁器の人形で、すぐにも砕けてしまうというような扱いだった。

扉が閉まり、シャーロットはテーブルに歩み寄った。すでにジェーンがすわって食べ物を皿にとりはじめていた。半分食べ終えたところで、シャーロットは、メイドもジェーンも、誘拐についてまったく話題に出すつもりがないのだと気づいた。ふたりの心配をわたしがなだめなければならないということ。

「わたしは大丈夫よ、ジェーン。ほんとうに。誰かに危害を加えられるまえに、ケニルワース様が逃げるのに手を貸してくださったの」

ジェーンは飲んでいたお茶のカップを下ろした。「シャーロット、ここへ来る途中、わたしたちは道を訊くために宿屋で停まったの。御者が道を訊いているあいだ、ふたりの紳士があなたとケニルワース様との婚約について話しているのを聞いたわ。ほんとうに婚約したの？　レディ・ベラムニーもレディ・ケニルワースも婚約の話は何もおっしゃらなかったのに、噂が立っているというのはどうして？」

シャーロットはナプキンを手でもみしだいた。「ブラックストン様ともうひとりに、宿屋にはいっていくのを見られたの。それで、ケニルワース様が宿屋の主人にわたしたちが婚約しているって告げたのよ。そうしたら、レディ・ベラムニーが現れて、彼に義務を果たしてわたしと結婚するつもりかって訊いたの」ジェーンの目に浮かんでいた懸念の色は薄れなかった。「わたしは彼と結婚したくないわ。彼のほうもわたしと結婚したいとは思っていないはずよ。それで、眠っているあいだにある計画を思いついたの。夏のある時期まで婚約したままでいるのよ。噂が鎮まるまで。ドッティがマートンと恋に落ちるまえにそうしようとしていたみたいに」ジェーンの表情が見たこともないほどに深刻なものになった。「きっと大丈夫。心配しないで」

それでも、ジェーンの表情からして、期待したようにはすべてがうまくいかないかもしれないという思いが湧きはじめた。

ジェーンは手を伸ばしてシャーロットの肩を軽くたたいた。「今は計画を立てないでおきましょう。グレースがすぐにここに来るから」

シャーロットの背筋を冷たいものが走った。「何かわたしに隠していることがあるの？」

しばらく間を置いてからジェーンは答えた。「あなたの衣服の状態のせいで――」昨日の晩は服を着たまま寝たように見えたはずだ。じっさいそのとおりだったが。「あなたとケニルワース様が今朝あいびきをしていたという噂が立っているの」

噂の出どころがブラックストン卿であるのはまちがいない。ジェーンはそれを知らないかもしれないが。「でも、レディ・ベラムニーが――」

「ええ、そうね。その紳士たちもレディ・ベラムニーがあなたとごいっしょだったことは認めているんだけど、あなたたちふたりが彼女の目を盗んでふたりきりの時間を持ったように見えたそうよ」

ああ、なんてこと！

噂を否定しても無駄だろう。結婚の誓いを立てるまえに、姉や友人がそれぞれの夫と色々あったことはシャーロットもよく知っていた。レディ・ベラムニーによると、フェートンに問題があったとケニルワース卿がジェラルド卿に説明したそうだ。ケニルワース卿の思惑とは裏腹に、ジェラルド卿は、というより、おそらくはブラックストン卿がその話を信じなかったのは明らかだ。

「あいびきなんてしてないわ」シャーロットはできるかぎり強い口調で否定した。「いっしょに馬車に乗っていただけ。そのまえは、わたしはさらわれて馬車に放りこまれたわけだし。彼が婚約したと言ったのは、わたしの評判を守るためよ」

「ええ、そうね」ジェーンはシャーロットの手を軽くたたいた。「あなたの言うことを信じるわ。マットとグレースもあなたを信じるでしょう。問題はこういう噂が広まり出すと、それを止めるのが不可能だということよ」ジェーンは唇をきつく閉じた。「それに、彼は結婚するつもりだってはっきり言ったわけでしょう。そのせいで何かあるにちがいないって憶測を生むことにもなるのよ」

「こんなの不公平だわ」シャーロットはべそをかきたくなったが、そんな子供っぽい振る舞いをするのは嫌だった。

「わかるわ」ジェーンはしばらく黙りこんでお茶を飲んだ。「わたしはケニルワース様のことは知らないけれど、レディ・ベラムニーは彼を高く買っている。あなたが恋愛結婚を望んでいるのは知っているけど、彼と結婚することはほんとうにできない？」

ああ、やめて！　ジェーンまで！「できない」シャーロットはジェーンにどこまで話していいか考えたが、力になってもらいたければ、ほんとうのことをすべて話すしかないと意を決した。「女性を虐待している人なのよ」

ジェーンはナプキンをつかむ間もなく、口からお茶を吹き出した。「なんですって？」その驚愕した顔がシャーロットの望み得るすべてを物語っていた。「シャーロット、どうしてそんなことを知っているの？」

「ルイーザが結婚するまえに、彼女とロスウェル様と劇場に行ったことがあるの。ケニルワース様がひとりじゃなく、ふたりの高級娼婦といっしょに劇場にいたわ」

ジェーンの眉が上がった。「それはちょっとやりすぎね」

その反応はシャーロットが期待していたものとは少しちがった。「ドッティとマートンが見つけた娼館のことは知っている？」ジェーンは首を振った。「だったら、グレースとドッティがルイーザとわたしに教えてくれたことを説明させて」

シャーロットは連れ去られた貴婦人たちが娼婦として働かされていたことや、それを拒めばアヘンを飲まされていたことを話した。「それもすべて、男性たちが彼女たちの体を買って利用したいと思ったからよ」シャーロットの声が怒りで震えた。それから、もっとも重要な部分を付け加えた。「それで、愛人がいるのを非難したときに、ケニルワース様がなんて言ったかわかる？」

「いいえ」ジェーンはゆっくりと答えた。

「それは取引にすぎないって言ったの」シャーロットはしゃっくりをし、涙のにじんだ目をしばたたいた。それでもすべてがぼやけて見えた。「かわいそうな女性たち。取引だなんて」

最後のことばを口にするやいなや、シャーロットはわっと泣き出した。

ジェーンはシャーロットに腕をまわし、背中を軽くたたいた。「わたしたちで何か対策を考えるから。約束するわ」そう言ってシャーロットを立たせ、ベッドに戻らせた。「もう少し横になっていたほうがいいわ」

「そうかもしれない」シャーロットはこれまでほとんど泣いたことがなかった。母が死に、それが少しもいいことではないと知ったとき以来ずっと。「自分で思っていたよりも疲れているのかもしれないわ」

シャーロットが数時間後に起きたときには、気分はずっとおちついていた。泣いたことで、たかぶりすぎた感情を抑えることになったのだ。呼び鈴を鳴らすと、数分後にメイドがやってきた。

「お嬢様が起きるのか、夜通しお眠りになるのかわからなくて」

「夕食を食べ損ねたのかしら？」

「いいえ、お嬢様。着替えの時間は充分ございます」

メイドが支度をするあいだ、シャーロットはいくつか決心をした。

まず、貴婦人らしく振る舞わなければならない。レディ・ベラムニーはもちろん、ケニルワース卿に対する態度を知ったら、姉のグレースは恥ずかしく思うことだろう。どれほど挑発されたとしても、お行儀を忘れないようにしなくては。

次に、ケニルワース卿も含め、婚約については誰とも話さないことにしよう。とくにケニルワース卿とは。男性というのは、ほとんど何についても挑戦するものを見つけようとする奇妙な生き物だ。わたしは挑戦の対象となるつもりはない。

最後に、ミス・ベッツィをつかまえ、そのいやらしい策略の犠牲となっている女性をできるだけ多く救う方法を見つけるのだ。

「真珠にしますか、お嬢様？」とメイが訊いた。

「ええ、それでいいわ」

シャーロットはメイドがネックレスの留め金を留めてくれているあいだにイヤリングをつけた。髪には小さな真珠のついたシルクのリボンが編みこまれていた。

メイがバッグを渡してくれ、肩にノリッジ・ショールをかけてくれると、シャーロットは鏡を見てうなずいた。ケニルワース卿とその母に対面する心の準備はできていた。

応接間の場所さえわかれば。古い屋敷はつねに部屋の場所を知るのがむずかしかった。

扉をノックする音がし、ジェーンが顔をのぞかせた。「いっしょに階下に降りたほうがいいと思って」

「場所はわかっているの？」とシャーロットは期待をこめて訊いた。

「いいえ」ジェーンは笑った。「男の使用人かメイドを見つけられるんじゃないかと思って」

シャーロットは扉を広く開いた。「最悪でも、捜索隊を派遣してもらえばいいんだから」

「その必要はない」ケニルワース卿が廊下にいて、シャーロットとジェーンに笑みを向けた。

「案内しに来たんだ。レディ・シャーロット？」彼は片腕を差し出した。「ミセス・アディソン？」

ふたりはそれぞれ差し出された腕に手を載せた。シャーロットはケニルワースにそこにいてほしくなかったが、これがしかるべく振る舞う最初の機会になるのはたしかだった。「ご案内くださいな、侯爵様」

「この家はウサギの巣穴とまではいかないが、それなりに部屋数は多いんだ」

「いつか見てまわりたいわ」とシャーロットは言った。それができるほど長く滞在することにはならないだろうとは思ったが。きっとケニルワース卿もその母も大事な用事に忙しいはずだ。

「喜んで明日、家と庭を見せてまわるよ」

墓穴を掘ってしまった。「たのしみだわ」

「よければ――」ジェーンが言った。「わたしも家のなかとお庭を見せていただきたいわ」

シャーロットは救いの手を差し伸べてくれた親戚の存在について感謝の祈りをささげた。

「もちろんです。喜んで」意外にもケニルワース卿は心からそう思っているような口調で言った。

もしかしたら、彼もわたしから解放されたらうれしいと考えているのかもしれない。

大階段を降りて右に曲がり、別の廊下を進むと、ようやく応接間にたどりついた。ほかの部屋と同じように明るくきれいな部屋だった。

レディ・ケニルワースはすでにワインのグラスを手に持って暖炉のそばにすわっていた。

「ようこそ、ミセス・アディソン」レディ・ケニルワースはグラスを大理石の天板の小さなテーブルに置いて立ち上がった。「レディ・シャーロット、よくお休みになったようでよかったわ」そう言ってジェーンとシャーロットに両手を差し出した。「ワインかシェリーを召し上がる？」

「よければ、シェリーを」とシャーロットは答えた。

「わたしも」とジェーンも言った。

ケニルワース卿がグラスにシェリーを注ぎ、それぞれにグラスを手渡した。

「ケニルワースが婚約のことを話してくれたのよ。どれほどうれしいか、ことばにできないほどだわ。乾杯しましょう」レディ・ケニルワースは美しい笑みを浮かべた。「あなたたちの婚約に。娘を持つのをどれほど長く待っていたか、あなたにはわからないでしょうね」

シャーロットはひとこともことばを発していなかったが、最悪のペテン師になった気分だった。

シャーロットがひと口シェリーを飲んだところで、ケニルワースがひややかに言い返した。「ぼくはまだ三十二だよ」しかし、その瞬間の彼は十三歳に戻ったような口調だった。「それに、娘だったら、もう三人もいるじゃないか。姉さんたちのことを忘れてはいないはずだ」

完璧なお行儀を心がけると誓ったにもかかわらず、シャーロットは自分を止められなかった。「お母様にそんな口をきくなんて」どうにか多少感情を抑えようとすると、グラスの柄を持つ手に力が加わった。「ご自分を恥ずかしく思うべきですわ、ケニルワース様。それに、まだお母様がいらっしゃることをありがたく思うのね」ケニルワースと侯爵夫人はぎょっとした目をシャーロットに向けた。ああ、しまった。何をしてしまったの？「ごめんなさい」とシャーロットは言った。思った以上に申し訳ないという思いがあふれた。自分で思っていたよりも神経がすり減っていたにちがいない。「口を出すべきじゃありませんでした。うちの母は何年もまえに亡くなっているんですけど、母を思い出さない日はないもので」

「あなたの気持ちはよくわかるわ」レディ・ケニルワースはすばやくシャーロットのそばに寄った。その同情するような目を見て、シャーロットはまたわっと泣き出してしまわないように自分を抑えなければならなかった。「わたしも若いころに母を亡くしたの。忘れることなんて絶対にないものよ。コンスタンティン――」侯爵夫人は立ち上がった。「あなたの花嫁選びに賛成するわ。わたしに関するかぎり、ほかはどうでもいいことよ」

え、そんな！　レディ・ケニルワースの肩を持ったのは、結婚の許しをもらうためではなかった。結婚などするつもりはないのだから。

どうしたらいいの？　レディ・ケニルワースに、彼女の息子と結婚するつもりでいると誤解させつづけるわけにはいかない。ほんとうは結婚などする必要がないことを説明しなければ。

ジェーンが言っていたことは無視することにした。「これは一時的な婚約なんです。この状況からして、きっとケニルワース様もお互いのために、夏の終わりか秋には婚約を破棄することに同意なさると思いますわ」シャーロットはほかの面々に無理に笑みを作ってみせた。「そのころには、今回のこともみな忘れられているでしょうし」

「ぼくは同意しないね」そのケニルワースの声は、高圧的に物を言うときに使うものだとシャーロットにもわかってきた。「きみとぼくが早朝に乱れた姿でいっしょにいたと、ブラックストンが誰彼かまわず、犬にまで話すのはまずまちがいない。そうでないとは信じられないね」ケニルワースは母に目をやった。「ぼくらのどちらも、昨日の晩宿屋にいなかったという事実は簡単に証明されるし」

困ったことに、彼の言うとおりかもしれない。

それでも、どうして彼が自分と結婚したいと思うのか、シャーロットには理由を推測することもできなかった。「わたしの姉と義理の兄がロンドンに戻ったら、すぐにここへ来てくれるはずですわ。この話の続きはふたりを待ってしたほうがいいと思います」

「賛成だ。判断はワーシントンときみの姉上にまかせよう」ケニルワースはワインを飲み、シャーロットにほほ笑みかけた。

まるでわたしの知らない何かを知っているかのようね。それでも、マットとグレースが妹の望まない結婚を強いるはずはなかった。それだけはたしかだ。

10

バートはその日の午前から午後にかけてほぼずっと、レディ・シャーロットとブラックストン卿の足跡を追って過ごした。残念ながら、道路料金所を元来たほうへ通過するまで運には恵まれなかった。料金の徴収人はその朝見かけた男とはちがった。

硬貨をとり出しながら、バートは訊いた。「夜明けまえにここを通った貴婦人と紳士はいなかったよな？」

年上の男は金を受けとった。「いたよ。あんな朝早くに見かけるのは妙だと思ったんだ。ここはロンドンじゃねえからな」

「そのふたりがどこへ行ったか見当がつくかい？」

「このあたりで町といったらひとつしかねえ。ブラックウェルさ」

バートは徴収人に帽子を傾けた。「教えてくれて助かったよ」

その町に着くまでにさらに二時間かかった。一カ所にこれほど多く集まっているのは目にしたこともないほど洒落た乗り物が通りに列を成している。

ふたつの宿屋の外にテーブルがしつらえられており、若者や少年たちが酒場に出入りしてエールを運んでいた。

バートは少年のひとりをつかまえた。「何があるんだ？」

「ボクシングの試合だよ。さっき終わったばかりさ」

ちくしょう。ことはたやすく終わらないということだ。こんなに洒落者たちがうろつきまわっているなかで、どうやってひとりの貴族と貴族の女を見つけられる？「一日じゅうここにいたのか？」

「ううん」少年は忙しく目を動かし、きょろきょろと群衆を見まわしていた。「手伝いに来てるだけさ。いつもは馬の世話をしてる」

くそっ。つきに頼るしかないわけだ。「ブラックストン卿って名前は聞かなかったか？」

「聞かなかったらよかったよ」少年は地面に唾を吐いた。「ちゃんと馬の世話をしてやったのに、その人は半ペニーもくれなかった」

バートはポケットから硬貨を出し、少年に手渡した。「今もそいつはここにいるのかい？」

「ううん」硬貨はすばやく消えた。「エールを一パイントやって、ロンドンに発ったよ」

バートもロンドンへ向かおうとしていたのだった。田舎をうろついている洒落者を見つけるよりも、メイフェアで張っているほうが簡単なはずだ。女もメイフェアにいるだろう。おそらくはそもそも女をさらったあたりに。今度は絶対に逃がさない。

「おれにも一パイントくれ。何か食べるものも」

少年はにやりとして走り去った。明日朝にはレディ・シャーロットを見つけてミス・ベッツィのところへ連れていけるはずだ。

翌日昼近くになって、コンが図書室にいるときに、母の家の執事が開いたままの扉をノックした。「旦那様、ワーシントンご夫妻がご到着です。勝手ながら、お茶を用意させました。奥様にレディ・シャーロットのご家族がいらしたと伝えてまいりましょうか？」

「まだだ、ダルトン。まずはぼくがワーシントン夫妻と話をしたい」

「かしこまりました。こちらへご案内いたしましょう」

少しして、ワーシントン夫妻の名が告げられた。一瞬、シャーロットの姉が彼女にそっくりであることにコンは驚いた。レディ・ワーシントンもシャーロットと同じくぼくに反感を抱いているのだろうか？　コンは思わず、さらに肩を怒らせた。

「ケニルワース、ありがとう」ワーシントンは横にいる貴婦人のほうを振り返った。「なあ、ケニルワース侯爵を紹介させてくれ。ケニルワース、ぼくの妻だ」

「ほんとうに」レディ・ワーシントンは温かい笑みを浮かべた。「妹を救ってくださったこと、いくらお礼を言っても言い切れませんわ」

「お礼など必要ありませんよ。きっとどんな紳士でも同じことをしたでしょうから」

「いや」ワーシントンは手を差し出し、コンはそれをにぎった。「誰でもとは言い切れないさ」

レディ・ワーシントンはソファーにすわり、ワーシントンがその隣にすわった。レディ・ワーシントンは疲れた顔をしていたが、片手を膝に置き、もう一方をワーシントンにとられて穏やかにすわっていた。お茶が運びこまれると、彼女がカップに注いだ。「クリームかミルクは、ケニルワース様？」

「ミルクと角砂糖をひとつお願いします」

彼女が夫のカップにお茶を注いでいるあいだにワーシントンが言った。「ぼくがきみから手紙を受けとり、妻がレディ・ベラムニーとシャーロットから手紙を受けとった」コンはうなずいた。「昨日ロンドンに戻ったときには、ミスター・アディソンから彼の妻がここでぼくらの妹といっしょにいると聞いた。もちろん、ブルックスに行って、ロンドンまで何か噂が届いていないかたしかめた」ワーシントンは顔をしかめた。「届いていたよ」

「ブラックストンか？」コンは唇を引き結んだ。「それは予想していたことだ」

「シャーロットはどうしています？」レディ・ワーシントンが心配そうな顔で訊いた。

「それなりに元気です。きっとミセス・アディソンがいっしょにいてくれるのが助けになっているんでしょう」

「今すぐ妹に会いたいわ」レディ・ワーシントンはお茶を飲み終えて立ち上がった。「話し合いは殿方にまかせます」

コンがクリスタルの呼び鈴を鳴らすと、扉が開いた。

「旦那様？」

「レディ・ワーシントンをレディ・シャーロットの部屋へお連れしてくれ。そのあとで、母に新たな客人が到着したと伝えてくれ」

扉が閉まると、ワーシントンが言った。「手紙でうちのシャーロットはきみと結婚するつもりはないと書いてきた。理由は書いていなかったが。その意志を変えさせることはできたのかい？」

「いや」コンがブランデーのデキャンタを掲げると、ワーシントンはうなずいた。「愛人を囲っている男はみな女性を虐待していると言うんだ。そういう男とは結婚しないそうだ」

「それは困ったな」ワーシントンは両手で顔をこすった。「あの娼館の話を彼女の耳に入れない方法があれば、娼婦についてては知らずに済んだんだが。彼女は――」ワーシントンはそこでことばを止めた。「影響を受けやすいとは言えないんだが、まだ世間を見るのに白黒はっきりさせようとする傾向がある」

自分はまずまちがいなく〝黒〟の範疇に入れられているな。コンは友にグラスを手渡し、自分のグラスから飲んだ。「愛人のすべてが不幸なわけじゃないと彼女に言ってやる人間はいなかったんだろうな」

ワーシントンは片方の眉を上げて言った。

「ああ、もちろん」

コンは息を吸った。「どうしたら彼女の気持ちを変えられるか、考えがあったら、喜んで聞くよ」

「残念ながら、それはきみにまかせないといけないな」ワーシントンは自分のグラスを持ち上げ、琥珀色の液体をのぞきこんだ。「きみは女性にとってすごい魅力の持ち主だと聞いている。きっと彼女に受け入れられる方法を見つけられるさ」

「ぼくを信じてくれてうれしいよ」コンはうなりたくなった。「今のところ、彼女とふたりきりにもなれないが。彼女は親戚の女性にぺったりとしがみついているんだ」そう言ってまた酒を飲んだ。「ぼくと結婚したくないという思いをきみも支持してくれると思ってるしな」

ワーシントンは首を振って答えた。「そういう選択肢は彼女にはない」

「ああ、ぼくもそう思うよ。もうひとつ知っておいてもらわなければいけないことがある。今回の誘拐の黒幕はミス・ベッツィだ」

「あの女が！」ワーシントンは髪を指で梳いた。「大陸に逃げたんだと思っていた。あの女も痛い目に遭って身に染みたはずだと」

「どうやらちがったようだな」コンが次に発しなければならなかったことばはさらに友の心を騒がせた。「昔の悪事に戻ってるようだ。子供や若い女性をさらっている」

「シャーロットは知っているのか？」

「そこにいたからな。付け加えて言えば、ミス・ベッツィに手を貸している宿屋の主人とその家族は、ミス・ベッツィが家出人を救って家族のもとに戻してやっていると思っている」

「親戚のマートン侯爵に知らせなければ。彼女の娼館をつぶすのに彼も一役買ったんだ」

ワーシントンはしばし黙りこんでから顔をしかめた。「新たにベッツィの犠牲者となった人たちを救う手助けをしたいなんて、まさかシャーロットは言っていないよな」

ああ、なんてことだ。彼女なら、それにすばらしい手腕を発揮するだろう。それなのに自分は彼女がひとりでロンドンに戻ろうとするかもしれないとそれだけを心配していたのだ。

なんてばかだったのだろう。「ぼくには言っていないが、レディ・マートンには手紙を送っていた」

ワーシントンはブランデーをごくりと飲んだ。「客がもっと増えても気にしないでくれるといいんだが、シャーロットがロンドンにいないとドッティ・マートンが知ったらすぐに、ここへ来ると言い張るだろうから」

「全然かまわないさ。それどころか、母はものすごく喜ぶよ」

「シャーロットにはここに留まっていてもらいたい。そのほうが安全だから。グレースとぼくは戻らなくては。ほかの子供たちの面倒を見なくちゃならないから」ふいにワーシントンはにやりとした。「親戚のジェーンはいっしょに連れていくよ。ドッティとマートンがいっしょにいるのを見れば、シャーロットもきみの申し出を拒絶することについて考え直すかもしれない」ワーシントンは手に持ったグラスをゆっくりとまわした。「みんなシャーロットの気持ちばかり気にしてきたが、この婚約についてきみはどう感じているんだ？　きみは結婚相手を探してはいなかった。じっさい、シャーロットの義兄《あに》であり、保護者として、ぼくはきみがこれまで付き合ってきたような連中との付き合いはやめてくれと言わなくちゃならない」

自分の人生が変わってしまったことはコンにもわかっていたが、あまりよく考えてみたわけではなかった。愛人との付き合いや、これまで頻繁に参加していた催しへの参加を続けようと思っていたわけではない。ただ、友の口からそれを聞いて、自分の人生を大きく変えなければならないことが突然強く意識された。奇妙なことに、それについて懸念は覚えなかった。いずれにしても、結婚するとなれば、変化があるのは当然なのだ。「婚約について嫌だとは思っていない」まだ結婚したいと思っていなかったとはいえ、シャーロットに婚約を破棄させるつもりはなかった。女に振られたことはこれまでなく、その初めての経験を彼女から受けるつもりもなかった。「じつを言うと、たのしみでもある。社交界にまた参加することもね」

「よかった。だったら、きみを家族として歓迎したい」

問題は、彼女の友達がそばにいて、シャーロットに求愛できるかどうかだ。シャーロットはレディ・マートンを盾に使うつもりだろうか？


シャーロットがエリザベス朝風の古いノット・ガーデンの散歩から戻ってきてすぐに、寝室の扉をノックする音がし、姉が両手を広げてはいってきた。

何も考えることなく、シャーロットは姉の腕に身を投じた。「ああ、グレース、わたし、とんでもない事態を引き起こしてしまったわ」

シャーロットの髪を撫でながら、姉は小声で言った。「あなたにはどうしようもなかったことなのに、どうして自分のせいにするの？」

「それはそうだけど、事態をもっと悪化させてしまったのはたしかだから」シャーロットは鼻をすすった。「わたしが馬車から降りて歩いて宿屋に行くって言い張らなければ、誰にもケニルワース様といっしょのところを見られたりしなかったのよ。そうだったら、婚約なんて話にはならなかった。でも、そのままいっしょの馬車に乗っていられるだけ、彼のことを信頼できなかったの。そのときは、逃げなきゃとしか思えなかった」シャーロットは一歩下がって姉の目をのぞきこんだ。「彼のような男性と結婚なんてできないわ」

「うーん」グレースは唇を引き結んだ。「あの方は望ましいところが多々あるように思えるけど。理由を訊いてもいい？」

「愛人がいるのよ」一度にひとりではない可能性も高かった。これまで何人の女性を利用してきたか知れなかった。

「ああ、そうなのね」グレースは心配しているのがはっきりわかる顔でしばらくシャーロットを見つめた。

少なくとも、姉は理解してくれた。それどころか、シャーロットの気持ちを理解できるただひとりの人だ。「考えたんだけど――」シャーロットはグレースの腕から離れて歩き出した。「噂が鎮まるまで待てばいいんじゃないかって。それでうまくいくんじゃない？　悪い噂もいつかは鎮まるものよ」

「そういうこともあるわね。事情次第だけど」

姉の声は思いやりに満ちており、シャーロットにはそのことがありがたかった。少なくともグレースはケニルワースのようにシャーロットの考えを言下に撥ねつけなかった。

グレースは続けた。「伝えておかなくちゃならないけど、マットがクラブで噂を聞いたそうよ。ただ、もちろん、それがどこまで広がっているかはロンドンに戻るまでわからないけれど」

シャーロットは噂の的になるのは嫌だった。ドッティもそういう経験をしたが、気分のいいものではなかった。「たぶん、まっすぐ田舎の家に行けば――」

「だめよ」グレースの声はきっぱりしていて、シャーロットは異を唱えるなど考えられなかった。「逃げても噂に拍車をかけるだけよ。待ちかまえているものに早く直面すればそのほうがいいわ。明日、ここを発ちましょう」

「考えたんだが」開いた扉から部屋にはいってきたマットが言った。「シャーロットはここに留まっていたほうが安全じゃないかな。ドッティとマートンがロンドンに着いたらすぐにここへ来てもらえばいい」

グレースはその提案を考えているようだったが、やがて首を振った。「それっておかしく見えるんじゃないかしら。シャーロットとケニルワース様がほんとうに婚約していたら、わたしたちがここを訪ねるのもふつうのことに思えるわ。でも、わたしたちがシャーロットをともなわずにメイフェアに戻ったら、奇妙に見えるはずよ」

「でも――」

グレースは夫のことばをさえぎった。「シャーロットも婚約したばかりの若いご婦人がすることをすべきよ」

「すべきこと？」夫はゆっくりと警戒するような声で訊いた。

「買い物よ」グレースは強調するようにきっぱりと言った。

「買い物？」

マットの声に表れたのが恐怖か疑念かシャーロットにはわからなかった。

「そのとおり」グレースの目が輝き出した。「ルイーザとドッティとわたしは急いで結婚したから、あまり大した準備はできなかったけど――」

「ぼくにはそうは思えなかったけどね」マットは小声で言い返した。

そのことばを打ち消すようにグレースは手をひらひらさせた。「それでも――」グレースは夫に鋭い目を向けた。「わたしたちもまだロンドンにいるんだし、急いで式をあげるのが目的じゃない以上、婚礼の支度をするのを人に見せつけなきゃならないわ」

「ケニルワースはどうなんだ？」マットが訊いた。「彼のことだってここに置き去りにはできない」

正直に言えば、それはすばらしい考えだとシャーロットは思った。

「そうね、あなた、あなたの言うとおりね。ごめんなさい、シャーロット」姉は同情するような目を妹に向けた。「あなたは彼といっしょのところを人に見せなきゃならないわ」

それは聞きたいと思うことばではなかった。しかし、意外でもなかった。ドッティとルイーザが結婚まえにどれほどの時間を未来の夫と過ごしたかを見てきたからだ。

シャーロットはひとつだけ条件をつけた。「彼とふたりきりにはならないわ」

「それでいいわ、シャーロット」グレースは温かい笑みを浮かべ、マットの顎がぴくりと動き出した。「あとほんの数週間のことですもの」

「じゃあ、家に帰っていいの？」シャーロットはいいと言ってと祈るような気持ちで訊いた。

「家に帰っていいわ」グレースはシャーロットの肩に腕をまわした。「そんなにしょげた顔をしないようにして。わたし、物事は必ずなるようになるってわかってきたの」

レディ・ベラムニーも同じことを言っていた。たぶん、ふたりの言うことは正しいのだろう。何を言っていたにしても、ケニルワースが本気でわたしと結婚したいはずはない。わたしも彼との結婚には絶対に同意しない。彼は元の堕落した生活に戻り、わたしは愛し、尊敬できる人を見つけるのだ。関心を示してくれているハリントン様でもいいかもしれない。ほんとうにわたしを愛してくれていると証明してくれれば。


翌朝、出立することになったのは、シャーロット、グレース、ジェーン、マット、ケニルワースだけではなかった。レディ・ケニルワースもロンドンへ行くべきだとみずから決心した。全員がワーシントン家の馬車に乗ることになった。

最初はシャーロットもそうした計画の変更を気にしなかった。しかし、馬車の扉が閉まった瞬間から、レディ・ケニルワースは結婚についての計画しか話さなかった。

「もちろん、ケニルワースとあなたのお兄様が話をしたんだから、婚約の広告を新聞に送ることになるわ」レディ・ケニルワースはシャーロットにきれいな笑みを向けた。シャーロットが望まない婚約を正式に発表することが世界でもっともすばらしい知らせになるとでも言うように。

シャーロットは舌を嚙み、自分は結婚などするつもりはないとレディ・ケニルワースに思い出させたくなるのをこらえた。すでに不愉快なものになっている馬車の旅が、いっそう耐えられなくなりそうだったからだ。馬を走らせるか、別の馬車に乗れたらよかったのにと思わずにいられなかった。しかし、馬に乗るのは問題外で、別の馬車はケニルワースのフェートンしかなかった。「もちろんです」

「式はセント・ジョージで行いたいでしょうね」レディ・ケニルワースはジェーンのほうに顔を向けた。「最近のご家族の結婚式はそこでとり行ってらっしゃるから」

「どこで結婚式をあげたいか、まだわかりませんわ」シャーロットは、レディ・ケニルワースの頭のなかでその考えが大きくなるまえに急いで答えた。どこで結婚式をあげるにせよ、相手は彼女の息子ではない。

「日程についても話し合わないとね」レディ・ケニルワースが期待に満ちた目をシャーロットに向けた。レディ・ケニルワースをがっかりさせたらきっと最悪の気分だろうとシャーロットは思わずにいられなかった。

「え、ええ。でも、急ぐ必要はありませんわ。秋になってからにすれば、ケニルワース様とわたしがお互いをよく知る時間ができます」話題をすぐに変えないと、おかしくなってしまう。「ロンドンではどちらにご滞在ですか?」

「プルトニー・ホテルに手紙を書いたの。ケニルワース・ハウスの部屋の準備ができるまで、そこに何泊かするつもりよ。夫が亡くなってから、わたしはケニルワース・ハウスには行っていなかったの。かつての住まいを使うのが耐えられなくて」レディ・ケニルワースは侯爵夫人の部屋を想像すまいとしているシャーロットに意味ありげな目をくれた。「あなたたちの婚約を祝って晩餐会を催したいわ」

シャーロットの礼儀正しい笑みがひきつった。「なんてご親切な」

馬を替えるために停まったときには、シャーロットは頭痛を感じはじめていた。婚約についての自分の思いを知っているはずの女性に対し——たとえレディ・ケニルワースが婚約に異を唱えるシャーロットの気持ちを無視しようと決めているとしても——平静を保つのがこれほどにむずかしいとしたら、世間全体に対し、ケニルワースとの結婚を喜んでいるふりをするのはどれほど大変なことだろう？

それでも、それはしなければならないこと。レディ・ベラムニーがはっきり言っていた。さらわれたことも、宿屋でひと晩過ごしたことも、早朝に何時間か、ケニルワースとふたりきりで田舎を馬車で走りまわって過ごしたことも、誰にも知られてはならない。悪い噂を抑えるのが不可能になるだろうから。

シャーロットにできるのは、自分で思っている以上にうまく感情を偽り、誰にも嘘を見破られたりしないようにと祈ることだけだった。

11

前日、コンとワーシントンの立てた計画が実現しないことがはっきりしたときに、コンは手入れの行き届いた鹿毛の雌を友に貸すことにした。

コン自身は葦毛の去勢馬に乗って母の家のまえに停まっている馬車を眺めた。「馬車のなかに閉じこめられるよりも馬に乗っていくほうがいい」

友が眺めている馬車に目をやり、ワーシントンもうなずいた。「ずっといいな」

ふたりはコンの母、レディ・ワーシントン、アディソン夫人、シャーロットを乗せた馬車のまえまで移動した。メイドたちを乗せた二台目の馬車と、コンとワーシントンの従者たちを乗せた三台目の馬車は、主人たちより早くロンドンに着けるよう、すでに出発していた。コンのフェートンも馬丁が操縦して同様に早く出立していた。

馬車には乗馬従者がふたり付き添うことになっていた。コンは馬車が襲われることはないと思ったが、運を試しても意味はない。ことに最近のように運に見放されているようなときには。

コンが出発の合図をしようとしたところで、コンの母が、メイドが荷造りした何かが必要だと言い出したが、すぐに馬車は出発した。

昨日の午後、ワーシントンが妻とレディ・シャーロットと話をしたときに、会話は彼とコンが計画したようには運ばなかった。そのすぐあとでワーシントンがコンに告げたところでは、シャーロットは田舎に置いておいたほうがいいと説得しようとしたが、彼の妻がすでに噂が広まっている以上ロンドンに戻ったほうがいいと言い張ったという。

もう一度ブラックストンに会ったら、一発拳をお見舞いしてやろうとコンは思った。

前日、一同が夕食まえに応接間に集まった際には、コンの母までが強調するように言ったのだった。「火には火を持て戦え、よ。あなたとシャーロットがいっしょにいたら、どんな噂もすぐに消えるわ」

ワーシントンとともに馬車のまえを緩く駆けていると、ほかの誰も考えていなかった問題がコンの頭に浮かんだ。「なあ、ぼくはシャーロットが参加予定のどの催しにも招かれていない」

「そんなこと、まったく心配要らないさ」ワーシントンが答えた。「婚約の話を聞けば、多くのご婦人たちがきみに招待状を送るだろう。きみの母上と、ぼくの妻とレディ・ベラムニーが昼間の訪問のあいだに彼女らなりに脚色した話を広めるのは言うまでもなく」

その際、シャーロットを引っ張りまわして歩くのはまちがいない。結局、自分は観念した妻を持つことになるわけだ——はめられたというほうがあたっているかもしれないが。しかし、それでは自分にとって充分とは言えない。

助けたときに彼女が向けてきたあのまなざしをまた見たかった。やわらかい唇をむさぼり、その唇がみずから開くようにしたかった。愛人を持っていたことでがみがみ言われたくないのはたしかだったが――愛人との関係については、できるだけ早い機会に終わりにしなければならない。

ああ、まったく！

まだ結婚などしたくなかったのだったが、それが避けられないのであれば、シャーロットに自分と結婚したいと思ってもらいたかった。自分を拒む女性など、きっと彼女以外にはいない。その唯一の女性が婚約者だというのはまったくもって受け入れがたかった。

コンは自分の人格について彼女が誤解していることもわからせるつもりだった。まずは高級娼婦はその仕事をたのしんでいるとわからせなければならない。当然、シャーロットには衝撃だろう。なんといっても、高貴な生まれの若い女性は、男と女の性的関係が適切なのは夫婦間のみだと思うように育てられる――それも理由のないことではない。

何よりもむずかしいのは、彼女がミス・ベッツィの館のことを知っていることだ。耳にしたことに過剰に反応したのはまちがいない。「レディ・シャーロットがミス・ベッツィの娼館にいた女性たちについて何を聞かされたか知っているかい？」

「ドッティのことだ、淑女が知るべきじゃないことまで話したはずだ」ワーシントンの唇がきつく引き結ばれた。「ひどい状況だった。貴婦人がさらわれて、くり返し凌辱すると脅されるか、アヘンを与えられて、無理やり体を売らされていた。彼女たちの子供は殺されるか、子供を使って盗みを働く組織に売られるかした」

なんてことだ！「貴婦人が？　ほんとうなのか？」

「ああ、貴婦人だ」ワーシントンの目が険しくなり、一点を見つめた。「きみにこの話をしたのは、きみがシャーロットのことで手助けを必要としているからだ。すぐに家族の一員にもなるしな。これはここだけの話にしてくれ」ワーシントンは、コンがうなずくまで待った。しかしコンは、社会的地位を同じくする女性たちが娼館にいたという話を呑みこめずにいた。

「彼女たちを見つけたのは、海外で軍務についている将校たちの家族向けの下宿屋を営んでいた女がきっかけだった。将校たちは家族を海外に連れていけず、家族のなかには、ほかにどこにも行くあてのない人たちもいたんだ。妊娠中の女性たちは子供を流すための飲み物を与えられていた。そのなかには、亡くなった女性もいた。学校に行く年になっていない子供たちは犯罪組織に売られた」

「ああ、なんてことだ」コンは肺から息が押し出されるのを感じた。プロのボクサーからみぞおちに拳をくらったような感じだった。もちろん、そういう職業についている女性のすべてが、みずから望んでそうしているわけではないことは知っている。それでも、街娼になるよりはましなはずだ。しかし、貴婦人がそんな目に遭ったとは信じられなかった。どこまでも無垢なシャーロットがそれを知っていると思うと、わずかに気分が悪くなった。「理解できないな。どうしてそんな……」

「うちの妻は、貴婦人も自分たちの身に降りかかるかもしれない危険について知っておいたほうがいいと考えているんだ」ワーシントンは肩をすくめた。「ぼくもそれに異存はないね。ただ、あまりにおぞましい詳細は話さずにおいてもいいとは思う」

コンはまだ理解に苦しんでいた。どうして高貴な生まれの女性がそんなひどい扱いを受けるなんてことがあり得るのだ？「そのご婦人たちはどうなったんだい？」

「ぼくの親戚のマートンとその妻のドッティが面倒を見ている」ワーシントンは眉根を寄せた。「ほとんどの女性がまだ夫の帰りを待っているところだ」

「それで、子供たちは？」

「マートンが人を雇って探させている。多少うまくいった例もある。たとえば、ジェミーのように。ただ、彼の家族はまだ見つかっていない」

「ちょっと待て」ジェミーはシャーロットに見つけてもらったと言っていた。「どうしてシャーロットがそれにかかわったんだ？」

「ドッティとシャーロットはよちよち歩きで手引きひもをつけていたころからの親友同士なんだ。ドッティが問題解決に時間がかかりすぎていると考えて、娼館襲撃のひとつを自分で差配しようと決めたんだ。当然ながら、シャーロットは彼女に同行した」

コンはことばを発しようと口を開けたが、その口をまた閉じた。

ワーシントンの目がおもしろがるようにきらめき出した。「ドッティがこれからしようとしていることをマートンに話したときには、マートンもことばを失っていたよ。部屋に閉じこめでもしないかぎり、彼女を止める方法はなかったからね。彼も馬車に乗っていき、彼女たちはちゃんと守られていた」

「シャーロットがあの子をどうやって救ったのか、いまだにわからないな」

「ぼくが聞いた話では、ジェミーが悪党に連れ去られそうになっていて、シャーロットが馬車の扉を開けて悪党の顔にぶつけたそうだ。そいつがジェミーを離したので、シャーロットが彼をすくい上げたらしい。もっと詳しいことが知りたかったら、本人に訊いてみればいい」

だからこそ、宿屋で救いに行ったときもシャーロットは動揺していなかったのだ。それどころか、彼女の心を乱したのは唯一ぼくだけのようだった。

しかし、ミス・ベッツィの話はコンが想像していたよりもずっと最悪だった。シャーロットが娼館に通う男を非難するのも不思議はない。責められるべきはコヴェント・ガーデンの娼館の主たちで、それは当然そうなのだが、客なしには、そういう館も存在しないはずなのだ。とはいえ、ここははっきりさせなければならない部分だが、そういう気の毒な女性たちと、コンが雇っている高級娼婦たちは同じではない。彼の愛人たちはみな喜んで愛人になった。

コンが愛人を持つのは、選択肢のない女性を買うのとはまったくちがうのだ。

約二時間後、一行は馬を休ませ、軽食をとるために宿屋に寄った。コンは母とシャーロットが馬車の踏み台を降りるのに手を貸した。シャーロットの表情は、あれだけの感情を見せた女性にしては仮面と言ってもいいようなものだった。彼に触れられてひるむ様子はなかったが、その態度は氷の塊ほども冷たく固かった。事態をさらに悪化させたのは――そんなことが可能だとしたら――シャーロットを家族に迎えられてうれしいとか、お祝いのために舞踏会を計画しているとかいう話しかしない母だった。母にはあとでよく言って聞かせなければならない。すでに婚約に異を唱えている婚約者の気持ちをさらに硬化させてどうするのだと。

貸し切りにしてもらった応接間にはいると、猫はシャーロットの膝に乗って肉とチーズのかけらをがつがつと食べていた。小さな獣は満腹になると、うまい具合にほかの人たちの会話から外れているシャーロットに撫でられて大きく喉を鳴らした。あの忌々しい猫に向けているほどの気持ちを彼女が自分に向けてくれることがあるのだろうかとコンは思わずにいられなかった。

あまりこれからのことを話さないでくれと母に言い聞かせることができずにいたコンは、母が口を開くたびに話題を変えようと努めた。馬の背に戻るころには頭痛がしはじめていた。過去に頭痛に襲われたのは飲みすぎたときだけで、従者がすぐに頭をすっきりさせてくれる薬を持っていた。この頭痛はそれほど簡単にはなくせないのではないかという気がした。

ありがたいことに、やっと家に帰り着いた！

シャーロットが歩道に足を下ろすやいなや、ジェミーが抱きついてきた。細い腕が腰にまわされる。「お嬢様は無事だって聞いたんだけど、自分の目で見なくちゃならなかったんだ」

「わたしは無事よ」シャーロットは子供の頭を撫でた。「あなたがけがなく家にたどり着いたとわかってとてもうれしいわ。馬車にしがみつくなんてとても勇敢だったのね。ありがとう」

彼女を見上げたジェミーの顔が真っ赤になった。「別にたいしたことじゃないよ」彼は何かを探すようにシャーロットのまわりを見まわした。「あのときの貴族がお嬢様を連れて帰ってくれたの？」

「ええ。そう。ロンドンまでいっしょに戻ってきたんだけど、ご自宅に帰ったわ」離れられてこれほどにうれしいと思ったのはあのふたりが初めてだった。

「いい人だってわかってたんだ。郵便馬車や辻馬車の代金より多くお金もくれたし」ジェミーは声をひそめた。「お釣りは返さなきゃならないかな？」

「その必要はないと思うわ。きっととっておいてほしいとおっしゃるわよ」ケニルワースのような男性が、数ペニーのお金にうるさく言うとは思えなかった。

ジェミーは満面の笑みを浮かべ、歯がまた抜けているのがわかった。厩舎長にそれを知らせてジェミーに歯の代金《タンフェ》を与えてもらうようにしなければ。ジェミーがまだ厩舎で寝ると言い張っているからといって、タンフェを受けとるべきではないということにはならない。彼のことはすぐに屋敷に移すつもりでいた。

「余分にお金をもらったことにお礼を言う機会があると思う？」

「ええ、きっと」それも苦痛を感じるほどにすぐに。シャーロットは少年の髪をくしゃくしゃにして、頭のてっぺんにキスをした。

気づくと、ジェミーのあとから妹のメアリーと、メアリーの親友でマットの妹であるテオと、ほかの子供たちもまわりに来ていた。かなりの騒ぎとなり、マットが全員なかにはいれと命じた。「質問は家のなかですればいい。みんななかへはいるんだ」

一番下の妹たちがシャーロットの手を引いて石段をのぼり、廊下を渡って朝の間へ連れていった。起こったことをすべて話してと言いながら。お茶と食べ物を載せたトレイが運びこまれ、子供たちは話を聞くためにそれぞれ腰をおちつけた。一番下の弟で八歳のフィリップは、やはり八歳のテオドラと五歳のメアリーのそばにすわった。マットの妹で十二歳のマデリンは同じく十二歳の双子アリスとエレノアのあいだに席を占めた。マットの二番目の妹で十五歳のオーガスタとシャーロットの弟で十四歳のウォルターはシャーロットの両側の椅子にすわった。ひとりその場にいないのは弟のスタンウッド伯爵のチャーリーで、今はイートンに行っていた。

つかのま沈黙が流れたあとで、質問攻めがはじまった。シャーロットは片手を上げて子供たちを静めた。「何があったのか、わたしに説明させてくれたほうがずっと簡単よ。それから、質問があれば、訊いていいわ」

数分後、オーガスタは眉根を寄せた。「じつは、わたしたちが受けた訓練はあまり役に立たないと思っていたの。これからはもっと真剣に練習しなければね」

「なんの訓練?」アリスとエレノアとマデリンが声をそろえて訊いた。

「あなたたちもデビューのまえには受けることになる訓練よ」シャーロットはほかの子供たちに目を向けた。「ほかに質問は?」

シャーロットの足元にすわっていたメアリーがシャーロットのドレスを引っ張った。「怖かったわ」

メアリーを膝に抱き上げると、その日二度目に目から涙があふれそうになった。

「わたしもよ」テオがシャーロットの膝に自分の場所を作りながら言った。

「ぼくもさ」フィリップはシャーロットのそばに立ち、腕を彼女の肩にまわした。

「わたしだって怖かったけど、もう何もかも大丈夫になったわ」シャーロットはそれぞれにキスをし、メアリーとテオを下ろして立ち上がった。「汚れを落としに行かせて。コレットの面倒も見ないと。あとでまた話しましょう」

シャーロットが部屋を出ると、ウォルターが廊下をいっしょに歩いた。「無事でよかったよ。みんなすごく心配していたんだ」

弟を抱き寄せてもよかったが、最近彼は子供っぽいと言って抱擁されるのを避けるようになっていた。「ほかのみんなには内緒だけど、わたしもすごく怖かった」

「言わないよ」

シャーロットは弟の姿勢がまえよりも少しまっすぐになったように思った。「打ち明けてくれてうれしかったよ」

それはシャーロットも同じ思いだった。弟はいい男性になりつつある。秋にチャーリーを追って寄宿学校へ行ってしまえばさみしくなるだろう。

数分後、シャーロットは寝室の床にバスケットを置き、ボンネットを外してドレッシング・テーブルに放った。コレットはバスケットから頭を突き出し、ようやく家に戻ったと気づくと、バスケットから飛び出してついたての陰へ行った。

ようやく家族に再会できて、何日かぶりにシャーロットは心から安心できた。そう考えてはっと動きを止めた。それは真実ではない。ケニルワースが何者が知るまえは彼といて安心できていたのだった。彼にもたれて居眠りし、キスを許すほどに。

シャーロットは手袋を外してテーブルに放った。それはすべて、ひどく疲れていたせいでもあるが、以前思っていたほどには自分に人を見る目がなかったことの証拠だった。男の使用人が追いついてくるのを待ってさえいれば、もしくはあのとき広場を横切らなければ……。

シャーロットは大きく息を吸った。起こってしまったことや、こんな結果にならないために何ができたかをくり返し考えても得るものは何もない。自分の意志を多少でも通せることがあるとすれば、ケニルワースとの結婚だった。

レディ・ケニルワースとグレースがロンドンへ来る途中に立てていた計画を思い出す。グレースの自宅での〝気楽な〟晩餐会は三日以内に開かれる。そのあいだ、レディ・ケニルワースとグレースとシャーロットは昼間の訪問を行い、グレース曰く、共同戦線を張ることになる。シャーロットとケニルワースが初めていっしょにおおやけの場に姿を現すときには、シャーロットの婚約がふつうでないとは誰も思わないはずだった。とくに、レディ・ケニルワースが婚約をこれほどに喜んでいるのだから。

ただ、そうなると、ふたりがどんなふうに出会ったのかが問題となる。当然、真実を話すわけにはいかない。よくよく話し合った結果、マットからの紹介と説明することになった。マットの妹のルイーザとルイーザが結婚したばかりのギディオンがマットの書斎で出会ったことを考えれば、それがもっとも単純な解決策だろう。

問題はケニルワース自身だった。どうにかして、彼と結婚するつもりがないことと、愛人を持ったり、女性の体をお金で買ったりすることが倫理的に堕落したことであるという事実を彼にわからせる方法を見つけなければならない。残念ながら、彼は何も悪いことはしていないと確信しているように見えた。

シャーロットはマントルピースの時計に目をやった。お茶のまえにピアノの練習をする時間はたくさんある。ピアノを弾けば、頭をはっきりさせる役に立つ。ケニルワース卿の頑固な心を変えさせて、こちらの意見に同意させるための効果的な説得方法を思いつくかもしれない。

メイが着替え室からシャーロットが気に入っている昼間用の青りんご色のドレスを持って寝室にはいってきた。「時間がかかってしまってすみません、お嬢様。すべてをしまってしまいたかったので。馬車用のドレスを脱ぎましょうか」

服を着替えると、シャーロットは扉を開けた。「わたしは音楽室にいるわ」

「かしこまりました」

「シャーロット」

「ドッティ！」よかった。ちょうど会いたいと思っていたところだった。「来てくれてうれしいわ。わたしが戻ったってどうしてわかったの？　いつロンドンに着いたの？」

この世で一番の親友は笑いながらシャーロットの両手をとってにぎりしめた。「居間に行きましょう。話してあげるわ」

「お茶がほしい？」

「ええ、とても。ここの料理人のビスケットがあれば、それもいただきたいわ。今は長くはいられないんだけど、今夜、夕食のときにまた会えるわね」

シャーロットはメイにうなずいてみせた。シャーロットとドッティが若いご婦人たちの居間にはいっていくと、メイは扉から急いで部屋を出ていった。

「幸せなの？」シャーロットは友の顔を探るように見て、目にしたものに満足した。「幸せみたいね」

「わたし自身にも信じられないぐらいなんだけど、これ以上はないほどに幸せよ」ドッティの笑みは部屋を明るくするように思われた。「ドミニクは夫としてもパートナーとしても、わたしが望み得るすべてなの」

マートン侯爵のドミニクは、シャーロットの家族にとってマットの側の親戚だった。ドッティと恋に落ちるまえは、おもしろみがなく、うぬぼれがひどかったため、家族の誰も彼のことを好きではなかった。「それはすべてあなたが彼を変えたせいよ」

ドッティは軽く肩をすくめた。「わたしはただ、本来の彼でいたほうがいいって言っただけよ。伯父様に教えられたとおりの人間じゃなくて」

お茶が運びこまれ、シャーロットがカップに注いだ。

強い中国産のお茶をそれぞれひと口飲み、愛してやまないレモンビスケットをひと口かじってから、ドッティが言った。「あなたの手紙を受けとったんだけど、何があったのか、直接聞いたほうがいいと思って」

シャーロットは誘拐されたこと、キスのこと、レディ・ベラムニーが宿屋で待っていてくれたこと、婚約のことなどを説明した。「婚約を破棄するのは夏の終わりか秋まで待とうと思ったの。ブラックストン様に噂を流されたとしても、結婚をとりやめることはできるはずだから」ドッティの眉が下がるのを見て、シャーロットは急いで続けた。「きっとケニルワース様もそれでいいはずだし」彼自身はそうは言っていなかったが。きっと気を変えてくれるはずだ。「それに、娼館にいた気の毒なご婦人方のことを知ったあとでは、そういう男性とは結婚できないわ。お金で女性を……その、わかるでしょう」

ドッティは考えこむようにしてうなずいた。「ドミニクによれば、彼は愛人を持っていることでは有名らしいけど、娼館に頻繁に出入りしたりはしなかったみたい」

「だからどうなの？」ドッティの答えはシャーロットには驚きだった。どうして同意してくれないの？「わたしから見れば、どっちもどっちよ」

「結婚してからも愛人と別れないんじゃないかと心配なの？」

その質問を聞いてシャーロットはカップを持ち上げる手を止めた。「それについてはまったく考えもしなかったわ」

しばらく沈黙が流れ、やがてドッティがカップを下ろした。「ドミニクについて話したことを覚えている？　彼の政治的見解と貴族院での投票が貧しい人々をひどく苦しめる原因になっていたって話を」

「ええ。あなたはそんな信念の持ち主とは絶対に結婚できないって言っていた」

「そのとおりよ。そうしたら、彼は自分が他人を苦しめる原因になっていると気づきはじめたの」ドッティは手を伸ばし、またシャーロットの手をとった。「ケニルワース様もご自分の考えを変えられるとは思わない？　ご自分の考えがいかにまちがっているか、わからせることができるんじゃないかしら？」友はいたずらっぽい笑みを浮かべた。「キスはよかったんだし、聞くところによると、とてもハンサムで望ましい男性だということだし」

たしかにキスはよかったし、彼はハンサムだ。自分がまちがっていると彼が認めるなら、考え直してもいいが、ケニルワースは自分が正しいと信じきっている。以前のマートンよりも手に負えない。「やってみたのよ。娼婦として働くのが嫌な女性もいるかもしれないけど、それは娼館の娼婦だけだって言うの。高級娼婦は自分たちのしていることをたのしんでいるってすっかり思いこんでいて、これまではわたしが何を言っても、彼は考えを改めることはなかったわ。それどころか、わたしの考えは世間知らずで、そんなふうに考えてもなんの利点もないと思っている」

「だとしたら、彼のものの見方を変える方法を見つけないとね。わたしがドミニクにしたみたいに、彼がどれほど人に害をおよぼしているか、示してみせるの」

「でも、どうやって？」シャーロットは泣きたくなった。ケニルワースを説得するのは、石の壁に頭をぶつけるような感じだったからだ。

「きっと方法は見つかるわ」ドッティは笑みを浮かべた。「あなたほど賢いご婦人はほとんどいないんだから」そう言って扉のほうに頭を傾けた。「ドミニクが押しかけてくるまえに帰るわね」

「お見送りするわ」

ドッティに別れを告げてから、シャーロットはようやく音楽室へ向かった。

鍵盤に手を置いた瞬間、緊張の糸がほぐれる気がした。思ったとおり、心が開かれ、考えが頭を巡りはじめた。もっとも差し迫った問題に対する完璧な解決策も見つかった。

12

一時間後、シャーロットはヨハン・バプティスト・クラーマーの嬉遊曲を最後まで弾き終え、鍵盤から手を持ち上げた。つかのま静寂が流れたが、やがてゆっくりと拍手がはじまった。

「すばらしい、レディ・シャーロット」

少なくともあと一日は聞く予定のない声だった。シャーロットはピアノの椅子から立ち上がり、彼のお辞儀にお辞儀を返した。「ケニルワース様。びっくりしましたわ」

「ああ、その顔を見ると、うれしい驚きではなかったようだ。お邪魔してすまない」

「曲を弾き終えたばかりだったので」ピアノを弾いているときの穏やかな感覚を保とうとしながら、椅子に腰を戻し、彼にはそばの椅子にすわるよう、身振りで示した。

彼がそばにいるだけでこれほどに強く反応してしまうのは不適当で望ましくないことだった。ケニルワースはゆっくりと歩み寄ってきた。紺色の上着とビスケット色の長ズボンを身に着けた彼がどれほど見映えがするか、シャーロットは意識せずにいられなかった。洒落たスタイルに整えられた黒っぽい髪はわずかにカールしている。全身から裕福で力を持つ貴族といった印象がかもし出されていたが、シャーロットに関してだけはその自信満々の態度とは裏腹に、確信が持てないというように目にわずかに影が差していた。

「義兄《あに》にお茶に招待されましたの？」

「いや」ケニルワース卿はしばらく彼女をじっと見つめてから、ようやく優美な長身を椅子に沈めた。「両方にとって重要な問題を話し合ったほうがいいと思ってね。同意にいたらなければならない問題で、それは早ければ早いほどいい」

「わたしたちの〝婚約〟について話し合うためにいらしたなら、いらっしゃらなければよかったと思いますわ」シャーロットはじっと見つめてくる彼の目を見返して言った。「わたしは社交シーズンのあいだ、やるべきことはやるつもりです。それで充分のはずですわ」

「きっときみはそうするだろうね。でも、ぼくがここへ来たのは婚約について話し合うためじゃない。きみがぼくと結婚したくない理由についてだ」

ああ、まったく！　この人はほんとうにどうしようもない。「それについてはすでに話し合ったはずですわ。女性が自分の体を売ることについてどう感じているか、あなたが誤解していると認めないかぎり、これ以上話し合うことはありません」

シャーロットが大きく息を吸うと、豊かな胸が持ち上がった。両手は拳ににぎられている。顔には憤りがはっきりと表れていた。一歩も引かない女性だ。つまり、とびきりすばらしい女性で、ぼくのものになる――とコンは胸に誓った。

残念ながら、コンが出会った女性のなかで誰よりも頑固な女性であるのもたしかだ。「結婚を売春のひとつの形だと考える人間もいる」

彼女のてのひらが頬を打つ音が聞こえ、顔に痛みが広がるのを感じた。

どうやら彼女はそうは思わないらしい。

「それは――」シャーロットの顔が真っ赤になった。憤りのあまり、胸がまた持ち上がる。彼女がこれほどに美しく見えたのは初めてだとコンは思った。「これまで耳にしたなかでもっともばかげたことばだわ。結婚した女性は社会的地位を得るのよ。産んだ子供は正式に認められ、領地などの資産や爵位を継ぐことができる。妻の権利を守るための夫婦財産契約も結べる。夫が先に亡くなったら――」シャーロットの目が細められた。ぼくの死を思い描いているのかもしれないとコンは思った。「妻は未亡人のままでいても、再婚してもいいわ。別の保護者を探さなければならない立場ではないから。おぞましい病気にかかる危険もない。あったとしても、娼婦がさらされているほどじゃないわ」

そういうことをどうして知っているのだ？　コンは不思議に思った。

「夫にひどい扱いをされても、レディ・バイロンなどの例を見れば、実家の家族や、ことによれば法に守られている」

法に守られていなかったり、金銭的にも精神的にも実家の家族の支えを受けられなかったりする女性は多いという事実を、コンは指摘しようとしなかった。重要なのは、シャーロットの家族は支えるだろうし、裁判所も同様だということだった。

さらにしばらく、シャーロットはコンをにらんでいた。言いたいことは言い終えたのだろうかとコンは思った。やがて彼女は長く優美な指を彼に向けた。「あなたって自分が正しいって確信してらっしゃるのね。だったら、あえて言わせてもらうわ。いいえ、挑ませてもらう。ご自分の愛人に訊いてみて。今送っている人生をどのぐらい気に入っているか。今送らざるを得なくなっている人生とはちがう人生を送りたかったどうか」

打たれた頰はまだ燃えるようだったが、コンはかすかな笑みを浮かべてみせた。「賭け金は？」

シャーロットは驚いて彼を見つめた。「何をおっしゃってるの？」

今こそ、結婚の約束をとりつけるときだ。「ぼくが正しくてきみがまちがっていたら、ぼくは何を受けとれるのかな？」

「あなたが正しくて、わたしがまちがっていたという満足よ」シャーロットは顎を上げた。「それ以上は約束しません」

コンは賭けに乗るよう説得しようかと考えたが、そうはせずに立ち上がってお辞儀をした。「結構です、レディ・シャーロット。愛人に訊いてみるよ。そのあとで、会話の内容をひとことたがえず報告する。そうしたら、別の話もできるだろう」

「あなたが謝らざるを得ないような話をね」シャーロットが胸の下で腕を組んだせいで、うまい具合に胸が持ち上がった。

その胸の先が淡いバラ色であり、蜂蜜の味わいであることは賭けてもよかった。彼女との結婚がどんどん魅惑的になっていく。結婚というよりも、彼女とベッドをともにすることが。いや、結婚すれば、ベッドもついてくる。「いずれにしても、誰かは謝ることになるだろうな」

コンは立ち上がりながら、笑みを押し隠した。もう一度平手打ちをくらうようなことを言ってもしかたない。そして部屋をあとにした。

十五分も経たないうちに、コンはメイフェアの端にある静かな通りに面した家の扉をノックしていた。エーメを愛人にしてから一カ月後に買ってやったタウンハウスだった。彼女のかつての住まいは、彼の趣味からすると遠すぎたからだ。

コンは年寄りの執事が扉を開けてくれ、脇に寄るのを待った。

「こんにちは、クラーク」

「旦那様」執事はお辞儀をした。「奥様は朝の間にいらっしゃいます」

「ありがとう」コンは廊下を大股で進み、端にある開いた扉のところまで行った。「エーメ」

エーメはゆっくりと水が流れるようによどみなく立ち上がった。「ケニルワース様」いつもの歓迎の笑みはなかった。近づいてこようともしない。「ご結婚なさると聞いております」

ああ、くそっ。彼女の耳にまで届くとは考えてもみなかったのだったが、彼女が結婚のことを知ったのはブラックストンが立てた噂からにちがいなかった。結婚の知らせに心の準備ができるよう、手紙で知らせるべきだった。「ああ。自分できみに伝えられたらよかったんだが。ロンドンには一時間ほどまえに戻ってきたばかりでね」

「わたしの世界ではそれほど広く知られているわけではないわ」エーメはフランス人らしくわずかに肩をすくめた。「わたしが別のパトロンを探すことになると思ったブラックストン様が立候補なさったの」

なんてやつだ！「きみはそうしたいのかい？」

「結婚してからもわたしを愛人にしたままでいるとおっしゃりたいの？」エーメの目が涙で光った。「あなたが自分勝手な方だとはわかっていたけど、モナミ、残酷だとは思わなかった」

ちくしょう。予想していた展開とはちがう。ぼくとかかわる女性はみんなぼくをろくでなしだと思うのか？　エーメもそんな質問をしないぐらいにはぼくをわかってくれていると思っていたのだが。

愛人がどうして高級娼婦になったのか調べてくるようにシャーロットに言われ、それに同意したのだった。美しく、才能にあふれ、知的なエーメはその人生を自分で選んだにちがいないという考えをたしかめるのだ。しかし今は……ふいに自分が正しいか自信がなくなった。

「今度のことは、ひどい混乱を招いてしまっているんだ。なあ、すわらないか？　きみに訊きたいことがある」

「もちろんよ《ナチュラルモン》」エーメは呼び鈴を鳴らした。「お茶を用意させるわ」

一分か二分もしないうちに執事がお茶とブランデーとワインに小さなケーキとサンドウィッチを添えて持ってきた。彼が到着したときにすぐに出せるよう、軽食を準備させておいたにちがいない。

彼女の唇がかすかな笑みとともに震えた。「あなたがいつもおなかを空かせているのを知っていますから」

「ありがとう」今は食べ物などまったくほしくなかったが、ブランデーに頼る勇気もなかった。「お茶をいただくよ」

彼にお茶を手渡し、自分のカップにも注ぐと、エーメは膝の上で手を組んだ。おちついている雰囲気をかもし出そうとしてのことだろうが、指は節が白くなるほどにきつく組まれていた。

「わたしに何をお訊きになりたいの？」

「エーメ、きみはどうしてこういう人生を選んだ？」

一瞬、彼女は彼を見つめた。礼儀正しい笑みは唇の上で凍りついた。やがて唇はゆがんであざ笑うようになった。「この人生を選んでなんていないわ」その声は低く、冷たく、ことばの端々に痛みが感じられた。「与えられたにすぎない」

コンは最初、手を伸ばして彼女の手をとり、腕に引き入れようかと思った。しかし、彼女が慰めを受け入れてくれるかどうかわからず、自分にそれをする権利があるかもわからなかった。

次に、恥ずかしくなった。シャーロットが正しく、自分が傲慢にも、まるで誤解していたのだ。「よければ、きみのことを話してくれないか」

エーメはすばやくまばたきして、コンが彼女の家のワイン貯蔵庫に提供した赤ワインをグラスに注ぐと、ごくりと飲んだ。「あなたが本気で知りたがっているとは思えないわ。単なる気まぐれでしょう」

そこでコンは手を伸ばし、彼女の手を包んだ。「頼む。理解したいんだ」

汚いものでであるかのように彼の手を振り払い、エーメは涙をぬぐった。「わたしは良家の出なの。父は裕福なワイン商人で、母は男爵令嬢だった」彼女は爵位をフランス風に発音した。「ふたりは激しい恋に落ちたんだけど、恐怖政治がなかったら、結婚は許されなかったでしょうね。祖父は逃げ隠れしようとしなかった。事実を無視したと言ってもいいわね。母を結婚させたいと思っていた貴族は殺されてしまったので、父といっしょにさせたほうが娘の身は安全だろうと考えたの」エーメは縁にレースのついたハンカチをとり出して目を拭いた。「何年も幸せに暮らしたわ。でも、両親は流行性感冒にかかって亡くなってしまった。十四歳だったわたしは打ちのめされた。父の知り合いの大尉がわたしをリヨンの叔母と叔父のところに連れていってあげようと言ってきたの」エーメはワインを大きくあおり、グラスをほぼ空にした。「でも、彼はリヨンに連れていく代わりにわたしを愛人にした」エーメの目は絶望にくもり、声には抑揚がなかった。「数カ月後、彼は南部での軍務の指令を受け、わたしをパリの有名な高級娼婦にあずけたの。その人が知っているすべてを教えてくれたわ。美術、音楽、知的な会話。最後にはここ、イギリスに送り出してくれた。その後、その女性は亡くなったと聞いたわ」

コンは彼女のグラスにワインを注いでやった。十四歳！　どう反応していいかもわからなかった。誰にしても、子供の純潔を奪うなどどうしてできるのだ？

冷めたお茶を飲んだが、味はしなかった。「叔母さんと叔父さんがまだリヨンにいるかどうかはわかっているのかい？」

「いるわ。手紙をやりとりしているの。叔母と叔父はわたしがイギリス人の商人と結婚していると思っているの」

フランスでも、高級娼婦はまっとうな仕事とは言えない。そうした外面を保つためにも、エーメはまたまっとうな人間になりたくてたまらないにちがいない。

コンはエーメというのも彼女の本名なのだろうかと考え、おそらくちがうだろうと思った。

「フランスにいる身内のもとへ行く資金が手にはいったらどうする？〝夫〟を亡くした未亡人の振りをして暮らすのに充分な資金があったら？そうしたいかい？」

エーメは生い立ちを話し出してから初めて、彼を見て目をみはった。マントルピースの上の金メッキの時計が時を刻む小さな音だけが静寂のなかで響いていた。それでも、彼女は少しして答えた。「何にもましてほんとうの夫と子供がほしいわ。わたしのような人生を送りたいと思っている女はほとんどいないはずよ」

彼女の最後のことばは別の疑問の答えになっていた。ほとんどいない？ぼくはそれほどに誤解していたのか？

「驚いたみたいね、モナミ」

コンはうなずくしかできなかった。

「自分のしていることが嫌だと打ち明けた女にいくら払うつもりなの？」とエーメは訊いた。

コンは大きく息を吸った。自分やほかの男たちが与えた損害を埋め合わせることはできないかもしれないが、彼女が望み、与えられてしかるべきものを持てるよう、手助けすることはできる。「だったら、その資金はきみのものだ。もしくは、少なくとも、ぼくにできるかぎり、それに近い生活ができるようにする」コンの胃がよじれた。エーメの人生において自分が演じた役割にはじっさいに吐き気を覚えた。「この家をきみの名義にするよ。これを売るか貸すかはきみが決めればいい。それで、きみが叔母さんたちに話す作り話を本物らしく見せるのに充分な額の銀行口座も作ろう」目的を果たすのに必要な手順を頭のなかで思い描くうちに、胃のあたりを締めつけていたものが緩み出した。コンは笑みを浮かべた。「夫と子供は自分でどうにかしてもらわなくちゃならないな」

コンがこの家に足を踏み入れて初めて、エーメが心からの笑みを浮かべた。その目に輝くものが今度は喜びの涙であってくれればいいとコンは思った。「ありがとう《メルシー・ボクー》、モナミ。なんてお礼を言っていいかわからないわ」

「礼を言わなきゃならないのはぼくのほうさ」コンはシャーロットが話してくれたことと、それを自分が信じずにあざけったことを思い出した。「きみはぼくに埋め合わせをはじめる機会を与えてくれたんだから」

かつての愛人は小さな書き物机に歩み寄った。エーメは一枚の紙をとり出して書きつけた。

「叔母たちにはこの名前を使ってるの」

コンは紙をたたみ、ウェストコートのポケットにたたくしこんだ。「きみとこの名前のつながりは誰にも明かさないと約束するよ」

「ありがとう」エーメは両手を差し出した。「婚約者との幸せをお祈りしますわ。きっとうんと特別《トレ・スペシャル》な方なのね」

コンは彼女の指を手にとって最後にそこにキスをした。「それ以上さ」

これまで考えたこともないほどに。

しかし今や、シャーロットが最初から正しかったと認めなければならない。エーメの家を出ると、男としての自尊心がどれほどの打撃を受けることになるのか考えて沈んだ気持ちになった。これまでの自分の態度よりは彼女がやさしさを見せてくれるようにと祈るだけだった。

決着がつくまえに、ずいぶんとへこまされることになりそうだ。それでも結婚してくれるようシャーロットを説得することはできるだろうか？

コンはセント・ジェームズ街へと曲がり、クラブへ向かった。これまでこれほどに途方に暮れたのは生まれて初めてだった。幸い、彼女には明日まで会う予定はない。今日はもうそのことは忘れ、親しい仲間といっしょに〈ブルックス〉のすばらしいブランデーをたのしむことにしよう。

まもなくコンはクラブの扉を開け、給仕に帽子とステッキを手渡した。クラブの支配人がお辞儀をした。「こんにちは、ケニルワース様。婚約のお祝いを述べてもよろしいでしょうか？」

ああ！　噂ってやつは。ロンドンじゅうに広まっているのだ。「ありがとう、スミザーズ。

お祝いにブランデーをもらおう」

「かしこまりました」支配人はまたお辞儀をして給仕に向かって指を鳴らした。コンがブランデーのグラスを手にテーブルについたとたん、友人のエンディコット卿が歩み寄ってきた。

「ハリントンがまだ田舎にいるうちにレディ・シャーロットをかすめとるとは、きみも油断ならないな、ケニルワース」

いったいハリントン坊やがシャーロットとどんな関係があるというのだ？「どういうことだ？」

エンディコットは眉を上げると同時に口をぽかんと開けた。「知らなかったというのかい？　彼はシーズンの初めからずっと、レディ・シャーロットのまわりを嗅ぎまわっていたんだぜ。彼女に結婚の申しこみをするのに父親の許しを得なければならなかったんだ。だから、今ロンドンを離れているのさ」

だから、彼女はぼくとの結婚をあんなにためらっていたのか？　愛人のせいだと言っていたが、ほんとうはハリントンと結婚したかったのか？　あの男を好きだと？「彼の名前は出てこなかったたな」

「そもそもどうやって彼女と出会ったんだい？」エンディコットはコンの隣の革の椅子に腰をおちつけた。

その質問になら答えられる。「ワーシントンに紹介されたんだ。彼を訪ねていってお茶を飲んだ」

「ワーシントンに今年デビューした妹がほかにもいたなら――」エンディコットが含みのある口調で言った。「彼ともっと親しくするんだがな。そう、ロスウェルとレディ・ルイーザが出会ったのもワーシントンを通してだから」

レディ・ルイーザ？　ああ、そうだった。ワーシントンのもうひとりの妹。結婚したきっかけはワシントンの紹介と言っていた。「ああ、そうだな。彼と親しくしていて運がよかったよ」

ブルックスに来たのはあまりいい考えではなかったかもしれないとコンは思いはじめていた。少なくとも、もう少し状況がおちつくまでは。

「えらくいいご婦人ばかりだな、ワーシントンの妹たちは」エンディコットはブランデーの瓶を見て顔をしかめた。「おい、ケニルワース、ほんとうにそんなものを飲みたいのか？。お祝いしなくちゃ」エンディコットは振り返って給仕に呼びかけた。「なあ、ここにある最上級のシャンパンを何本か持ってきてくれ。婚約のお祝いをするんだ。ここにいるケニルワース侯爵がぼくたちを出し抜いて、レディ・シャーロット・カーペンターの結婚の同意を得たんだ。彼の幸せを祈らなくては！」

最悪だ。これでシャーロットに振られるわけにいかなくなった。たとえ彼女があのハリントンの坊やのほうがいいと思ったとしても。振られたら、一生後悔することになるだろう。

13

グリーンマン亭をあとにしたバートは、その日の午前中に、宿でブラックストンと名乗った貴族の家をメイフェアで見つけ、彼がブロンドの女とともにロンドンを離れたことを知った。

ミス・ベッツィは娘が姿をくらましたと知ったらおもしろくないはずだ。宿の部屋に戻ると、バートはミス・ベッツィに手紙を書き、そのままそこに何日か留まって返事を待った。

「ここにスミスさんって人はいる？」ぼろ布のような服を着た少年が訊いた。

少年は子供のころのバートを思い出させた。「おれがスミスだ」

「あんたにこれを」少年は手紙を持ち上げ、バートは一ペニーを放ってやった。

それからエールを飲み干すと、部屋に行って手紙の封を開けた。

貴族様のあとを追って、荷物をとり戻してください。　B

バートが思うに、それは時間の無駄だった。おそらく荷物――娘――はすでに処女ではなく、依頼主の紳士ももう彼女をほしいとは思わないはずだ。誰も彼の意見は聞いてくれないが。バートは肩をすくめた。ミス・ベッツィが金さえ払ってくれれば、自分にはどっちでもいい話だった。

バートは懐中時計の蓋を開けた。暗くなるまえに貴族の行方をつかむにはまだ充分時間がある。運に恵まれれば、あの上等な馬車は簡単に見つかるはずだ。

バートは荷物をずた袋に詰め、宿屋の代金を払った。グレート・ノース・ロードに到達するまで思ったほどもかからなかった。

バートは最初の道路料金所で馬車を停めた。徴収人が出てきた。「一日かそこらまえに、上等の黒い馬車に乗って、黄色い頭の女を連れた洒落者が通らなかったかい？」

「こんだけロンドンに近いと、上等な馬車はたくさん通るからな」バートは硬貨を放り、若い徴収人がそれをつかんだ。「二日まえって言ったかい？　見たよ。隣の郡までの通行切符を買ってた。御者は、ビッグルスウェイドってところへ向かっているって言ってた。おれは聞いたことのない土地さ。ベッドフォード州のどこかって話だった」

バートは男にもう一枚硬貨を与えた。その情報のおかげで大いに時間稼ぎができる。ベッドフォード州のどこかにあるビッグルスウェイドを見つければいいだけだ。

バートは暗くなるまで馬車を走らせ、郵便馬車の停まる宿で部屋をとった。翌日、正午を少し過ぎたころに、ビッグルスウェイドという市場町に到着した。最初に見つけた宿屋は大通りにあるドッグ・イン・ア・ダブレット亭だった。

馬の世話を手伝うために宿の馬丁が駆け寄ってくることはなかったが、建物の横に鉄の輪がついていた。その鉄の輪に馬を結びつけると、バートは宿屋にはいって酒場に向かった。

「一日か二日、部屋を借りたいんだが」

「お客さん、運がいい」宿の亭主は言った。「ひと部屋空いてますぜ。明日は市場が開かれる日でね。町中の宿屋が一杯になる」

「おれはいいときにここへ来たようだな」

亭主は若者に自分の代わりをするよう合図した。「部屋へお連れしましょう」

「馬車で来てて、馬が二頭いる」とバート。

「せがれが引き受けますよ。馬車と馬には追加でお代をもらいますがね」

バートはうなずいた。費用については気にならなかった。ミス・ベッツィは金払いはよいのだ。

部屋は狭いが清潔だった。窓がふたつあり、ひとつは通りを見晴らす窓で、それは願ったりだった。「いい部屋だ」

「夕食は五時です。ほかに何かご用は？」

「ぴかぴかの黒い馬車に乗った紳士を探せと言われてるんだ。見かけなかったかい？」

「そういう馬車なら山ほどここを通りましたからね。お屋敷の貴族様が泊まりのパーティーを開いているんでね。明日、きっと見つけられますぜ。お屋敷の旦那は客を市場に連れてくるのが好きなんだ」亭主はけしからんというような顔になった。「ロンドンの女たちの振る舞いを見てたら、市場町を見たことがないのかと思いますよ」

バートにはその意味はよくわからなかった。彼ですら、ほとんどの貴婦人が一年の大半を田舎で過ごすのを知っていた。しかし、亭主は貴婦人ではなく、女と言った。それについてバートがどう訊こうかと考える間もなく、亭主は続けた。「貴族の旦那が前回ここに来たときには、うちの女房も含めて町のほとんどの女たちが、ここに来ていた紳士連中について教区司祭に訴えに行ったんですよ。今はその貴族の旦那がパーティーを開こうとするときには、ロンドンからメイドたちを連れてこなきゃならなくなった。おれたちの誰も娘を手伝いに行かせようとはしないからね」

バートは貴族について理解するのはあきらめていた。レディ・シャーロットがそんなパーティーに参加するのを許されるなど、あり得ないことに思えたが。

「連中はホワイト・ハート亭に寄ってエールまで飲みやがる！」亭主は明らかに憤慨した様子で言った。

まあ、そいつらがそこへ行くなら、おれも行くだけのこと。ミス・ベッツィは望みのものを手に入れることになる。

ケニルワース卿が去ってまもなく、シャーロットはお茶を飲みに朝の間へ行った。家のなかはめずらしく静かだった。それはつまり、マットが子供たちを公園に連れていき、まだ戻ってきていないということだ。

ちょうどそのとき、玄関の扉が勢いよく開き、足音とデイジーの吠える声が廊下に響きわたった。

少しして、メアリーとテオが部屋の入口に現れた。

「デイジーとデュークが結婚するの」メアリーがシャーロットに呼びかけた。

シャーロットは意味がわからず、頭をはっきりさせようと首を振った。「なんですって？」

「明日、結婚式をするのよ」とテオも言い、メアリーと手をとり合って部屋のなかを踊ってまわった。

「デイジーには最高にきれいなボンネットを作ってやるつもりよ」アリスが笑みを浮かべ、エレノアとマデリンは興奮してうなずいた。

「言っている意味がわからないわ」シャーロットはほかの誰かにというよりは自分に言った。オーガスタが姉のそばに来てささやいた。「デイジーのおなかがふくらんでいて、公園でテオとメアリーがそれに気づいたの」

謎が解けた。「子犬ね」

「マットもそう思ったみたい」オーガスタの唇の端が持ち上がった。「だから、結婚式よ。子供たちに、犬の式のために教会へ行くことはしないとマットが説明してくれたわ」

「それはよかった」短期間に五件の結婚式を挙げたシャーロットの家族のせいで、セント・ジョージ教会の若き司祭ピーターソン師は今シーズン大忙しで、上流社会は大いにおもしろがっていた。

シャーロットはふと、グレースが自分とルイーザとドッティのために計画をはじめていたデビューを祝うパーティーが結局開催されなかったことに気づいた。結婚式のせいで計画が邪魔されてばかりだったからだ。

デイジーが尻尾を振りながらのんびりと居間にはいってきた。たしかにおなかが大きくなりつつある。シャーロットの知っているみんなが身ごもっているかのようだった。ドッティは別だったが、それも時間の問題だ。

街を離れるまえにハリントンがプロポーズしてくれていたら、シャーロットもそれほど遠くない未来の幸せな催しをたのしみにしていたかもしれない。ただ、自分がそのプロポーズを受け入れていたかは確信は持てなかった。会うたびに、何かしらの感情が欠けているような気がしていたからだ。ケニルワースへの反応のほうが、これまでハリントンに対して経験したどんな反応よりも大きかった。もちろん、彼がケニルワース侯爵だとわかるまえのことだが。

シャーロットは自分を揺さぶった。ばかなことを考えている。さらわれたときにハリントンとすでに婚約していて、ケニルワースといっしょのところを見られたとしたら、最悪の事態がもっとずっと深刻なことになっていただろう。もうそのことについて考えるのはやめたほうがいい。

しかし、そのことが――ケニルワースが――自分の人生を左右しているように思える今、考えないでいるのはむずかしかった。今の状況はとことん気に入らなかった。どんなに突飛な夢のなかでも、結婚したいと思わない紳士と婚約するなど、想像したこともなかったのだから。

シャーロットはケニルワースとの約束と、ドッティに言われたことを思い出した。ケニルワースは愛人と話をし、その内容をひとことたがえず知らせると約束したのだった。しかし、たとえこちらが正しくても、彼はほんとうに心を入れ替え、態度を変えたりするかしら？

マットとフィリップとウォルターがそろって部屋にはいってきて、あとに続いた犬のデュークは、すぐさまデイジーのもとへ行った。デュークは自分が父親になるのがわかっているのだろうか？　シャーロットは犬たちのほうに顔を向けてほほ笑んだ。

子供たちがあれこれ計画を語り合う声が大きくなったとき、グレースが部屋にはいってきて、執事とトレイを持った四人の男の使用人がそれに続いた。グレースは優雅にソファーに腰を下ろした。「口を閉じて席についたら、お茶を飲んでいいわ」

フィリップとウォルターがすばやくすわり、フィリップがほかの子供たちに向かって叫んだ。「急げよ。ぼくはおなかが空いているんだ」

まもなくシャーロットは、グレースを手伝ってお茶のカップや、ジャムタルトやビスケットや小さく切ったサンドウィッチで一杯の皿を配っていた。

ようやく、シャーロットは自分のカップと皿を手に入れ、それらを窓辺のベンチに運んだ。子供たちの空腹が満たされると、また結婚式の話がはじまった。もちろん、グレースはそれについて話を聞いているはずだった。マットがクラバットを緩めようとするように首とのあいだに指を突っこむと、グレースの目が笑みを浮かべて光った。

シャーロットは自分が義理の兄のような思いやり深い夫を得て、大勢の子供たちの母となる姿を思い描こうとしたが、ほほ笑む緑の目が脳裏に浮かぶのを払いのけようとしても、払いのけられなかった。

いいえ、わたしはケニルワースとは結婚しない。

「シャーロット、ずいぶんと深い物思いにふけっている顔をしていたな。そばにすわってもいいかい？」マットが黒っぽい眉根を寄せて目のまえに立っていた。

「ええ、もちろん」シャーロットは彼が隣にすわれるよう横に移動したが、マットは近くにあった椅子をとってきてそばに置いた。

「今回起こったことについてはずいぶんと冷静に対処しているようだね」マットはそう言いながらすわった。

シャーロットは軽く肩をすくめた。変えようのないことについてとり乱しても仕方がない。

「きみと話す機会がなかったからね。誘拐のことと……」

「婚約のこと？」シャーロットはマットが自分を説得しようとしませんようにと心から願った。自分が気持ちを変えるとしたら、それはケニルワース卿の行動によってであり、たとえそれが敬愛する義理の兄であっても、ほかの誰かの説得によってではない。

「まさしく」マットは一瞬眉を下げた。「きみはケニルワースのことをよく思っていないそうだね」

「そのとおりよ。よく思っていないわ」劇場でひとりではなくふたりの高級娼婦といっしょにおおやけの目に姿をさらした彼が目に浮かんだ。「あの人のやっていることに感心しないので」

「ああ、たしかに最近の彼の個人的な生活は清廉潔白とは言えないな」マットはシャーロットをちらりと見て顔をしかめた。「きみが目撃したことから言えば、きみを責めることはできない」

シャーロットは唇を引き結びたくなる衝動と闘った。「でも？」

マットの顔にかすかな笑みが浮かんだ。「彼とは長い付き合いで、彼の気質についてはおおむね保証できる。かっとなったり、他人に害をおよぼしたりする人間じゃ――」

「ある種の女性たちに対しては別よね」

マットは手で顎をこすった。「それは残念ながら、社会全体が容認している過ちだな」

そろそろこの会話は終わらせなければ。「でもそれこそ、わたしが忌み嫌う過ちよ。わたしが好きになれず、尊敬もできない男性とわたしを結婚させようとは思わないでしょう？」

「もちろんだ」マットは眉根を寄せ、椅子の上で身動きした。「ただ、これだけは言わせてくれ。グレースも最初はぼくのことを子供たちを託せるだけ信頼できる男とは思っていなかった。それに、どちらもマートンが変われるとも変わろうとするだろうとも思っていなかったんだ」シャーロットはどちらも真実であることを受け入れるようにうなずいた。「自慢じゃないが、今のグレースは長らくなかったほどに幸せだと思うよ」

そのことばに異論はなかった。姉は両親が亡くなるまえのように、満ち足りた様子でたのしそうだった。「それで？」

「ケニルワースはきみが思っているほどひどくはないかもしれない。少なくとも、政治的には、今のマートン以上に自由主義的だしね」マットは立ち上がり、椅子を壁際に戻した。「彼のことをもっとよく知っても、彼とは結婚できないという考えが変わらなければ、ぼくはきみの味方だ」

「ありがとう」期待していた以上のことばだった。世の多くの父親や保護者とちがって、マットは弟妹のすべてに恋愛結婚をしてほしいと思っているのだ。「偏見を持たないように努めるわ」

「シャーロット、ぼくが頼みたいのもそれだけさ」

三時間後、夕食まえに家族が応接間に集まるまで時間があったので、シャーロットはまたピアノに向かった。

ピアノを弾き終え、目を上げると、ドッティがそれほど離れていない場所に静かにすわっていた。「邪魔したくなくて。曲の選択からいって、まだ悩んでいるのね」

シャーロットが心乱されているときに好んで引くのがモーツァルトのピアノソナタ十二番であることを知っているのはドッティだけだった。たとえ曲名を彼女が覚えられないとしても。「今日、あなたが帰ったあとにケニルワース様がいらしたの」

「へえ。それで心乱されたってわけ？」

シャーロットは思わず顔をしかめた。「また言い争いになったわ。それで今度は、高級娼婦に好んでなったのか、自分の愛人に訊いてみてって言ってやったの」

「なんてこと！」ドッティは両手で口を覆い、笑いはじめた。「鍵穴からそれを立ち聞きできたらよかったのに。彼はなんて答えたの？」

「もちろん、わたしがまちがっているって」シャーロットは目を天に向け、姉がそこで見ていなくてよかったと思った。「愛人に訊いてみるって言ってたわ。わたしがまちがっていることを証明するためだけにでも」

「本気で自分が正しいと思っているにちがいないわね」

「そのとおりよ」シャーロットは笑みを浮かべた。「きっとわたしに謝ることになるって言ってやったわ」

友はまた鈴を鳴らすような笑い声をあげた。しばらくしてハンカチをとり出して目にあてた。「きっとそうすることになるわね。今日帰ってから、何も言ってきていないの？」

「ええ。明日ここに来て、会話の結果を知らせるって言っていたわ」

ドッティは首を傾げて訊いた。「あなた、彼が真実を話してくれることを一度も疑ってないの自分でわかっている？」

たしかにそうだ。彼が嘘を言う人間だとは思ったこともなかった。「あまりに率直な物言いをする人だから、嘘をつくかもなんて考えたこともなかったわ」

「まあ、それは彼にとって有利ね」ドッティはやさしくからかった。

「そうかもしれないわ」彼の長所と短所を並べてみてもいいかもしれない。「何にしても、彼の気持ちを変えられるとは思えないけど。気持ちを変えたとしても、わたしが彼との結婚を好意的に考えるにはまだまだ足りないわ」

「あなたがためらったり、用心したりするのも当然よ。結局、結婚って永遠のことだから」ふいに友の顔が明るくなった。「あなたに最初に伝えたかったの。一月の終わりか二月にドムとわたしの赤ちゃんが生まれるの」

「ああ、ドッティ！」シャーロットはドッティを抱きしめるためにピアノの椅子から飛び上がり、椅子を倒しそうになった。「ほんとうによかったわね！」

「まだ初期なの」ドッティはシャーロットを抱きしめ返して言った。「でも、もう少し月が行くまで、とくに親しい友人や身内だけに伝えることにしたの」

「マートンが四六時中あなたに付き添っていないのが驚きね」

「わたしがそれを許したらそうするでしょうね」ドッティは笑みを浮かべて首を振った。「じつは約束させられたの。疲れることをしない、馬に乗らない、男の使用人をふたり連れないではどこにも行かない、ダンスは彼とだけ」

「ダンスは彼とだけ？」シャーロットは噴き出した。「かわいそうな人。できればどこに行くにもあなたを運んでまわりたいことでしょうね」

「彼にそんなことを絶対に吹きこまないでよ」ドッティはきっぱりと言った。「本気でそういうことをする人なんだから」

まだ笑いながら、シャーロットはマントルピースの時計に目をやった。「ほかの人たちのところへ行ったほうがいいわ。さもないと、あなたのご主人があなたを探しに来るでしょうから」

「たしかにそうね」ドッティは唇の端を持ち上げて立ち上がった。「あの人、ちょっと心配しすぎなんだけど、そういうところも愛しているの」

ふたりは腕を組んで音楽室をあとにした。「彼はあなたを見つけられてとんでもなく幸運だったと思うわ」

「幸運だったのはわたしもよ」ドッティはシャーロットの腕をきつくつかんだ。「あなたもきっと生涯愛せる人を見つけるわ」

「そうなるといいんだけど」

ふたりが応接間に着くと、マットはすでにグラスにシャンパンとレモネードを注ぎ、配ってまわっていた。「やっと来たな。探しに行くところだったんだぞ」そう言ってシャーロットとドッティにグラスを手渡すと、マートンが妻の腰に腕をまわした。マットはグラスを掲げた。「家族と次の世代に」

シャーロットもグラスを掲げた。友のためにこれ以上はないほどにうれしかったが、同時に、自分が妊娠を祝えるのはいつになるのだろうと思わずにもいられなかった。それでもまずは、夫が必要だった。自分にぴったりの夫が。それはシーズンの初めに思っていたよりもずっとむずかしいことになったようだった。

14

コンは翌朝十時にスタンウッド・ハウスにやってきた。玄関の扉へと石段をのぼる足取りはのろかった。シャーロットからきっとこき下ろされるにちがいなかったからだ。

まえのように扉がすぐには開かず、ノッカーを使わなければならなかったのは少々意外だった。おまけに若い男の使用人が帽子と手袋とステッキを受けとった。いったい執事はどこへ行ったのだ？

「レディ・シャーロットにお会いしたいんだが」

「こちらです、侯爵様。ご家族そろって庭で結婚式を行っております」

結婚式？

コンの知るかぎりでは、この家で、結婚できる年齢でまだ結婚していない若いご婦人はシャーロットだけのはずだった。ハリントンが特別結婚許可証を持って戻ってきたのか？そうだとしたら、くそくらえだ。彼女をハリントンに渡すわけにはいかない。シャーロットはぼくのものだ。「案内は必要ない」

「かしこまりました。廊下をまっすぐお進みください」

「ありがとう」

手遅れになるまえに、この結婚式をやめさせなければ。廊下を急いで進むと、右手の居間のフランス窓が開いていた。テラスのすぐ先に大勢が集まっている。

コンは間に合ってシャーロットを止められるようにと祈った。結婚式を中止させるのだ。居間を急いで通り抜けて庭に到達すると、ちょうどワーシントンの声が聞こえた。「この結婚式に異議のある者がいれば、今名乗り出よ、さもなければ、永遠に口をつぐんでいよ」

ワーシントン？　コンは急に足を止めた。

それに答えるように、甲高い子供っぽい笑い声が響きわたった。シャーロットは姉や黒髪の別のご婦人といっしょに脇に立っている。まえを見つめるきれいな顔には笑みが浮かんでいた。

使用人も全員集まっているようだった。庭には食べ物とレモネードの置かれた長いテーブルが据えられている。

いったいどうなっているんだ？

「よろしい。では、きみたちを……」ワーシントンが目を下に向けた。「夫と妻とする」

「マット」ばかげた帽子をかぶった幼い少女が言った。「誓いのことばは言わせなくていいの？」

それにはさらなるくすくす笑いや大笑いが応えた。

ワーシントンはゆっくりと一度まばたきした。「マデリン、犬なんだぞ。誓いのことばを知っているわけがないだろう」

ワーシントンのまえにいるのが誰なのか、もしくは何なのか見ようと、コンは集まった人垣をまわりこんだ。すると、驚いたことに、友人のまえに立っているのは、婚礼衣装としか言い表せないものをまとった二頭のグレート・デーンだった。ただ、小さいほうの犬は自分のボンネットをかじっているように見えたが。

レディ・ワーシントンがシャーロットに何かささやくと、何を言われたにせよ、彼女はうなずき、目をきらめかせた。

「もう食べられる？」ふたりの少年のうち、幼いほうが訊いた。

「もう食べていいですか、って訊くのよ。ええ、いいわ」レディ・ワーシントンが言った。

「犬たちにおすそ分けしすぎないように気をつけてね。具合が悪くなってしまうから」

子供たちが最初に一斉にテーブルへと動いた。使用人たちは三々五々家のなかに戻り、アディソン夫人を連れた、背の高い男性がコンに近づいてきた。

「こんにちは。私はアディソンと申します。妻からお噂を山ほどうかがっていますよ」

コンはお辞儀をした。「またお会いできて光栄です、ミセス・アディソン。それと、あなたにもミスター・アディソン」

アディソン夫人はお辞儀をした。「レディ・シャーロットに会いにいらしたんでしょう。彼女を呼んできますわ」

「助かります」アディソン夫人の夫のほうに顔を向け、コンは言った。「お聞きになった噂についてですが――」何かに上着を引っ張られ、コンが目を下に向けると、ふた組の青い目に見つめられていた。ひと組はシャーロットと同じ夏空の青で、もうひと組はワーシントン家に特有のコバルト色に近い青だった。「ご紹介いただいていないと思うんだが」

少女たちに目を向けられ、アディソン氏が言った。「ああ、レディ・テオドラと――」黒っぽい髪の少女がお辞儀した。「レディ・メアリー」幼いほうの少女もお辞儀をした。「ケニルワース侯爵をご紹介させてください」

レディ・テオドラと紹介されたほうは、コンを歓迎すべきかどうか判断しようとするように彼を見上げた。「ここで何をしているの？」

「わたしに会いにいらしたのよ」そこへちょうどシャーロットが現れ、尋問へと発展しそうだったものを止めた。

「ええ、そう。ご家族の催しの邪魔をしてしまってすまないが、ちょっと話し合えたらと思ってね」

シャーロットは幼い少女たちに目を向け、それから家族や客たちが集まっているほうを見やった。「今すぐは無理ですわ。でも、よければ、ごいっしょにどうぞ。話し合いはあとですればいいわ」

コンは笑みを作った。「喜んでそうさせてもらうよ」ほかの子供たちも彼に気づき出し、コンは気が変わったことにしようかと思った。それでも、彼女に自分と結婚してほしかったら……。これがそれほどひどいことになるだろうか？　結局みな子供にすぎない。

コンは腕を差し出し、シャーロットがそこに手を置くのを待った。シャーロットの手の代わりに、ずっと小さい手に袖をつかまれる。「ありがとう」レディ・メアリーが輝くような笑みを彼に向けた。「シャーロットに求愛しに来てるの？」

コンが答えを思いつくまえに、もう一方の腕がレディ・テオドラにとられた。「シャーロットは、今シーズン、まだ結婚せずに残ってる最後のひとりなの。だから、きっとあなたが求愛しに来てるんだと思ったの」

息を詰まらせたような音がし、シャーロットの顔がバラ色に染まった。

「その、じつを言えば、そうなんだ」思ったほど最悪ではなかった。「きみたちの犬がたった今、結婚したようだね」レディ・メアリーが何度かうなずいた。「どうしてか訊いていいかい？」

「そうすれば、子犬を産めるからよ」とレディ・テオドラが答えた。

コンは〝花嫁〟に目をやり、初めて、雌犬の腹がわずかに丸くなっているのに気づいた。

「ああ、それはそうだ。よくわかるよ」

コンはシャーロットにちらりと目をやった。彼の領地で早春に咲くスイセンを思わせる淡い黄色のドレスに身を包んでいる。金色の髪はうなじのすぐ上で団子にしている。巻き毛が顔をとりまき、子犬ということばを聞いて、顔がさらに濃いバラ色になった。彼の子供を宿してふくれた腹をしている彼女の姿は容易すぎるほど容易に目に浮かんだ。

飲食物のテーブルに到達しても、ふたりの少女はまだ彼から離れなかった。ふたりは彼の腕から手を離し、テーブルの端に積んであった皿を手にとった。

「これはピクニックみたいなものだってグレースが言ってたから、自分で食べ物を皿に盛らないといけないのよ」とテオドラがコンに教えてくれた。

コンは自分の皿を手にとり、両方の少女のほうにわずかに身をかがめた。「どれをとったらいいか、教えてくれてもいいな」

「レモンケーキとチーズ」メアリーがきっぱりと答えた。

「わたしはクリームタルトとチーズ」とテオドラが言った。

「ふーむ、チーズは何か特別なものなのかい？」

「ええ」メアリーはにっこりした。「田舎の家で作っているの。世界で一番のチーズよ」

「だったら、食べてみないとな」コンはひと口かじった。たしかに久しぶりに味わうようなすばらしいチーズだった。濃厚でぴりっとしていて口のなかでほぐれる。「すばらしい」

「そう言ったじゃない」テオドラは肉を置いてあるほうに彼を導いた。

ここまでの成り行きに満足しつつ、コンはシャーロットを目で探した。彼女はテーブルの端にいた。しかし、彼女のそばに寄るまえに、メアリーとテオドラよりは年上ながら、やはり途方もない帽子をかぶった三人の少女に囲まれた。

「すてきなボンネットだね。そんなふうなのはこれまで見たことがないよ」

少女たちは得意そうな顔になった。「ありがとう」と声をそろえて言う。「自分たちで作ったのよ」

近くに大人はいないかとまたあたりを見まわしたが無駄だった。みなテーブルのそばに集まってはいたのだが。いいさ、言わば、乗りかけた船だ。「失礼をお許しください、ご婦人方。ただ、誰も紹介してくれる人がいないようなので。ぼくはケニルワース侯爵です」

少女たちはお辞儀をした。

「わたしはレディ・アリス・カーペンターです」彼女は隣にいる少女を示した。黒っぽい髪とワーシントン家特有の目をした少女だ。「こちらは妹のレディ・マデリン・ヴァイヴァーズ、そしてこちらは——」今度はブロンドの髪とシャーロットの目をした少女を示した。「わたしの双子の妹レディ・エレノア・カーペンターです。わたしたちは十二歳で、十八歳になったら、デビューする予定なの」

レディ・マデリンとレディ・エレノアもそれを確認するようにうなずいた。その年はシャーロットを田舎に引き留めておこうとコンは決心した。ワーシントンは彼らに目を配るために全員ロンドンにいてくれと言い張るだろうが。「お会いできて光栄です、ご婦人方」

ドッティがシャーロットの腕をとり、シャーロットの妹たちとケニルワースのあとに続いた。

「彼はよくもてなされているみたいね」

「テオとメアリーがよく面倒見てくれるでしょう。双子とマデリンが、自分たちがお客様に挨拶する番だと思ったときに愉快なことがはじまるわよ」

「そろそろそれがはじまるみたいよ」

友が視線を向けたほうへシャーロットが目をやると、少女たちがテオとメアリーに代わってケニルワースに近づくところだった。シャーロットは彼と愛人の会話はどうなっただろうと考えた。それと同様に、彼が子供たちをどう扱うかにも興味があった。家族はシャーロットにとってとても大事な存在で、誰と結婚するにしても、その人物にも家族を愛してもらわなければならなかったからだ。

シャーロットは下唇を噛んだ。「わたしと話したいそうよ」

「もちろん、そうでしょうよ」ドッティはシャーロットを引っ張って足を止めさせた。「彼になんて言われるか心配してるなんて言わないでね」

「多少は」シャーロットは友の腕を引っ張ってまた歩き出した。「ほんとうのことを言うと、わたしがまちがっていたんじゃないといいと思って」

「まさか」ドッティは小声で言った。「でも、もしそうなら、わたしもびっくりだわ」ふたりはテーブルから離れた場所で足を止め、ほかの人たちが食べ物を選ぶのを待った。「それだけじゃないんでしょう？」

「何の話かわからないわ」シャーロットは友が何を言いたいのか不思議に思いながら応じた。

「彼の目があなたのほうに向けられる様子やあなたがずっと彼をちらちら見ている様子……。彼のことが好きなんじゃないの、シャー？　たぶん、今自分で認めようと思うよりも？」

もしかしたら、そうかもしれない。それでも、これ以上先に進むまえに、それにふさわしい人間であると彼に証明してもらわなければならない。「あなたとマートンが婚約した晩のことを覚えている？」

「忘れるわけがないわ」ドッティが軽い笑い声をあげた。

「婚約してあなたはあまり幸せそうじゃなかった。でも、その後、彼とよくいっしょに過ごすようになって――」

「キスされたの」ドッティの顔に夢みるような表情が浮かんだ。「そうされたら、彼と婚約しているのが全然嫌じゃなくなったの。そうしてキスされるまで、彼のことをほんとうはどれほど好きだったのか、気づいていなかったのね」

「わたしの身にはそういうことが起こらないでほしいわ」ふたりはテーブルから甘いものをいくつかとチーズをとり、庭の奥の塀のそばにある東屋へ歩いていった。「あなたの場合、すでにマートンに、どれほど彼の考え方がまちがっているか教えはじめていたじゃない。わたしがケニルワース様と恋に落ちるなら、彼が態度を変えられる人間だって、確信が持てなければならないわ」シャーロットは右のこめかみをこすった。彼が劇場で目にしたあの紳士だとわからなければ、これほど疑いを抱くこともなかっただろう。彼との婚約に満足したかもしれない。

「わたしの言いたいことわかる?」

「よくわかるわ」ドッティがきっぱりと言った。「それに、わたしも同じ意見よ。彼があなたの望むような人じゃないなら、彼とは結婚すべきじゃないわ。悪い噂を立てずに彼との婚約を終わらせる方法が見つかればの話だけど」

結局はそういう話になるのだ。悪い噂。マットもグレースも何も言わないが、結婚については曖昧にしておくというシャーロットの意見にはあまり賛成していないように見える。

「ありがとう。家族とお友達がわたしの決断を受け入れてくれるとわかっているのは心強いわ」

ドッティは笑みを浮かべた。ふたりは食べ物のテーブルのほうへ戻り出した。「そのために家族やお友達がいるんじゃないの。ねえ、お宅の料理人のすばらしいレモンケーキで元気をつけて、ケニルワース様と話をしに行きなさいよ。きっと何もかもうまくいくわ」

「そうする」シャーロットは友の言うとおりになりますようにと祈った。これ以上会話をあとまわしにすることはできない。

ふたりがテーブルのそばに戻ると、ケニルワース卿はシャーロットの弟妹たちに囲まれていた。めずらしいことではなかった。みな好奇心旺盛な子供たちで、双子とマデリンはできるかぎりの情報を彼から引き出そうとしていた。

弟たちは、ケニルワース卿がどんな種類の馬と馬車を持っているか、そして彼がフォー・ホース・クラブの会員かどうかにしか興味はないはずだ。その有名なクラブの一員として認められることがフィリップとウォルター両方にとっての一番の目標だった。オーガスタは彼がヨーロッパに行ったことがあるかどうか知りたがるだろう。そして、行ったことがあれば、何を目にしたかを。

彼女がそばに来たのを感じとったかのように、ケニルワース卿は彼女のほうに顔を振り向けた。緑の目は最後に見たときよりも明るく見えた。今日はブナの木の若葉の色だ。牧草の色に見えるのは怒ったときだけなのだろうか？

「わたしの言いたいことがわかる？」とドッティが訊いた。「子供たちに囲まれていても、彼はあなたを見ているのよ」

シャーロットは足を速めた。「もう少しレモンケーキとお茶が要るわ」

「もちろん、そうね」友は謎めいた笑みをくれた。「でも、いつまでも話し合いをあとまわしにしておくことはできないわよ」

じっさい、三十分も経たないうちに、ケニルワースはシャーロットの弟妹から逃れ、今日の花嫁のデイジーの飾りを外しているシャーロットのところに歩み寄った。「もう飾りの花は全部食べてしまったんじゃないかと思っていたけどね」

「試し食いをしただけよ。どうやら、においほど味はよくなかったようね」デイジーはばらのにおいを嗅いでくしゃみをした。「ありがたいことに。そうでなければ、おなかを壊していたでしょうから」

「きみの弟さんや妹さんたちは人懐っこいね」

「ええ、たしかに」シャーロットはデイジーの首から最後のレースを外した。「みんながうまくやってくれて、ほんとうに運がよかったわ」

「きみの双子の妹さんともうひとりの女の子は特別な関係を結んでいるようだ」ケニルワースはデイジーの頭を撫で、犬は彼に身を寄せた。

少なくとも、犬好きではあるのね。「そうなの。意外なことでもないけど。みな似たような年だから。マデリンの誕生日は双子と一週間しかちがわないのよ。三人とも共通点が多いし」

「ボンネットとか？」ケニルワースはにやりとした。

「ええ、身に着けるものは全般的に」シャーロットは彼にかすかな笑みを向けた。「ときどきひどくばかげていたりもするんですけど、いい子たちだから、そのうち成長してそういうこともなくなるはずですわ」

「ほかの子たちのことを教えてくれないか」

シャーロットは、彼がほんとうに関心を抱いているのか、単に互いの意見の相違に触れないことを話題にするために言ったことなのか考えた。「ここにいる男の子のなかで一番年上のウォルターはオーガスタと仲良しよ。どちらも地図と言語が好きみたい。ウォルターが寄宿学校に行ってしまったら、オーガスタはちょっとさみしくなるんじゃないかと思うわ」

「きみのもうひとりの弟さんのスタンウッド同様、イートンに行くんだね」

ケニルワースがそれを質問しているのか、子供たちからすでに聞いて知っているのかわからなかった。「ええ、今年の秋に。幼い子たち、メアリーとテオとフィリップは多くの時間をいっしょに過ごしているわ。女の子たちはほとんど離れられないぐらいよ。フィリップはふたりといっしょに過ごすか、ウォルターやマットと男の子が好むことをして過ごすかのどちらかね」

「ウォルターはあとどのぐらい家にいるんだい？」

「あとたった一年。グレースは、男の子もあまり幼いうちに学校にやるべきじゃないと思っているんだけど、同じ学校に兄弟がいるのは助けになるってマットが言って、グレースも折れたの」

「ワーシントンにもぼくにも兄はいないな」ケニルワースは少し悲しげな口調で言った。

今のところ、家族の話題は安全に思えた。「あなたのごきょうだいは？」

「姉が三人いる。みなぼくよりかなり年上だ」ケニルワースは顔をしかめた。「残念ながら、ぼくには大家族と過ごした経験があまりないんだ。学校に行く年には、一番下の姉も最初の社交シーズンを過ごしていたからね。それにともなう大騒ぎはよく覚えているよ」彼は冷ややかに付け加えた。

シャーロットは笑わずにいられなかった。「必ず多少はそういうことがあるものだと思うわ」

「きみの弟さんや妹さんたちはかわいらしいな」彼の態度が重々しいものになり、眉が持ち上がった。わたしを威圧するためだろうとシャーロットは思った。「でも、彼らはぼくたちの婚約については知らないようだ」

単刀直入だった。彼と知り合ってまだ間もないが、彼が核心を突くことは予測してしかるべきだった。「ええ。知らないわ。マットとグレースがいつ話すかはわたしにまかせてくれているの」

「それで、それはいつになるんだい？」彼の口調が鋭くなった。

シャーロットは背筋をぴんと伸ばした。それでも、頭は彼の顎までも届かなかったが、そうすることでよりその場をしきっている気分になれた。「ほんとうに結婚することになるといい、わたしが確信したときよ」

「へえ」シャーロットが予想していたように言い返してくる代わりに、ケニルワースは黙りこんだ。「誰にも邪魔されずに話ができる場所はあるかい？」

シャーロットはまわりを見まわした。グレースが幼い子供たちを家のなかに追い立てようとしている。「ここでなら」

「ここで？」あまりうれしそうではない顔で彼は訊いた。「もっとふたりきりになれる場所はないのかい？」

あれだけのことがあったというのに、どうしてわたしがふたりきりになることに同意すると思えるの？　思いちがいも甚だしいわ。

シャーロットは庭のあちこちにある木製のベンチのうち、近くにあるもののところへ行ってすわった。「ないわ。うちの姉から見える場所に留まりましょう」

15

なんともすばらしい状況だ。シャーロットは家族に婚約のことを知らせていないだけでなく、愛人の問題を彼女の家族が見ている庭で話し合おうというのだ。

こういう会話をご婦人と、それも若い未婚のご婦人とすると考えただけで、心穏やかではいられなかった。そもそも、彼女にあおられるままに愛人のことを話すべきではなかったのだ。

家のほうに目を戻すと、ワーシントンとその妻がテラスのテーブルについていた。家族全員ではないが、シャーロットとコンにはしっかりと付き添いがついているわけだ。すでに婚約したふたりではないかのように。

まったく。

この話し合いは早く終えてしまったほうがいい。「約束どおり、元の愛人と話をしたよ」

自分が〝元〟ということばを使ったのに彼女が気づいてくれるといいのだが。

シャーロットは手を膝に置いて彼を見上げた。青い目は無防備で、コンは彼女の魂までを見通せる気がした。上流社会の女性としてはめずらしいことだった。コンの胸の奥で何かの感情が動いたが、それをじっくり吟味する暇はなかった。

「あなたのこと、正直ではないと思ったことはありませんわ。率直に言えば、わたしとの関係においてあなたは、これ以上はないほどに正直ですもの」

おそらく、正直すぎたのだ。多少遠まわしな言い方をすれば、まだましだったかもしれない。「何においても、ぼくらは正直にやりとりしたいからね」

シャーロットはかなり厳《おごそか》にうなずいた。

「それで、さっきも言いかけたように、約束したとおりに、訊いてみたんだ――」くそっ。愛人ということばを使いつづけることなどできない。「ぼくが関係を持っていた女性に――」ふいに喉にひっかかるものを感じ、コンは咳払いをした。「この職業を自分で選んだのかどうか」こうして報告することは思っていた以上にむずかしいことだった。グラス一杯のブランデーがあればと思いながら、コンは息を吸った。「それはそうじゃなかった。じつは、ぼくは――その――まちがって……」コンは息を吸ってもう一度ことばを発しようとした。「きみが、その、た、正しかった」

シャーロットのみずみずしい唇が引き結ばれ、一瞬、かすかにゆがんだ。きれいな喉元の血管が脈打ちだし、彼女の鼓動が速まるのが感じられた。これが彼女にそれほどの影響をおよぼすとは思ってもみなかったのだった。「その方を助けるのに何かするおつもり？」

ようやく、シャーロットが望む答えが言える。「ああ、もちろん。今それをしているところだ」目がまた彼女の首に惹きつけられる。脈はゆっくりになっていた。「彼女は、彼女がこれまで何をしてきたか知らない身内の人間と連絡をとり合っているということだった。だから、彼女がこれまで送ったはずの人生をとり戻せるだけの資金を提供した」

シャーロットは組んだままの手を胸に持っていった。まばたきは速くなり、唇は大きく開いている。やがて彼女は言った。「それって……最高のやさしさだわ。そこまでは……その、あなたがそんな――」

愛人を助けるためにぼくが何かをするとは思わなかったと言いたいわけだ。シャーロットがこれ以上言うと彼の気分を害するかもしれないと、ことばを止めたことがコンにはうれしかった。「ぼくがあまり思いやり深い人間じゃないときみが思っている理由は理解できる。きみには心から謝罪しなければならないよ、レディ・シャーロット。何よりも、ぼくは自分のあまりいい面をきみに見せていなかった。必ずしも紳士らしく振る舞っていたわけじゃなかったし」

「わたしもそうですわ、ケニルワース様」その声はきっぱりしていたが、ふいに内気になったかのように、シャーロットは話しながら彼に目を向けることはなった。

「いずれにしても、きみの赦しを得たい。ぼくがまちがっていた」そのことばを発するのも、二度目は最初ほどむずかしくはなかった。

「赦します」シャーロットの唇はまた引き結ばれたが、それはどちらかと言えば驚愕のせいだった。「わたしもあなたに対して必ずしもいい面を見せていたわけじゃありませんから。腹を立てたこと、謝りたいわ」

「謝ることは何もないよ」そのことばが口からこぼれたときに、コンにはそれが真実であるとわかった。どんな貴婦人も――無垢な貴婦人はとくに――金のために体を売ると考えただけで驚愕するはずだ。彼女を挑発し、恥ずべき言い争いに引きこむなど、褒められたことではなかった。「ぼくらは――」コンはうまい言い方がないかと空を見上げたが、何も思いつかなかった。「うまく言えないんだが、お互いまた一からはじめられるといいと思う」

シャーロットは真珠のような歯で下唇を噛んだ。「あなたを挑発したくはないんですけど、たぶん――」シャーロットは一瞬手で顔を覆った。「ああ、とても気まずいわ。女性をお金で買うような男性とは結婚しないと誓っていたんですけど、兄によれば、紳士はみなそうするものだと――」

「説明する必要はないよ。きみの言いたいことはわかる。きみの兄上の言うとおりさ」コンは指で髪をかき上げた。自分を受け入れてくれるよう、彼女を説得しなければならない。彼女に拒絶されるのは耐えられなかった。ああ、結婚するのは彼女のためだと思いこみ、どうにかそれを回避しようと考えたなど、ばかなことをするところだった。「たぶん、ぼくがきみに求愛して、よく知り合えれば、きみもぼくのことをもっと寛大な目で見てくれるんじゃないかな」

彼女の手は動かなかったが、濃い金色の眉毛が寄ってうっすらと縦皺が浮かんだ。彼女が相手だと、いつも自分の立場を思い知らされるとふと思った。

シャーロットはきつく組んだ手をじっと見つめていたが、やがて目を彼のほうに上げた。「わかりました。求愛なさっていいわ。でも、ひとつお願いがあります。お互い合わないと判断したら、婚約を解消してください」

絶対に嫌だ。彼女といっしょにいる時間が増えれば増えるほど、彼女が完璧な妻、完璧な侯爵夫人、彼の子供の完璧な母になるという確信が強まった。彼女に拒絶されたら自尊心が大きな打撃を受けることは言うまでもなく。「もちろんさ」

コンが何者かわかって以来初めて、シャーロットは本物の笑みを彼に向けた。その笑みはコンが覚えているとおり美しかった。「そうだとしたら、レディ・ヘレフォードの舞踏会でのダンスをあなたのためにとっておきますわ」

「二度だ」彼はより多くを求める自分を止められなかった。「どちらもワルツで、ひとつは夜食まえのダンスを」

青い目でしばらくじっと見つめられ、コンはクラバットがきつくなった気がした。「おおせのままに、ケニルワース様」

約束をとりつけたことはうれしかったが、コンは口の端が気取った笑みの形になりそうなのをこらえた。二日後の舞踏会まで彼女に会えないのは長すぎる。「それまでは?」

シャーロットは首を片方に傾けてまたきれいな形の眉根を寄せた。「何か考えなくては」

いや、ぼくが考えなくては。それも急いで。彼女がこれほどに従順なあいだに攻めなくては。「今日の午後、ハイドパークに馬車に乗りに行かないか?」

そのとき、大きな声が告げた。「ハリントン様がレディ・シャーロットに会いにお見えです」

コンはテラスに目を向け、毒づきそうになった。よりにもよってこんなときに、あの坊やがここへ何しに来た? シャーロットとの仲を進展させようとしているこんなときに。いいさ、自分はあの若いばか者に負けるつもりはない。

ワーシントンとシャーロットの姉がハリントンと会話をしていた。「今日の午後、馬車に乗りに行こう」

コンは息を止めて答えを待った。

シャーロットはテラスからケニルワース卿へと目を移した。ハリントン卿が現れたこともそうだが、ケニルワース卿の誘いにも驚かされた。なぜか、彼がそれほどすぐに求愛をはじめるとは思っていなかったからだ。わたしがすぐに落ちると思っているなら、それは大きなまちがいだわ。

そしてハリントン様のことはどうしたらいい？　噂を耳にしたの？　それとも、プロポーズするつもりでいるのかしら？　ただでさえ最悪の状況がいっそう深刻になってしまう。

「レディ・シャーロット？」ケニルワース卿が言った。顎で脈打つ血管が暗示するよりもずっと穏やかな声だ。

大事なことを最初に。目のまえの紳士の問題に対処して、もうひとりはあとまわしにしなくては。「行きたいですわ、ありがとう」

喜んでと言いかけたが、厳密に正直でいるとしたら、それは真実とは言えないだろう。

「こちらこそ」彼の唇は片方が持ち上がった妙な笑みの形にゆがみ、どういう意味だろうとシャーロットは訝《いぶか》った。

結婚の最終的な決断はまかせると義理の兄は言ってくれていたが、自分の決断に義兄も満足するのはまちがいなかった。弟妹が離れ離れにならないようにグレースがこれまでしてくれたことや、今はマットが担ってくれていることを考えれば、シャーロットも自分の判断を家族に喜んでもらいたかった。

ケニルワースといっしょに馬車に乗れば、彼をもっとよく知ることができる。義理の兄が望んでいたのもそれだけだった。この人に自分の価値を証明する機会を与えること。

彼の告白を思い出すと、笑みを浮かべずにいられなかった。自分がまちがっていたと認めるのは彼にとって大変なことだろう。つかのま、彼がそのことばを口から出すことができないのではないかと思うほどに。それでも、彼が元の愛人にしてやったことを聞いて、ほんとうに感心した。女性が奪われてきたものを多少なりともとり戻してやろうとすることで償いをしようとする男性がどれほどいるだろう？　賭けてもいいが、それほど多くはないはずだ。

裕福で、ハンサムで、爵位を持つ男性。彼の長所に思いやり深さを加えることができるだろうか？　シャーロットにとっては、最初の三つの長所を合わせたよりも、最後のひとつが重要だった。ずっと重要だった。

そう、時間をかけてよく彼を知ることでそれはわかるはずだ。

ケニルワースが腕を差し出し、シャーロットがそこに手を置いて、ふたりはテラスへ向かった。ドッティとマートンと子供たちは姿を消していた。マットとグレースとハリントンだけが残っている。

シャーロットが近づくと、ハリントンが立ち上がった。「レディ・シャーロット、たった今、ロンドンに戻ってきたところだと知らせに来たんです」ケニルワース卿を無視し、ハリントンはお辞儀をした。一瞬、彼は手をとろうとしてくるかに見えた。「すばらしい知らせがあるんです。ただ、期待して待っていてもらえるように手紙であなたの兄上に知らせておけばよかった」

シャーロットはちらりとケニルワース卿に目をやったが、彼の顔には仮面が貼りついていた。「それで、今こうしていらしたわけね。わたしに何をおっしゃりたいの？」

ハリントンはわずかにしかめた顔をケニルワースに向けた。「それについてはあとまわしにしなければ。レディ・ヘレフォードの舞踏会でぼくとワルツを踊ってもらえますか？」

シャーロットは急いでダンスカードを心に思い浮かべた。その晩はワルツが三度演奏されることになっていた。「ええ。二番目のワルツなら」

ハリントンは貴族らしく退屈な表情を浮かべたケニルワースにまた怒った目を向けた。ほかのふたつのワルツを誰が求めたのかはわかっているとでもいうように。ほかにどうしていいかわからず、シャーロットはもうひとりの求愛者に礼儀正しい笑みを向けた。

ケニルワースは彼女の手をとり、顔を近づけた。「では、また今日の午後に、レディ・シャーロット」

「またあとで、ケニルワース様」シャーロットはお辞儀をした。

マットがケニルワースを玄関まで送っていき、ハリントンと姉妹が残されると、グレースはシャーロットとハリントンを見比べた。

シャーロットが小さなテーブルの反対側の椅子にすわると、姉がふたりのカップにお茶を注いでくれた。「お父様はお元気なんでしょうね、ハリントン様？」

「ええ……ええ。元気です」ハリントンはお茶を飲み、カップを下ろした。「外務省でぼくが職務に就くよう手配してくれました」

「なんてすばらしいの」シャーロットは言った。「あなたはこのままロンドンにいらっしゃるの？」

「大陸にいるサー・チャールズ・スチュアートのところへ行くことになっています」彼は幼い少年のような笑みを浮かべた。「ここでの問題に片がついたら、すぐに彼のところへ行くことになっているんです」

彼のために、エルバ島を脱出したナポレオンの脅威が早々にとり除かれるようシャーロットは祈った。「それはとてもわくわくしますね」

「そう思ってもらえてうれしいですよ」彼女の答えに満足したように彼は言った。

ハリントンはさらに十分留まり、田舎での出来事について話した。しかし、その場の話題がシャーロットの婚約におよぶことはなかった。この人はわざとその話題を避けているの？それとも、まだ噂を耳にしていないの？　シャーロットはこちらから何か言おうかと考えたが、まだ決断を下していないのだから、早すぎると判断した。それは別にしても、彼には関心を抱いていたのだった。もしハリントンが愛情を得ようと頑張る姿を見せてくれたら……そう、将来がどうなるかは誰にもわからない。

れますか？」

「レディ・シャーロット」ハリントン卿が言った。「明日の午後、ぼくと公園を散歩してく

目の隅で、姉がうなずくのが見えた。「ええ、ありがとう」

グレースの執事のロイストンに見送られてハリントンが帰るとすぐに、グレースが言った。

「ケニルワース様との話し合いはうまく行ったようね」

「そう思うわ」彼に愛人と話をさせたことを姉に知らせていなかったとシャーロットは思い出した。そこで前日の出来事を話しはじめた。

姉の眉が上がった。「なんてこと。ずいぶんと大胆なことをしたのね」

「そうかも」シャーロットは神経がぴりぴりするのを感じながらスカートを撫でつけた。「でも、必要なことだとは思わない？　とくに彼があれだけ言い張っていたことを思えば」

「それはそうね」眉が下がり、グレースは考え事をしているときによくするように額に皺を寄せた。「状況から言って、あなたの判断はまちがっていなかった」

シャーロットはためていた息を吐き出した。「ありがとう」それからくすくす笑った。「自分がまちがっていたと言おうとしているときの彼をお姉様にも見せたかった。それに、彼がほかに何をしたか、お姉様には絶対にあてられないわ」

「何をしたの？」グレースは椅子にすわったまま身を乗り出して訊いた。

「元の愛人に、新たな生活をはじめるための資金をあげようとしているの」

「それで――」姉はぴんと来たというように言った。「彼に自分の価値を証明する機会をあ

げようと決めたのね」

「そうよ」姉が理解してくれ、同意してくれたことはうれしかった。「あとはどうなるか見守るだけ。ケニルワース様とのあいだでは何も約束していないのだから、ハリントン様がほんとうにわたしに関心を寄せているのかどうかたしかめることにしたの」

「すばらしい考えだ」マットがテラスに出てきてグレースの背後に立ち、妻の肩に手を置いた。「競争相手がいて損はないからな」

シャーロットはしばし義兄をじっと見つめた。「おっしゃっている意味がわからないわ」

「まだケニルワースに決めたわけじゃないんだろう？」シャーロットはゆっくりとうなずいた。義兄の目にはいたずらっぽい光が宿っている。「ハリントンは父親からきみとの結婚に許しを得て、ぼくに話がしたいと言ってきた」ハリントン卿には父親の許しが必要だという事実にシャーロットは少しばかり苛立ちを覚えた。「両方にきみへの求愛を許そう」

「わたしはそうしようと決めたんだけど、あなたはほかに何か考えているみたいね」

「ちょっとした競争は男の恋心を募らせるのに奇跡を起こせるのさ」

「わたしを競うというの？」シャーロットが訊いた。「それがわたしの決断にどう役立つのかわからないわ」

義兄はにやりとした。「そのうちわかる」

シャーロットがもっと詳しく説明してと頼むまえに、グレースが時計を見やった。「この続きはまたあとでね。シャーロットとわたしは着替えなくちゃ。レディ・ケニルワースが一時間もしないうちにお迎えに来るから」

シャーロットは立ち上がり、姉のあとから家のなかにはいった。「マットが言っていたことをどう思う？」

「わたしの夫もほかの紳士のこととなると、きわめて鋭いってことね。とくに自分の妹や、庇護のもとにある人間が絡む場合は。彼の助言に従って、どうなるか見守りましょう」

ふたりの紳士が自分に求愛することになるとは思ってもみなかったのだった。自分をめぐって彼らが張り合うと考えると、少々心が騒いだが、おもしろいことになりそうとも思った。「マットの言うとおりにしてみるわ」

16

一時間後、シャーロットは、グレースとレディ・ケニルワースとともにレディ・ベラムニーの応接間に腰を据えていた。レディ・ベラムニーにはケニルワースと結婚しなければならないときっぱりと言われて以来、初めて会うが、あの日の自分の態度についてはまだ申し訳なく思っていた。

挨拶が交わされ、レディ・ベラムニーから婚約についてお祝いのことばをもらうと、シャーロットは窓辺のベンチへ向かった。その応接間で気に入りの場所だったが、いっしょにすわるルイーザかドッティがいないことが妙な感じだった。

ちょうどそのとき、ミス・エリザベス・ターリーが伯母のレディ・ブリストウといっしょに応接間にはいってきた。エリザベスはレディ・ベラムニーにお辞儀をすると、急いでシャーロットのところへやってきた。「兄から、あなたとケニルワース侯爵が婚約したと聞いたわ。ほんとうなの？」

この瞬間を恐れていたのだったが、そうだと認めるのは思っていたよりも簡単だった。

「ほんとうよ」

「ギャヴィンが言うには、あなたのお兄様の紹介ですって？」シャーロットがうなずくと、エリザベスはため息をついた。「うちの兄にも、シーズン中ずっと姿を見せないのに結婚相手として望ましい誰かと知り合いになるだけの良識があればよかったのに。だから、どうしておまえはあなたやルイーザやドッティみたいに簡単に夫を見つけられないんだと兄に訊かれたときに、そう言ってやったの」

シャーロットは軽やかに笑った。「マットはあなたのお兄様よりいくつか年上ですもの。それでも、あなたの言うことには賛成だわ。あなたのお兄様もあなたにとって望ましい殿方を友人にすべきね」

「そのとおりよ」エリザベスはきっぱりとうなずいた。「でも、シャーロット、ハリントン様はどうするの？　結婚に同意したんじゃなかったの？」

「同意はしてないわ」エリザベスにはどこまで話したらいいだろうとシャーロットは考えた。いい友達ではあるが、これまで秘密を打ち明けるのはドッティとルイーザだけだった。考えてみれば、ケニルワースには、シーズン初めからそばにいたハリントン以上に惹きつけられた。それに、ハリントンにも愛人がいたかもしれないと思いあたり、別れるときにはケニルワースほど思いやり深かっただろうかと考えて、きっとちがうと思った。「ハリントン様からは、彼がお父様を訪ねるためにロンドンを離れて以来、連絡がなかったの——今日、戻ったって告げに来てくれるまで」グレースに言われていたこととはいえ、エリザベスが婚約について知っていたのは少々驚きだった。「あなたのお兄様はどこでそのことを知ったかおっしゃっていた？」

「あら」エリザベスは指をひらひらさせた。「昨日の晩、クラブでよ。どうやら、あなた方の婚約を祝うために、エンディコット様がシャンパンを注文したらしいわ」

「エンディコット様？」彼がどう関係しているのだろう？　婚約の噂を広めるなんて、ケニルワース侯爵はどういうつもりなのだろう？

「そうよ」エリザベスは興奮して言った。「聞いた話では、ケニルワース様がブルックスにはいってこられたときに、クラブの支配人にお祝いを言われたそうよ。それで、彼はブランデーを注文してひとりですわっていたんだけど、彼を見つけたエンディコット様が噂はほんとうかたしかめて、シャンパンを注文したんですって。兄によると、ケニルワース様は声をかけられたことがうれしくなさそうで、帰ろうとしたんだけど、そのときにはあまりに多くの殿方がお祝いを言おうとしてたんですって」

「そうなの」エリザベスの知らないことが山ほどあった。ケニルワース卿はそのときすでに愛人から話を聞いていて、家では得られない静けさを求めてクラブに行ったにちがいない。

彼の母がロンドン一のホテルであるプルトニー・ホテルをひと目見て、やっぱりケニルワース・ハウスに滞在すると宣言したため、自宅ではほとんど心の平穏は得られそうになかった。シャーロットはケニルワースを気の毒にすら思った。

「ギャヴィンによると、ケニルワース様は、ほかの何人かが別のたのしみのためにブルックスを出ようとしたときに、いっしょに行くのを拒んだそうよ」エリザベスは天井に目を据えた。「ほかのたのしみというのが何にしても。兄は絶対に教えてくれないの。でも、たぶん、賭場とか、低級なたのしみであるのはまちがいないわね」

それが何であるか、シャーロットにはかなりはっきり見当がついた。ケニルワースへの尊敬がさらに少し高まった。「わたしは知りたいとも思わないわ」

「たしかに」エリザベスは納得いかないというような顔だった。「ハリントン様が戻ってきたって言った？」

「ええ」シャーロットはしばらく友をじっと見つめた。「ワーシントンと話がしたいって言ってきたの」

「あら」友の顔が暗くなった。

「彼に関心があるの？」

「たぶん」エリザベスははっきりしない声を出した。「あなたは？」

気まずい状況だった。友人には花婿を見つけてもらいたかったが、相手はハリントンでいいの？　エリザベスが幸せになる邪魔をしたくはなかった。「どうかしら」エリザベスがシャーロットに鋭い目をくれた。「複雑な事情があって」

「これから大勢が押しかけてくるわ。よかったら、そのことはあとで話しましょう」

「それがいいわ」シャーロットはほっとしてほほ笑んだ。「ありがとう」

何人かの女性たちに囲まれて、シャーロットとエリザベスは礼儀正しくほほ笑んでいた。シャーロットはお祝いとともに質問攻めに遭ったが、それに対して説得力のある答えは持ち合わせていなかった。

幸い、数分後、グレースに合図され、シャーロットはその場を離れることができた。

広間に出ると、レディ・ケニルワースが満足そうににっこりしていた。「こんなに愉快なことって久しぶりよ。アルメリアのおっしゃったとおりね。わたしももっとロンドンで過ごすべきだわ」馬車が到着し、女性たちは手を借りて乗りこんだ。「ねえ、シャーロット、誰も彼もがあなたたちの婚約のことばかり噂しているって聞いた？　レディ・ジェーン・サマーズとミスター・ガーヴィーの結婚の話ですら、影が薄くなっているわ。ガーヴィー家は古くからある由緒正しい家柄だけど、レディ・ジェーンがあんな男に身をまかせるなんて……彼女のお母様が何を考えているのかわからないわ。もっとずっといいご縁もあったでしょうに」

「おふたりの祖父母の領地が隣り合っていて、長年の知り合いだったんですって」シャーロットは、ジェーンの両親にはそのことについて選択肢がなかったのだとレディ・ケニルワースに教えてもしかたがないと思った。彼女はマートンの気を惹こうとしていると誰もが思っていたのだったが、マートンは、ジェーンが身ごもり、愛する男性と結婚できると確信できるまでの目くらましにすぎなかった。「ジェーンからはわたしが戻ってきたときに手紙をもらいましたわ。ミスター・ガーヴィーと結婚できることがほんとうにうれしいようです」

「そうだといいわね」レディ・ケニルワースはきっぱりと言った。「もう心変わりはできないんだから」

それはたしかにそうだ。結婚は一生の問題なのだから。どちらかが死ぬまで。だからこそ、ケニルワースについてできるだけ確信を持たなければならない。彼の自分への気持ちはもちろん、自分の彼への気持ちについても。ハリントンについても、友情以外の気持ちがあるのかどうかたしかめなくては。彼にも機会を与えるべきだろう。今のところはどちらの男性についても、自分の気持ちに確信は持てなかった。ハリントンはわたしの婚約の話を聞いたら、別の女性に気持ちを向ける可能性もある。そうなったら、エリザベスの力になることもできる。

シャーロットはひとりため息をついた。読み終えたばかりの『高慢と偏見』でも、男性の主人公と女性の主人公はすぐにはうまくいかなかった。

そう考えて気分はよくなった。物事は必ずいいようになると亡くなった母も言っていた。そうだといいんだけど、お母様。

コンは机を指でたたいた。財産管理人を呼びつけたのだが、その男の質問にじょじょに苛立ちが募っていた。「賭場の借金と言えば充分のはずだ。それで納得がいかないのなら、うまくとり計らってくれる人間を見つけるまでだ」

「いいえ、旦那様」サットンはそこで初めておちつきを失った。「わたしはただ、申し上げたかっただけで……その……賭場の借金ですね。わかりました」

サットンはもともとコンの父に雇われた人間で、すべての命令にただ従うことはせず、それが侯爵家にとって最善となるかどうかをたしかめるのがつねだった。しかし、エーメとの約束については、少なくとも自分が思うに、財産管理人には一部の詳細を知らせないでおかなければならない。

「すぐに口座を手配いたしましょう。書類はどちらにお送りすればいいですか？」とサットンは訊いた。

「ぼくに送ってくれ。それから、ノース・ロウの家の譲渡の書類も作ってくれ」

サットンは背筋を伸ばした。「あそこは上等な建物です、旦那様。これまでほどお使いにならないとしても」

「婚約した以上、手放したほうがいい」コンは机をたたいていた指は止めたが、苛立ちはまだ消えなかった。

彼女の義兄は二週間足らずのうちに、一家でロンドンを離れると言っていたが、コンはそのまえにシャーロットを妻にすると決めていた。結婚を遅らせるとか、やめにすると彼女が考えていることが耐えられなかった。そうとも、婚約した相手に振られるつもりはない。

シャーロットがどこかロマンティックな性格であるのは明らかだった。そうでなかったら、どうして花婿候補の爵位や富をもっと気にしないのだ？　できるだけ多くの時間を彼女と過ごし、彼女のことをもっとよく知り、彼女を魅惑しなくては。そうなったら、心変わりする暇を与えずに教会に連れていけばいい。

コンが知るかぎり、ハリントンを除けば、ほかの紳士は誰も彼女に求愛できていなかった。あの忌々しいまぬけが現れなければ、ことはずっと単純だったはずだ。人の邪魔をする忌々しい青二才め。どうにかあの男を遠ざける方法を見つけなければならない。

「結構です、旦那様」サットンは言い争うのをあきらめたらしく、そう答えた。「明日朝までにすべてを整えましょう」

「よし」コンが机の上の書類を片づけているあいだに執事が扉を開け、サットンは辞去した。

「ウェブスター？」

「なんでしょう？」

「二十分以内にフェートンを玄関にまわしてくれ」

「かしこまりました」

コンは椅子のやわらかい革のクッションに背をあずけた。今日は、シャーロットを助けた朝以来、初めて彼女とふたりきりになる。ただ、公平を期せば、あのときは助けたというよりも、逃げる方法を教えたにすぎない。シャーロットは誰の助けも借りずに売春斡旋人の計画をくじいたのだった。

彼女が自立した女性であることはすばらしいことだ。ただ――と彼は悲しく考えた――自分に挑戦してくるときを除いて。彼女を妻に望むなら、その強い意志に慣れる必要がある。

三十分後、コンはスタンウッド・ハウスの石段をのぼっていた。

執事が扉を開けてお辞儀をした。「お着きになったとレディ・シャーロットに知らせてまいります。正面の応接間においはいりになりますか？」

そうして見えないところで待たされ、おそらくは忘れ去られる？「いや、いい。ここで待つよ」

「かしこまりました」

数分後、シャーロットが階段のてっぺんに現れた。縁に黄色のリボンがついたターコイズ色のグログラン・シルクの馬車用ドレスに身を包んだ姿は見ものだった。貝殻の形の耳からは真珠がぶら下がっている。「長くお待たせしてしまってすみません。ちょっと問題があって――」灰色の影が階段を駆け降りてきて扉のところにすわった。シャーロットは目を細めた。「コレット、誰がおまえを出したの?」

「ごめんなさい、シャーロット」レディ・テオドラが手すりから身を乗り出した。

シャーロットは階段を降りてきて猫をすくい上げると、執事に手渡した。「わたしの居間に戻させて」そうしてようやく彼女はコンのほうに顔を向けた。「行きましょう」

コンはつねにそばにいるように思える小さな猫をちらりと見やった。「この猫はきみが行くところにはどこにでもついていくのかい?」

「わたしが馬車を操るときには連れていくわ。今日はいっしょに行けないということを理解していないみたい」

何かがまちがっている……彼女の言ったことはどこかおかしい。コンは彼女のことばを思い返した。「この猫がいっしょに行けないことは多いと思うんだが」

「そうでもないわ」そのことばはつぶやくように発せられた。「その、シーズンの初めのころに、わたしとルイーザは自分で馬車を操ったほうがいいとマットが判断したの。殿方の馬車に乗るのは今回でまだ二度目よ。最初のときのことはあなたも忘れていないと思うけれど」

おもしろい。「それで、必ず猫を連れていくと……コレットだったかな？　逃げようとはしないのかい？」

「そう、コレット。子猫はみなCからはじまる名前がついているんです。それから、そう、この子はほぼずっとわたしといっしょよ。この種の猫は馬車にうまく乗れるんです。マートン様のところに兄弟猫のシリルがいるんだけど、よくマートン様の馬に乗っているわ」

犬を馬車に乗せる話は聞いたことがあった。一番有名なのは馬車にプードルを乗せてまわっていた〝プードル〟・ビングだろう。しかし、猫を？　まあ、でも……。「コレットがいっしょに来てもぼくはかまわないが」

シャーロットはぱっと顔を輝かせ、執事から子猫を受けとった。「この子の引きひもをとりに行かせて」シャーロットは、コンが思うに新たな関心を浮かべた目で彼を見つめた。「ありがとうございます。コレットは完璧にお行儀よくしていると保証しますわ」

疑念はあったが、この猫がバスケットに入れられておとなしく馬車に乗っていたことを思い出した。コンがバスケットのなかに手を突っこむまでは――そのときできた傷はまだうっすらと痕が残っている――猫はそこにいる気配すらなかったのだった。「きっと最高のお行儀を見せてくれるだろうな」

引きひもが届くと、まもなくふたりは出発した。猫は彼と彼の婚約者のあいだに居心地よさそうにすわっている。

コンは馬車をバークリー・スクエアからマウント街へと進めた。

「あなたは何か飼ってらっしゃるの？」とシャーロットが訊いた。

彼女は猫を撫でていたが、ときおり指が軽く彼の太腿をかすめることがあった。このままでいくと、正気を保ったままハイドパークを一周できたら幸運ということになる。

「猟犬はいる」急速に高まる欲望を抑えようとしたため、声がかすれた。「六歳ぐらいのときに、猟犬の一頭を家に連れこもうとしたんだが、母がそれを許さなかった」

「あら」

目の端で彼女の口の端が下がるのが見え、コンは彼女を安心させようと努めた。「心配は要らない。ぼくらが結婚したら、きみがぼくが持つ家全部の女主人になるんだから……ぼくらの家の」彼女はまだ納得したようではなかった。「母はぼくがおもに使っている邸宅では暮らしていない。ロンドンに来るときに、タウンハウスに動物がいるのが嫌なら、よそに泊まればいいんだ。ぼくは子犬の一匹をもらえないか、ワーシントンに訊いてみようと思っている」

そのひとことが功を奏した。シャーロットに笑みが戻り、彼女は彼をちらりと見た。

「きっと兄も喜ぶと思うわ。デュークとデイジーのことはみんな大好きなんだけど、生まれてくる子犬たちには家を見つけてあげなければならないから」それからしばらくふたりは黙ったまま馬車に乗っていたが、やがてシャーロットが言った。「あなたがお姉様たちとあまり親しくないのは残念ね」

じつの弟妹たちはもちろん、姉の結婚によって家族となった妹たちともあれほどに仲が良いのだから、いつかは姉たちのことを話題に出してくるだろうとは思っていた。家族との親密な関係を維持してほしくないと言われるのではないかと、心配すらしているのかもしれない。「一番年が近い姉のアニスはケンドリック男爵と結婚して、手紙のやりとりはあるんだが、アニスはぼくより五歳年上で、家族のことに多くの時間をとられているんだ」

「姪御さんや甥御さんは？」

「いるよ。姪が五人に甥が六人だ」彼らを思い出し、コンは笑みを浮かべた。アニスの子供たちはほかの姉たちの子供たちよりはずっとましだった。ほかの子供たちをそれほどよく知っているわけではなかったが。「一番よく知っているのはアニスの子供たちだな。一番上の男の子は十四歳だ。それから、十三歳の女の子がいる。男の子は十一歳がもうひとり、女の子は九歳がひとり。一番下は男の子で七歳だ。みんなうちの母のところから馬車で半日のところに住んでいる。母を訪ねるときは、その前後のどちらかに彼らを訪ねるようにしている」

シャーロットは座席の上で体をまわし、彼のほうに顔を向けた。「ほかのお姉様たちは？」

「ウェストバラ侯爵夫人のコーネリアはぼくより八歳上で、スタッフォード公爵夫人のサファイラはぼくより十歳上だ。彼女たちとはあまり親しくない」

「わかる気がするわ」シャーロットは唇をすぼめた。「両方のお姉様にお会いしたことがあるけど、どちらもそれほどきさくな方じゃないわね」

「うまい具合に遠まわしに言ったね」シャーロットの優しさがありがたかった。姉たちは最悪に口うるさい女たちだったからだ。「ぼくが思うに、姉たちはどちらもひとりよがりのうぬぼれ屋さ。アニスが単なる男爵と結婚を許されたときに上の姉たちが大騒ぎしたのをきみも見るべきだったよ。ふたりは考え方が似ていて、アニスは王子の誰かと結婚すべきだと思っていたのさ」

シャーロットは鼻に皺を寄せた。彼女とルイーザとドッティはシーズン初めにシャーロット王妃に謁見していた。そのときにふたりの王子もその場に居合わせたが、シャーロットはどちらにも感心しなかった。「王子たちはもっと若いころには多少ましだったの？」

「ひとことで言えば、否だな。アニスはみじめなことになっただろう。幸い、うちの母の良識が勝ったんだ」

レディ・ケニルワースに初めて会ったときには、彼女を言い表すのにシャーロットなら〝良識〟ということばは使わなかっただろう。それでも、その日昼間の訪問でケニルワースについて質問攻めに遭ったあとでは、ロンドンへ戻る道すがら、あれこれ計画を並べ立てるレディ・ケニルワースに苦しめられたことについても、新たに感謝の思いを抱いていた。今日、レディ・ケニルワースと話をした人は誰も、彼女の息子とシャーロットが恋愛関係にあることを疑わないだろう。それによってすでに広まっていた悪い噂が鎮められ、シャーロットの評判が守られることになる。

しかし、それのせいでケニルワースに結びつけられることになるのもたしかだ。彼は最初に思ったよりはずっとすばらしい紳士であることがわかりつつあるが、彼のことを愛せるかについては自信がなかった。彼とまたキスをするまえに、それをたしかめなければ。

「あなたの下のお姉様が結婚したいと思う方と結婚できてよかったわ」

「姉もそう言っていたよ」ケニルワースはにやりとした。「残念ながら、その決断によってアニスと上の姉たちとのあいだに溝ができ、今もまだ完全には埋まっていない」

「それは悲しいことね」そうは言っても、シャーロット自身、グレースが彼女や年下のきょうだいたちの保護者になるのを止めようとした叔父たちを、まだ完全には赦していなかった。「うちのきょうだいにそういうことが起こるとは思えないわ。すでにとても仲良しで、あまりに大勢いるから」

「きみの家族はほんとうにたのしいな」ケニルワースはシャーロットを安心させようとするように言った。「ああいう家族の愛情が、将来ぼくが持つ家族にもあればいいなと思うよ」

シャーロットの心配の種がまたひとつ消えた。風に舞うタンポポの種のように。「ありがとう。家族はわたしにとってとても大事なの」

ふたりはハイドパークの馬車道を走っていた。ケニルワースの注意は道に沿って進む様々な乗り物や馬や人々に向けられていた。

「レディ・シャーロット」

「レディ・ジャージー」シャーロットはオールマックスの後援者に声をかけられて挨拶した。

「お目にかかれて光栄です」

「それに、ケニルワース様」レディ・ジャージーはクリームをなめる猫のような顔になった。「噂がほんとうだとわかってわくわくするわ。お幸せを祈ってもいいかしら?」

「ありがとうございます」シャーロットとケニルワースは声をそろえた。

「あなたのお姉様の〝ご自宅〟を訪問して、彼女にもお祝いを言うわ。最初のシーズンで三人もの若い女性を結婚させるなんてめったにあることじゃないもの。それもこんなに良縁を結ぶなんて。でも、最近のふたりについてはワーシントンに感謝しなきゃならないでしょうね」レディ・ジャージーは御者に馬車を進めるよう合図した。「レディ・ヘレフォードの舞踏会でお会いするのをたのしみにしているわ」

レディ・ジャージーがグレースの結婚のことは数に入れていなかったことにシャーロットは気づいた。「ええ、こちらこそ」

「舞踏会があまりに大変そうだったら……」とケニルワースがささやいた。その低い声がシャーロットの首に喜ばしい震えを走らせた。これまで経験したことがないような震えを。

「いいえ。あなたのお母様は正しいわ。わたしたちは参加しないと」シャーロットはしばし彼をじっと見つめた。「あなたが参加したくないとおっしゃるなら別だけど。じっさい、今シーズン、あなたとはどの催しでもお会いしなかったと思うんだけど」

「今シーズンはまえのシーズンほど最悪なことにはならないな」愚痴を言うようなその口調を聞いて、シャーロットはまたほほ笑んだ。

「どうして？」

「きみが守ってくれるだろうから」

「ああ、花婿を探しているすべての若いご婦人からということね」マットの友人のなかにも、参加しなければいけない催しにしか参加しない人がいた。そういう催しでも、彼らは早くに帰ってしまい、近づこうとする若いご婦人たちを避けるのに最善を尽くすのだった。じっさい、親戚のマートンはご婦人の罠に落ちそうになったことがあった。

「再婚を考えている未亡人もそうさ。彼女たちを忘れてはだめだ。娘を結婚させようとする母親たち以上に積極的な女性もいる」

シャーロットは声をあげて笑いたくなったが、こらえて小さく忍び笑いをするに留めた。

「あなたがご無事でいられるように努めるわ」

ケニルワースは考えこむような目をくれた。シャーロットは早まったことを言ってしまっただろうかと思った。「その約束を頼りにするよ」

17

バートはロンドンの客たちがホワイト・ハート亭に現れるまでビッグルスウェイドで三日待たなければならなかった。大きなお屋敷の貴族が客たちを連れてくると宿屋の主人が言っていた酒場だ。この二日ほど、洒落者が何人かエールをがぶ飲みするのを見かけたが、レディ・シャーロットもあの貴族の男の姿もなかった。いったいどこへ行っちまったんだ？

黄色い髪をした娼婦がふたり、宿屋の裏へまわり、貴族のひとりが呼びかけた。「ブラックストン、一日女を交換しよう」

その男の隣にすわっていた娼婦が男の腕をたたいた。「あたしを誰かに貸すなんて考えないでよ。あたしはいっしょにきた旦那から離れないからね」

「ぼくは今の女で満足だ」ブラックストンと呼ばれた男が答えた。

ブラックストン。それがレディ・シャーロットを連れ去った貴族の名前だったが、この男は宿屋に現れた貴族とはちがう。

ちくしょう！　バートは声を殺して毒づいた。だまされていたのだ。どこへ行けばあの貴族の女が見つかるか、手がかりすらない。ミス・ベッツィはそれを聞いて喜ばないだろう。

「ケニルワースが足枷をつけられることになったのを聞いたかい？」赤い髪の洒落者が訊いた。

ほかの貴族たちは耳をそばだてた。

「彼が一生縛りつけられることになるのは何年もあとだと思っていたよ。相手は誰だい？」

赤髪が全員分のエールのお代わりを頼んだ。「レディ・シャーロット・カーペンターさ。ワーシントンの義理の妹だ。今シーズン、デビューしたばかりさ」

「そのことならぼくが教えてやれたのに」ブラックストンが不満そうに言った。「ここへ来るまえに参加したボクシングの試合の朝、ふたりを見かけたんだ。あやしく見えたよ。レディ・ベラムニーもそこにいた」

ボクシングの試合？　ちくしょう。通り過ぎた村で女をつかまえられたかもしれなかったのだ。

「まあ、レディ・ベラムニーがいっしょにいたんなら、別に問題ないんじゃないか」と別の貴族が言った。

「レディ・シャーロットがどうやって彼をつかまえたのか不思議だな」紫色の上着の男が酒場のメイドに硬貨を放った。「昔から彼は若い女は好まないって言ってたんだから。今年はちょっと見てまわるべきかもな」

「彼の愛人は新しいパトロンを探しているのかな」と背の高い男が言った。

ブラックストンと呼ばれた貴族が顔をしかめた。「まだ探してない」

「もう訊いたのか？」

ブラックストンは真っ赤になり、それを見てほかの貴族たちは笑った。

人ちがいして何日も無駄にしてしまった。女がどこにいるかもわからない。何か役に立つ情報を耳にできないかと待ったが、誰かが競馬の話をはじめ、みなレディ・シャーロットへの興味を失ってしまった。

くそどもめ。貴族の話に耳を傾けるのはうんざりだった。バートはビールを飲み干して立ち上がった。レディ・シャーロットを見つける方法はあるはずだ。

酒場を出ると、泊まっている宿屋へ歩いて戻った。ロンドンに戻るころには、しくじったことをミス・ベッツィにも知られてしまうだろう。困ったことになった。

上品な貴族の女はこういうパーティーには参加しないんじゃないかと思ったときに、自分の直感に従っておけばよかったのだ。なお悪いことに、ミス・ベッツィにもそれを知られてしまう。

バートは宿代を払ってロンドンへ戻りはじめた。一日かそこら、あの広場を見張っているつもりだった。レディ・シャーロットを見つけられなければ、もうどうしようもない。ミス・ベッツィに手紙を書いて事情を説明するだけだ。

上流階級がこぞって公園に出かける時間に、シャーロットがハリントンと散歩に出かけたことをコンが知るのに時間はかからなかった。怒りはコンにとって慣れた感情ではなかったが、今は怒り狂わずにいるのが精一杯だった。

婚約者が家にいると思ってスタンウッド・ハウスを訪ね、外出中であると知らされることになった。カーペンター家の執事ロイストンは、コンが名刺を渡すあいだ、何の感情も表さずに立っていたが、子供たちの声が静けさを破ると、ある考えがコンに浮かんだ。「子供たちを〈ガンターズ〉にアイスクリームを食べに連れていくには、誰に許可をもらわなくちゃならない？」

ほんのつかのま、執事の目に警戒するような色が浮かんだ気がした。「レディ・ワーシントンと存じます、侯爵様」執事は脇に退き、彼を広間に通してくれた。「少々お待ちいただければ、奥様が在宅かたしかめてまいります」

「もちろん待つよ」

少しして、ロイストンが戻ってきた。「奥様がお会いになるそうです」

コンは朝の間とは反対側にある部屋へ案内され、名前を告げられた。書類や簿記などが一面に置かれた大きな机の奥にすわっているレディ・ワーシントンが机のまえにある、座面が革張りの背のまっすぐな木製の椅子を身振りで示した。父の書斎にもこういう椅子があったが、すわり心地は決してよくなかった。

コンが腰を下ろすと、レディ・ワーシントンは机の上で手を組んだ。「わたしとお話しなさりたいそうね」

もじもじしそうになるのをこらえ、コンはうなずいた。「子供たちをガンターズにアイスクリームを食べに連れていきたいんです」

レディ・ワーシントンは目をみはった。「全員を？」

「ええ」コンは自信を感じはじめた。「きっとみんなお菓子は好きだろうと思ったので。何人か男の使用人をお借りする必要はありますが」

「結構よ」レディ・ワーシントンは後ろに手を伸ばし、シルクを編みこんだ太いひもを引っ張った。少しして、執事が現れた。「子供たちにガンターズへ出かける準備をさせて。ケニルワース様がご親切にもみんなを連れていってくださるそうよ」

今度はロイストンの唇が曲がったのはたしかだった。「かしこまりました、奥様。準備ができましたら、侯爵様にお知らせいたします」

扉が閉まり、コンはレディ・ワーシントンに目を向けた。「準備にどのぐらいかかると思いますか?」

「すぐよ」彼女はわずかに首を傾げた。「シャーロットがハリントン様と散歩に出かけていることはご存じだと思うけど」

正面攻撃に勝るものはないと軍人の友人がよく言っていた。そういうところは血筋なのだろう。「そううかがいました」

「どうしてわたしの妹と結婚なさりたいの?」コンの頭が真っ白になった。彼女は彼にほほ笑みかけた。「安心してくださいな。子供たちに注意を向けてくださるのは、やり方として正しいので。でも、答えていただきたいわ」

「結婚しなければならないからです」そのことばを発した瞬間に、ひっこめたくなった。

「つまり、みんなが知っているわけですから……」答えとしてそれもあまりいいとは言えない。

「そうですね。状況はよくありませんものね」それは控えめな言い方だ。「でも、わたしはシャーロットと考え方が似てるんです。長い婚約期間を置くとか、けんかするとか、結婚相手としてお互い合わないとか、結婚をとりやめる方法はありますわ」レディ・ワーシントンは表情豊かな眉を上げた。「もし、妹と結婚したくないとお思いでしたら――」

「いいえ」コンは椅子にすわったまま身をまえに乗り出して言い、また後ろに身を引いた。「シャーロットとは結婚したいと思っています。理由をうまくことばにできないんですが」

レディ・ワーシントンが容認できることばには。「でも、決意は固まっています」

「妹が不幸せになるようなことは許さないわ」

「ぼくもです」コンの奥歯がまたうずき出した。自分の気持ちについてはよくよく考えた。そして、シャーロットの気持ちについても。彼女に自分を好きになってほしかった。

ノックする音がして、扉が開いた。「お子様たちは玄関の間にいらっしゃいます」

コンは椅子から立ってお辞儀をした。「お会いいただき、感謝します」

レディ・ワーシントンは頭を下げ、帳簿に戻った。コンは執事のあとから玄関の間へ行った。すでに子供たちが男の使用人とともに列を作っていた。

騒音のなか、コンには自分の声もほとんど聞こえなかった。「出かけるかい？」

どうにか聞こえたようで、子供たちはふたりずつ列を作った。その両側に男の使用人たちが立った。ロイストンが扉を開けてくれ、子供たちを後ろに従えてコンは外へ足を踏み出した。そして、シャーロットとハリントンにまともにぶつかりそうになった。

シャーロットは初め驚愕したようだったが、すぐに明るい青い目に笑みのきらめきを浮かべた。「公園に行くんですか?」

「ある意味では。子供たちをガンターズに連れていくんでね」コンはハリントンににらまれて片眼鏡を持ち上げ、洒落者にまっすぐ向けた。「いっしょに来るかい?」

「ぜひ行きたいわ」シャーロットはコンにほほ笑みかけてから、彼の敵のほうを振り返った。「ハリントン様は?」

「いや。ぼくは別に用事が」ハリントンはぎごちなくお辞儀をした。「今夜、お会いするのをたのしみにしていますよ、レディ・シャーロット」

よし!　打ち負かしてやった。この男は女性の心を勝ちとる基本も知らないようだ。ほかの男が女性を連れ去るのは絶対に許してはならないのに。

「わたしもです、ハリントン様」

ハリントンが踏みしめるようにして石段を降りていく光景をコンはたのしんだ。シャーロットはコンに優美なお辞儀をすると、彼の腕をとった。ふたりは通りを横切り、バークリー・スクエアの有名なティーショップへと向かった。コンは歩きながら、彼女がわずかに身を寄せてくるのをたのしんだ。

「子供たち全員を連れてアイスクリームを食べに行くなんて、いったいどうなさったの?」

彼女のまなざしはまだ喜びにあふれていた。

コンはごまかそうかと思ったが、彼女とは正直でいると約束したのだった。「きみを喜ばせたかったから」

「ありがとう」

ありがとう？　何がありがとうなんだ？　正直に答えたことか？　子供たちを連れ出したことか？　いったいどういう意味だ？　どうしたらその意味がわかる？「どういたしまして」

最後のことばがあまりにそっけなく発せられたため、シャーロットは目を上げてケニルワースを見つめた。彼の引き締まったたくましい顔には驚愕の表情が浮かんでいた。わずかに眉根が寄り、形の良い唇は引き結ばれている。男性とはなんとも奇妙な生き物だ。さっきまで茶目っ気があると言ってもいいほどだったのに、いったいどうしたというの？

「どうかしました？　気前よく申し出たことを後悔なさっているの？」

ケニルワースは首を振った。「まさか。ぼくは子供は好きだから」黒っぽい眉が下がった。「きみがありがとうと言うのがどういう意味かわからなくて」

「わたしを喜ばせるために弟たちや妹たちを連れ出してくれたのがうれしいという意味よ」

ケニルワースは鼻を鳴らした。シャーロットはそれを答えに満足した証と受けとった。「どういうふうにアイスクリームを注文するつもりです？」

「一番下の子から順番に」シャーロットを見て彼はにやりとした。「レディ・テオとレディ・メアリーは怖いからね。すでに侮れない勢力だ」

ガンターズに到着すると、ケニルワースがその場をしきってくれたので、シャーロットは心のなかでケニルワースとハリントンを比べていた。散歩のあいだにハリントンには、婚約について訊いたかと尋ねたのだった。もし知っていたら、公園での散歩に誘ってくるのは奇妙に思えたからだ。

「きみがあの男と本気で結婚しようなんて考えるはずはないから」彼の驚愕の表情にシャーロットは驚かされた。「今シーズンずっと、ぼくはきみだけに注意を向けてきて、父もこの結婚を承諾してくれた」

「なんですって?」一瞬、シャーロットは驚きのあまりそれ以上ことばを発することができなかった。シーズン中も最初の数週間が過ぎると、彼はそれ以上積極的に好意を示してはこなかったのに。舞踏会でダンスを踊るのも一度だけ、花を贈ってくれたのも一度だけだった。「シーズンの最初の二週間が過ぎたあとは、あなたにお目にかかるのは舞踏会などの催しだけでしたわ。それに、この数週間は田舎に行ってらした。それってわたしへ注意を向けたとはとうてい思えませんわ」

「そんなに苛々しないでほしいな。ぼくは忙しかったんだ。ぼくがきみにプロポーズするつもりだったことはきみにもわかっていたはずだ」ハリントンは息を吐いた。「きみの兄上に、戻ったら訪ねていきたいと手紙も書いた」

じっさい、苛々するだけではすまなかった。シャーロットは本気で怒りかけていた。「ええ、そうね。でも、わたしには手紙をくださらなかった」

「父の許しを得るまえにきみに手紙を書くのは適切ではなかっただろうからね」彼が父の許しにどれほど重きを置いているか、これまでは知らなかった。「サー・チャールズのもとでの職務が検討されているなかで、しくじるわけにはいかなかったんだ」

「サー・チャールズ？」わたしに対するハリントンの態度がサー・チャールズとどう関係しているというの？

「そうさ」ハリントンはシャーロットに見下すような目をくれた。「きみは知らないんだろうな。フランスとオランダに対するわが国の大使だ」

もちろん、知っている。先日の会話から、そのことは彼にもわかっているはずなのに。

「当然ながら、ぼくの妻として、そういう人や政治のことを努めて学んでくれなくちゃ――」

「サー・チャールズがどなたかはよく知っているわ。どうして田舎に行くまえにそういう可能性があると話してくれなかったの？」

「さっきも言ったが、まだ何も決まっていなかったからね。きみに期待を持たせたくなかったんだ」

期待を持たせる？　シャーロットは怒りのあまり、ハリントンを蹴ってやろうかとすら思った。残念ながら、それは不可能だったが。ふたりは公園に到達しており、みんなに見られている気がしていたからだ。シャーロットは唇に笑みを貼りつけていた。ハリントンには愛されていないと思ったのはどうやらほんとうだったようだ。彼は単に妻がほしいだけなのだ。わたしが今シーズンのうちに結婚しなければならないわけでないのは幸運だった。

「ほら、ほら」ハリントンは子供相手のような口調で言った。「ぼくがワーシントンと話してすべてちゃんとするから」

運よく、レディ・ベラムニーが馬車を道の端に寄せて声をかけてきた。そのあともシャーロットの知り合いの何人かの女性が声をかけてきて、彼女とハリントンが門のところに戻ったときには、彼への怒りは消えなかったが、それ以外には寛容な気持ちになっていた。

「家に帰らなければ」

「きみがそう言うなら」

彼が愛情を示す呼びかけもしなければ、自分の気持ちを打ち明けもしなかったことにシャーロットが気づいたのは帰りの道すがらだった。シャーロットの歩くのが速すぎるとでもいうように、ハリントンは気取って小股で歩き、彼女の足を緩めさせもした。手を置いている腕は、ケニルワースの腕の筋肉ほど硬くなかった。そう考えてシャーロットは驚いた。これまでは男性の筋肉を気にしたことなどなかったからだ。どうして今それを気にしているの？

子供たちが病気になったときに、ルイーザの夫となったロスウェルのように、ハリントンは家に来てくれるだろうかと考えた。ハリントンの友人であり、ルイーザを愛していると思いこんでいたベントリーは来てくれなかった。「あなたが田舎に行っているあいだに、うちの幼い弟と妹たちがはしかにかかったんです」

「それは大変だったね」ことばは適切だったが、口調には気遣いは感じられなかった。

「わたしも彼らの看病を手伝ったの」彼の反応を見たくて付け加える。

「ぼくらに子供ができたら、きみには絶対にそんなことはさせないよ」

多くの母親が乳母や子守女に子供たちを託しているのはシャーロットも知っていたが、子供たちが病気のときに自分がそばにいないことは想像もできなかった。

ふたりが彼女の家の石段をのぼると、扉が開き、シャーロットはあやうくケニルワース卿とぶつかりそうになった……その後ろには子供たちが列を成している。またもハリントンは小さな子供のように口をとがらせ、いっしょにガンターズに行くことを拒んだ。

シャーロットはラベンダーのアイスクリームを味わった。ここへ来る途中、指を置いたケニルワースの腕の筋肉が動き、シャーロットはそのたくましさをたのしんだのだった。それから、彼はこれを彼女のためにしたと言った。そろそろ、選ぶべきは彼なのかをたしかめるときだ。

彼女は皿を男の使用人のひとりであるハルに手渡した。ケニルワースはリネンの布でメアリーの手を拭いている。

「彼のこと、気に入ったわ」とテオが言った。「彼と結婚していいわよ」

「ありがとう」シャーロットは笑いそうになるのをこらえた。「自分がそうしたいのかどうか、まだわからないの」

ケニルワースは布を男の使用人のひとりに手渡し、使用人がそれをティーショップに返しに行った。ケニルワースはシャーロットたちの近くにやってきた。「あれが最後のアイスだったな」彼にほほ笑みかけられ、シャーロットは笑みを返した。「子供たちが夕食を食べられなくならないといいんだが」

テオは彼女づきの使用人のほうへ駆け戻り、ケニルワースはシャーロットに腕を差し出した。

「大丈夫だと思うわ」と答えてシャーロットは彼の腕をとった。

家に戻ったら、次の舞踏会のまえの夕食に彼を招いてくれるようグレースに頼むつもりだった。

18

翌朝、シャーロットと姉は、ひいきにしている婦人服仕立屋のマダム・リゼットを訪ねた。

「お祝いを言わせてくださいな」マダムは長いテーブルにデザイン画を広げながら言った。「婚約のこと、うかがいました」

上流社会のほかのみんなと同様に。「ありがとう、マダム」

昨晩はなかなか寝つけなかったのだった。夢の神モルペウスに屈したと思うたびに、ほかの考えが心に忍びこんだ。ハリントン卿は出会ったころに装っていた人物とはちがう本性を表した。どうやら、最初のころに――弟たちや妹たちを気遣う振りをして――シャーロットに払ってくれていた関心は、夫になったときの振る舞い方とはちがうらしい。じっさいにプロポーズしてきたとしたら、拒むことになるだろうが、彼は拒絶の答えを受け入れないかもしれない。そうなれば困ったことになる。

一方、ケニルワースの関心は本物だろうか？　本物だとしたら、彼を愛せる？　彼のほうもわたしを愛せる？　そもそも彼はどうしてわたしと結婚したいのだろう？　もしかしたら、わたしにぴったりのまったく別の紳士がいるのかもしれない。

シャーロットはしっかりしなさいと自分を叱った。何が起ころうと起こるまいと、新しい衣装は手にはいるのだから。それは喜ぶべきこと。

「これはどう？」とグレースが訊いてきた。

シャーロットは自分に似合う赤褐色の馬車用ドレスと濃い赤紫色のダマスク織の散歩用ドレスに目を向けた。秋にぴったりの装いだ。ただ、結婚しないのに、これらを着ることを許されるかどうかは別の問題だった。「きれいね」

マダムはいくつかほかのデザインも見せてくれた。そのなかには、夜会用ドレスや舞踏会用ドレスや昼間用のドレスもあった。シャーロットと姉が店を出るときには、これまでにシーズン中に買ったのを上まわる数のドレスを注文していた。

シャーロットは単純に買い物をたのしむことに決め、グレースが見本をまとめているあいだに、その日の予定表をとり出した。「次は帽子屋で、それから靴屋よ」

その日の昼まえに帰宅したときには、シャーロットは上機嫌をとり戻していた。玄関の間にはいったとたんに足を止める。クルミ材の丸テーブルと、正面の両方の居間が花で埋め尽くされていたのだ。「この花はどちらから？」

ロイストンが二枚の名刺が置かれた銀の盆を差し出した。一枚はケニルワースで、もう一枚はハリントンだった。執事が咳払いをした。「お嬢様方が今朝お出かけになってすぐにケニルワース様がいらっしゃいました。名刺の裏に書きつけがあります」

シャーロットは名刺を手にとってひっくり返した。

レディ・ペニントンの舞踏会でぼくとワルツを二度踊ってくれないか？　そのうち一度は

夜食まえのダンスを。お願いする。

C

返事はあとで送ろう。「これが花束とどういう関係が？」

「ケニルワース様が最初の花束をお持ちでした」執事はシャーロットの好きなプロバンス・モスローズにタロタネソウとツタを合わせた花束を指差した。「侯爵様がお帰りになるまえにハリントン様がいらっしゃいました」シャーロットはもう一枚の名刺を手にとった。


明日のレディ・ペニントンの舞踏会で夜食まえのダンスをきみと踊りたい。

ハリントン伯爵G

決めるのは簡単だった。ケニルワースのほうが最初に、より丁寧に頼んできた。「たぶん、ハリントン様も花束を送ってくださったのね」

「そのとおりです、お嬢様。赤いバラはハリントン様からです」

「そう、それで花束のふたつは誰からかわかったけど、花束は少なくとも十はあるはずよ」マリーゴールドとヒエンソウとルピナスの花束もあった。わたしの好きな花を推測しているのは明らかだが、どうやってケニルワースにそれがわかったのだろう……。ああ、もちろん、子供たちに聞いたのだ。もっと重要なのは、彼がそれを尋ねたということ。「十五あります、お嬢様。これまでのところ、ケニルワース様がひとつ多く送ってくださっています。一時間ごとに届けられるので、ミセス・ペニーモアが花瓶が足りないと言っております」

「気の毒なミセス・ペニーモア。家政婦がそんな目に遭うなんて」グレースが椅子のひとつに腰を下ろし、笑い出した。しばらくすると、ハンカチをとり出して目をぬぐった。「花束戦争ね」そうあえぐように言うと、またひとしきり笑った。「マットの言ったとおりだったわ。ふたりであなたを競っている」

「そうね」シャーロットはもうひとつの椅子に腰を沈めた。自分を巡って競争が起こっていることが信じられなかった。「でも、これだけの花束をどうしたらいいの?」

ハイドパークで馬車に乗ったときを除けば、今夜はコンとシャーロットがおおやけの席にいっしょに姿を見せる最初の機会だった。この数年、コンはこうした催し――若いご婦人と紳士が相手を見つけようとする場――は努めて避けてきたのだったが、気がつけば、今日の夕べを心待ちにしていた。

明日の晩、ダンスを踊ってほしいと頼んだ書きつけへの返事に再度目を落とす。彼女と二度ダンスを踊るのは今夜が最初で、明日は二度目となる。

親愛なるケニルワース様

夜食まえのダンスとほかにもう一度、喜んであなたとワルツを踊ります。

レディ・シャーロット・カーペンター

かしこ

もしかしたら、自分が心待ちにしているのは、単にワルツのあいだ、シャーロットを腕に抱いていられることかもしれない。それ以外のときも、できるかぎり彼女と腕を組んでいられることを。そう考えることは数日まえよりも喜ばしいことになっていた。

彼女を家に連れてきてベッドに連れこめれば、さらに喜ばしいのだが。彼女がもっと従順なご婦人でないのはある意味残念だった。こんなふうに振られるかもしれないという心配をしなくて済んだことだろうに。

しかし、そうだとしたら、これほどに彼女を気に入り、称賛することはなかったはずだ。それが毎年デビューしたてのご婦人たちへの不満だったのでは？　みなおもしろみがなく、退屈だということが。

カニンガムが仕上げの調整を行っているあいだ、コンは最後に一度鏡を見やった。

「結構です、旦那様」

「おまえのことばを信じるよ。午前一時まえには戻るつもりだ」

「かしこまりました」

コンは階下《した》の応接間へ行ってブランデーをグラスに注いだ。少しして、廊下を歩く母のシルクのスカートのこすれる音がした。扉が開き、コンは立ち上がった。

母は彼のグラスに目を向けた。

「シェリーをどうです？」コンはデキャンタを掲げた。

「お願い」コンは母にシェリーのグラスを渡し、母はひと口飲んだ。額にうっすらと皺が寄る。

シェリーがだめになっていたのか？「どうかしましたか？」

「いいえ」母はほほ笑んだ。「ああ、あなたはハンサムね。言っておきたかったんだけど、婚約した紳士として、あなたはシャーロットと二度以上ダンスを踊っていいのよ」母はグラスを指で軽くたたいた。「それどころか、今夜は彼女に好きなだけ貼りついていていいわ。あなたがほかの若いご婦人とダンスを踊らなくても、誰も無作法だとは思わないでしょうから」

「ああ、ありがとう」それはうれしい情報だった。おそらく、自分は上流社会から長く離れすぎていたのだ。「礼儀作法が変わっていたとは気づかなかったな」

「変わってないわよ」母は辛辣に答えた。「あなたの立場が変わったの」ウェブスターが現れ、夕食が準備できたと告げた。母が息子の腕に手を置き、ふたりはダイニングルームに向かった。

コンはふたり用に縮められたテーブルの端の椅子を母のために引きながら、母の言ったことを考えた。シャーロットをずっとそばに置いておくことは許されるのかもしれないが、シャーロットの怒りを買って反抗されるのはまずまちがいない気がした。そしてそれはコンの望むところではなかった。彼女が引きひもで動いてくれると期待するのはやめて手綱を外したほうが良さそうだ。

コンは席につき、母が給仕をするよう使用人に合図した。母はテーブルに皿が置かれていることに決して慣れることはないだろう。シャーロットがこの家の女主人になったときには、どんなふうに食卓をつかさどるのだろうと思わずにいられなかった。

二時間後、コンはレディ・ヘレフォードの舞踏室に足を踏み入れた。レディ・ヘレフォードは母の友達だったので、彼女が新しいドイツのダンスを好むことをあらかじめ知ることができた。そうとわかってもあまり喜べなかった。ワルツは二回あるはずだったが、コンがシャーロットと踊るのはそのうちたった二回だ。それはつまり、ほかの紳士が――おそらくはハリントンが――一度は彼女の体に腕をまわすということだ。

シャーロットは部屋の中央まで行ったところにいた。すぐそばにはワーシントンと彼女の姉がおり、まわりを男たちに囲まれていた。そのうち何人かはコンよりもずっと若い連中で、明らかにロンドンに来たばかりに見えた。友人のエンディコットもそこにいて、ハリントンとコンの知らない紳士がほかにふたりいた。男たちのひとりを見てコンは眉を上げた。ラッフィントンは一歩下がって立ち、会話には加わっていなかったとはいえ、ワーシントンが彼をシャーロットから半径一ヤード以内に近づけているのは驚きだった。

残念ながら、コンが婚約者のそばまで到達するには何分かかかった。自分の妻や適齢期の若い娘を彼に引き合わせなければと思う貴族院の同僚たちがこれほどに多いのは驚きだった。コンはどうにかシャーロットと目に刺さりそうなほどに襟のとがったシャツを着た若い男とのあいだに身をすべりこませた。

シャーロットは何か言われて笑っており、コンを見上げたときにもその目には陽気な光があった。「こんばんは、ケニルワース様」

コンは小さくお辞儀をした。「レディ・シャーロット」ハリントン以外の紳士たちはほんのわずかにあとずさったように見えた。「たのしい夕べを過ごしているようだね」

あなたがいっしょにいてくれさえすれば、今晩は完璧になるとシャーロットが言ってくれるのを待っていたとしたら、がっかりしたことだろう。

「ええ。エンディコット様が、あなた方おふたりが小さかったころのとてもおもしろいお話をしてくださったの」

コンは友に鋭い目を向けた。「あの牡牛の話じゃないだろうな」

シャーロットは鈴の音のような声で笑った。「まさしくそれよ。エンディコット様が牡牛から逃げられるようにあなたが馬から飛び降りて牡牛の気をそらし、それから牝牛の陰に隠れなくちゃならなかったというのはほんとうなんですの？」

「牝牛たちだ」そのうちの何頭かは牡牛の関心を惹く準備ができていたことはきっと言うべきではないだろう。「そのなかの一頭がぼくをかわいそうに思って、フェンスまでたどり着くのに力を貸してくれたんだ」

「なんて賢い子供だったの」シャーロットは彼の腕に指を置いて彼を見上げた。「あとでその牝牛にご褒美をあげたのならいいんですけど」

「牛は馬よりも喜ばせるのがむずかしいが、たしか、糖蜜をやったはずだ」

最初のワルツの前奏曲がはじまり、コンは言った。「ぼくの番のはずだ」

シャーロットは手首からシルクのリボンでぶら下げているダンスカードをたしかめる振りをした。全部のダンスが埋まっていた。「そうですわ、侯爵様」

ハリントンが顔をしかめ、コンは笑いたくなった。

コンとシャーロットはダンスフロアで位置についた。シャーロットが手をコンの肩に置いたときに、もっと身を寄せてくれればいいのにとコンは思わずにいられなかった。コンが手を彼女の腰にあてると、シャーロットは一瞬目をみはってから、濃いブロンドの長いまつげを伏せた。ダンスがはじまると、ふたりはひとつになって動いた。彼女のように自分の一部のように感じられる女性はほかにいなかった。

互いに惹かれるものがあるのはたしかだった。宿屋から逃げ出したときに馬車のなかで感じたそれは思いちがいではなかったと今ならわかる。どうしたら彼女を説得できるだろう？純粋すぎるシャーロットは、ふたりが触れ合うときにまちがいなく感じているものが何かわからないのかもしれない。

ダンスフロアをまわっていると、シャーロットの義兄の姿が目にはいった。ワーシントンはタカのように彼女を見張っていた。彼から協力を得ることはできそうにない。

シャーロットが別のふたりにほほ笑みかけた。

「あのふたりは？」とコンは訊いた。

「親戚のひとりであるミス・ブラックエーカーとベントリー様よ。最近婚約なさったばかりなの。ベントリー様のお父様の田舎の邸宅で結婚するんですって」〝田舎〟と言うときに口調がやわらいだ。

「シーズンが終わったらうれしいかい？」

シャーロットは真剣なまなざしで彼の目を受け止めた。彼女は礼儀正しいだけでなく、正直に答えようとしているのだ。

「たぶん。ロンドンではすばらしい時間を過ごしていますけど、田舎の静けさが恋しいわ」

「きみの言いたいことはわかるよ」夏のあいだロンドンは耐えがたいほどだった。ふつうは領地を訪ねてまわることにしていたが、何週間かブライトンに避暑に行くこともあった。そのあとで、愛人も招待されるような泊まりがけのパーティーにも行った。そこでふと、自分にはシャーロットを紹介できるような友達が多くないと思った。できるだけすぐにそれはどうにかしよう。

「ベルギーにも行かれるの？」とシャーロットは訊いた。

「多くの人が行くようだが、ぼくは戦争が起こるかもしれない場所を訪ねるのはあまりいい考えじゃないと思わずにいられないね」

シャーロットは笑みを浮かべた。「うちの兄もそう言っているわ」

「それについて彼はもっとずっと多くを言いたいんじゃないかな」じっさい、その問題についてのワーシントンの考えは知っていた。

「あなたのおっしゃるとおりだわ」シャーロットはそう言って彼の腕のなかで体の力を抜い

た。

コンはまわりながら彼女を引き寄せた。

「ヨーロッパへは行きたいんですけど、戦争が終わってからの話ね」とシャーロットは付け加えた。

ハリントンは父の手配で、フランスに対するイギリス大使であるサー・チャールズ・スチュアートのもとでの仕事に就き、何年か大陸に行くことになっていると聞く。「大陸で暮らすことを考えたことはないのかい？」とコンは訊いた。

シャーロットは驚いた顔になった。「じつを言うと、ないわ。家族からそれほど離れて長く暮らしたいとは思わないので」

その質問は、ハリントンがもうすぐフランスに発つことをシャーロットに思い出させたが、無事を祈りはしても、いっしょに行きたいとは思わなかった。ハリントンと恋に落ちていたらと空想しても、家族や友人と何年も離れたくはなかった。

ケニルワースにまえよりも少しだけ近く引き寄せられて、呼吸が乱れた。もちろん、不適切なほど近くに引き寄せられたわけではない。これ以上の悪い噂はどちらも望んでいなかった。それでも、腰に置かれた熱く強い手は、シャーロットの背筋に震えを走らせ、全身を熱くした。それはこれまでにない感覚で、どう考えていいかもわからなかった。最近、彼に触れられると、必ずなんらかの反応をしてしまう。これまで経験したことのない、ちくちくする感覚。

今シーズン、数えきれないほどワルツを踊った。お相手のなかには――それほど多くなくてありがたかったが――用心して自分の爪先に目を配っていなければならない男性もいた。シルクの上履きはもちろん、子ヤギのなめし革の上履きでも、男性の夜会靴に踏まれたらひとたまりもない。きわめてダンスの上手な男性も数多くいたが、今のようにダンスフロアで浮かんでいるような感覚を感じたことはなかった。ワルツがこれほどに楽だと思ったこともなかった。曲が終わったときには残念なほどだった。

先ほどまで友人たちと立っていた場所にはじきにシャーロットの義兄と姉も戻ってくるはずだったので、そこへと戻りながら、ケニルワース卿は給仕からアイスクリームのはいった皿をふたつとり、ひとつをシャーロットに手渡した。「暖かい夜にこれを出すのはすばらしい考えだ」

「ほんとうに」シャーロットはひと口味わった。レモンの味。「アイスクリームはとてもさっぱりするわ」

いつか自分の家を持ったら、同じことをしようとシャーロットは思ったとき、マットとグレースも戻ってきた。そこへすぐに、ドッティとマートン、エンディコット卿、ベントリー、シャーロットの親戚のオリアナ・ブラックエーカー、エリザベス・ターリー、ハリントンと何人かの若い紳士たちも加わった。

シャーロットがエリザベスに目を向けると、彼女はハリントンにすばやく横目をくれていた。エリザベスは彼に関心があるのかもしれないと言っていた。もしふたりがこれまで会っていなかったなら……。「ミス・ターリー、ハリントン様にはご紹介された？」

エリザベスはわずかに目を見開き、口の端を持ち上げた。「いいえ、まだ」

ハリントンは顔をしかめた。ここ最近それが彼のふつうの表情になったのか、それとも何かほかのことで不満があるのか、シャーロットにはわからなかった。「だったら、ハリントン様をご紹介させて。ハリントン様、ミス・ターリーです」

エリザベスはお辞儀をした。ハリントンもお辞儀をし、差し伸べられた手をとった。「お会いできて光栄です、ミス・ターリー」

「お会いできて幸いですわ、ハリントン様」

レディ・ヘレフォードが、次のダンスにお相手のいないご婦人方のために男性たちをダンスフロアに送りこむ気満々でやってきた。「ミス・ターリー」ハリントンが急いで言った。「よければぼくとダンスを踊ってくださいませんか？」

「あなたはついてますわ、ハリントン様。空いている最後のダンスです」

エリザベスがほほ笑んでいて、礼儀正しい口調を保っていることがシャーロットにはうれしかった。ハリントンに関心があるならば、熱心に近づきになりたがっていると彼に思わせるべきではないからだ。

「ありがとうございます」ハリントンが再度お辞儀をしたところで、レディ・ヘレフォードがそばまで来た。

「紳士の皆様、お相手の必要な若いご婦人が何人かいらっしゃるんです。ご紹介させていただけると幸いですわ」

より若い男性たちは声を殺して何かぶつやいたが、年上の紳士たちは不満をもらすことなく、お辞儀をして受け入れた。エリザベスがダンスフロアに出ていくまえに、彼女にドッティが何か耳打ちした。ドッティはそれからグレースのほうを振り返って何か言った。マートンはマットと話をするためにそのそばへ寄った。すぐにも、シャーロットのそばにいるのはケニルワース卿だけとなった。彼はレディ・ヘレフォードの呼び出しにも軽くうなずくだけで、ついていこうとはしなかったのだ。

「ほかの誰かとダンスしに行かなくていいんですの?」

「きみはぼくを守ってくれると約束したはずだ」ケニルワースは眉を上げた。「そうじゃなかったかい?」

ふいに馬車のなかでの約束が心に浮かんだ。「冗談をおっしゃっているんだと思っていたわ」

「いや、ちがう」ケニルワースはゆっくりと首を振った。「ぼくは自分の身の安全について冗談は言わないよ」

シャーロットは笑っていいのか怒っていいのかわからなかった。夜じゅうずっと彼が自分のそばにいるわけにはいかない。「レディ・マートンかミス・ターリーにダンスをお願いすべきよ。彼女たちだったら安全だわ」

「ミス・ターリーのダンスカードは一杯になってしまったし、マートンは奥さんを喜んで貸してくれるようには見えないな」ケニルワースはシャーロットの手を唇に持ち上げた。「きみだけがぼくの希望さ」

手に負えない人。「わたしが夜じゅうずっとここにいるとは思わないでくださいね」

「思わないさ」ケニルワースは驚いたように言った。「きみのダンスカードは一杯じゃないか。ぼくはきみがダンスを終えるまで、鉢植えの植物の陰に隠れているよ」

なんておかしな人なの。下ろされても下ろされても膝に乗ってくる猫を思い出させる。シャーロットは深々と息を吸った。「いいわ。お好きなように」

「ありがとう」ケニルワースの唇が手の節に触れ、腕に震えが走った。これからどうしたらいいの？

19

それから数日後の夜、めかし屋のハリントンがシャーロットをダンスフロアへ導くのを見て、コンはあやうく顔をしかめそうになった。単なるカントリーダンスで、気にするべきではなかったのだが。エンディコットがシャーロットのワルツのひとつをうまうまと予約し、詩人気取りの若いヘンリー卿が残ったワルツを手にした。夜食後にはあと二回ワルツがあったが、それは数にはいらない。ワーシントンが夜食後に残ることは決してなかったからだ。つまり、シャーロットと踊ることはほかの紳士たちにとってより貴重な機会となったということだ。

夜のあいだほぼずっとどうにか彼女のそばに貼りついていたものの、かつて彼女に求愛していた男がいさぎよく身を引いて負けを認めないことにはとてつもなく腹が立った。あの男はそれとなく彼女の反対側の脇に立ち、手を自分の腕にかけさせたりまでしていた。運よく次のダンスがはじまり、シャーロットはダンスの相手といっしょにその場を離れた。そうでなければ、コンは後悔しそうなことをしでかすところだった。

「きみを見ていると、どうしても、檻に入れられたライオンを思い出すな」とエンディコットが言った。「一瞬、ハリントンに一発くれてやろうとしているのかと思ったよ」

あやうく、ほんとうにあやうくそうなるところだった。そしてきわめてばかげたことになっただろう。「彼は別のご婦人を見つけるべきなんだ」

「きっとロンドンに戻ってきて、きみがレディ・シャーロットと婚約したのを知ったときには、途方に暮れたと思うよ」

「そうだとしたら、そもそもロンドンを離れるべきじゃなかったんだ」コンは吐き捨てるように答えた。「ご婦人というのは無視されるのを嫌うものだからね」

「まさしくそうだな」エンディコットはにやつき、ゆっくりとその場を離れた。

あの役立たずの軽薄な男にシャーロットが単に礼儀正しく接しているだけなのはたしかだ。結婚したい相手として、自分だけに彼女が注意を向けるような何かを思いつければいいのだが。これまでのところ、ハイドパークで馬車に乗ったり、彼女の姉の家を訪ねたり、夜にダンスを踊ったりしても、さほど効果はなかった。そしてコンに関するかぎり、時間は味方ではなかった。結婚の確たる約束なしに彼女が田舎に戻ってしまえば、機会は失われることになる。

それでも、明日の晩の舞踏会のまえに、夕食をともにしようという招待を受けていた。昨日、ハイドパークで馬車に乗ったことが多少は役に立ったということだ。ハリントンのことは鼻にもかけていないということかもしれないが、それも希望的観測にすぎなかった。あの坊やはいなくなろうとしない。婚約の広告を新聞に載せることをワーシントンに拒まれたことも不満だった。じっさい、それはさほど重要なことではなかった。ふたりが婚約していることを知らない者などいなかったのだから。

ダンスが終わり、コンはもたれていた柱から身を起こした。「そろそろ夜食まえのダンスの時間だ」

それが終わったら、シャーロットとともに彼女の家族に合流して帰ることになる。つまりまたも彼女とはふたりきりの時間を持てないということだ。どうにかして彼女とふたりきりにならなければならない。彼女に結婚を承諾させる唯一の方法はわかっていた。


翌日の晩、コンは廊下で母に呼び止められた。「わたしはレディ・ベラムニーとお食事することになっているの。舞踏会で会いましょう」

「たのしいひとときを」コンは母が街用の馬車に乗るのに手を貸し、屋根をたたいてあとずさった。

「そうするわ。あなたもね」

コンはたしかにたのしむつもりでいた。今夜こそはシャーロットとふたりきりになる方法を見つけるのだ。

コンが乗る馬車の踏み台を使用人が下ろした。「向こうへ着いたら、ワーシントン家の御者にいつぼくを迎えに来ればいいか訊いてくれ」

数分後、コンは馬車から飛び降り、スタンウッド・ハウスの石段をのぼった。期待したとおりに、扉が開き、執事に帽子をあずけると応接間に案内された。そこではシャーロットとワーシントンとその妻とマートン侯爵夫妻がシェリーを飲んでいた。

「遅れていないと思うが？」コンは部屋に足を踏み入れながら言った。

「ええ、全然」シャーロットが答えた。彼女が歩み寄ってきて両手を差し出すと、コンの胸は締めつけられた。「ドッティとマートンも数分まえに来たばかりよ」

コンは手袋をしていない彼女の手の片方をまず唇に持っていき、次にもう一方も同じようにした。「なんとも麗しい」

シャーロットの頬がうっすらとピンク色に染まった。彼女の好きなバラの色に。「ありがとう。あなたもとても颯爽としてらっしゃるわ」

コンは彼女の目をとらえ、新たに生まれた友情以上の何らかの感情を示すものはないかと青い目の奥をのぞきこんだが、そうした感情はなく、あるのは当惑だけだった。

その理由を探るまえに、女性の咳払いの音がし、シャーロットが姉に目を向けた。「シェリーかワインはいかが、ケニルワース様？」

まったく。彼女とふたりきりになれる場所を見つけなければならない。「シェリーをお願いします」ワーシントンがグラスにシェリーを注ぐあいだ、コンはレディ・ワーシントンに挨拶した。「夕食にお招きいただき、ありがとう」

「どういたしまして」レディ・ワーシントンはにっこりしてシャーロットに目を向けた。

「ただ、お招きしようと言い出したのは妹ですの」

それはうれしい驚きだった。「そうですか？」

シャーロットはまた頬を染めた。「そのほうがいいと……」

「家族がまえよりもずっと静かな気がする」

「それはわかります」とはいえ、わかったら驚きだ。話題を変えようとコンは言った。

「子供たちがベッドにはいっているからさ」ワーシントンが答えた。「ロンドン時間には慣れなくてね」

友にはもっと言いたいことがあるのにそこでことばを止めた気がした。「それはわかる」

「ふつうわたしたちはもっとずっと早く夕食をとるんです。家族全員で」とシャーロットが付け加えた。

今夜のように、家族の一員でない者が加わっている晩以外は。そうとわかってもうれしくはなかった。「舞踏会に出る予定があるときも?」

「ええ。出かけるまえにはいつも何かしらで時間をつぶせるし」

「たいていはカードやお遊びね」とレディ・マートンが付け加えた。「ドミノをしたことはおありかしら?」

「そんなお遊びは聞いたこともありません」

すぐにも、自分の教育が——たのしみは言うまでもなく——大きく欠落していることを思い知らされることになった。当然ながら、そのお遊びの決まりと、今夜集まったなかでたいていほかの人間をこてんぱんにやっつけるのは誰かという話になった。シャーロットはかなり上手だが、レディ・ワーシントンは群を抜いているという。

「わたしのほうがずっと長くやってきたからというだけのことよ」レディ・ワーシントンは

謙遜した。

いつのまにか、執事が夕食を告げていた。部屋のなかをさっと見渡すと、自分が婚約者をダイニングルームにエスコートできることがわかった。食卓でも彼女の隣にすわれるとわかって、気分はさらによくなった。

話題はすぐさまお遊びから政治へと移ったが、シャーロットが本や新聞をよく読み、事情に通じていることに驚かされた。この国をむしばんでいる問題のほとんどについてその場の全員が意見を同じくすることには驚かなかった。つまるところ、コンは貴族院ではワーシントンと同じ側についているのだから。コンが思うに、会話はきわめてうまくいっていたが、シャーロットはぴりぴりした様子だった。何かがおかしい。


まえもって子供たちといっしょに軽く食事しておいたのは、シャーロットにとって幸運だった。なぜなら、胃が締めつけられて結び目のようになっているせいで、食べ物をつつくしかできなかったからだ。ケニルワース卿が隣にすわることは予想していた。予想していなかったのは、彼が近くにいるせいで自分がいつもの自分でいられないことだ。

食事中ずっと、もじもじしないようみずからに言い聞かせなければならなかった。ときおり彼が何か言うために身を寄せてくると、走ったあとのように息があがった。ダイニングルームへ来るのに彼の腕をとったときですら、興奮の震えが走り、両手にキスされたときには自分を扇であおぎたくなった。彼への反応をどうしていいかわからなかった。ハリントンにこんなふうに心乱されたり、息を奪われたりすることは決してなかったのに。

これ以上じっとしていられないと思ったちょうどそのときに、ようやくグレースが立ち上がった。「ご婦人方、殿方だけにして差し上げましょう」

助かった！　シャーロットには走って部屋から出ないのがやっとだった。

ケニルワースは彼女が立ち上がるのに手を貸してくれた。手袋をはめていない手が彼女のむき出しの肘に触れ、シャーロットはやけどしたような気がした。

「レディ・シャーロット？」彼はわずかに眉根を寄せた。エメラルド色の目には当惑の色が浮かんでいる。

シャーロットは問うようなまなざしを無視してお辞儀をした。「ありがとうございます」

グレースとドッティとともに応接間に行くと、シャーロットはすぐさまピアノのところへ行って弾きはじめた。乱れた神経に鍵盤が反応し、指先から音楽が流れると、気持ちを鎮めることができた。

数分後、シャーロットは蓋を閉めて立ち上がった。「今夜、これからどうやって過ごせばいいかわからないわ」

ドッティがシャーロットにワインのグラスを手渡した。「少し飲んで」

グレースが自分の横の席をぽんとたたいた。「いったい何が問題なの？」

「わからない」シャーロットは手にしっかりとワイングラスを持ったままソファーに腰を沈めた。「ケニルワース様よ。うんと礼儀正しく触れられただけで、それを感じるの。これ

──こういう感覚がはじまったのは数日まえで、それをどうしていいかわからないの」

ドッティは首をまず右に、次に左に傾げた。両方の角度からシャーロットを眺めれば、何かわかるとでもいうように。「馬車に乗りに連れていってもらったときにも同じ反応だった？」

シャーロットはしばらくそのときのことを考えた。「そうとも言えるし、そうじゃないとも言える。最初はただ触れられると体が熱くなるだけで、気まずい感じはしなかったのに、最近は……」

グレースが体の向きを変えて妹と顔を合わせた。「どんなふうに気まずいの？」

「どう説明していいかわからないわ」シャーロットはしばらく両手で顔を覆った。

「説明してみて」ドッティがシャーロットの両手をとった。「彼が近くにいるとちくちくしたり、震えが来たりするとか」

「そう」よかった、わかってくれる人がいた。「それで、今夜はこれまで以上にそれを強く感じるの。指が触れるとやけどするんじゃないかと思うぐらい」

友は椅子に背を戻した。「彼とキスしなきゃだめね」

「でも、したくないわ」それを聞いてドッティは眉を上げた。シャーロットは親友に嘘をつけたためしがなかった。ケニルワース卿が到着して以来、彼の唇から目をそらしているのがむずかしかったのだ。それでも、だからこそ、彼とはキスすべきではなかった。「今はまだ。彼への気持ちがはっきりしないうちは」

「わたしにはあなたが彼のことを望んでいるように聞こえるわ。なぜか、自分の感情に逆らっているみたいだけど」

それはシャーロットが聞きたいことばではなかった。「グレース？」

「ドッティはいいところをついていると思うわ」シャーロットは抗議しようと口を開けたが、姉は片手を上げた。「でも、その段階まで心の準備ができて初めて決断できることよ。心の準備ができていないなら、わたしは彼にキスしてみなさいとは絶対に言わないわ」

シャーロットは勢いよく立ち上がり、またピアノへ向かった。「シーズン中にふつうの形で出会っていたら、もっとずっと簡単だったのに。それか、劇場で愛人といっしょの彼を見かけていなければ――」

「それか――」ドッティが言った。「わたしがミス・ベッツィにさらわれてあんなひどい扱いを受けていた気の毒な女性たちのことをあなたに話していなければ」

シャーロットは急いで友のところへ戻った。「自分を責めないで。グレースですら、わたしたちも知るべきだって言ったんだから」

「彼の求愛が上流社会の注目を浴びていなければ」グレースが考えこむようにして言った。「それがふつうのことだとはわかっているけど、そうじゃないほうがあなたにはよかったと思うの」

「とくにシーズンもだいぶ遅い時期だから、もう今はほかに催しをしてくれる人もいないしね」とドッティが付け加えた。

「そうね」シャーロットはため息をついた。「それに、ハリントン様の振る舞いも事態を悪化させるだけだし」

「たぶん、このことをあなたに知らせるのは今じゃないほうがいいんでしょうけど」ドッティは顔をしかめた。「ドムとわたしは何日かサリーにあるドムの領地に行くことになっているの」

シャーロットにとって聞きたい知らせではなかった。「いつ発つ予定？」

「明日の昼まえに。留守にするのはほんの数日よ」

行かないでほしかったが、ドッティたちの旅の安全を祈る以外には、何を言っても自分勝手に聞こえそうだった。

少しして、ロイストンがお茶のトレイを持って部屋にはいってきた。そのすぐあとに男性陣も続いた。グレースがお茶をカップに注ぎ、シャーロットがカップを配ってまわった。それから、姉がマットとふたりだけで話せるように窓辺のベンチへ移った。

ケニルワースもあとをついてきて、ベンチのそばの椅子にすわった。「マートンがあんなに変わったのが信じられないな。まるでちがう人間のようだ」

ケニルワースはわたしが心を悩ませているのに気づいている。「マットが言うには、今は彼のお父様に似てきたそうよ」

「ぼくは若かったので、まえの侯爵のことは知らないが、ぼくの父は彼をうんと気に入っていた」ケニルワースはお茶を飲んだ。「マートンは奥方にベタ惚れのようだね」

シャーロットはドッティとマートンが立ったままマットとグレースと会話しているほうへ目を走らせた。初めて、ふたりがわずかに触れ合ったり、見つめ合ったりしているのに気づいた。マットとグレースも同じように態度で思いを伝え合っている。「ええ。深く愛し合っているわ」

「ワーシントンの妹とロスウェルも恋愛結婚だと聞いた」

「そうよ。うちの両親もそうだった。カーペンター家とヴァイヴァーズ家両方の伝統なの」マットの継母である気の毒なペイシェンス以外は。しかし、彼女も今は幸せな恋愛結婚をしている。

「なるほど」ケニルワースは考えこむようにことばを発したが、それ以上は何も言わなかった。

何がなるほどだというの？　それがわたしたちのあいだのことを変えるきっかけにでもなると？

マットが立ち上がった。「そろそろ出かけなければ」

ああ、なんて間の悪い。それでも、一行が舞踏会に到着するころには、最初のダンスがはじまっていた。

「たしか、次のダンスはワルツのはずだ」ケニルワースはささやいた。彼の唇はあまりに耳に近く、シャーロットは息を感じて全身に震えが走りそうになるのをこらえることになった。彼のほうに身を寄せたくなったが、シャーロットは自分の反応に抗い、身をこわばらせた。

自分の感情に逆らっているみたいとドッティに見透かされたとおりだった。

シャーロットとケニルワースはグレースたちから遅れることになった。最近会っていなかった友人たちに呼び止められてお祝いを言われたからだ。今夜、みんなをだましているという気分は薄れていた。それは心のどこかで彼への思いが募っているからだろうかと思わずにいられなかった。

「ケニルワース、ちょっと教えてほしいんだが――」紳士のひとりが言った。「きみはシーズンのほとんどの催しから逃れていたのに、どうやって美の女神のひとりを射止めることができたんだ？」

「美の女神？」シャーロットのほうを振り向いてケニルワースは黒っぽい眉を上げた。

もちろん、彼は知らないはずだ。ドッティとルイーザとシャーロットは最初にそのあだ名を聞いたときにはわくわくしたものだった。「レディ・マートンとうちのルイーザとわたしにつけられたあだ名よ」

「だったら、ほかのふたりの美の女神が結婚したんだから、最後のひとりもするべきだな」

ケニルワースは笑みを浮かべた。顔が明るくなり、いっそうハンサムに見えた。彼との結婚をためらっている自分の気持ちがわかる女性はここにはひとりもいないだろう。「ぼくは運がよかったんだ」

「そうにちがいないな」と別の紳士も不満そうに言った。

「ラッフィントンの言うことは気にするな」とエンディコットが言った。「彼は不運つづきでね。レディ・シャーロット――」彼はお辞儀をした。「婚約者からあなたをかすめとって、次のワルツをごいっしょできますか？」

ケニルワースの腕に力がこもった。彼は指を彼女の手の上に置いた。「いや、だめだ」

ここ数日、彼は骨を与えられた犬のように振る舞っていたが、じっさいにことばにしたのはこれが初めてだった。それでも、自分のものと主張されるのは嫌ではなかった。彼の口調はドッティと婚約したばかりのころのマートンとそっくりで、シャーロットは手で口をふさいで吹き出しそうになるのをこらえなければならなかった。「このワルツは予約済みですわ。たぶん、次のカントリーダンスなら」

「ケニルワースがぼくのことを串刺しにしてやりたいという目つきで見るのをやめてくれないかぎり無理でしょうね」エンディコットはお辞儀をして若いご婦人たちがかたまっているほうへ向かった。

シャーロットとケニルワースがグレースたちに追いつくころには、バイオリンがワルツの最初の一節を奏で出していた。ドッティとマートンはすでにダンスフロアへ向かっていた。

マットがグレースに目を向けた。「おいで、グレース」

「喜んで」グレースは愛情に目を光らせて夫にほほ笑みかけた。「目を光らせておかなければいけないのがシャーロットだけとなって、あなたと踊るのがずっとすてきになるわ」

ケニルワースはシャーロットの手を唇に持っていった。またあの感じがはじまった。「ぼくらも行くかい？」

友や姉の言うことは正しいのだろうか？　こうなるのは、自分で自分に認めている以上に彼に好意を抱いているから？「もちろん」

たくましい腕に抱かれた瞬間、シャーロットの世界はひっくり返った。まるで上履きが床から浮き、空中で円を描いているような感じだった。「言おうと思っていたんですけど、ダンスがお上手なのね」

「お相手がぼくの動きを知りつくしているような反応を見せてくれる場合は簡単だからね」彼はきみの思いは読みとれるとでもいうように、彼女の目をのぞきこんだ。「何にそんなに困惑しているんだい？」

内心の思いを知られているのは明らかだ。それはほっとすることだった。「あなたよ。あなたへのわたしの反応」

「それなら困惑する必要はないさ」彼の声は太くきっぱりしていた。

彼の言うとおりだと信頼できればいいのに。でも、自分の感情すらわからないのに、どうして彼を信頼できる？

20

コンがシャーロットと今踊っているのは、その晩二度目のワルツだった。ほかの客のなかには、ふたりが憶測と噂の的になっているとコンに知らせるような横目をくれる者もいた。シャーロットは自分のものだと社交界に知らしめるために、コンはできるかぎりのことをしてきた。ほかに必要なのは、正式な発表だけだ。

何よりも重要なことに、腕に抱いたシャーロットがついに態度をやわらげはじめた。神経質な雌の仔馬のようにゆっくりではあっても、信頼してくれるようになってきた。それでも、彼女とのことはじょじょに進めていかなくてはならない。これまで女性に対してそうしなければならないことは一度もなかった。かつて関係を持った女たちはみな経験豊富だったからだ。

エーメのことを思うと身の縮む思いだった。ほかの愛人のうち、どのぐらいが同様の人生を強いられ、それを気に入っているふりをしていたのだろう？　全員ではないかもしれないが、多くがそうだったにちがいない。

娼館の主や売春の斡旋人の餌食になっていた貴婦人や庶民の女性や子供たちのために、妻とともに行っている慈善事業についてマートンが話していた。ワーシントンによると、シャーロットはすでにそういう慈善事業に小遣いから多すぎる額を寄付しているそうだ。

それこそ、彼女がしそうなことだとコンにもわかりつつあった。慈善には自分もとり組むつもりだ。それはふたりのあいだにもうひとつ共通するものを与えてくれ、立派な行いともなる。

コンはシャーロットを力づけるようにほほ笑んで見せ、腰に置いた手に力をこめた。彼が求愛することについてシャーロットはまったく信じていなかったが、コンに汚名をそそぐ機会を与えてくれている。そしてコンはそれについて最善を尽くしてきた。

妙に胸がざわめいて締めつけられ、まえに感じた、彼女は自分のものだという思いは、一生なくならないとわかった。彼女を守りたいという思いも。

「急にひどく真剣な顔になったのね」シャーロットがほほ笑み、コンは胸がさらに締めつけられる気がした。「何を考えてらっしゃるの？」

「きみのことさ。ぼくらのこと」ひと晩じゅうひとことも発していないような声が出た――もしくは話しすぎたような。

彼女のなめらかで美しい額に縦皺が寄った。「約束しなければよかったと思っているなら――」

「ちがう。まったくちがう。ぼくがきみに求愛することについて、きみがもっと楽な気分になるよう、ぼくにできることがあればと思ってね」いつか、とても近い将来、自分が彼女をどう思っているかを見極めなければならないだろう。今夜、自分の気持ちは単なる欲望以上の何かになっていた。もっと深いものに。子供たちを連れてアイスクリームを食べに行った日にレディ・ワーシントンから訊かれたことへの答え。

シャーロットの口の端が持ち上がった。「これまでも悪くはなかったわ」

「ぼくらは多くのことにおいて意見が一致するようだし、いっしょにいる時間をたのしんでいる」少なくともぼくは彼女といっしょにいるのがたのしい。

「ええ、そうね」シャーロットはゆっくりとことばを発した。それについてはこれまで考えてもいなかったというように。

ワルツは終わった。シャーロットがお辞儀をし、コンもお辞儀を返した。そして決断した。彼女の手をとると、それを自分の腕に載せる。「いっしょに来てくれるかい？」

かすかにためらう表情がシャーロットの顔に浮かんだ。「どこへ？」

「ぼくを信じてくれ。きみを傷つけるようなことはしない。ぼくらの状況を余計に深刻にするようなことも」コンはシャーロットがいっしょに来てくれるよう祈りながら足を止めた。

「わかったわ」そう言いながら、彼女はまたも進むべき道を考えているように見えた。

コンはシャーロットを連れ、人ごみのなかを縫って一番近いフランス窓へと向かった。テラスに出ると、右の端へ向かい、陰になっていて誰にも姿を見られない場所で、彼女の腰に両手を置いた。「きみにキスしたい。まえにしたように」

コンがあんな無垢なキスを経験したのが何年ぶりか、彼女には知る由もなかった。何年もまえのそのとき、無垢なのは彼のほうだった。

シャーロットは彼をじっと見つめた。これまで知らなかった何かを見つけようとでもするように。しばらくしてうなずいた。「いいわ」

コンが頭を下げ、ふたりの唇が触れ合った。口を口で覆い、彼女からの反応を待つ。やがてシャーロットは両手で彼の頬をはさみ、背伸びしてキスを返してきた。その感触の清らかさにコンは膝が崩れそうになった。

「ありがとう」コンは額で彼女の額に触れた。

暗がりのなかでも、彼女が頬を染めるのがわかった。「どういたしまして」

コンはまた唇で唇をかすめるようにした。「そろそろ戻らないと」

シャーロットは自分が何を期待していたのかわかっていなかったが、まえのキスほどに甘いキスは期待していなかった。一度、マートンがドッティにキスするのを目にしたことがあった。そのキスは相手を強く求める情熱的なものだった。ケニルワースがああいうキスをしてきたら、シャーロットは思いきり平手打ちして逃げ出していたことだろう。しかし、ふたたび彼の唇を唇に感じ、両手をきつく腰にまわされた今、シャーロットは自分がちがうタイプのキスを心待ちにしていることに気づいた。

でも、今夜はだめ。彼といっしょにいることに安心感を抱きはじめたばかりで、まだそれがはかないものに思える今は。

シャーロットは背伸びをし、彼がしたように、唇で彼の唇をかすめるようにした。「ええ、戻らないと」

彼の体がこわばった。引き締まった顔の筋肉までが鋼のように見える。「きみのせいで死にそうだ」

シャーロットは笑みを浮かべずにいられなかった。「そんなこと、初めて言われたわ、ケニルワース様」

ケニルワースは声をもらし、シャーロットは軽い笑い声をあげた。

「ぼくのことはコンか、コンスタンティンと呼んでくれたらうれしいな」

ほんとうに婚約していると言っていいかどうかわからなかったので、ふつうの婚約者同士ほど砕けた関係にはなりたくないと強く思っていたのだった。それでも今、おそらく、その関係を一歩進ませるときなのだろう。

ふたりには共通点が多々あった。彼から、子供たちだけでなく、自分の庇護のもとにある人間全員に読み書きや算数の基礎を学ばせたいと思っていると聞いたときには驚いた。マートンと、彼やドッティやシャーロットがかかわっている慈善事業について話しているのも耳にした。彼も慈善に関心があるようだった。ケニルワースは思っていたよりもずっとましな男性であるのがわかりつつあった。そして、ほかの男性には経験したことのない、肉体的に惹かれる感じもあった。

「よければ、コンスタンティンと呼ぶわ。力強い名前ですもの。わたしのことはシャーロットと呼んでくだされぱいいわ」

彼は彼女をそっと腕に引き入れ、またキスをした。「シャーロット、もう戻らなくては。誰かが探しに来るまえに」

次のワルツのあと、ふたりは家族と合流して夜食をとりに行った。マットがテーブルを見つけ、いつものように、コンスタンティンとマートンという男性陣を連れて女性たちのために食べ物を選びに行った。

コンスタンティン――シャーロットは彼の名前がほんとうに好きだった――といっしょにテラスから舞踏場に戻ったときには、ドッティがシャーロットに問うような鋭い目をくれたのだった。

今、友は身を寄せてきて訊いた。「どうだったの？」

姉は会話を聞くつもりはないというように、わざとらしくふたりの様子に気づかないふりをしていた。シャーロットは口の端に手を持ち上げて言った。「彼とキスしたわ」

ドッティの笑みが深まった。「それで？」

「悪くなかった。最初はうんと不安で、いっしょに外に行くのは嫌だと言おうかと思うほどだったんだけど、彼は行きすぎたことはしようとしなかったし――彼とキスするのは悪くなかったわ」

「シャーロット、こんなにうれしいことはないわ」ドッティの目が少しうるんだ。「あなたにも愛する人を見つけてほしかったの。たぶん、見つけたか、もうすぐ見つかるわ」彼女は鼻をかんだ。「訊きたいことがあったら、なんでも訊いて。彼のすることが怖かったら、わたしに言って」

「そうするわ」そう言いつつも、コンスタンティンが自分を傷つけたり、怖がらせたりするとは思えなかったが、支援と助言を申し出てもらったことはありがたかった。

男性陣が戻ってきて、コンスタンティンは彼女の隣にすわり、とってきたロブスターのパテと小さなマッシュルーム・タルトと、薄切りのハムを巻いたアスパラガスとアイスクリームを彼女のまえに置いた。彼が身を寄せてきて話すときに息が耳にかかると、シャーロットは彼がもたらした喜ばしい感覚をたのしみ、それを避けようとはしなかった。

キスの威力はほんとうに驚くほどだった。


翌朝早くシャーロットは目覚めた。夢のなかではコンスタンティンとさらにキスをしたのだった。まだ経験していないようなキスまでを。

扉が開き、メアリーがベッドに飛び乗ってきた。それに続いたテオは、扉を閉めるだけのお行儀のよさを見せた。「おはよう」

「おはよう」少女たちは声をそろえ、身を寄せてきてシャーロットを抱きしめた。

シャーロットは両方の少女に腕をまわした。「どうしてこうやって起こしに来てくれたの？」

メアリーがさらにきつく抱きついてきた。「あまり会えないじゃない」

シャーロットが家を留守にすることがずっと多くなっていたのはたしかだ。

テオは指にシャーロットの寝巻きのリボンを巻きつけた。「あなたが起きていて、そうしたかったら、いっしょに広場に行って遊んでいいってマットが」

「そう、起きてるわ。だから、呼び鈴を鳴らしてちょうだい。わたしが顔を洗って着替えをして、朝食をとったら、広場へ出かけましょう」

「愛してる」と少女たちは叫び、両側からシャーロットの頬に音を立ててキスをすると、ベッドから飛び降りて部屋を走り出ていった。

「わたしも愛してる」とシャーロットはささやいた。ついに結婚することになって、弟や妹たちを置いて家を出ていくことは、新しい生活のもっとも辛い一面だろう。

シャーロットはハリントンに関心を寄せていなくてよかったと思った。イングランドの別の場所にいるだけでも最悪なのに、何年も海外で暮らすことなど耐えられなかっただろう。

シャーロットが朝食の間に行ったときには、子供たちはすでに食事をはじめていた。

「おはよう」今や聞き慣れた低い声がして、シャーロットは不意をつかれた。コンスタンティンがテーブルのシャーロットがいつもすわる席の隣にいた。

「おはよう」シャーロットは彼ににっこりとほほ笑みかけてから、サイドボードへ向かった。皿を持って戻ると、彼は椅子を引いてくれた。「こんなに早い時間にお会いするとは思っていなかったわ」

それでも、彼がそこにいてくれたことはうれしかった。最近家族になった男性たちもみないっしょに朝食をとっていた。

「きみの兄上がいっしょにどうかと言ってくれてね」自分の皿に食べ物を山と盛りつけて、コンスタンティンは彼女の隣の席に戻ってきた。

双子とマデリンが目を上げて見交わし、忍び笑いをもらした。

「少なくとも、気まずい質問はされていないよ」とコンスタンティンが小声で言った。

「そう聞くと、何をたくらんでいるのかしらと思わずにいられないわ」とシャーロットは鋭く答えた。

「シャー、彼が持っているなかで一番足の速い馬を見たことがある？」とウォルターが訊いた。

「ええ。手綱がよくきく馬たちよ」シャーロットはコンスタンティンをちらりと見た。「あなたがとてもいい子にしていたら、見せてもらえるかもしれないわよ」

ウォルターとフィリップの顔が輝いた。「え、ほんとうに？」

「ああ、もちろんさ。ぼくが帰るときに正面にまわされるから、見て評価してくれてかまわない」コンスタンティンはシャーロットに注意を戻した。「今朝の勉強がはじまるまえに、広場への遠足が計画されているそうだが」

「ええ」シャーロットは彼に横目をくれた。コンスタンティンはどぎまぎしているようにすら見えた。「ごいっしょなさいます？」

「ぜひ」彼は彼女にほほ笑みかけてから、皿の食べ物を食べはじめた。

シャーロットも朝食をはじめた。今朝はこれまでのところ、あまりにもうまく行き過ぎている。コンスタンティンを招いてくれたことに対してマットにお礼を言わなくては。「マットとグレースは？」

「改装の進み具合を調べに行ってるわ」とオーガスタが答えた。「終わる日が来るのかしらと思うわね」

「この家を改装しているときに、グレースも同じことを言っていたわ」シャーロットは年下の子供たちに目を向けた。「食べ終えたら、バークリー・スクエアに行く準備をして」

椅子が後ろに押され、子供たちが急いで部屋を出ていく音があたりを満たした。

「失礼なことは言いたくないんだが、階段をのぼる足音はゾウの足音みたいだな」

シャーロットはテーブルに肘をついててのひらに頰を載せた。「ゾウの足音を聞いたことがあるの？」

「ああ。大陸巡遊旅行《グランドツアー》はできなかったが、短い期間、インドを旅行することはできたんだ。ただ、田舎でのんびりするよりは移動に時間をとられたけどね」

「そのことについて何もかも話してくださらなくては」シャーロットはため息をついた。

「わたし、旅は大好きなの」

「ウェリントンがあのコルシカ人を片づけてくれたら、ヨーロッパはまた安全になるよ」

「みんなそう言いますね。うちのルイーザは、ナポレオンは多くの人が考える以上にウェリントン将軍にとって厄介な存在だって言ってますけど」

「ぼくもその意見には賛成だな」コンスタンティンはナプキンで口を拭いた。その動作がシャーロットに彼の唇の感触を思い出させた。「子供たちの準備ができるまでどのぐらいかかるんだい？」

「数分よ。わたしもボンネットをとってこなければ」

コンスタンティンは廊下までいっしょに出た。「きみが行くまえに」

そう言って彼女の頬に手をあてがい、キスをした。昨晩のキスと寸分たがわぬ甘いキスだった。シャーロットは小さくため息をついた。きっとすぐにもっとキスすることになる。

「何分かで戻ります」シャーロットは手を上げ、彼の下唇に親指を這わせた。彼は息を呑んだ。

ひとり笑みを浮かべながら、シャーロットは寝室へ向かった。ようやく人生があるべき姿になった気がした。望むすべて——愛と家と子供たち——に手が届くような気が。

21

コンはシャーロットの親指を歯でとらえ、体を引き寄せたかった。しかし、そうはせず、彼女をそのまま行かせ、階段をのぼる彼女の豊かな尻が揺れる様子をたのしんだ。今日は彼女がキスを受け入れ、すぐさま返してくれたことがうれしかった。日々、彼女との将来がたしかなものに思えてくる。

ワーシントンの言うとおりだった。彼女を求めるならば、家族の一員にならなければならない。今日は自分がよき夫、よき父になることを彼女に示せる二度目の機会となる。

最初にグレート・デーンがお付きの使用人といっしょに現れた。子供たちは階段を降りてくるのが音でわかった。子供たちが集まると、さらに何人か男の使用人が現れた。

ようやくシャーロットが階段を降りてきて、最後の段で足を止め、広間を見渡した。それからコンに笑みを向け、彼は腕を差し出した。ふたりはいっしょに玄関の扉を抜けて通りを渡り、バークリー・スクエアに向かった。

バークリー・スクエアで遊んでいるのは彼らだけではなかった。メアリーとテオに同い年ぐらいの別の女の子が加わった。その子はシャーロットほどの年齢の女性と、凝った模様が描かれ、金メッキされた乳母車に赤ん坊を乗せたもっと年上の女性に付き添われていた。

「ウォートン様の跡取り息子よ」シャーロットの息が耳をくすぐり、コンは彼女の体に腕をまわせたならと思わずにいられなかった。

「ぼくが何を見ているか、どうしてわかったんだい?」と彼はからかうように訊いた。

「どうしてあれに目を惹かれずにいられて?」シャーロットは喜びの声をあげようとするかに見えた。「グレースによると、うちには簡素な枝編みのバスケットを台車に載せただけの乳母車しかなかったそうよ」

「うちにどんなのがあったか、まるで覚えていないな。母に訊いてみないと」コンは再度派手な乳母車に目をやった。「あんなに凝ったものじゃなかったのはたしかだ」

シャーロットが彼の腕に手をたくしこみ、ふたりはほかの家族から少し離れて歩いた。ただ、子供たちと犬に目を配るのは忘れなかった。デイジーは草むらに寝そべり、デュークはその隣に立ってときおりデイジーに鼻を押しつけている。「家庭的な光景だな」

「デイジーが身ごもっているからよ。そうでなければ、公園じゅうを跳ねまわっているわ」

「子犬が生まれたら、おちつくかもしれないさ」コンの猟犬のなかにも、子犬を産んでからおちついた犬は何頭かいた。

「そう祈るしかないわね。グレースとわたしは子供たちよりも先にロンドンにやってきたの。ここへ来る途中、デイジーが二頭の馬と仲良くなろうとしたそうよ」シャーロットは顔をしかめた。「でも、デイジーの願ったとおりには事は運ばなかったとだけ言っておくわ」

犬にちょっかいを出されて馬がどうするものか、コンにも想像できたが、いずれにしても彼は訊いた。「どうなったんだい?」

「急に駆け出したの。馬車と二頭の持ち主の紳士が怒鳴り出したそうよ。幸い、うちの馬車の馬は交換が済んでいたので、子供たちの家庭教師のミスター・ウィンターは子供たち全員を馬車に連れ戻して、ここへ到着するまで一度も止まらずに来たの」

コンは笑わずにいられなかった。「子犬については考え直したほうがいいかもな」

「あら、だめよ」シャーロットは彼に思いきりもたれた。「ほんとうにかわいらしい性格の犬なんだから。マットの訓練を受けるようになってから、ずっとお行儀もよくなったし」

シャーロットと出会うまえはめったになかったことだが、コンは早朝をたのしんでいた。これまではあまり朝早く起きることもなかったのだ。空気はよりさわやかに感じられ、草はまだわずかに湿っている。ほかの乳母や子供たちが広場に集まりはじめていた。

「レディ・シャーロット、おはよう」ハリントンがシャーロットにお辞儀をした。コンのことはまた無視している。

「ハリントン様」シャーロットもお辞儀をした。「こんな早い時間にお目にかかるなんて驚きですわ」

「ご自宅にいらっしゃるかと思ったんですが」青二才はいっそうコンから顔をそむけようとしているようだった。

「最近はとても忙しくて」

ぼくと馬車に乗ったり散歩に行ったりに。コンはにやにやしそうになった。

ふいに悲鳴が聞こえ、公園の平和が破られた。男の叫び声や犬たちのうなる声や吠える声がそれに続いた。コンはシャーロットを背後に押しやったが、騒ぎは乳母車を押している年上のご婦人のそばで起こっていた。メアリーとテオは——ありがたいことに無事で——もうひとりの少女をおちつかせようとしている。年上の女性といっしょにいた若い女性がいなくなっていた。地面の何かに歯をむき出してうなっているデュークを、三人の男の使用人がとり囲んでいる。

シャーロットはコンの手をつかんだ。「来て。何が起こったのか調べなければ」

少しして、コンがふたりの使用人のあいだに割りこむと、グレート・デーンがひとりの男をつかまえてその上に立っているのがわかった。

「こいつを下ろせ」と男は叫んだ。「おれは何もしていない」

「侯爵様に嘘をつくな」使用人のひとりが命じた。「あの女性をつかまえるのを手伝っていたじゃないか」

コンの隣でシャーロットが地面に横たわる悪人をじっと見つめた。「あなた！」

コンはまたならず者に目を向けた。シャーロットを助けた晩に酔っ払わせた悪党だった。

「犬を離せ。こいつのことはぼくが引き受ける」

デュークが降りると、悪党はすばやく逃げ出そうとした。コンは男の襟首をつかんで振りまわし、みぞおちに拳をくらわせた。悪党は膝をつき、吐きそうに見えた。「さて、自家製のビールをもう一発くらいたくなかったら、おまえの仲間があの若い女性をどこへ連れていったか話したほうがいいな」

「あんたには何も言わねえよ」悪党は唾を吐いた。唾はコンのブーツのすぐそばに飛んだ。

「そうかい？　そう、おまえには選択肢がある。縛り首になるか、追放になるか。あの女性の身に何かあったら、おまえは吊るされることになる。その際の縄は新しくて頑丈なものにさせるよ」

「縄が新しいと、死ぬまでに時間がかかるそうだ」男の使用人のひとりが言った。

「ダヴ亭に連れていくことになっている。リッチモンドの反対側さ」

「誰か――」コンが命じた。「夜警を連れてきてくれ」

シャーロットの弟や妹たちは彼女のそばに集まってきていた。

「何があったの？」とウォルターが訊いた。

「ハル、ベンといっしょにこの人でなしをワーシントン・ハウスの地下室に閉じこめてきて」とシャーロットが言った。「あとの者は子供たちを連れて家に戻って」

コンはまわりを見まわした。スタンウッド・ハウスのまえに大きな旅行用の馬車が停まっていた。マートン夫妻が急いで近づいてきた。

「何があったんだ？」マートンが妻をそばから離さずに言った。

「ミス・ベッツィがウォートン家の使用人のひとりを誘拐させた」コンは目を下ろした。テオに上着を引っ張られていた。「どうしたんだい、テオ？」

「彼女は使用人じゃないの。家政婦の姪で、もうすぐ結婚するのよ」

「叔母様を訪ねてきていたの？」とシャーロットは訊いた。

テオはうなずき、メアリーが言った。「ミス・クローヴァリーって名前なの」

あの若い女性にはどんな身売りが待ちかまえているのだろうと考え、コンは血が凍りつく思いがした。彼はシャーロットに目を向けた。「ぼくが行って連れ戻す」

「わたしもいっしょに行くわ。男性がひとりで行っても彼女は信頼しないでしょうから」

「シャーロット、だめだ」マートンが彼女とコンを見比べて肩をすくめた。「ワーシントンが許さないよ」

「ぼくもそれに心から賛成だ」とハリントンが言った。いったいこの男はまだここで何をしている？　それに、誰が彼の考えを気にするというのだ？「レディ・シャーロット、きみはケニルワースに同行してはだめだ。ぼくが禁じる」

「あなたが」彼女の声は募る怒りに震えていた。「あなたにはわたしの行動を禁じることなんてできないわ。どんなことをしてもわたしを止められないわよ。必要とあれば——」

「どこへ行くって？」ワーシントンが歩み寄ってきながら言った。その横に並ぶ彼の妻はほとんど小走りになっている。

「ミス・ベッツィがまた若い女性をさらわせたの」シャーロットはほっそりした背中をハリントンに向けた。顎はこわばっており、いつもはやさしい青い目が怒りに光っている。「女性が連れていかれた宿にケニルワース様が行こうとしているの。わたしもいっしょに行くつもりよ」

「ケニルワース？」シャーロットの義兄は訊いた。

自分が信頼できることを証明するいい機会だ。彼女のことを見くびってはいないということを。

「シャーロットの身の安全はぼくが守る」と彼は約束した。正直に言えば、彼女のためには命も惜しまないつもりだった。

シャーロットが向けてきた笑みはあまりにまばゆく、コンはまばたきせずにいられなかった。「すぐに戻る」

「ぼくは反対だ」ハリントンがシャーロットのほうへ歩み寄ろうとした。

コンは彼の肩をつかんだ。「きみには反対する権利はない。決めるのは彼女の保護者であるワーシントンだ。」

ハリントンはコンの手を振り払った。「どういうことかぼくにはわかっているんだ」彼はワーシントンに言った。「きみは結婚の申しこみにおいて、ぼくよりもケニルワースを優遇している」

シャーロットの義兄は振り返り、ハリントンに目を据えた。「彼は――」そう言ってコンを示した。「たしかに妹に結婚を申しこんだよ。きみは申しこんでいると言えないようだが。ここから消えてくれ。力づくでそうされるまえに」

コンは声をあげて笑うかにやりとしたくなるのをこらえた。「母と従者に伝言してもらう必要がある」

「きみが行ってから手配しよう」ワーシントンが約束した。「今夜までに戻れそうになかったら、伝言を送ってくれ。ぼくが何か言い訳を考えるから」

レディ・マートンが夫を脇に引っ張り、声をひそめた話し合いのあとで言った。「わたしたちがふたりのあとを追うわ。マートンがスター・アンド・ガーター亭に泊まればいいって」

レディ・マートンは通りを横切って家にはいっていき、マートンが御者に命令を下しはじめた。

「旦那様」ハルという名前の使用人がたじろぎながら言った。「ジェミーが去った馬車の後ろに飛び乗りました」

「それがあの子の習慣になりつつあるな」とコンはつぶやいた。たった六歳の男の子にとってはいい習慣とは言えない。

五分もしないうちに、コンスタンティンとシャーロットはリッチモンド・ロードへと向かっていた。

コンスタンティンが混み合う朝の道を縫うようにしてフェートンを走らせるあいだ、シャーロットは馬車の脇にしがみついていた。悪党が誰かわかった瞬間から、彼の表情は石のように固いものになっていた。

「わたしが同行することに賛成してくれてありがとう」

「その場に居合わせる権利が誰かにあるとすれば、それはきみだから」一瞬、コンスタンティンはちらりと目をくれた。「今度こそ彼女をつかまえて治安判事に突き出してやるんだ」

「間に合って到着できるといいんだけど」若い女性がどれほど怯えているかは想像できた。「どうしてミス・ベッツィは親戚を訪ねてきているだけの女性を選んだのかしら？　彼女のことをどうやって知ったの？」

牛乳を運ぶ荷車と大きな馬車のあいだにフェートンを進めながら、コンスタンティンはしばらく黙りこんだ。「ミス・ベッツィが個人の依頼に応じて女性を斡旋している可能性はある。どうやら女性たちを連れていく娼館は持っていないようだから。持っていれば、田舎の宿屋ではなく、そこを使うはずだ」

シャーロットは大きく息を吸った。まさか、彼が言っているのはわたしの思っていることとはちがうはず。「つまり、彼女は依頼を受けて……」

「ひとことで言えば、そういうことだ。欲望を抱いた誰かのために、ミス・ベッツィがそれを満たす人間を見つけるというわけだ。今回の場合、彼女の客はミス・クローヴァリーを望んだのかもしれないな」コンスタンティンは野菜を運ぶ荷車をよけた。「そこで問題は、どうして彼女がきみをさらわせたかだ」

シャーロットは首を振った。「ずっと復讐のためだと思っていたわ」

彼はまた彼女に目を向けた。「だとしたら、どうしてレディ・マートンじゃないんだい？　彼女の夫はこれにかかわっていた。もしくはきみの姉妹のルイーザやレディ・ワーシントンでは？」

たしかにそうだ。マットとマートンがあの女性の娼館をつぶしたときに、そこにいたのはグレースとドッティだ。どうしてわたしなのだろう？「わたしもそのわけを知りたいわ」

「まあ、あの女を見つけたら、訊いてみればいい」道はようやく空きはじめた。「バスケットは持ってきたのかい？」

「ええ、あなたの馬丁が座席の下に入れてくれたわ」

「そして、今度も猫がはいっていると？」

猫が同行していることについて彼が怒っているのかどうか、その口調からはわからなかった。シャーロットは顔をしかめてうなずいた。コレットは置いていかれることを拒んだのだ。ドッティでさえ、生地をだめにすることなく、シャーロットのマントから子猫を引き離すことはできなかった。「残念ながら。わたしのそばにいることを頑として譲らないの。きっとわたしの……わたしが動揺しているのを感じとったにちがいないわ」

「問題ないさ。まえ触れなくバスケットに手を突っこまないよう、ぼくが覚えていなきゃならないだけで」コンスタンティンの口調は冷ややかだったが、口の端は持ち上がっていた。

シャーロットは笑みを浮かべそうになるのをこらえた。馬車はリッチモンド・ロードにはいっていた。目に見えるほど空気は張りつめていたが、それはふたりを包む空気で、互いのあいだにはなかった。協力し合って行動する相棒だからだろうとシャーロットは思った。そして彼は同行させてくれるだけ自分を信じてくれた。彼はもちろん、止めようとする人はほかの誰であっても、言い争う気満々だったのだが、コンステンティンのおかげで、義兄から同意を得るのも容易になったのだった。

「ねえ、まえのランドー馬車のまっすぐ先」シャーロットは指差した。指を差す必要はなかったが。「馬車の後ろにいるあれはジェミーだわ」

「そうだな」彼の唇にゆっくりと笑みが浮かんだ。キスするときにはとても感触のよい唇に。「あいだを詰めずにこのまま追っていこう」

ジェミーも手を振り、シャーロットたちに気づいたことを知らせてきた。「馬車に飛び乗ることについては、ジェミーにしっかり言い聞かせなきゃならないでしょうね」シャーロットはコンスタンティンにというよりは自分に言った。「少なくとも、今回は多少お金を持っているはずよ」

「どうしてそれを？」コンスタンティンはまた彼女に目をくれた。

「あなたが大金を与えたからよ。駅馬車や辻馬車の料金にかかるよりずっと大きい額を」

「あの子は冒険心に富んだ少年だ」考えこむような口調だった。彼が何を考えているのかシャーロットは知りたいと思った。

「ええ、そう。あの子はお釣りを返すつもりだったんだけど、きっととっておくように言われるってわたしが言っておいたの」

「それがいい判断だったわけだ」コンスタンティンは手綱を片手に移し、一瞬指で彼女の指を覆った。「彼もミス・クローヴァリーも無事に戻れるようにしよう」

それについて考えれば考えるほど、シャーロットは結婚してもジェミーにはいっしょに来てほしいと強く思うのだった。彼がほんとうの家族を見つける機会を失うことにならなければの話だが。それでも、今はそれを話し合っている場合ではない。まず、気の毒なミス・クローヴァリーを助けなければ。

リッチモンドを進むうちに、まえを走っていたランドー馬車がスター・アンド・ガーター亭へ向けて道から外れた。

「たしか、あそこがドッティとマートンが泊まる予定の宿よ」

コンスタンティンは馬の足を緩め、つかのま宿屋を眺めた。「侯爵がふたり泊まっても大丈夫なだけ大きな宿屋だな。きみがバスケットをとりに行ったときにとり決めたようだね。レディ・マートンとはどういう話になっているんだい？」

「ドッティはミス・クローヴァリーをうちのメイドたちの部屋に泊まらせる手配をすることになっているの。それで、ウォートンの家政婦から着替えをとり寄せるそうよ。わたしたちがミス・クローヴァリーといっしょに戻ってきたらすぐに、家政婦に姪の無事を知らせるために、使用人が伝言を届けに行くことになっている」シャーロットはひとり笑みを浮かべた。「わたしが発つときには、わたしのメイドに小さなトランクに荷造りまでさせたのよ」

シャーロットはコンに目を向けた。「ドッティはとても実務にすぐれているの」

「ぼくもそんな印象を受けたよ」

馬車はリッチモンドを過ぎ、やがて木々のあいだに建物の屋根が見えた。「あそこまでもうすぐよ。あなたの計画は？」

「宿屋にはいっていって、きみの着替えのための部屋と個人的な応接間を頼む」ふたりは婚約していたので、そうしてもきっと許されるはずだ。

シャーロットはわずかに驚いた顔になった。「思ったんだけど……いいえ、なんでもないわ。きっとうまくいくわね」

彼女はヘア・アンド・ハウンド亭のときと同じようにお芝居をしてほしかったのだろうか。

「ありがとう」

宿屋が見えてきた。想像していたよりもずっと小さかった。宿屋というよりも、じっさいは酒場のようだ。部屋はひとつかふたつあるかないかで、すべて悪党たちにとられてしまうことだろう。おそらくコンたちは断られ、スター・アンド・ガーター亭へ戻ることになる。それでも、緊急事態なら……。もしかしたら、彼女の思いどおりにお芝居してやれるかもしれない。「きみはどのぐらい芝居がかったことができる？」

すぐさまシャーロットの表情が明るくなった。「クリスマスのお芝居ではとてもうまくやっているわ。わたしを救ってくださったときみたいに何かお考えがあるの？」

「まさしく」思ったとおりだ。彼女は多少芝居がかったことが好きなのだ。こういう目で見てもらえるなら、喜んでその機会を進呈しよう。

ふたりは看板に白いハト《ダヴ》の絵が描かれた建物に到着した。予想どおり、悪党の馬車は宿屋の前庭にはいっていった。コンとシャーロットもそのすぐあとに続いた。

シャーロットは笑みを浮かべ、よく通る声で叫んだ。「ああ、これ以上は行けないわ。何か飲み物が必要よ。喉がからからなの。それに、耐えられないほど暑いお天気だし」

「いいさ、おまえ」コンは彼女の扇をとってあおぎはじめた。「ほら、ここで停まろう」そう言ってジェミーを手招きした。ジェミーはいっしょの馬車で来たのではないことを誰かに気づかれるまえにすぐさま馬のところへ走ってきた。

宿の馬丁が急いで駆け寄ってくるまえにシャーロットとコンスタンティンが意味ありげな目を見交わした。

「うちの馬丁を手伝って馬を頼む。急いでくれ！」コンはシャーロットを馬車から腕のなかへと下ろしながら命じ、宿屋へとはいっていった。「妻に部屋が必要だ。おーい、亭主！今すぐだ」

廊下の向こうからコンよりも年上の男がやってきた。「閣下」と言ってお辞儀をする。「クロウと申します。お越しいただき、光栄ですが、ここは貴族様にふさわしい宿ではありません。リッチモンドにはスター・アンド・ガーター亭という宿が――」

「今すぐ部屋が必要なんだ。ご婦人がこれ以上は行けないというので」宿の亭主が断ろうとするかに見えたところで、コンスタンティンが声をひそめた。「頼む。妻の休憩にひと部屋と個人用の応接間が要るだけなんだ」コンスタンティンは彼女を地面に下ろして立たせ、片眼鏡をとり出した。「きっとそのぐらいの部屋はここにもあるはずだ。一時間か二時間のことだ」コンは亭主に身を寄せて低い声で言った。「払いならはずむよ。公爵の住まいまで行くのに、これからずっととり乱した女性の相手をするのはご免なんだ」

「お望みのままに、閣下」亭主はあとから現れた若い女に合図した。「メイジー、閣下と奥様を正面の大きな部屋にご案内して、ミセス・クロウにお客様がお茶をご所望だと伝えるんだ。それと、何か手早くこしらえられるものを」

コンはシャーロットをまた腕に抱き上げた。シャーロットには彼の肩越しに後ろを見る機会ができた。さらわれたミス・クローヴァリーは怯えているというよりも怒っている顔で、シャーロットが見たことのない男に導かれていた。

ささやかながらありがたいことだった。少なくとも、相手に気づかれる心配はない。そろそろ気絶するころあいだろう。

「ああ、どうしましょう！」彼女はうめき、コンの腕のなかでぐったりした。

メイジーがふたりのために扉を開け、コンに鍵を手渡した。「こちらです。お茶をお持ちします。奥様にはエールのほうがいいんじゃないですか？」

「家内にはお茶がいい。ただ、ぼくにはジョッキでエールを持ってきてくれ。それと湯も要る。目を覚ましたら、汚れを落としたいだろうから」

「かしこまりました」

「ああ、それと――」コンスタンティンは半クラウン硬貨を彼女に放った。「うちの馬丁に、ぼくの部屋を教えて、何か食べるものをやってくれ、頼むよ」

「喜んで」わずかに持ち上げたまぶたの下から、シャーロットにもメイジーが笑みを浮かべるのが見えた。

メイジーが下がると、コンスタンティンはシャーロットをまた床に下ろした。「ここまでは簡単だったわね」と彼女は言った。「これから、どうやってミス・ベッツィをつかまえて、ミス・クローヴァリーを救うの？　見た感じでは彼女、怒り狂っているようだったわ」

コンスタンティンは帽子と手袋を脱ぎ、タンスの上に置いた。「それには多少計画を立てる必要があるな。ミス・ベッツィがいつやってくるのかわかればいいんだが」

「たぶん、ジェミーが調べてくれるわ」シャーロットはボンネットから帽子用のピンを外し、それを彼の手袋のそばに置いた。

「シャーロット、あの子はまだ幼いんだ」コンスタンティンは子供を巻きこむことに不満そうな顔で言った。しかし、彼はまだジェミーの過去を知らないのだ。

「ええ、でも、とびきり冒険好きな子供で、賢いのよ。わたしが見つけるまえは通りで暮らしていて、ばかな危険を冒さないだけの頭もあるし」

コンスタンティンはうなじをこすりながら顔をしかめた。「わかったよ。彼に頼もう」

シャーロットは力づけるような笑みを浮かべたが、コンスタンティンは子供の手を借りることにはまるで納得した様子はなかった。すぐさまリッチモンドへ戻したほうがいいと思っているのだ。

それでも、少しして現れたジェミーは山ほど情報を仕入れていた。「やつらはミス・クローヴァリーを三つ離れた扉の、階段の近くの部屋に連れていきました。どうやって彼女を救い出します？」

22

「ちょっと待て」ジェミーがそれほどすばやくその事実をつかんだことにコンは衝撃を受けた。「どうやってそれがわかった？」

「むずかしいことじゃないよ」少年は肩をすくめた。「部屋の扉をそっとノックしてまわったんだ。女の人が応えるまで。それで、名前を訊いた」

コンは手で顔をぬぐった。ばかげた危険を冒さないと言っても、こんなものだ。「悪党の誰かが応えるか、おまえの声がやつらに聞こえたらどうしてたんだ？」

「ふたりとも階下《した》の酒場にいるよ」ジェミーは生意気な笑みを浮かべてみせた。

「よくやったわ」少年についてはシャーロットの言ったとおりだった。「あとは彼女をここから助け出す方法を考えればいいわ」

「ひと晩かけて考えればいいよ。迎えは明日の朝まで来ねえ――」ジェミーはシャーロットをちらりと見た。「その、明日の朝まで来ないから。やつらがそう言ってた」

「ひと晩じゅう彼女をここに置いておきたくないわ」シャーロットは言った。「何かがあって、もっと早くに迎えに来たらどうするの？　仲間がつかまったことがここに来た悪人に知られていたら、そのことをミス・ベッツィに報告したかもしれないわ。そうしたら、彼女もできるだけ早くやってくるはずよ」

ジェミーはコンの後ろをのぞきこんで女主人に答えた。「そうはならないと思うよ、レディ・シャーロット。連れてこられた人間は自分の過ちを反省するために必ずひと晩ここで過ごすんだって宿屋のおかみが言ってたから。過ちって何って訊いたんだけど、ぼくは幼すぎてわからないって」

「過ち！」シャーロットは吐き捨てるように言った。「次から次へと犯される過ちに手を貸しているんだってことをミセス・クロウが知っていたなら」

「今夜は月が出ていない。あの女も暗闇のなかで旅をしたいとは思わないはずだ」コンはシャーロットの懸念をやわらげようとして言った。

「そうかもしれないけれど、今以上にミス・クローヴァリーを怖がらせたままにしておきたくないわ」シャーロットは茶色の眉根を寄せてジェミーを見やった。「階下《した》へ戻って、誰も上がってこないようにして。誰か階段の近くに来たら、大きな音を立てて」

「かしこまりました」

「あ、もうひとつ」シャーロットは言った。「メイジーがお茶とお湯を持ってくることになっているの。彼女に、わたしは休んでいて、邪魔されたくないはずだって伝えて」

「そうします、レディ・シャーロット」

コンは少年がにやりとして階段を駆け降りていくのを見送った。少なくとも誰かはたのしんでいるようだ。

ふたりでミス・クローヴァリーの部屋のまえへ行くと、シャーロットがヘアピンを二本コンに渡し、コンは鍵を開けようとし出した。

何分も時が過ぎた気がしたが、じっさいはほんの数秒ののちにシャーロットは訊いた。

「ほんとうにわたしにやってほしくないの？」

「前回、あまり運に恵まれなかったじゃないか」自分の答え方がぶっきらぼうに聞こえるのはコンにもわかっていたが、丸一日これにかけられるわけではなく、彼女にはあとで埋め合わせをすればいいと思った。それだけでなく、泥棒たちがいとも簡単にできているように思えることに、これほど長く時間がかかっていることが少々気恥ずかしかった。

「あれから練習したの。今はこつがわかっていると思う」彼女の声はかわいらしかったが、その甘い声の陰に鉄の意志が隠れているのが感じとれた。

「ぼくもさ」ああ、くそっ。「いったいどうしてこの鍵はこんなに開かないんだ？」

シャーロットが彼の肩越しにのぞきこんだ。「たぶん、しばらく鍵穴に油を差していないのよ」

いったい彼女はどういう暮らしを送ってきたんだ？　彼は疑う目を彼女に向けた。「どうしてそんなことを知っているんだい？」

シャーロットはあたかも不適切な行いを責められたというように、怒った目で見返してきた。「うちの家政婦から聞いたの。屋根裏の扉の鍵を開ける練習をしているのを見られて」

そう聞けば、彼女に質問してみようという気にもなる。コンはしゃがんだままかがめていた身を起こした。「で、この問題をどう解決する？」

シャーロットはポケットから小さな銅製の鳥をとり出した。

「もうご婦人方のドレスにはポケットはないんだと思っていたよ。それはクジャクかい？」

「ポケットはあつらえたものよ。それで、これはクジャクの形をした油差し。家政婦から借りてきたの」彼女は長いくちばしを鍵穴に差しこんだ。「もう一度やってみて」

「いや」そろそろ、一番下の姉がよく言うように、愚かな男のように振る舞うのはやめにしなければ。「きみがやってくれ」コンは立ってピンを彼女に手渡した。「解決策を見つけたのはきみだ。手柄はきみのものだ」

シャーロットは満面の笑みをコンに向けたため、コンはまばたきし、こういう笑みをもっと何度も浮かべさせる方法を見つけようと心に誓った。少しして、かちりと音がして鍵が外れ、シャーロットは扉を開いた。

「ああ、ひどい！」シャーロットはさるぐつわを噛まされて椅子に縛りつけられている若い女性のところへ急いだ。「どうやってジェミーに答えられたの？」とても女らしい声がそれに答えた。ジェミーはこの若い女性が発した音でそうと察したのだ。「わかったわ」

ふたりがミス・クローヴァリーの縄をほどくあいだ、シャーロットは低く一定の調子で話しつづけた。「わたしはレディ・シャーロット・カーペンターよ。うちの家族はあなたの叔母様が働いている家から何軒か先に住んでいるの。こちらはわたしの婚約者のケニルワース様よ。わたしたち、あなたを救いに来たの。さらわれて、縛り上げられたほかは危害を加えられなかった？」

最後の質問はさるぐつわが外されたところで発せられた。「ええ、お嬢様。でも、連中にはうんと危害を加えてやりたいですけど」

「そう思ったとしてもあなたを責められないわね。悪党のひとりはつかまえることができたわ」

「そう聞いてうれしいです。もうひとりの男は相棒が逃げたと思っていました」

そうだとしたら、必要な時間を稼げるはずだ。「グレート・デーンがいなかったら、逃げられていただろう」とコンは付け加えた。「犬が悪党をつかまえて、ぼくたちが駆けつけるまで押さえていてくれたんだ」

「そうですか」ミス・クローヴァリーは感覚をとり戻そうとしてか、腕をこすった。「犬は役に立つって叔母に言ったことがあるんです。役に立つし、かわいいって」

「ええ、そうね」シャーロットも感情をこめて言った。「雌のほうのデイジーはもうすぐ赤ちゃんを産むの。もしかして、あなたも一匹ほしいんじゃないかしら」

「その子犬のせいで財産を食いつぶされないといいが」とコンはひそかにつぶやいた。

「さあ。わたしたちの部屋へ行きましょう」シャーロットは女性が立ち上がるのに手を貸し、コンに向かって言った。「扉に鍵をかけ直していただける?」

「もちろん。ぼくもすぐに行くよ」

鍵が閉まるやいなや、宿屋の前庭に馬車がはいってくる音がコンの耳に届いた。

扉が開いて閉まる音がした。ジェミーが階段のてっぺんに現れて声を殺して告げた。

「マートンご夫妻がここに来ました」

ミス・クローヴァリーをここから連れ出すのに力を貸そうとして来てくれたのかもしれない。より多くの助けがあったほうが、悪党や宿屋の主人や使用人たちの片をつけるのがずっと容易になるはずだ。「おふたりに上がってきてくれと伝えろ」

ジェミーはうなずいて階段を駆け降りていった。一分もしないうちに、マートンとその妻が狭い廊下をコンのほうへ歩いてきた。

「彼女は無事なんですか？」とレディ・マートンが不安そうな顔で訊いた。

「ええ。シャーロットがいっしょにいます。どういうふうにことを進めたらいいか、決めなくちゃならない」

レディ・マートンはコンの脇をすり抜けた。「そうですね。でも、立ち聞きされないように部屋のなかで相談しなくちゃならないわ。突きあたりの部屋で合ってます？」

「ええ」コンは長い足を使って先に扉のところに達した。どうしてそれが重要なのかは自分でもわからなかった。ただそう思っただけだ。「シャーロット」彼は扉をノックした。「マートンご夫妻がいらした」

掛け金が外され、扉が開いた。シャーロットとレディ・マートンは互いの腕に飛びこんだ。「ドッティ、あなたたちはリッチモンドに留まるつもりなんだと思っていたわ」シャーロットは友の手をとり、部屋のなかへ導いた。

一瞬、コンは自分が忘れ去られている気がしたが、すぐに彼女は彼と目を合わせた。青い目は喜びに光っていた。

「あなたたちにはわたしたちの助けが必要だと判断したのよ。ここに何人の悪人がいるか知れなかったから」レディ・マートンは笑みを浮かべた。「たったひとりよりも、ふたり侯爵がいたほうが役に立つかもしれないし」

廊下からうなるような笑い声が聞こえ、マートンが言った。「ぼくの爵位を妻が便利だと思うのは、誰かを威圧したり、何かを手に入れたりするときだけだな」

シャーロットについても同じことが言える。彼女にとってコンの爵位はなんの意味もなかった。愛人を持つことをまちがっていたと認めて償おうとするまで、シャーロットは彼とできるだけかかわるまいとしていた。

「マートン、はいってちょうだい」シャーロットは脇に立った。「ケニルワース様が階下の応接間を借りてくださったけど、ミス・クローヴァリーをひとりにしておきたくないの」

「もちろんさ」マートンはそう言って小さな部屋にはいった。「ここからどうやって彼女を連れ出すか、決めなくちゃならないだろうな」

「まさしく」彼の妻はしかめ面になった。「窓の外を見たんだけど、人に見られずに彼女が窓から降りる方法はないわね」

「単純に彼女をここから連れ出せばいいさ」とマートンが言った。「乗馬従者とぼくは武器を持っている」

コンの気分は上がった。単純明快なやり方だ。誰かをなぐってもいいということでもある。

連中がミス・クローヴァリーを縛りつけたやり方や、シャーロットを悩ませたことを考えれば、なぐってやりたくてたまらなかった。

「たぶん、それもうまくいくと思うわ、あなた」レディ・マートンは少々疑わしそうに夫に目を向けた。

「でも、急いで彼女をここから連れ出すのはいいけれど、それではミス・ベッツィをつかまえることはできない」とシャーロットが言い、事実上マートンの提案は打ち消されることになった。

「彼女の手先もだな」コンはすべての目的を達成する方法はないかと考えながら言った。たとえ誰かをなぐれなくてもそれはしかたない。

シャーロットは部屋の端から端を行ったり来たりしはじめた。少しして足を止めた。「ジェミー」少年は振り向き、全身を耳にした。「宿のおかみさんはミス・クローヴァリーの振る舞いについて心配しているようだった？」

「はい、お嬢様」

「わたしについての作り話と同じような話を聞かされている可能性が高いわ」シャーロットの青い目がまたコンの目と合った。「彼らを味方につけるのはどうかしら？　ミス・ベッツィがほんとうは何をしているのかを話して、ミス・クローヴァリーをここに連れてきた男たちをつかまえるのと、ミス・ベッツィがここへ来たときに彼女のこともつかまえるのに力を貸してもらうの」

「それはうまくいくかもな」とコンは応じた。「彼らがぼくらの話を信じなかったら？」

「その場合は——」シャーロットは彼にいたずらっぽい目をくれた。「あなたとマートンと使用人たちが戦って脱出しなきゃならないわね」

シャーロットは気分次第でお転婆娘になる。彼女と出会ってコンの人生がいいほうに変わったのはまちがいない。「ジェミー」コンは少年に言った。「宿の亭主とその女房にここへ来てくれるよう頼んできてくれ」

「わかりました」

「それと、ジェミー」とシャーロットが言った。「ケニルワース様の馬車に馬がつけられているのを確認して。それから、マートン様の乗馬従者に、酒場に行って、騒ぎが起こるのに備えてと伝えて」

少年は満面の笑みになった。自分がこの年頃だったら、これも大いに愉快なことだと思っただろう。

マートンは扉の横の壁に身を押しつけ、コンがその反対側の壁に陣取った。ミス・クローヴァリーはベッドにすわっていた。レディ・マートンとシャーロットはベッドのそばに椅子を引き寄せ、ミス・クローヴァリーをはさんですわっている。どちらの婦人も拳銃をとり出し、膝のバッグの下に隠した。

少しして、扉をノックする音がした。「閣下」と宿屋の主人が声をかけてきた。「あたしと女房にお会いになりたいと、あなたの使用人から聞いたんですが」

コンはマートンにうなずいてみせ、マートンが扉を開いた。亭主と女房が部屋のなかにはいると、コンは扉を閉めた。

「どうして彼女が——」宿の亭主は目を皿のようにして言いかけた。

シャーロットがそれをさえぎった。「彼女は叔母様が雇われている家のまえにある公園でさらわれたの。何もかも話すつもりだけど、まずはわたしたちを紹介させて」

自分が未婚女性で、同じく未婚の紳士と同じ寝室を使っているというような説明をシャーロットがはじめるまえに、コンは言った。「クロウご夫妻、ぼくはケニルワース侯爵。こちらは——」彼はマートンを示した。「マートン侯爵。このご婦人方は——」今度はレディ・マートンとシャーロットを示した。「ぼくらの連れのご婦人方だ」慎重にシャーロットが未婚か既婚かをぼやかした言い方だった。一瞬目を閉じた以外、シャーロットはコンが真実をごまかしていることを示そうとはしなかった。「今話があったように、この若い女性はさらわれたんだ。ぼくらはたまたま妻のきょうだいと広場に居合わせて、騒ぎを目撃した。そして当然ながら、彼女を救えないかと思ってその馬車を追った」

コンはシャーロットに目を向け、彼女がその先を続けた。「ミス・ベッツィという名前の人物からは、ミス・クローヴァリーがご両親か夫のもとから逃げ出しているという話を聞かされていると思うんだけど」

宿のおかみはうなずいた。「ご両親が結婚させたいと思った男性が好きじゃなかったという話でした」

「それはほんとうじゃないわ。じっさい、彼女は叔母様を訪ねていたんだから」

ミス・クローヴァリーもそうだというようにうなずいた。「わたしは二週間後にルートンで一番大きな紳士服店を営んでいる男性の息子のもとへ嫁ぐことになっているんです。うちの家族は町でもっとも上質の生地を扱う問屋で、わたしたちが子供のころに、お互いの両親が子供たちを結婚させようと決めたんです」首から頬へ赤みが差した。「わたしの夫になるベンは、まわりにいる誰よりもハンサムな人なんです。彼と結婚したくない理由なんてありません」

宿のおかみは何度か口を開けたり閉じたりしたが、ことばを発することはできないようだった。

レディ・マートンがシャーロットをちらりと見て首を振った。「夫とわたしはレディ・ケニルワースのお兄様といっしょに――」嘘にまた嘘が重ねられる。しかし、シャーロットはまばたきひとつしなかった。「ロンドンのミス・ベッツィの娼館をつぶしたの。彼女は法の裁きを受けてニューゲートに送られるまえにどうにかして逃げたのよ」

そのころには、おかみのクロウ夫人は卒中を起こしそうになっていた。ベッドの端にどさりと腰を下ろすと、エプロンで顔をあおいだ。「思いもしませんでした……。ミス・ベッツィは上品で気立てのいいご婦人のように見えて、そう振る舞っていましたから」

シャーロットは身をかがめて彼女の手を軽くたたいた。「彼女がだましたのはあなた方だけじゃないのよ。この若いご婦人を安全なところへ連れ戻して、治安判事に通報しなきゃならないわ。彼女をここに連れてきた男たちをつかまえてもらうために。そしてこれ以上罪のない人たちを餌食にできないよう、ミス・ベッツィのこともつかまえなくちゃ」

これまで黙っていたクロウがようやく口を開いた。「あたしたちに何ができるか教えてください、閣下。うちの宿屋に悪い評判が立つのは困ります」

「まずは――」コンが言った。「治安判事に通報するんだ。どこにいるか教えてくれれば、マートン侯爵の使用人のひとりが迎えに行く。ここに地下の倉庫があるか、近くに牢屋があれば、それまで悪党どもをそこに閉じこめておくことができる」

「一番近い牢屋があるのはリッチモンドです。治安判事のサー・ジョンがいるのもそこです。サー・ジョンが来るまで連中を閉じこめておける地下の倉庫はございます」

シャーロットはドッティと目を見交わしてからコンに目を向けた。クロウ夫妻が話を信じてくれなかったり、かかわりたくないと言ったりしないかと少し心配していたのだ。思っていたよりもずっといい成り行きだ。やはり、人生すべてがうまくいかないはずはない。「ミス・ベッツィの住まいや本名がわからないのは残念ね」

宿のおかみが咳払いをした。「それならお役に立てるかもしれません」

全員が彼女に目を向けた。そこまでは期待していなかった。「どうやって?」

クロウ夫人はエプロンに手を走らせて皺を伸ばした。「たいていの場合、男たちの誰かは読み書きができるので、その人が書いた手紙を厩舎の男の子に届けさせるんです。今回、ここへ――」彼女はミス・クローヴァリーをちらりと見やった。

「ミス・クローヴァリーよ」とシャーロットが言った。

クロウ夫人は礼を言うように首を下げた。「ミス・クローヴァリーを連れてきた男からミス・ベッツィに送るようにと手紙をあずかったんです」このころには、亭主を含む全員がクロウ夫人のほうへ身を傾けていた。まるで彼女がこれまで聞いたこともないほどおもしろい話をしているとでもいうように。「手紙の宛先はミセス・E・ボトムズとなっていて、住所はトウィッケナムのホワイト・スワン亭気付でした」

「トウィッケナムはそれほど遠くない」とマートンが言った。「ほんの数マイルのところだ」そう言ってコンに目を向けた。「二時間もあれば、行って帰ってこられる」

「そしてミス・ベッツィをつかまえて閉じこめることもできる」コンは考えを巡らしながら言った。

23

コンスタンティンとマートンがはっきりした計画を立ててしまうまえに、シャーロットは口をはさんだ。「でも、どうやってミセス・E・ボトムズがミス・ベッツィだと証明するつもり？ そういう意味では、つかまえた女性が意志に反して人をさらっていたとどうやって証明するの？ わたしたちはそれがミス・ベッツィだと聞かされてきたけれど、証拠がなければ、釈放されてしまうわ。とくにその町で善良な市民として知られているとしたら」

マートンが口を開いたが、ドッティがそれに先んじた。「シャーロットの言うとおりだわ。彼女のことは現行犯でつかまえなければならない」

コンスタンティンはひとことも発さず、口を引き結んだまま首を片側に傾げた。ほかの面々も黙りこんだ。

数分後、ミス・クローヴァリーが口を開いた。「わたしのことを守ってくださるなら、明日、彼女といっしょに行くことに同意しますわ。誰がお金を払ってわたしをさらわせたのか、とても知りたいんです」

「それはだめだ」異議は許さないというように、マートンの声はきっぱりしていた。「そういうふうにきみを利用するのは正しいやり方じゃない」

「うまくいくかもしれないわね」とドッティがゆっくりと言った。「もちろん、彼女が絶対に安全なようにしなきゃならないけれど」

　シャーロットはあり得る展開をすばやく思い描いてうなずいた。「わたしもそう思うわ。馬車を追いかける人間がひとり以上必要で、おそらく、乗馬従者も要るけど」そう言ってドッティにちらりと目をやった。「ドッティ、今、男の使用人と馬丁を何人連れてきているの？」

　ドッティはシャーロットに悲しげな笑みを返した。「少なくとも十人。それでまちがいない、あなた？」

「十二人だ」マートンはぶっきらぼうに言った。どこか弁解するような口調だった。「馬が脚を痛めるかもしれないし、乗馬従者が落馬してけがをするかもしれないからね。きみの安全をたしかなものにしたかったんだ。それに、きみが救って歩く人みんなに対処しなきゃならないわけだから」

「まあ、それはたしかにそうね」ドッティはまるで気まずそうな様子も見せずに答えた。「訓練を多く受ければそれだけ早く正規の仕事も見つけられるわけだし」

「ほうらね？」シャーロットは友とその夫にほほ笑みかけた。「問題が起こった場合には大勢が守ってくれる」そう言ってミス・クローヴァリーのほうに顔を向けた。「あとはあなたが決めて。充分安全だと思える？」

　ミス・クローヴァリーがどうするか決めるあいだ、全員の目が彼女に向けられていた。しばらくして、彼女は一度はっきりとうなずいた。「やります、お嬢様」

シャーロットはためていた息を吐き出した。「ありがとう。それまでのあいだは、わたしたちといっしょにいればいいわ。そうすれば、ミス・ベッツィが早く来たとしても、あなたの身に危険はおよばない」

「だったら」コンスタンティンは壁から身を起こした。「階下《した》にいる悪党どもが確保できたかたしかめてこよう」

「ミス・ベッツィには手下の男たちについてなんて言うんです？」とクロウが訊いた。

自分がさらわれたときにひとりが酔っ払ったことを思い出してシャーロットが言った。

「飲みに行ったと言えばいいわ」

「それでうまくいくかもしれませんね」クロウ夫人がうなずいた。「ここにいないひとりを除けば。みなエールをがぶ飲みする連中ですから」

コンスタンティンは片眉を上げてマートンに言った。「お先にどうぞ」

「ひとつだけお願いします」クロウ夫人がエプロンを手でもみしだいた。「騒ぎは起こさないようにお願いします。もうすぐ昼食の時間で、片づける暇がありませんから」

コンは優美にお辞儀してみせた。「おおせのままに、マダム」

「そうだな」とマートンが言った。「できるだけすみやかにきれいに行おう」

「少なくとも一発拳をたたきこんでやれれば、ぼくは満足だ」とコンスタンティンはつぶやいた。

宿のおかみには彼の声は聞こえなかったようだが、ドッティは首を振り、シャーロットは笑いそうになるのをこらえた。

シャーロットは扉のところへ行った。マートンとクロウ夫妻が部屋を出ると、コンスタンティンがシャーロットのほうを振り向いた。「ここで身の安全を守っていると約束してくれ」

彼の頰に手を添えるのはこの世の何よりも自然なことに思えた。シャーロットは爪先立って彼にキスをした。「そうするわ」

彼が出ていくと、シャーロットは扉を閉めて鍵をかけた。「長くかかると思う？」

「騒ぎを大きくするのを禁じられていなければ、かからないでしょうね」ドッティが見るからに笑いをこらえながら言った。「あなたは？　今はケニルワース様についてどう感じているの？」

木に留まって高らかにさえずる小鳥のような気分。雲の上を歩いているような気分。

一週間まえには、コンスタンティン・ケニルワースをこれほどに愛しいと思い、称賛するようになるとは想像もできなかっただろう。それどころか、この数日、彼と人生をともにすることをやすやすと思い描けた。シャーロットは興味津々の目で見つめてきているネル・クローヴァリーにちらりと目をやった。

友にはすべて打ち明けたかったが、ほかに人がいるところは避けたかった。「マートンがあなたの期待に沿うようになってから、あなたが感じたものといっしょだと思う」

「あなたの場合は何も感じていなかったじゃない」とドッティが言った。

「あら、大いに感じていたわ」シャーロットは笑った。「ただ、そのどれもがいい感情ではなかっただけよ」

コンスタンティンは愛人について挑戦を受け、それを解決する以上のことをしたのだった。今日、彼はたいていの男性とはちがって、相棒のように振る舞ってくれた。そしてわたしを妻と紹介した。そうするしかしかたがなかったとはいえ、最初はそれを聞いても嫌だと思わなかったのが驚きだった。それどころか、じっさいに彼に思いを伝えるのがたのしみに思われた。

「でも、今は？」とドッティが促した。

「何もかも変わったのよ」そろそろキス以上を試してみるころあいだ。

「その、わたしに言わせていただければ、お嬢様」ミス・クローヴァリーが口をはさんだ。

「おふたりは両想いですね」

シャーロットの頬が熱くなった。そのとき誰かが扉をたたいた。

「シャーロット」コンスタンティンの声だ。「そろそろ出るよ」

シャーロットが扉を開けると、コンスタンティンは入口をふさぐように思われた。速足の散歩にでも行ってきたような様子だ。

「何もかも支障なく終わったのね」

「マートンが大勢連れてきていたから、あまりやることはなかった。悪党どもは抗おうとすることもほとんどなかった」

「あなたにとってはきっとがっかりだったでしょうね」ただ、宿のおかみは喜んだことだろう。シャーロットは彼の頬にキスをした。「治安判事は呼んだの?」

「ああ、質問があれば、ぼくらはスター・アンド・ガーター亭にいるという伝言とともにね」

「だったら、すぐに出かけるべきね」

シャーロットの腹が鳴り、コンスタンティンが彼女にほほ笑みかけた。「お茶は出されなかったな」

「ええ、そうね。とてもおなかが空いてきたわ」シャーロットはスカートを振った。

コンスタンティンは腕を差し出した。「それは困ったな」

シャーロットとドッティとミス・クローヴァリーがマートン家の馬車に乗ることになった。マートンは馬に乗り、コンスタンティンはフェートンでジェミーを連れていくことになった。

しかし、ミス・クローヴァリーは慎み深く言った。「お申し出はありがたいのですが、わたしは御者の隣のほうが居心地いいので」

「ほんとうに?」ドッティは彼女のことばに驚いて訊いた。

「ええ、奥様。ずいぶんと長く閉じこめられていたので、そのほうが気分がよさそうです」

それはそうねとシャーロットは考えた。馬車の御者席にはとり外しできる覆いもあった。

「わかったわ」マートンがドッティが馬車に乗るのに手を貸した。使用人のひとりがミス・クローヴァリーに手を貸し、シャーロットのことはコンスタンティンが馬車に乗せてくれた。

彼は木々の葉を反映しているような緑の目で彼女の顔を探るように見つめた。「またすぐに」

「ええ、すぐに」すぐに。シャーロットは決心した。あなたの妻になると彼に告げるのだ。彼女は友の隣にすわった。キス以上を試すときが来たのはまちがいない。

扉が閉まり、コンスタンティンが御者に出発の合図をした。

「それで」ドッティが興味津々に目を光らせて言った。「あの人を責め苦から解放してあげて、結婚するって決めたの？」

「ええ」シャーロットは笑みを浮かべずにいられなかった。「たぶん、一週間かそこらかかるでしょうけど」そこである考えが浮かんだ。「ドッティ、男女間のことがどんな感じか教えてもらいたいんだけど」

いたずらっぽい笑みが友の顔に浮かんだ。「この上なくすばらしいわよ」

そんな説明ではあまり役に立たない。「あなたとルイーザの話を聞いているとそうみたいだけど、それよりももう少し詳しく知りたいの」

「ああ、そうね」ドッティは背筋を伸ばした。「あなたがわたしの想像どおりのことを計画しているとしたら、もう少し情報が必要ね。グレースからは何も聞いていないの？」

「愛する人と結婚したら、夫婦関係はすばらしいものになるってこと以外は何も」

「そうなの。だったら、もっとよく理解する必要があるわね」

リッチモンドの宿屋に到着するころには、シャーロットはキス以上を試そうとこれまでほど熱心には思えなくなっていた。「痛いのは一度だけ？　ほんとうに？」

「ほんとうよ」ドッティは自分のことばを強調するようにきっぱりとうなずいた。「心配しなくていいわ。ケニルワース様が、あなたがたのしめるようにしてくれると思うから」

「あなたがそう言うなら」シャーロットは少しばかり疑うように言った。いえ、きっと彼は経験豊富だろう。それについてはあまり考えたくなかったが。

やりかけたことは最後まで、と母はよく言っていたものだ。あとは計画を実行に移すだけ。

まったく！　コンはリッチモンドに到着するまえにシャーロットと話せるだろうと踏んでいたのだった。

最近、彼女の目は、氷のかけらのようだった以前とはちがって熱を帯びているように見えた。悪党どもをつかまえに階下へ降りるまえにキスされたときには、爪先まで衝撃が走った――すでにキスしたことはあったので、キスされたこと自体が衝撃だったのではなく、彼女がレディ・マートンとミス・クローヴァリーのまえにもかかわらず、キスしたことが衝撃だった。

マートンはコンが家族の一員になるとすぐさま判断したようで、もっと親しく呼び合おうと言ってきた。

「妻に聞いたことからして、きみがシャーロットの気を変えられるかどうか、ぼくは疑わしいと思っていたんだ」と彼は言った。「でも、どうやらうまいことやったようじゃないか。おめでとう。ぼくのことをマートンと呼んでくれたらうれしいよ」

「ありがとう」コンはシャーロットのことについてそれほど確信が持てたらずっと喜ばしい

のだがと思った。「ぼくのことはケニルワースと呼んでくれ」

リッチモンドまでの道中を、シャーロットとの未来をたしかなものにするために利用できると思っていたが、彼女がマートン家の馬車で移動するという決断に反論することはできなかった。そのほうが傍から見て、より適切だったからだ。これ以上噂を呼ぶ理由はない。呼ばないに越したことはない。リッチモンドはロンドンの喧騒からの避難所として有名で、スター・アンド・ガーター亭は上流社会の人間に人気の宿だった。コンかシャーロットの知り合いと出くわす可能性は高い。

彼女がほんとうに結婚する気があるのかそろそろたしかめなければならない。結婚に向けてどう説得するか、計画を立てる必要がある。しかし、隣にジェミーがすわっていて、短い道中、ずっとこちらの答えを待つことなく、勢いこんで早口で話しつづけているなか、コンは少年の話に相槌を打つ以外何もできず、考えをまとめることもできなかった。

「あんなすごいパンチは見たことないや。どうやるのか教えてくれますか？」とジェミーが訊いた。「あいつはちょっと面倒なことになるかなと思ったんだけど、侯爵様はきっちり倒してくれた。馬車の操り方も教えてくれますか？　旦那様はフィリップとウォルターには教えるって言ってたけど、ぼくには何も言わなかった」

「おまえの旦那様が許せばな」ワーシントン家でのジェミーの立場はどういうものなのだろうと考えながらコンは答えた。

「それって最高！」ジェミーは座席の上で跳ねた。コンは手を伸ばし、少年がフェートンから転がり落ちないようにつかまえた。

「すわっていろ。馬車から落ちて頭を打ったら、何も教えられなくなる」

「ぼくがまた授業を受けられなかったこと、ミスター・ウィンターは怒るだろうな」そのことばは少々むっつりと発せられた。

「勉強は好きかい？」コンは少年についてもっとよく知りたくなって訊いた。

「色々なことを学ぶのは好きです。旦那様はウォルターとフィリップと同じぐらいぼくも物を知らなくちゃならないって言ってた」

　ワーシントンがこの子をどうするつもりなのかコンは首をひねりはじめた。ジェミーを教育しようとしているのは明らかだが、その目的は？　しかし、子供はその答えを知らないようだった。

　まもなく、マートンが堂々たる登場の仕方をまるで気恥ずかしく思わないせいで、一行はスター・アンド・ガーター亭のまえになんとも華々しい様子で馬車を停めた。もちろん、これだけの数の乗馬従者がいれば、そうなるのも避けられないことだっただろう。ほとんどがお仕着せを着て馬車をとり囲んでいた。

　ジェミーがフェートンから這い降りた。「馬はぼくが面倒見ます、侯爵様」

「助かるよ」ひとつ明らかなのは、この少年が馬好きだということだ。コンはマートン家の馬車へと歩み寄り、扉を開けて踏み台を下ろした。「レディ・シャーロット」

　シャーロットの唇の端が持ち上がった。「侯爵様、ご親切にありがとうございます」

しつけた。

「どういたしまして」彼女が地面に降り立つと、コンは手袋をはめた彼女の手の甲に唇を押

マートンが妻に手を貸すあいだ、コンはシャーロットを脇に導いた。彼女の澄んだ青い目を見つめていると、時間が止まったような気がした。ダヴ亭からここへ来る途中、自分が彼女を求めているのは、約束をはたすためや、自尊心を保つためではなく、自分の人生に彼女が必要だからだという結論に達していた。「シャーロット、ぼくは――」

「こちらへ」とマートンが言った。「妻にすぐさま何か食べなくちゃならないと言われたのでね」

「わたしもだわ」シャーロットはコンの腕に手を置いた。「あとでふたりきりになれる時を見つけましょう」

それはだいぶあとになるまで無理だろう。「わかった。ところで、ジェミーの舌がバイオリンの弓みたいによく動くのは知っていたかい？」

「あの子は何についても興味深々なのよ」シャーロットの口の端がはっきりと下がった。

「あの子のせいでお気を悪くしたんじゃないといいんだけど」

「ぼくはただ、ワーシントンがあの子の将来についてどんな計画を立てているのか興味を覚えただけだ。どうやら、きみの弟さんや妹さんたちといっしょに勉強しているようだから」

「ええ、そうよ。とてもよくやっているわ。わたしがあの子を見つけたときには、読み書きもできなかったのに、今はフィリップやテオをしのぐぐらいよ」

「あの子を見つけた？」高貴な生まれの若いご婦人が街で子供を〝見つける〟なんてことがどうしてあるのだ？　そこでコンは彼女の義兄から聞いた話を思い出した。

「ええ、そう」シャーロットは下唇を噛んだ。形の良い眉のあいだに皺が寄った。「さらわれた子供たちが、子供を手先にしている犯罪組織に売られているのはご存じよね」

それは質問ではなく、事実を述べる口調だった。「ああ」

「そういう子供たちもかなりの数を救って家を見つけてあげることができたわ。ジェミーはもうひとりの男の子といっしょにいたの」シャーロットは小さくため息をついた。「彼の家族はまだ見つかっていない」

「あの子が貴族の出だと思うのかい？」コンは子供に目を戻した。あり得ないことではない。ジェミーは高貴な形をとりはじめている鼻といい、メイフェアによくいる男の子たちの顔立ちをしていた。誰かの庶子ということもあり得るが。

「その組織にいたほとんどの子供がそうだったの。ジェミーはそこに長いあいだいて、両親についてははっきり覚えていないのよ」ふたりは宿屋にはいり、広い階段へと案内された。

「年とともに、誰かに似てきて、身元がわかるといいなと思っているの。いえ、祈っているぐらいよ」

コンはそういうことになる可能性は低いと思った。結局、偶然誰かがあの少年と出くわす可能性がどれほどあるだろう？

その心の声が聞こえたかのように、シャーロットが言った。「幼い少女についてはそういうことがすでにあったの。その子のお祖母様であることがわかった貴婦人が、公園で遊んでいる彼女を見て、気を失いかけたの。その子の母親がその年ごろだったときにそっくりだったから」

「それで、その母親は？」とコンは訊いた。答えはすでにわかっていたが。

「殺されたわ」

ふたりはマートンが借りた一画に到達した。大きな応接間には、両側に扉がひとつずつあった。「ジェミーの家族が見つからなかったら、どうするつもりなんだい？」

「うちの家族の一員にするわ」シャーロットは少しばかり悲しそうな笑みを浮かべた。「結局、あの子はわたしたちといっしょに暮らすことに慣れるでしょうから。今は厩舎で多少働かなきゃならないと感じているけど。マットは、彼のこと、フィリップの一年あとに学校に送るつもりでいるわ」

「馬は好きみたいだな」コンは彼女にほほ笑みかけた。「あの年ごろのときに、ぼくが家で暮らすか厩舎で暮らすか選べたとしたら、絶対に厩舎の勝ちだった」

シャーロットは小さな忍び笑いをもらした。「男の子はそうでしょうね」そう言って部屋を見まわした。「ああ、上品なお部屋ね」

たしかにそうだった。そこは応接間で、フランス窓の向こうにバルコニーが見えた。

シャーロットはフランス窓のそばへ行ってカーテンを開き、バルコニーに足を踏み出した。

「リッチモンドは小さいけどきれいな町ね。市場町かしら」

彼女の後ろに立ち、コンは眼下の通りを見下ろした。「訊いてみよう」

「ありがとう」彼女の笑みを見て、またも腕のなかに引き入れて放したくなくなる。「結局、ロンドンに急いで戻る必要はないんですもの」

結婚のため以外は。しかし、そのまえに、彼女の気持ちとふたりの未来をたしかなものにしなければならない。コンはまた応接間を見まわした。片側の扉がわずかに開いていて、シャーロットの親戚と友人がひそかに会話を交わしているのが聞こえた。シャーロットの部屋はマートン夫妻とは反対側の部屋にちがいない。自分の部屋はどこだろうと考え、あまり遠くないことを祈ったが、マートンがワーシントンほども過保護だとしたら、彼女とは反対側にされているだろう。

「旦那様？」

コンが振り返ると、従者が廊下ではなく、扉のすぐ外に立っていた。

シャーロットにばかり注意を向けていたせいで、応接間の扉のまえに小さな通路があることにも気づかなかったのだった。「カニンガム」

従者はお辞儀をした。「昼食のまえに洗面をなさりたいようでしたら、旦那様のお部屋はこちらです」

「シャーロット」コンはシャーロットの手を持ち上げ、今度は甲ではなくてのひらの中央にキスをして、それを包むように指を曲げさせた。「すぐに戻ってくるよ」

シャーロットはその同じ手を彼の頬にそっとあてた。「わたしはここにいるわ」

ああ、彼女を置いていきたくない。それでも、彼女とふたりきりになれる機会は、夕食のあと、彼女の友人と親戚が部屋に引きとってからになりそうだった。

コンは従者のあとから、ふたつの扉のまえを通り過ぎ、右と左にひとつずつ扉のある大きな寝室にはいった。古い家の多くがそうだが、扉をすべて開けば、応接間から応接間へ簡単に移動できるように、すべての部屋がつながっているはずだ。あの狭い通路は、宿屋が近隣の家を買って宿屋の一部としたときに増築されたものちがいない。

つまり、シャーロットの寝室は着替え室だけをはさんで扉ひとつ向こうというわけだ。どうやらマートンの意図を見誤っていたようだ。彼はぼくがシャーロットの気持ちをつかめるよう、手助けするつもりでいる。そうでなくても、求愛に干渉しないつもりでいるのだ。

まもなく親戚となる人物の心遣いを無駄するつもりはなかった。ここで数日を過ごし、ロンドンへ戻るわけだが、戻ったらすぐに結婚式をあげることになる。

24

バートは自分の幸運が信じられなかった。あの女がいた。すぐ目のまえで、通りをはさんだ向こう側にある大きな宿屋から通りを見下ろしている。バートはここトウィッケナムのあいだにあるさびれた宿屋のダーティ・ダック亭まで行く途中、ビールを一パイントやるためにリッチモンドに寄ったのだった。ミス・ベッツィに会いたくなかったので、ダック亭に伝言を残しておくつもりだった。しかし、こうなると、レディ・シャーロットを見失ったと報告する必要はない。あの女をミス・ベッツィのところへ連れていけばいいだけのことだ。

バートは酒場のメイドに硬貨を放った。「結局、ひと晩宿が必要になりそうだ」

メイドは勘定台の下に手を伸ばし、鍵をとり出した。「一泊一シリングです。左の階段をのぼったところにある部屋です。夕食こみで。通りに面していて狭いけど、相部屋じゃないわ」メイドは挑発するように身を寄せてきた。「その気があるなら別だけど」

メイドの思惑どおり、バートは目を下に向けた。濃いピンク色の胸の先に目を惹かれ、下腹部が硬くなった。女と寝たのはもうずいぶんとまえだ。厄介な貴族の女を見つけたんだ、褒美をもらう資格はある。「ここの仕事が終わったら、部屋へ来いよ」

「喜んで」メイドはにっこりした。ほとんどの歯がそろっているのを見てバートはうれしくなった。

彼はかばんを手にとった。それを部屋まで運ぶと、あたりを見まわし、レディ・シャーロットをさらうのにぴったりの場所を見つけた。

まずは、明日までには貴族の女をつかまえるとミス・ベッツィに伝言を送らなければならない。バートは小さな旅行用の書き物机をとり出して書きつけをしたためると、階下《した》の酒場に戻った。

「誰かにこれをトウィッケナムに届けてもらわなくちゃならねえ」

先ほどのメイドが十二歳ぐらいの少年に合図した。「このエディが届けるよ」そう言って尻を揺らしながら彼に近づいた。「誰に宛てて？」

「雇い主さ」バートは気取ったことばを使った。「雇い主のお望みの品をひきとりにここへ寄ったと報告しなくちゃならなくてな」

女に嫉妬させてもしかたがない。バートは今夜をたのしみにしていた。

「だったら、エディ――」女はバートに目を向けたまま言った。「雇い主の女があんたを待たないように、さっさと届けたほうがいいね」

バートは少年に手紙と一ペニーを手渡した。この数日はついていなかったが、やっと人生が上向いてきた。報酬を受けとるのが待ちきれないほどだった。

ベッツィ・ベルが郵便を受けとりにトウィッケナムのホワイト・スワン亭の入口に足を踏み入れたのはその日の夕方近くになってからだった。受付のところで何分か待つと、宿の主人が現れた。

「こんにちは、ミセス・ボトムズ」

ベッツィはかすかに頭を下げた。本物の貴婦人がそうするのを見て完璧に真似た仕草だった。「こんにちは、ミスター・グリッフェン。わたし宛てに手紙が届いていないか見てもらえます？」

「二通来てますよ。一通はつい数時間まえに直接届けられたものだ。ちょっと待っててもらえたら、とってきますよ」

「もちろんよ」ベッツィはまわりを見まわし、目にはいった情景に満足した。自分以外の誰が、セント・ジャイルズ生まれの少女がトウィッケナムなんて上品な村で暮らすようになると思うだろう。ベッツィは自分がより良い生活を手に入れるとわかっていて、そうしたのだった。小ぢんまりとした居心地のいい家を持ち、メイドがいて、週に三度料理人が通ってくる。馬車を持ち、御者も雇っている。隣人はみな上流の人間だ。裕福ではないが、上流であるのはたしかだ。

ここまで来るのにずいぶんと大変な思いもした。それも体を売っただけの話ではない。初めて父に売春宿に売られたのは十三歳のときで、読み書きもできなかった。だまされていないことをたしかめられるだけ数字は知っていたので、そこでほかの読み書きを教えてくれる老婦人を見つけたのだった。

それから十六年後の今、ベッツィは貴婦人のように扱われていた。引退しても充分なだけの資金ももうすぐたまる。戦争が終わったら、イタリアへ行ってもいい。これまで付き合った紳士の何人かが、イタリアは年中暖かく、安く暮らせると言っていた。それでも、今の家を失うのは惜しい。イタリアへは行ってみて、気に入るかどうかたしかめてみればいい。

もうそれほど長くはかからないはずだ。これまでも望むすべてを手に入れてきた。

「ほら、どうぞ」グリッフェンが手紙を二通手渡してよこした。

「ありがとう」思ったとおり、ダヴ亭からの手紙は自分の筆跡だった。その包みはかなりの金をもたらしてくれるものだ。あのばかな若い女は紳士の申し出を受け入れるべきだったのだ。しかし、そうなっていたら、ベッツィがこれほどの金を手に入れることはなかっただろう。いとも簡単な仕事だった。

もう一通はバートからだった。運に恵まれて、レディ・シャーロットを見つけたという。

ベッツィは眉根を寄せそうになるのをこらえ、宿の亭主に礼儀正しい笑みを向けた。「また何日かしたら来ますわ、ミスター・グリッフェン」

「ええ、また」

ベッツィは上品さを失わない程度の速足で、教会からさほど遠くない地域に買ったコテージへ向かった。礼拝にも一、二度出席したことがある。ベッツィは笑みを浮かべ、両隣に住むホール夫人とエックルズ夫人は、いっしょにお茶を飲んでいる相手が娼婦と知ったら、どんな顔をするだろうかと想像した。

そうしてひとり笑ったが、よく考えてみれば、さほどおもしろいことでもなかった。きっと家からも村からも追い出されることになる。娼婦であるだけでなく、素性よりも上流のように見せかけたことで。

メイドが扉を開けてくれた。「お茶をお持ちしましょうか、奥様？」

「ええ、お願い」いつか住みこみの男の使用人を雇おう。問題は、男の使用人は高くつくだけでなく、忌々しい政府が彼らにも税金をかけることだった。「居間で飲むわ」

メイドはお辞儀をした。「かしこまりました」

書き物机につくと、ベッツィは簡素な紙を引っ張り出した。すでにとがらせてあるペンをインクにひたす。

お客様

ご注文の品が明日届きます。リッチモンドとトウィッケナムのあいだの街道を少し外れたところにあるダーティ・ダック亭で午前十一時にお会いいたしましょう。ご注文の品をお受けとりになるまえに、金貨でお支払いいただかなくてはなりません。

かしこ

B

ベッツィは紙に砂をまいて払うと、紙を折り、宛先を書いて封蠟をした。それから、バートからの手紙をまた開いた。

親愛なるマダム
注文の品を見つけた。明日朝ダックに届ける。
敬具
B

自分の幸運が信じられないほどだった。

ベッツィはまた書きつけをしたためた。今度は別の紳士に明日朝九時に会おうと告げるものだった。運試しでもあった。貴族には早い時間だったが、ふたりの紳士が鉢合わせしてはならない。ダックの常連客に自分の姿をみられる危険を冒すわけにもいかなかった。それだけでなく、遅くても今夜か明日の朝に次の若いご婦人がヘア・アンド・ハウンド亭に到着することになっている。

これで一日の仕事は終わった。貴婦人を貴族に届け、次の品も注文主に届けられれば、思った以上に早く引退できるかもしれない。

もう一枚圧縮紙をとり出し、弁護士に宛てて、イタリア旅行をどのぐらいで手配できるか問う書きつけをしたためた。留守のあいだ、家は貸し出すことにするとした。旅行の期間は六カ月あればいいだろう。

シャーロットがドッティに訴えるような目を投げかけたときには、夕食が終わってしばらく経っていた。マートンを連れていって、コンスタンティンとふたりになる時間をくれない？　彼と将来について話し合いたかったが、マートンがいっしょではそれも不可能だった。ドッティは指を口にあててあくびをする振りをした。「あなた、ちょっと手伝ってもらいたいことがあるの」

マートンは熱いまなざしを妻に向けた。「だったら、ぼくらは部屋に引きとったほうがいいな」そう言って立ち上がり、妻に手を差し出した。「おいで」

少しして扉がかちりと閉まり、シャーロットはためていた息を吐き出した。これで、あとは勇気を出してコンスタンティンに近づき、キスをすればいいだけだ。

次の瞬間には、彼の腕に抱かれていた。勇気を出すと言ってもこんなもの。「あの人たち、いつまでもベッドに行かないんじゃないかと思ったわ」

口が口に降りてきて、シャーロットは口を開き、探るようにはいってきた舌に舌を沿わせた。彼はワインと男性らしい味がした。今この瞬間のキスほどすばらしいものを味わったことはこれまでなかった。彼も同じように感じてくれているからだと思いたかった。なんといっても、今日一日、彼への気持ちが変わったことを精一杯知らせようとしてきたのだから。彼の腕に抱かれ、人生をともにするのをたのしみにしているのだと。

先週一週間と、とくに今日一日、お互いの物の見方が一致することが多かったのは驚きだった。シャーロットは指を広げて彼の髪を梳き、そのやわらかさをたのしみながら口で口を探った。あなたについての考えを変えたと言ったら、この人は驚くかしら？　いいえ。きっと驚いたりはしない。ほのめかすようなことを充分したのだから。彼がほしいと確信が持てるまでこんなキスを許さなかったのは正しかった。今はやめたいとは思わず、絶対に彼を自分のものにするつもりでいる。

ヘア・アンド・ハウンド亭を出て初めて、ようやくコンはシャーロットとふたりきりになれたのだった。マートン夫妻は永遠に部屋に引きとらないように思え、コンはどれほどシャーロットを欲しているか示す機会を許されないのではないかと思った。彼女と結婚し、彼女を侯爵夫人にし、助け合う存在にし、自分の子供たちの母親にするのだ。

腕に引き入れたときにシャーロットが抗わなかったことにはわずかに驚いた。

「シャーロット」彼女は顔を仰向け、キスを深めた。ひと晩中こうしていたかったが、彼女が初めて経験する欲望に屈しただけでないことをたしかめなければならなかった。コンは身を引いた。彼女の唇がついてこようとしたときには胸を張りたくなった。「今日、ぼくらはいっしょにうまくことを運んだと思う」

「そうね」彼女は低く魅惑的な声で言った。「ほとんど意見が食いちがうこともなかった」

無垢な女がいつ男を惑わすセイレンに変わったのだ？　シャーロットはコンの首に腕を巻きつけ、初めて豊かな胸を彼の胸に押しつけた。コンは息を呑んだ。下腹部が硬くなる。

これはまえにキスしたときに彼女が言ったことば以上に雄弁だった。コンはまた首をかがめて唇で彼女の唇に触れた。話すのはしばらくあとでもいい。彼女の口が開き、コンは存分に彼女を味わい、砂漠で道に迷った旅人が水を求めるように彼女を求めた。やわらかい唇から小さな声がもれ、彼女の舌が彼の舌に、意のままに動かすすべを学ぼうとするように最初はそっと触れ、やがて彼が与えられるすべてを求めようとするようにより大胆に触れた。

その感触は極上で、やわらかく、愛らしかった。コンは彼女を怖がらせないようにそっと片方の胸を手で包み、胸の先を親指で軽くこすった。またも彼女は首をそらしてキスを深め、いっそう強く体を押しつけてきた。コンは今度は手を尻へと動かし、きつく引き寄せた。彼女の指はコンのうなじの毛にからめられ、頭皮をひっかいた。

シャーロットは巻きつけた腕をきつくし、彼の体に合わせて体をすべらせた。ああ、このままではおかしくなってしまう。興奮の証はこれまでにないほどに硬くなり、彼女に押しつけられていた。これほどにほかの女性を欲したことは一度もなかった。

シャーロットのことは初めて会ったときからほしいと思っていたのだが、これは……これはそれどころではない。単なる誘惑ではない。今このとき、誰が誰を誘惑しているのかもわからなかった。ここにいるのは自分がこれから一生求めつづける女性だ。

首にまわされた手がゆるんだ。片手がコンの上着の下にすべりこみ、腰へと降りた。尻のすぐ上に留まった指は、彼がしているのと同じく焦らすように尻に触れようとした。

肌や血管に火がまわったようになり、血が熱くなる。彼女の素肌に触れ、自分の肌に彼女の手を感じたくてたまらなくなる。無垢な女性にそこまで自分が熱くなるとは思ってもみなかった。スカートを持ち上げて、みずからを突き入れ、彼女を永遠に自分のものにしたいと、それだけしか考えられなかった。

そうなったら、もう結婚するしかなくなる。それとも、これから一生、恨まれることになるのか。ああ、彼女は自分が何をし、相手にどれほどの影響をおよぼしているのかわかっているのだろうか。

コンにはそれを知る必要があった。

今すぐに。

シャーロットに結婚するつもりがないのならば、これ以上進むまえにやめなければならない。

コンはキスをやめ、唇を彼女の口の端に押しつけた。そしてその唇を顎から首へと下ろすと、彼女はため息をついた。

「シャーロット、愛しい人」

唇を首に押しつけているせいで、コンスタンティンのことばはくぐもったものになったが、シャーロットにははっきりと聞こえた。愛しい人と呼ばれたことに舞い上がりそうになる気持ちを抑える。この人はほんとうにわたしを愛しているの？　それとも、それは単なることばだけのこと？

どうやったらわかるだろう？「はい？」

「つまり、ぼくらは結婚するということだね？」低くうなるような声だった。「すぐに？」目を開け、シャーロットは彼を見上げた。不安の色が緑の目をくもらせている。まるで彼女と同じく、彼も訊きたいことがたくさんあるとでもいうように。シャーロットはにっこりした。「ええ、そうよ」

「よかった！」そのことばはうめき声のように聞こえ、口が思いきり彼女の口をふさいだ。

シャーロットはたくましい腕に抱き上げられて笑いそうになった。この人はわたしを愛しているにちがいない。そうでなくて、どうしてわたしやわたしの家族の怒りを買う危険を冒すというの？

「きみの部屋はあっち？」

「ええ」それとも、もしかしたら、愛ではなく欲望を感じているだけで、わたしの感情など気にならないのかもしれない。

彼は彼女をきつく抱きしめて大股で彼女の部屋の扉のところまで行った。「メイドは？」

「手伝いは必要ないって言ってあるわ」シャーロットは彼の顔を下げさせてキスをした。キスによって知りたいことはわかるはずと友人たちは言っていたが、シャーロットには確信が持てなかった。おそらく、信じきれないのは自分自身の気持ちだった。でも、信じなければ。色々とあったとはいえ、彼に対する最初の印象は正しかったのだから。コンスタンティンはやさしく、思いやりに満ち、自分よりも恵まれない人たちの力になりたいと思っている。他人に害をおよぼしていたのを単にわかっていなかっただけなのだ。そして自分のまちがいに気づくと、それを正そうとした。

コンスタンティンは彼女を抱いたまま扉の掛け金を持ち上げて扉を開けた。部屋にはいると、そっと彼女を下ろした。シャーロットは彼の筋肉質な体に沿って体を滑らせ、隅々まで感触をたしかめながら足を絨毯に下ろした。

鋼鉄のように硬いものが――剣になぞらえられる理由はそういうことにちがいない――腹にあたっていた。撫でてみたかったが、今それをするのは少々大胆かもしれない。そこでただ体をこすりつけた。うなるような声をあげる彼に腕へと引き入れられ、シャーロットはひそかに笑みを浮かべた。

コンスタンティンとなら、こうするのも正しい気がする。今日初めて、彼を永遠にほしいと思ったのだったが、今は彼を絶対に手放さないとわかっていた。

コンスタンティンは顔を上げてキスをやめた。引き締まった唇には笑みが浮かんでいたが、目は欲望で熱くなっている。「ぼくを誘惑しているのかい、愛しい人」

またあのことば――愛しい人。わたしを愛しているの？　訊いてみたかったが、不安がそれを止めた。彼が愛してくれていなかったらどうするの？　でも、自分が彼を愛しているのはたしかだった。同じように愛されていないのに、彼を愛することができるだろうか？

シャーロットは鼻に皺を寄せ、その疑問に気持ちを集中させた。「やってみようとしているの」

「どうして？」彼のまなざしはあまりに真剣で、シャーロットはことばを失いそうになった。

「だって、わたしたち、結婚……するんでしょう？」自分が愚かに思えた。きっと、今こそ愛していると言うべきときなのに。

「それだけかい？」コンスタンティンの指に力がはいり、いっそうきつく抱き寄せられた。

「シャーロット、これはまず――ああ、くそっ。そんなことを言いたいんじゃない。シャーロット、ぼくはきみを愛している。きみのいない人生など想像できない。きみが同じ気持ちでないなら――」

なんてこと！「わたしも愛してるわ」シャーロットはまえよりも熱く唇を押しつけた。「これから一生あなたといっしょにいたい」

コンスタンティンはシャーロットの額に額を寄せた。「だったら、ちゃんとやろう」そう言って互いの顔が見えるだけ彼女の肩を引き離した。「レディ・シャーロット、ぼくの妻となり、ぼくらの子供たちの母となり、侯爵夫人となってくれますか？　毎晩ぼくといっしょにベッドにはいり、毎朝ぼくといっしょに目覚めてくれますか？　ぼくといっしょに年老いてくれますか？　そして、ぼくが愚かなことをしたときには、そう言ってくれますか？」

喜びの涙が目を刺し、シャーロットは最後のことばに笑いたくなった。プロポーズされるとは思っていなかったのだった。それも、これほどに愛おしいやり方で。「あなたと結婚します、コンスタンティン・ケニルワース。そして、生涯あなたを愛し、お互いの家族を愛して過ごします。それから、あなたがまちがっているときには、それを指摘するのを決してやめないわ」コンスタンティンはまた彼女の口をとらえた。ドレスが下に引っ張られた。「何をしているの？」

「きみがぼくを誘惑するのを手伝っている」彼は唇をつけたままつぶやいた。

25

「なんて親切なの」シャーロットのドレスはかすれた音を立てて床に落ちた。

「きみを満足させるためさ」コンスタンティンはペティコートとコルセットにとりかかった。

シャーロットは彼のクラバットをほどいて脇に放り、それからシャツの襟とシャツとウェストコートを脱がせにかかった。すぐにふたりは靴にとりかかり、靴はすぐに脱げた。コンスタンティンがシャーロットのガーターの留め金をはずし、ストッキングが足元に滑り落ちた。コンスタンティンは彼女を抱き上げ、ベッドに横たえてから、そのそばに自分も横たわった。

シャーロットは手を広げて彼の胸にあて、引き締まった肌を覆うやわらかい胸毛を指にからませた。「あなたってわたしととてもちがうのね」

彼はやわらかい胸を手で包み、片方の胸の先をなめた。シャーロットは欲望の声をもらした。「それはいいことだとしか思えないね」

シャーロットは彼の頭を胸に抱きしめた。「とてもいいことだわ」

コンスタンティンは彼女の腕を脇に広げて押さえ、胸から腹へ、そしてその下へと口と舌を這わせた。シャーロットの脚のあいだに妙に張りつめた感覚が募りはじめ、それが全身に広がる気がした。これほどの熱と欲望を感じたのは初めてだった。やめてほしいかったが、同時に続けてほしかった。

もっと。ああ、お願い、もっと。

彼の舌が秘められた部分に触れ、シャーロットは身をそらした。「ああ、なんてこと。あなたが何をしているにしても、やめないで」

「きみはスパイスのきいた蜂蜜のような味だ」コンスタンティンは忍び笑いをもらし、またなめた。「ぼくのために達してくれ、愛しい人」

指が彼女を満たし、シャーロットはわれを忘れそうになった。どのぐらい耐えられるもの？　渦を巻いて募りつづけていた張りつめた感じが爆発してやわらいだ。一瞬、シャーロットは悦びの震えにとらわれて死んでしまったような気がした。

コンスタンティンはキスをし、シャーロットを抱えながら、たくましい大きな体でのしかかってきた。「夫婦の交わりがどういうものか知っているのかい？」

シャーロットの体からは力が抜けていた。これほどゆったりした気分を感じるのは生まれて初めてだった。彼が彼女の脚のあいだに身を置くと、硬くなったものが秘められた部分の入り口にあたった。シャーロットは奪ってほしいというように身をこすりつけた。「ドッティが教えてくれたわ」

「彼女はなんて？」彼の声はうわずっていた。神経が張りつめているのかもしれないが、シャーロットにはわからなかった。

「最初は痛いけど、そのうちすばらしくなるって」

彼はゆっくりと彼女を満たしながらなかにはいった。「ぼくを信じてくれれば、天国に連れていくよ」

もう一度。さっきしてくれたこと以上にすばらしいものは想像できなかった。「あなたを信じるわ」

ああ、きつい。コンはできることはしたのだった。シャーロットの準備を整えるためにできることはすべて。少なくとも、これから何が起こるか彼女に多少の知識があることには安堵した。この最初のときのことを、彼女は一生忘れないだろう。彼女にとって喜ばしいものにしなければならない。とくに、天国に連れていくなどと大仰なことを言ったあとでは。まったく、〝天国〟とは。〝すばらしいもの〟とだけ言っておくべきだった。

コンはなめらかに出たりはいったりをくり返した。思いきり突き入れて、やわらかな体にみずからをうずめたいとしか思っていないのに、自制を保っていた。これまでそんな問題を抱えたことはなく、つねに相手にも悦びを与えていると確信できた。しかし、シャーロットの場合は、何もかもがちがった。

彼女があまり痛い思いをしないようにと祈るような気持ちだった。「脚をぼくに巻きつけて」シャーロットは言われたとおりにし、コンは奥へと進んだ。シャーロットは声をあげ、彼を包む部分がこわばった。コンは動きを止め、彼女の痛みが引くのを待った。「今のが最悪の部分だ。大丈夫かい？」

シャーロットはしばらく黙りこんでいたが、やがてかすかな笑みを浮かべた。「大丈夫よ」

コンはまたゆっくりと動き、また彼女の欲望が募る兆候を待った。キスのせいで腫れたシャーロットの唇から小さなため息がもれた。息が荒くなり、彼を包む脚がきつくなる。少しして、彼女は彼の名前を叫び、彼は激しく動きながら彼女のなかに種をまき散らした。あたうるかぎりもっとも原始的で基本的なやり方で彼女を自分のものにしながら。これでシャーロットがぼくのもとを離れることはない。離れることはできないはずだ。

シャーロットは永遠にぼくのものだ。こうなるようにしてくれた運命に感謝しなくては。

コンが感じていた緊張が体から引いていった。彼女の上に倒れこみそうになるのをかろうじてこらえ、横に転がった。そして彼女をきつく胸に引き寄せ、髪に顔をうずめてつぶやいた。「シャーロット、愛している。愛がどれほどのちがいをもたらすものか、ぼくはまるで知らなかった」

「わたしも愛しているわ、コンスタンティン」シャーロットは横を向き、彼の胸に頬を摺り寄せた。「あなたの言ったとおりね。天国だった」

コンは二度と動きたくなかった。二度とこのベッドを離れたくなかったが、やがて彼女が処女だったことを思い出した。自分がすぐに手を打たなければ、この忌々しいホテルのみんなに何があったかを知られてしまう。「そこにいてくれ。そのまま動かずに。すぐ戻る」

大股の三歩で洗面台に歩み寄ると、小さな布巾を手にとって濡らした。湯は冷たくなっていたが、そのほうがよかった。彼は自分の体をふいた。かなり暗かったが、彼女の血がついているのがわかった。コンは布巾を洗ってベッドへ戻り、そっとシャーロットの体と血のついたシーツをふいた。

「何をしているの？」

「少し体をふいているのさ」血を洗った水については朝になってから処理しよう。「シーツについては朝になってから、きみのメイドにどうにかしてもらわなくちゃならないな」

コンは布を洗面台のほうへ放り、ベッドにはいってまた彼女のそばに身を横たえた。これまで経験したことのない満足感に心が満たされる。「いつ結婚する？」

「来週ぐらいかしら」シャーロットは顔を持ち上げて彼にほほ笑みかけた。「そのまえに結婚を許されるとは思えないから。幸い、マットはデイジーのことを出産まえにスタンウッドに戻したいと思っているの」

コンは子犬たちがスタンウッド・ハウスを駆けまわっている情景を想像しようとして笑った。「妊娠した犬たちの女神に感謝だな」

「そうね」シャーロットの唇が笑みの形になった。「たしか、デイジーをもらいに行ったときに、デイジーには十匹のきょうだい犬がいたわ」

自分とシャーロットも子犬をほしいとワーシントンに伝えなければ。「きみらみんながロンドンにいるあいだに、犬に子を産ませようとするなんて驚きだな」

「まあ、じっさいはそういうことじゃなかったのよ」シャーロットは笑い出した。「じつを言えば、デュークを遠ざけておくために、マットはデイジー専用の囲いを作ったの」

それならば、犬が妊娠する事態は防げるはずだ。少なくとも、コンの猟犬の場合はそうだ。

「何があったんだい？」

「メアリーとテオよ」シャーロットは忍び笑いをもらした。「グレート・デーンたちがいっしょにいたがっているのは明らかだったから、デイジーを外に出しても、別に害はないと考えたの」

コンもいっしょに笑った。「うちの母が昔、雄のパグを飼っていたんだが、ぼくの雌の猟犬の一頭にのぼせあがってね。当然ながら、さかりの時期には雌犬たちは別にしてあった。ある日、パグが囲いの下に外から穴を掘ったのを馬丁のひとりが見つけた。それで、猟犬が耳を噛んでその穴からパグを囲いのなかに引き入れようとしていたんだ」

思わず声を出したシャーロットにコンはキスをした。「ごめんなさい。声を出しちゃいけないことを忘れちゃだめなのに」

「今はね。ぼくらの家にいるときはなんでも好きにできる」

何かがベッドに着地して喉を鳴らしはじめた。猫のことを忘れていた。

「それと猫もね」シャーロットが眠そうな声で言った。

コンは上掛けを体の上に引っ張り上げた。少しして、猫はシャーロットの隣にいる彼の胸の上で丸くなった。コンは猫を撫で、毛が密集していてやわらかいことに驚いた。「それと猫も」

シャーロットとの人生はこんなふうになるのだ。犬と、猫と、子供たちと、寄る辺のない子供たちと、その他多種多様な人々と、想像したこともないほどの愛。

コンは早く本格的にそれをはじめたくて待ちきれない思いだった。ロンドンへ戻ったらすぐに、特別結婚許可証を手に入れよう。

数時間後、カーテンの隙間から光が射し、コンは目を覚ました。横たわったまま、シャーロットの軽い息遣いに耳を澄まし、彼女を永遠に自分のものにできることに驚嘆した。

ぼくのものだ。

何があろうとも、絶対に放しはしない。

猫は伸びをして彼の胸を軽くたたいた。その黄色い大きな目で彼をしげしげと見つめている。

「何かほしいんだな」コンはまた猫を撫で、猫が喉を鳴らし出すと、ひどくうれしくなっている自分に気がついた。「もうすぐ朝食だ」

ほんとうにしたいことはもう一度シャーロットと愛を交わすことだったが、猫を動かしたらどうなるか確信が持てずにいた。爪を立てられるのはごめんだった。シャーロットもまだ痛い思いをするかもしれない。今夜まで待てばいい。

自分の部屋から音が聞こえてきて、心の平穏をかき乱された。まったく。カニンガムがすでに起きて動きまわっている。ミス・クローヴァリーを元の宿屋に戻すために早くここを出なければならなかったが、まだそれまでには時間があるはずなのに。

コンはベッドから降りて衣服を拾い、自分の寝室へ通じる扉を開いた。

従者は目をみはったのかもしれないが、はっきりそうとは言えなかった。「お祝いを言ってくれていいぞ。レディ・シャーロットとぼくは来週結婚する」

「何よりでございます、旦那様。おめでとうございます」カニンガムはその日コンが身に着けるものを並べ終えていた。「朝食の用意がまもなくできます」

そのとき、別のふたつの扉が開いて閉じた。コンは額の汗をぬぐいたくなる衝動に抗った。もう少しで彼女のベッドにいるところを見つかるところだった。彼女と寝たことを自分の従者に知られるよりもずっと困ったことになったはずだ。

三十分後、コンは応接間にはいっていった。自分のことはドッティと呼んでくれと言っていたレディ・マートンがマートンのためにお茶を注いでいて、シャーロットはテーブルにつこうとしているところだった。子猫たちは床の上で転がりまわっており、ほかの誰にも注意を向けなかった。

コンは子猫を避けて進み、シャーロットの隣の席についた。「おはよう」

シャーロットはにっこりした。美しい顔には眠そうな表情が浮かんでいる。「おはようございます。お茶には何を入れます？」

「ミルクと角砂糖をふたつ」もうひとつのお茶のポットが彼女の肘のそばにあった。シャーロットが手渡してくれたカップを受けとり、コンはひと口飲んだ。「完璧だ」

「お互い共通点がもうひとつ増えたわね」シャーロットはそう言って自分のお茶にもミルクや砂糖を入れた。「出かけるまえに、コレットをちょっと散歩に連れていくわ。昨日は全然面倒を見てやれなかったので」

コンの背筋をぼんやりとした不安が走った。彼女とのこの冒険がはじまったときに感じたものに近い不安だった。

シャーロットをさらった男のひとりはいまだに見つかっていない。しかし、彼女に外に出るなとは言えなかった。そんなことをしたら、気を悪くすることだろう。彼女にずっとついてまわることもできない。ただ、宿屋の正面を見晴らすバルコニーから見守っていることはできる。「頼むから、前庭から出ないでくれるかい？」

シャーロットはうなずき、嚙んでいたトーストを吞みこんだ。「馬車や馬を避けて脇に寄っているわ」

「そうしてくれ」コンは彼女の手を包んだ。マートンと目が合う。彼はシャーロットの親戚で、名目上、彼女の身の安全に責任を持つべき立場だった。シャーロットが包まれた手を返して彼の手をにぎった。自分たちのことを話してもいいと許しを与えるように。「シャーロットとぼくは来週結婚することにした」

「なんてすてきなの！」ドッティがテーブルをまわりこんできてシャーロットを抱きしめた。「とってもうれしいわ」そう言ってコンに目を向けた。「あなたにもお祝いを言います。シャーロットほど愛らしくてやさしい人間は見つからないわよ」

そして彼女ほど強い女性も。「彼女の心を勝ち得たのがとても幸運なのはわかっている」

マートンがコンの手をとった。「幸せを祈るよ」

四人は朝食をとりながら何分かおしゃべりした。それでも、みなダヴ亭に着いてから何が起こるかを考えているのは明らかだった。

シャーロットが立ち上がった。「前庭で会いましょう」そう言って部屋を見まわした。「コレット、行《ア》くわよ《レ》」

コンが驚いたことに、子猫はシャーロットのところに駆け寄って足元におすわりした。

「正直、こんなことをする猫がいるなんて聞いたこともないよ」

数分後、コンはバルコニーに立って、シャーロットがひもをつけた子猫を歩かせているのを見守った。ジェミーが彼女から遠くないところに立ってバスケットを見張っていた。フェートンにつなげられたコンの二頭の馬が前庭の中央に連れてこられた。シャーロットのいるところから遠くない場所だ。

そろそろ出発の時間だった。コンが窓から振り返ろうとしたところで、黒い馬車がシャーロットの横に停まった。男がひとり馬車から飛び降り、彼女をつかんで馬車に放りこむと、扉を閉めた。

なんてことだ！　またただと。

「シャーロットがさらわれた！」コンは叫びながら応接間から走り出た。

「ちくしょう」マートンが毒づいた。

コンが最初に前庭に到達し、自分の馬車に飛び乗った。「ジェミーがあの馬車の後ろに乗っている」それもやめさせなければならないことのひとつだ。

「コレットはどこ？」とドッティが呼びかけてきた。

「きっとバスケットのなかだ」とマートンが答え、猫を外に出して妻に渡した。「コレットはシリルといっしょにここに残ればいい」

「部屋のなかに連れていくわ」

「あの子は誰？」そのとき、見知らぬ中年のご婦人が甲高い声で訊いた。「あの馬車の後ろに乗っている子。あの子が誰か尋ねなくては」

コンの母よりも少しだけ年上の女性が彼のほうに向かってこようとしたが、コンには無駄にする時間がなかった。シャーロットを追わなければならない。「あちらはマートン侯爵です。彼に訊いてください」

馬車は何分か見えなくなったが、やがてジェミーが手を振っているのが見えた。運に恵まれれば、ダヴ亭へ向かうはずだ。シャーロットが運びこまれ、計画が失敗したことを知ってクロウ夫妻が驚かなければいいが。

馬車はダヴ亭を通りすぎ、簡単に救えるだろうという希望はついえた。いったい彼女はどこへ連れていかれるのだ？

まえに大きな駅馬車が割りこんできた。コンはその馬車を追いこそうとしたが、忌々しい駅馬車は道の真ん中近くを走っており、トウィッケナムに着くまで道を譲ろうとしなかった。ちくしょう！　シャーロットを乗せた馬車は姿を消してしまっていた。手遅れになるまえに、どうやって彼女を見つけたらいいだろう。

背後で蹄の音が響き、コンは馬車を道の脇に寄せた。

「侯爵様」マートンの乗馬従者のひとりがコンの馬車のそばに寄ってきた。「侯爵様のお手伝いをするようにと主人につかわされました」

ありがたい。「何人いる？」

「四人です」

「馬車はダヴ亭とここのあいだのどこかで道を曲がったはずだ。道という道を調べるんだ。彼女を見つけなければならない。すぐに」

「かしこまりました」

乗馬従者は全速力で道を下っていった。コンはフェートンの向きを変えた。横道や脇道に気づいていれば。しかし、駅馬車を追い抜こうとそればかりに気をとられ、脇道には注意を払っていなかったのだった。幸い、乗馬従者たちがいれば、自分ひとりよりも広い範囲を捜索できる。

それに、ダヴ亭からもそれほど遠くない。コンは手で顔をぬぐった。

自分が行くまでシャーロットが無事であるようにとただ祈るだけだった。

26

ああ、まったく。シャーロットは馬車の床から身を起こし、扉の取っ手をひねろうとした。鍵がかかっていて、鍵穴も見あたらなかった。

もう、なんなの！

シャーロットは大きく息を吸い、ボンネットを直してから、自分の置かれた状況をたしかめた。拳銃も短剣もなかったが、少なくともコレットは安全だ。コレットはバスケットに逃げこんだはずだ。そこが猫にとって安全な場所だから。

そばにいたジェミーはまたわたしがさらわれたことを知っているはずだが、きっとこの馬車の後ろに乗っている。つまり、助けを呼びには行けないということ。問題は、ほかに誰か気づいたかということ。

運に恵まれれば、バート――前回誘拐されたときに名前を知った悪人――はダヴ亭で馬車を停めるだろう。そうすれば、コンスタンティンとマートンが来たときに助けてもらえる。

窓の外に目をやると、ちょうどその宿屋のまえを通り過ぎるところだった。期待しても無駄だった。

まったく！〝まったく〟よりはましな悪態を覚えなければ。こういうときに役に立つはず。

きっとコンスタンティンがわたしを見つけてくれる。

そう思うと、おちつきをとり戻すことができた。彼はわたしを愛してくれている。わたしが危害を加えられることをきっと許さない。それでも、わたしがさらわれた事実と、どこへ連れていかれるかを彼が知るまでにどのぐらいかかる？　そう、彼は探してくれるだろうけれど、自分でも自分を救おうとしたほうがいい。

少しして、車輪が穴にはまったかのように馬車ががくんと揺れて停まり、扉が開いた。

「今度は逃がさないぞ、レディ・シャーロット」指が肉に食いこむほど強くバートがシャーロットの腕をつかみ、荒っぽく馬車から下ろした。「ここには助けてくれるお上品な貴族はいねえからな」

婚約者がわたしを見つけたらすぐに、あなたは命を奪われるか監獄送りになるんだからと言ってやりたかった。しかし、相手を警戒させてもしかたがない。シャーロットは何も言わずに口を閉じ、肩を怒らせると、レディ・ベラムニーさながらに、〝おまえなんかわたしの足元の泥にすぎない〟とでもいうようなまなざしをくれてやった。

「客の貴族があんたを迎えに来たら、あんたもそんな高飛車な態度はとらないだろうよ」

苦いものがこみ上げてきて喉が詰まりそうになったが、怯えているのを悪党に見せるのは嫌だった。コンスタンティンの言ったとおりだった。これは復讐ではない。誰かがお金を払ってわたしをさらわせたのだ。でも、誰が？

シャーロットは内心身震いした。乱暴者に引きずられてどんな悪党がいるか知れない宿屋へと連れこまれようとしているのだから、当然だった。

それでも、コンスタンティンが近くまで来てくれているという強い予感があった。地面に足を食いこませ、相手をてこずらせれば、多少時間を稼げるかもしれない。

シャーロットはまわりを見まわした。ダヴ亭からはほんの数マイルのところだった。木々のあいまにリッチモンド・ロードが見える。建物に吊り下げられている傾いた看板には、ダーティ・ダック亭と書かれていた。たしかに汚い宿《ダーティ》だ。酒場にはくすんだ白いペンキが塗られていた。建物の一部が沈みかけているかのように、屋根が片側に傾いている。

「来い」バートがシャーロットの腕を引っ張った。

シャーロットはスカートをつかみ、前庭のあちこちにある泥の水たまりに裾がつかないように持ち上げた。バートは彼女を建物の横へ連れていき、鍵をとり出して扉を開けると、彼女をなかへ引っ張りこんだ。

足を踏み入れた部屋は驚くほど整っていて清潔だった。ちがう建物の内部のように見えるほどに。部屋の一方の壁際に、窓の中央からわずかに外れて机が置いてあった。シャーロットは苛立ちを覚え、壁の中央に机を動かしたくなった。それ以外に四角いテーブルと椅子が四つあった。サイドボードの上にはデキャンタが置いてある。きっとそのひとつはブランデーだろう。ガラスをはめこんだ窓がいくつかあった。三つは扉と同じ側にあり、ふたつは前庭を見下ろす側にあった。部屋には酒場の入口になっているらしい別の扉があり、奥には三つ目の扉があった。

ここにひとりで置いておかれるとすれば、逃げ出すのはさほどむずかしくないだろう。窓が開いていることを思えば。

バートは彼女の腕をまたつかむと、部屋の奥へ連れていき、小さな部屋に放りこんだ。そこにはベッドがあり、唯一の窓には鉄格子がついている。ここに閉じこめられるのは困る。シャーロットは振り返ったが、扉が閉められるのを目にし、鍵がかけられる音を聞いただけだった。

いいわ、少なくともひとりにはなれた。扉のところへ行き、耳を押しあててみる。音はまったくしなかった。つまり、あの悪党は隣の部屋にはいないということ？　シャーロットは酒場とのあいだの壁に耳をあててみた。かすかに人の声が聞こえてくる。

することはひとつだった。シャーロットは髪からピンをふたつ外し、扉の鍵にとりかかった。少しして、しばらく使われていなかった鍵であることが明らかになったが、シャーロットの油の缶はバスケットのなかだった。逃げ出すためにはほかの手立てを考えなければならないが、どうしたらいいだろう？

狭い部屋はほとんどベッドで占められていた。マットレスには真っ白なリネンのシーツがかかっている。害虫がいないことをたしかめてから、シャーロットはすわろうとして動きを止めた。シーツは囚われの身の人間のためにしてはきれいすぎた。何がとははっきりはわからなかったが、気になるのはたしかだった。

ミス・ベッツィが被害者をどこへ届けるのだろうとコンスタンティンと話し合ったことがあった。ここはそういう場所のひとつにちがいない。シャーロットは突然湿った手をスカートでぬぐった。何が起ころうとも、怯えるつもりはない。

あのバートという悪党はここへ紳士が来ると言っていた。ミス・ベッツィはさらってきた女たちの体をここで男たちに奪わせているのだろうか？　そういう紳士たちのためにシーツをきれいにしていると？　シャーロットはもう一度ベッドに目を向け、身震いした。ベッドがここにある理由はそれしか考えられなかった。この部屋で起こったおそろしい出来事を想像してまた身震いしそうになるのをこらえる。

部屋のなかを行ったり来たりしていると——ベッドにすわるのは嫌だった——木製の小さな背のない椅子につまずいてその上に倒れこみそうになった。四つの脚があり、脚のあいだに木でできた貫《ぬき》と呼ばれるものが渡してある椅子だ。シャーロットは椅子を持ち上げてその重さの感じをたしかめた。大きな椅子ではないが、しっかり作られていて頑丈だ。シャーロットは椅子を左右に振ってみてから、上下にも振った。少しすると、ひとり笑みを浮かべた。この椅子がうまく役に立ってくれるはずだ。誰が部屋にはいってこようとも、これを振りまわしてなぐれば、多少の打撃を与えられる。唯一の問題は、それを誰に用いることになるのかだ。

二頭の馬が近づいてきて停まる音が正面から聞こえてきた。扉が開いて勢いよく閉まる。シャーロットは武器を見つけておいたことをありがたく思いながら椅子をつかんだ。

女の声が聞こえてきたが、シャーロットにはその女が何を言っているのかは聞きとれなかった。

いない。

「了解」と男が答えた。

「あれはバートの声だわ」とシャーロットはひとりつぶやいた。女はミス・ベッツィにちがいない。

シャーロットは椅子を下ろし、そのまえに立った。スカートで椅子が隠れるといいのだけれど。

近くの扉――おそらくは応接間の扉が開いて閉じた。「よくやったね」ミス・ベッツィが寝室の扉を開きながら言った。「ダヴ亭に行ってもうひとつの荷物をとってきて。最初の客はすぐにここへ来るはずだから」

「荷物？　客？」この悪い女がどれだけの人の人生を破滅させたかを思うと、シャーロットの全身を怒りが貫いた。「あなたにとっては誰であってもそういうものなの？　誰に害をおよぼしているかは気にもならないの？」

「わたしは便宜をはかっているだけよ」ミス・ベッツィは冷静な声で答え、肩をすくめた。「そのあとでどうなろうと、わたしの知ったことではないわ」

シャーロットが椅子をつかんで女の頭にぶつける暇もなく、ミス・ベッツィは扉を閉めた。まもなく、馬具が触れ合う音が静けさを破った。

金属の触れ合う音がした。おそらくは支払いが為されたのだろう。そして寝室の扉がわずかに開いた。「終わられたら、横の扉から出てください。誰にも姿を見られずに済みますよ」

「用意周到だな」男が部屋にはいってきて、ミス・ベッツィが扉を閉めた。「誰もきみを助けには来ないよ、レディ・シャーロット」ラッフィントン卿が言った。「きみの兄上はわれわれの結婚に同意せざるを得なくなる」

なんてこと！　ラッフィントン？　シャーロットは彼のことをほとんど知らなかった。それどころか、ダンスを踊ったことも紹介されたこともなかったはずだ。彼はつねにシャーロットのとりまきの輪を少し外れたところにいるように思えた。

背筋を伸ばし、シャーロットは眉を上げた。「でも、ケニルワース様は同意しないわ」

「ぼくがきみとことを終えたあとも、彼がきみを望むと本気で思っているのかい？」彼はベッドに目を向けた。「待つつもりだったんだが、ここできみを奪うほうが簡単だ」

ラッフィントンはズボンのまえのボタンを外しながら近寄ってこようとしたが、ボタンがひとつ引っかかったのか、足を止めて目を下に向けた。シャーロットは椅子を持ち上げて思い切り彼の頭に振り下ろした。

ラッフィントンは膝をつき、額をベッドの枠にぶつけた。「この売女め」彼は立ち上がろうとしながら怒鳴った。「この報いは受けてもらうからな」

車輪がわだちにはまり、馬車が大きく傾いた。

ちくしょう！　コンは速度をゆるめなければならなかった。いったいここはどこだ？　一秒もしないうちに、木の梁《はり》から傾いた看板が吊り下げられている、薄汚い大きな建物が現れた。前庭には馬車が停まっていて、馬がつないだままになっている。

シャーロットを見つけなければならない。どうか間に合いますように。

宿屋の片側で動きがあるのを目の端でとらえた。ひとりの紳士が横の扉からなかにはいっていったのだ。コンはフェートンを前庭の片側に停め、馬車から飛び降りると、窓から見られないように身をかがめて建物の横にまわった。

「この売女め！」男の怒鳴り声がした。「この報いは受けてもらうからな」

全身の筋肉や腱に生気がみなぎり、戦う準備万端でコンは建物の横の扉を開けてその奥にある扉のところまで走り、扉を蹴り開けてなかにはいった。

頭上に椅子を持ち上げて、シャーロットが女武神《バルキリ》さながらに立っていた。頭の傷から血を流したラッフィントン――くそ野郎――が立ち上がろうとしている。

コンは下衆野郎のクラバットをつかんだ。誰かが大いに報いを受けることにはなるが、それは愛するシャーロットではない。「これはぼくの婚約者を侮辱したことに対してだ」そううなるように言うと、ラッフィントンの鼻に拳を食らわせた。骨の砕ける音がして、コンはにやりとした。悪党の顔からクラバットに血が滴り、ラッフィントンは後ろにのけぞった。「そしてこれは彼女を穢そうなどと考えたことに対して」まだクラバットをつかんだまま、コンは顎に一発お見舞いした。ラッフィントンは気を失って床にくずおれた。「命を奪わなかったのは残念きわまりないな」奪ってやりたかったのだが。コンはシャーロットに手を伸ばし、脇に引き寄せた。「大丈夫かい？　間に合わないんじゃないかと怖かったよ――」

「ええ、大丈夫」シャーロットは彼の首に腕をまわしたが、その腕を外した。「信じられない。この人が――この人が――」そう言って後ろ足でラッフィントンの肋骨を強く蹴った。「わたしもあなたが命を奪ってくれたらよかったのにと思うわ。ほんとうにひどい人！　この人のことはどうするの？」

「まだわからない」ラッフィントンの罪を貴族院に訴えるのは選択肢になかった。そんなことをすれば、シャーロットの評判に瑕がつくだけだ。「こいつにふさわしい罰を考えるよ」

コンはまた彼女を抱きしめたかったが、誰かに見つかるまえにここから逃げなければならなかった。「こいつのことはここから運び出さなきゃならない。あの女がいつミス・クローヴァリーといっしょに到着するかわからないからね」

「ここを出ていってからそんなに経ってないわ」とシャーロットは言った。

コンは横の扉を開いた。マートンの使用人が到着していて、手を貸す準備ができていた。コンは寝室を指差した。あそこにいる男を縛り上げて、彼の馬車に乗せるんだ」

シャーロットの手をとろうと振り向いて、あやうくぶつかりそうになった。「行こう」

「ここで最後まで見届けるべきじゃない？」

もちろん、彼女はすぐにここを離れたいとは思わないのだろう。離れると思うなど、自分がばかだったのだ。「きみがそうしたいなら。でも、このなかではだめだ」

「ええ」シャーロットはその朝の恐怖をようやく実感したとでもいうように身震いした。

彼はため息をついた。「もっといいのは、ラッフィントンの馬車を隠して、彼をぼくのフェートンに乗せることだ。そうすれば、ぼくらが見張っていられる」

「ええ、そうね」

シャーロットとコンが外に立っているあいだに、ラッフィントンは木々のあいだに運び出され、地面に落とされて縛り上げられ、血のついた自分のクラバットでさるぐつわをされた。

「しっかり縛り上げました、侯爵様」と、このさびれた宿屋を見つけた乗馬従者が言った。

「おまえの名前は？」とコンが訊いた。

「ジェファーズです、侯爵様」できた使用人だった。今後はシャーロットを守るために乗馬従者が必要になる。もしかしたら、マートンは使用人を譲ってくれるかもしれない。

「ミス・クローヴァリーの身の安全を守る方法を見つけなければならないわ」とシャーロットが言った。「あなたがあの部屋に戻って、彼女の無事が確認できるまで、あそこにいてくれない？」

コンはためらった。シャーロットのそばで彼女の無事を守っているほうがずっとよかったからだ。一瞬、使用人の誰かに部屋で待つよう命令しようかと考えたが、使用人が貴族を、もしくは貴族の息子をなぐれば、彼らはひどく厄介なことになる。

「お嬢様のことはちゃんとお守りします」とジェファーズが言った。

「わかった」コンはシャーロットをフェートンを隠してある場所へ導いた。「危険が迫ったら、ぼくを待たなくていい。馬車を出すんだ。ぼくはひとりで戻る方法を見つけるから」コンはまわりを見まわした。「ジェミーはどこだ？」

「ここです、侯爵様」少年は馬車の陰から飛び出してきた。

「レディ・シャーロットといっしょにいてくれ」

少年はにやりとした。「お嬢様をお守りします」

コンは子供の髪をくしゃくしゃにした。「そうしてくれるとわかってるさ。ところで、すべてに片がついたら、おまえが馬車の後ろに飛び乗ることについて話し合わなくちゃならないな」ジェミーは口を開こうとしたが、コンが厳しい声で言った。「今はそれについて話している暇はない」

少年はがっかりした顔になった。「はい」

宿屋に戻ると、コンは今朝会ったご婦人のことを思い出した。

ああ、まったく。ジェミーについて訊いてきた中年の女性のことをシャーロットに話すのを忘れていた。あの女性がジェミーの親族ならいいのだが。ジェミーのことは気に入りつつあったが、彼の家族が見つかったら、シャーロットが喜ぶだろう。あの女性がほんとうに家族だったなら。あの女性がジェミーについて尋ねてきた理由がほかにあるとは思えなかった。

一方、スター・アンド・ガーター亭では……

マットは馬車に先駆けて前庭に馬を乗り入れた。マートン家のお仕着せを着た何人かの使用人は馬に乗って出かける準備ができていた。マットはこの問題をドミニクとケニルワースにまかせられたことに満足しており、予期せぬ客が来なければ、そのままかせておいたはずだった。

少しして、マットはドミニクが中年の女性に熱心に話しかけられているのに気づいた。いったいどうなっているんだ?

「マダム、すべてあとで説明します」ドミニクはドッティと結婚してからはマットが聞いたことのない高飛車な声で答えた。「今は至急の用事で出かけなければならないので」

「でも――」女性は手を伸ばそうとしかけた。

「こちらへ来てくださいな」ドッティが女性の腕をとった。「わたしがすべてお話ししますが、夫はすぐに出発しなければならないので」

ドミニクは聞こえるほど大きなため息をついた。「ワーシントン、ここで何をしている?」

「どうなっているかたしかめようと思って」これまで長い朝を過ごしてきたのに、まだ八時にもなっていなかった。

「手紙で知らせたじゃないか」ドミニクはそれですべての説明はついているはずだというように機嫌を損ねた声を出した。

「手紙は受けとったさ。でも、グレースが心配していた。それと――」マットは馬車を指差した。「ミス・クローヴァリーの婚約者が訪ねてきたんだ」

ドミニクはひらりと馬に乗った。「今は紹介を受けている暇はない。きみもいっしょに来るだろう?」

マットはうなずいた。じっさい、選択の余地はなかった。

「だったら、行こう」ふたりが馬で前庭から出ると、マートン家の馬車も走り出した。「きみの馬車がいるかどうかわからないな。ぼくのがあるんだから」

「あとで説明するよ」とマットが言うと、ドミニクが糟毛《かすげ》の去勢馬を促して全速力で駆けさせたため、マットはそれについていくしかなかった。少しして、ドミニクに追いついた。

「わかってるかい、ドミニク」マットは蹄の音越しに叫んだ。「ぼくがこうして来たのはきみのせいなんだぜ。きみの書いた手紙はよく言っても簡潔で、あまり状況をちゃんと説明するものじゃなかった。グレースはまったく納得していなかった」

「この問題はぼくがどうにかすると信頼してもらえるはずだが」ドミニクは不満そうに言い、馬の足を駈足に緩めさせた。

マットもそれに合わせて馬の足を遅くさせた。「ぼくは信じているんだが、妻はこの問題がもはやミス・クローヴァリーを救出するだけに留まらないと考えて、心配しはじめたんだ。それで、今朝早く、あの若い女性の婚約者であるベン・ミッチェルがぼくの隣人のウォートン卿のところへやってきたってわけさ」

ドミニクは一瞬目を閉じた。「きっと彼をここへ連れてこざるを得なかったんだろう？」

「選択の余地がなかったことはきみにもわかるはずだ。ドッティが問題に巻きこまれたとしたら、きみは後ろに控えているかい？」

「いや、もちろん、そんなわけはない」

ドミニクはマットが思ったとおりの答えを返してきた。「ミッチェルは貴族ではないかもしれないが、婚約者の身を心配しているのは同じだ。ところで、ケニルワースはどこだ？」ケニルワースとは長年の付き合いで、今彼がここにいないのはおかしかった。「彼が加わろうとしないとは思えないが」

「シャーロットを追っていった」ドミニクの顎がこわばった。「今朝、猫を散歩させているときにさらわれたんだ。でも、心配は要らない。彼といっしょにうちの四人の使用人を送ったから」

ちくしょう。「いったい、どうしてそんなことになった？」

ドミニクが答えるまえに、お仕着せを着た使用人がひとりが馬の向きを変えてふたりの隣に並んだ。「旦那様、ケニルワース様から伝言をことづかっています。万事問題なしだが、自分はこのままさびれた宿屋に留まるとお伝えするようにとのことでした」

シャーロットが無事だったのはよかった。妹に何かあったとなれば、グレースに殺されたことだろう。しかし、さびれた宿屋でいったいふたりは何をしているんだ？

「よし」とドミニクは言った。すでにダヴ亭に着いており、彼は宿屋の前庭に目を走らせた。「間に合った」マートン家の馬車はダヴ亭の裏へまわった。またもマットは何が起こるのだろうと思わずにいられなかった。ドミニクは乗馬従者のひとりに向かって言った。「うちの馬とワーシントン家の馬車を隠せ。ミスター・ミッチェルのことは裏から宿にお連れしろ」ドミニクはマットにちらりと目を向けた。「全員の配置が整ったら、きみとミッチェルにすべて説明するよ」

「わかった」ほかに答えようがなかった。宿屋の前庭に腰をおちつけて問題を話し合うことなどできなかったからだ。

ドミニクは先ほどの使用人に向かって言った。「ジェファーズ、終わったら、ぼくのところへ来てくれ」

「かしこまりました」

宿の亭主が玄関で彼らを出迎えた。「すべて準備できております、閣下。妻がミス・クローヴァリーを部屋へお連れします」

「ありがとう。ワーシントン、こちらミスター・クロウだ。昨日、彼とおかみさんに事情を説明したら、大いに力になってくれている」

「おはよう」マットは首を下げた。「それに、礼を言うよ」

「おはようございます、閣下」亭主は顔をしかめた。「またお嬢さんを縛り上げなくちゃなりませんかね？　そんなことをするのはどうにも嫌でたまらないんですが」

「いや」ドミニクは亭主に請け合った。「彼女がしばられているかどうか、ミス・ベッツィが知ることはない」

クロウは階段をのぼったところにある部屋にふたりを案内した。「昨日、ケニルワースご夫妻をお泊めした部屋ほどいい部屋じゃないんですが、これからすることを考えると、この部屋のほうがいいと思いましてね」

ケニルワースご夫妻だと？

27

シャーロットとケニルワースが夫婦を装って田舎をうろつきまわっているとしたら、誰かに事情を詳しく説明してもらわなければならない。マットは単に義妹をロンドンに連れ帰り、すぐに彼女と結婚するようケニルワースに求めれば済むとぼんやりと思っていたのだった。

「上出来だ」ドミニクはクロウの肩をつかんだ。「ミス・クローヴァリーの婚約者のミスター・ミッチェルもわれわれといっしょだ。ワーシントン家の馬車とともに宿屋の裏にまわるように指示した。できるだけ早く彼をぼくの部屋に連れてきてくれ。それに、彼は彼女の無事をたしかめたいはずだ」

「お伝えします」クロウはドミニクにお辞儀をし、それからマットにもお辞儀をした。

「いい人物のようだな」マットは宿の亭主がすばやく廊下を去っていくのを見送った。

「彼もおかみも好人物だ」とドミニクが言った。「彼らを仲間に引き入れようというのはシャーロットの考えだったんだ。自分たちがすっかりだまされていたことに驚愕していたよ」

「そうだろうな」だまされていた？　ドミニクのことばにマットは当惑せざるを得なかった。ふと、前回の誘拐について、自分もグレースもシャーロットに詳しいことを聞かなかったと思った。シャーロットも自分のほうから話そうとはしなかった。

どうやらシャーロットは、ミス・ベッツィのたくらみについて、話してくれた以上のことを知ったらしい。それについても、何が起こったか彼女にはっきり訊かなかったのだった。彼女がそれに加えて、ケニルワースとの望まない婚約という問題も抱えていたからだ。

少なくとも、その点は変わったようだが。家に帰ったらすぐに、特別結婚許可証を手に入れて、ふたりを結婚させることにしよう。

数分後、小さな部屋はさらに小さく思えた。ベン・ミッチェルは背が高く、たくましい男性で、茶色の目と、婚約者よりはほんの少し濃い色のブロンドの髪をしていた。

「ミス・クローヴァリーに会えました」ミッチェルはわずかに脅すように眉を下げた。「彼女はぼくを抱きしめて大丈夫と言っただけで扉からぼくを押し出してしまった。ほんとうに彼女は大丈夫なんでしょうか？」

ドミニクはうなずいた。「彼女は一分の隙もなく守られている」そう言ってジェファーズに合図した。「伝言はあれで終わりではないだろう」

「ええ、旦那様。おふたりはダーティ・ダック亭というさびれた宿屋にいらっしゃいます。レディ・シャーロットが悪者の頭を椅子でなぐり、ケニルワース様がいわばとどめを差しました。おふたりは――」

「どうしてふたりはおまえといっしょに戻ってこなかったんだ？　もしくはスター・アンド・ガーター亭へ行くとか？」

「ワーシントン」ドミニクが質問を退けようとするような声を作って言った。「最後まで言わせてやってくれ。売春の斡旋人がやってくるまであまり時間がないんだ。彼が話し終えたら、計画全体についてぼくから説明する」

「もうひとり、つかまえなければならない人物がおりまして。旦那様、よろしければ、向こうで助けが必要な場合に備えて、私は戻ったほうがいいと思います」

ドミニクはうなずいた。ジェファーズが部屋を出ていくと、彼はマットに向かって言った。

「昨日、ミス・クローヴァリーを含む全員で、ミス・ベッツィの悪事に終止符を打つには、現行犯で彼女をつかまえるしかないという結論に達したんだ。女性を救い出すだけでは、あの女を縛り首にするには足りない」ミッチェルをちらりと見てドミニクは続けた。「ミス・クローヴァリーには、かかわらないことにしてもいいと言ったんだが、彼女は力を貸すことに同意してくれた。ぼくらが彼女の身の安全を守るかぎりにおいては。これだけは約束するが、彼女の身に害がおよぶことは決してない」

「そう聞いても意外でもありませんね」ミッチェルは口を引き結んだ。「彼女は誰よりも勇敢な女性ですから」そう言って首を振った。「理解できないのは、どうして彼女が選ばれたかということです」

「ぼくらがたしかめたかぎりでは――」とドミニクが言った。「そのミス・ベッツィという女は売春の斡旋をしている。言い換えれば、特定の女性を望む男に雇われているんだ」

もしくは子供を。マットはシャーロットが言っていたことを思い出した。胃がひっくり返る思いだった。

ミッチェルの顔が人でも殺しそうなほどに危険なものになったが、彼のことは責められないとマットは思った。「その女を雇った男たちについてはどうするんです？」

「そいつらのこともつかまえる」ドミニクの声はマットが聞いたこともないほどに恐ろしく響いた。「もちろん、裁判にかけるなど論外だ。そんなことをしても、悪い噂の種になるだけだ」そしてシャーロットの評判に瑕がつく、とマットは胸の内でつぶやいた。「しかし、悪党たちを排除するにはほかにも方法がある」

「ふつうは法にのっとったやり方以外で犯罪を処理することには反対なんですが」ミッチェルがドミニクとマットをちらりと見た。「でも、ぼくもミス・クローヴァリーが裁判で証言しなければならなくなるのは嫌です。ですから、あなた方のいいように進めてください」

「このことをここだけの話にしておければ、誰にとってもずっとことは簡単になる」ミッチェルがここへいっしょに来ることに同意したときには、マットは貴族の特権に対する中流階級の嫌悪については忘れていたのだった。シャーロットがどのようにさらわれたのか、マットが訊こうとしたときに、扉をノックする音がした。

「みなさん、馬車が前庭にはいってきました」

少しして、大きな男の声が下から響いてきた。「ほかの連中はどこだ？」

「存じません」と宿の亭主は言った。「昨日の晩からお見かけしていないので。きっとほかの宿屋に飲みに行ったのでは」

「使えねえな。そういう連中なんだ。彼女にはあいつらのことは首にしたほうがいいと言ってやったんだがな。女はどこだ？」

大きな足音が階段をのぼってきた。鍵が外される音がし、より軽い足音が階段を踏む音が聞こえてきた。玄関の扉が開くやいなや、ドミニク、ミッチェル、マットは階段を駆け降りた。ドミニクとマットが馬に乗ったときには、見えたのは黒い馬車の後部だった。マットには、ミッチェルがわれを忘れずにいてくれると信じるしかできなかった。

ふたたびダーティ・ダック亭

シャーロットはコンスタンティンが応接間のなかに戻っていくのを見守った。誰も扉にまた鍵をかけようとはしなかったようだが、彼が寝室にはいるやいなや、ミス・ベッツィが窓のそばを通った。ああ、なんてこと！　彼女は宿を離れたとコンスタンティンは思っていたのだ。宿屋の別の場所に行っていただけにちがいない。

コンスタンティンが持ってきたバスケットから拳銃を手にとると、シャーロットは馬車から降り、できるだけ音を立てずに寝室の窓のところへ駆け寄った。爪先立つと、かろうじてなかが見えた。コンスタンティンは壁に身を押しつけている。扉がわずかに開き、ミス・ベッツィが部屋にはいってベッドに目を向け、部屋から出ていった。シャーロットは、扉が開いたときに窓の外を見えなくしてくれたことに安堵の息をつき、身を低くして近くの応接間の窓へと近寄った。女はいなくなっていた。計画が見破られることはなかった。シャーロットは寝室の窓のところへ行き、開いた窓からなかにいる彼を探した。

「心配してくれてありがとう、シャーロット」コンの低くかすれた声がシャーロットの全身に悦びの震えを走らせた。「でも、ミス・クローヴァリーが到着するまえに、きみはフェートンに戻ったほうがいい」

「そうするわ」シャーロットは指にキスをして手を伸ばし、彼の手に触れた。「幸運のおまじないよ」

「このままきみを家に連れ帰れたら、ずっとうれしいんだけどな」と彼は不満そうに言った。

シャーロットが我を通していたら、部屋のなかに彼といっしょにいたはずだった。今、危険にさらされているのは彼だ。「わたしもよ。でも、ミス・ベッツィがこれまで害をおよぼしてきた人たちのことを考えなくちゃならないわ。それと、もしここで止めなかったら、今後彼女が害をおよぼすであろう人たちのことも」

「きみと結婚できるなんて、こんな幸運信じられない」彼の顔に悔しそうな表情が浮かんだ。「ぼくが問題をむずかしくしてしまったからね」

「わたしのほうこそ」出会いは最悪だったにもかかわらず、彼ほど自分にとって完璧な紳士はいない。彼から能力や知識に劣った人間として扱われたことは一度もなかった。「愛しているわ」

「ぼくも愛している。さあ、行くんだ」

「お嬢様」マートンの使用人のひとりが言った。「馬車が街道からこちらへ曲がってきたところです」

「ありがとう」また身を隠さなくては。幸い、馬車を隠している木立は遠くなかった。

シャーロットが馬車のところまで行ってすぐに、簡素な黒い馬車が前庭にはいってきた。まえと同じように事が運ぶのだとすれば、ミス・ベッツィとその共犯者はすぐにつかまることだろう。

シャーロットはくぐもったうなり声を聞いて、ラッフィントンのほうに目を向けた。目はまだ閉じており、彼をしばっている縄のひとつの端が木にくくりつけられていた。

「どうやら目を覚ましそうです、お嬢様」ジェミーが横に来た。「また頭をなぐってやればいい」

シャーロットはその提案について考えた。男は豚のように縛られ、さるぐつわも嚙まされている。何であれ、問題を起こすことはできないはずだ。それでも……シャーロットは太い枝を拾い上げた。男は目を開けた。ばかな男はずうずうしくも、いやらしい目を向けてきた。このならず者に対して多少同情を感じていたとしても、そんなものは消え失せた。シャーロットは枝を男の頭に振り下ろし、また気を失わせた。これで女性をさらったらどういうことになるか、身に染みて思い知ったことだろう。

「シャーロット」彼女は飛び上がった。心臓が止まったのはたしかな気がした。

「マット。ここで何をしているの？」

彼はラッフィントンに目を向けた。「やりすぎなほどにやっつけたようだね。きみが大丈夫か訊こうと思っていたんだが、何も問題ないようだ」

「ええ」シャーロットは義兄を一瞬抱きしめてから、注意を宿屋の横に向けた。

「何がどうなっているんだ？　マートンが計画について話してくれたが、あまりに展開が早くて全体像が見えていないんだ」

「これまでのところ、ミス・ベッツィをつかまえようという計画はうまくいっているわ。ケニルワース様がなかにいるの。彼は――ちょうど間に合って来てくれたのよ」どれほどあやういところだったか、マットに話す勇気はなかった。「わたしがラッフィントンの頭を椅子でなぐって、ケニルワース様が鼻をへし折ってやったの。それから、マートンの使用人が彼を外に運び出して縛り上げたのよ」

「つまり、ラッフィントンだったと？」マットはおちついた声で訊いた。「それは想像もつかないことだな」

「そうよね。彼がミス・ベッツィを雇ってわたしをさらわせたのよ」シャーロットは自分がここにいることについて義兄がもっと怒らないことに驚いていた。

「こいつのことはどうするか決めたのか？」マットは穏やかすぎる様子だった。ラッフィントンのクラバットをつかんで拳をくらわせるまえのコンスタンティンと同じように。

「まだよ」シャーロットが宿屋の横に目を向けると、ちょうどミス・クローヴァリーが扉の奥に連れていかれるところだった。「ミス・クローヴァリーを望んだ男が到着したらすぐに、その人のこともつかまえるの。そのときまで、彼らをどうするか決めるのはあとまわしにするわ。マートンはどこ？」

「連中をどうするか、ぼくに考えがある」マットはまたラッフィントンに目を向けた。「ドミニクは宿屋の正面に近いところにひそんでいる。もう少し近づいても安全かい?」

「もうひとりのならず者が到着したらすぐに、窓の下から音は聞こえるわ。見てわかるように、窓は地面からかなり高いところにあるから。ミス・ベッツィはラッフィントンを寝室まで案内していたけど、いつもそうするかどうかはわからない」

「シャーロット」マットは変わらない穏やかな声で言った。その声はシャーロットを不安にさせはじめていた。「ミスター・クロウがきみをレディ・ケニルワースと呼んでいたのには理由があるのかい?」

「ああ、それね」熱が首から顔へのぼり出した。それについて釈明しなければならないとは予想していなかったのだった。そう、マットがここに来るとは思っていなかったからだ。

「ああ、それだ」マットは何も言わずに待った。

「その……それは……」マットに目を向けても、その顔は仮面のようだった。これはよくない兆しだ。「その……コンスタンティン、つまり、ケニルワース様とわたしが昨日ダヴ亭に到着したときには、ミス・クローヴァリーのところへたどりつくためにお芝居をしなくちゃならなかったの」シャーロットの喉が突然渇ききった。残りはすばやく言ってしまえば、マットにそれほどばれずに済むのでは。「宿屋には大きな部屋がひとつしかなかったので、それを借りたの。そこへドッティとマートンがやってきて、みんなでクロウ夫妻と話をした。それだけのことよ」シャーロットは義兄にまたちらりと目を向けたが、やはり表情は変わらなかった。「わたしたち、来週結婚するわ」ありがたいことに、馬車の音が聞こえてきた。

「ああ、もうひとりが到着した」

「これで救われたとは思わないほうがいいな」マットは警告した。「この話の残りはあとで聞くから」

シャーロットは息を吐き出した。ロスウェルとの婚約を宣言することになった理由をマットに話さなければならなかったときのルイーザも、こんな気持ちだったにちがいない。少なくとも、今回はコンスタンティンとドッティとマートンが味方になってくれるはずだ。

宿屋の扉がぴしゃりとしまった。「さあ、今ならもっと近くに寄れるわ」

ふたりが窓の近くまで来たところで、ミス・ベッツィと男が応接間にはいった。

「支払いのまえに彼女を見たいんだが」シャーロットは知らない声だったが、隣でマットが身をこわばらせた。

「もちろんですよ」まえと同じように、寝室の扉がつかのま開いた。

「噂どおりきれいだ」ミス・クローヴァリーを見た男はうれしそうな声で言った。

「つまり、会ったこともないんですか？」ミス・ベッツィは驚いた声を出した。

「ああ、噂を聞いて、我慢できなくなってね。これが代金だ」

「酒場の常連客たちがやってくるまで一時間ほどしかありませんよ」とミス・ベッツィは言った。「帰るときは横の扉を使うといいですよ。女も財布も失いたくはないでしょうから」

「助言に従うよ。ごきげんよう、マダム」

「ごきげんよう」

ならず者は寝室の扉を開けた。「きみはきれいだな。きっといっしょにうんとたのしい時を過ごせるよ」

ミス・クローヴァリーは首を振った。「理解できないわ。あなたは誰なの？」

「ぼくはコーニング。ジェラルド・スミストンの友人だ」

「叔母様がお仕えしているウォートン様の甥の？」彼女は驚愕した声で訊いた。「このことにあの方がどうかかわっているの？」

「ジェラルドにはきみを手に入れるための金がなかった。斡旋人が言ってきた金額が法外だったからね。そう、伯父上に息子ができたら、彼への手当は減らされてしまったんだ。きみと事を終えたら、ぼくは彼がまだきみに関心があるかどうか訊いてみるつもりだ。そうするのが公平に思えるからね」

ミス・クローヴァリーの顔が青ざめた。彼女が気を失うのではないかとシャーロットは心配になった。しかし、ミス・クローヴァリーは気を失うことなく、拳をにぎりしめた。「胸がむかつくような邪悪な人ね。あなたになんか指一本触らせやしないわ。絶対に」

「へえ、ぼくは触る以上のことをするつもりだよ、お嬢さん。きみをうんとうまく利用するつもりだ」

男がゆっくりと部屋のなかにはいると、コンスタンティンが扉を蹴って閉め、コーニングの腹に拳をくらわせた。

「これでしばらくはこの男もおとなしくしているはずだ」コンスタンティンはそう言って横の扉へ向かった。

もみ合うような音とともに、怒り狂った女性の悲鳴が宿屋の正面から聞こえてきた。少しして、シャーロットの知らない男性が応接間に駆け入った。

「あれはミス・クローヴァリーの婚約者だ」とマットがささやいた。

「ベン」ルートン一《いち》ハンサムな男性ね。シャーロットはひそかに笑みを浮かべた。

「ネル？」

「ここよ！　ああ、ベン」ミス・クローヴァリーは婚約者の腕に身を投げかけた。「来てくれてとてもうれしいわ。恐ろしい男だった。マートン様の使用人がまわりに大勢いるとわかっていても、怖かった」

ベンは彼女の背中を撫でておちつかせようとした。「もう何も問題ないよ。きみが救うことになったほかの女性たちのことを考えてごらん」

「わかってる。そうでなければ、こんなことできなかったもの。でも、終わってほんとうにうれしいわ」

シャーロットの目の端でコーニングが立ち上がりかけたのがわかった。「後ろ！」

ベンがくるりと振り返って、まずは右の拳をコーニングの腹に、次に左の拳を顔にお見舞いした。コーニングは顔じゅう血だらけになって床に倒れた。

彼がまた立ち上がろうとするまえに、マートンがぐったりした体をつかんで外へ運んでいった。

コンスタンティンが外へ来て、シャーロットに腕を巻きつけた。「これが終わってどんなにうれしいか、ことばにできないよ」

「わたしもよ。でも、どうして顔をなぐらなかったの?」

コンスタンティンは笑い声をあげた。「ジェファーズに、ミスター・ミッチェルがここに来ていると聞いたんだ。彼が婚約者に代わって報復する機会がほしいんじゃないかと思ってね」

「おっしゃるとおりですよ」ベンが笑いながら話に加わった。自分のものと示すように腕をミス・クローヴァリーの肩にまわしている。「その機会を与えられなかったら、心外だったでしょうね」彼は婚約者をさらに引き寄せた。「ルートンへ戻るときだ、そうだろう、ネル?　ワーシントン様が馬車と御者を使っていいとおっしゃってくれたよ」

ミス・クローヴァリーは目をうるませて笑みを浮かべた。「また家に戻るのが待ちきれないわ」そう言ってシャーロットに目を向けた。「さらわれることになっている女性がもうひとりいるという話でした。その女性のことも救っていただけますか、レディ・シャーロット?」

「そうなのね。もちろん救うわ。クロウ夫妻のところにはほかの誰かが連れてこられる予定はないそうだけど、たぶん、どこへ連れていかれるかはわかると思う」マットに止められないかぎり、コンスタンティンとともにその場にいあわせて、今度のことに終止符が打たれるのを見届けよう。しかし、ヘア・アンド・ハウンド亭の主人夫婦は、コンスタンティンとシャーロットのことを悪い印象で覚えているかもしれないので、ドッティとマートンにもいっしょに来てもらったほうがいいだろう。

ミス・クローヴァリーと婚約者が馬車へと向かうと、マットがコンスタンティンとシャーロットに向かって言った。「リッチモンドへ戻ったらすぐに、きみたちふたりがこれまでどういうことになっているのか話を聞くことになる」

「もちろんさ」とコンスタンティンが答えた。シャーロットの義兄に威圧された様子はまったくなかった。

マットは乗馬従者のひとりのほうへ去り、コンスタンティンはシャーロットに目を向けた。

「あれはどういうことだい？　ぼくを吊るし上げたいというような目だったぞ」

「わたしたちがすでに結婚しているとクロウ夫妻に思わせたことを知ったのよ」

コンスタンティンはしばらく黙りこみ、やがて肩をすくめた。「彼さえよければ、すぐにでも結婚するさ」

シャーロットの胸は愛と喜びで一杯になった。今以上の幸せは想像もできなかった。ルイーザのお相手のロスウェルも、ドッティと結婚するまえのマートンですら多少、マットには威圧されたものだが、コンスタンティンはシャーロットの義兄の怒りには頓着していないようだった。シャーロットには、自分自身とふたりの愛情について、彼と同じぐらい確信を持とうとするしかできなかった。

28

シャーロットとコンスタンティンがフェートンまで半分ほど近づいたところで、銃声が鳴り響いた。

「いったい何なんだ？」コンスタンティンはシャーロットを腕に抱き上げ、馬車へと運んだ。

「宿屋の正面のほうからよ」と彼女は言った。「マートンじゃないといいんだけど」

「きみたちふたりはここにいてくれ」マットがふたりに呼びかけた。それから、大股で道のほうへ向かった。「どうなっているのかたしかめてくる」

少しして、ジェミーが宿屋の正面のほうから全速力で走ってきた。「ケニルワース様、あの女が死んで、レディ・シャーロットを誘拐した男が姿を消しました」

「何があったの？」シャーロットが馬車の御者台に倒れこまないようにしながら訊いた。

「ミス・ベッツィが銃を持っていた。乗馬従者のひとりがとり上げようとしたら、銃が暴発して、女の胸にあたったんです。あたりじゅう血だらけで、ワーシントン様が女は死んだと言ってた」

「ああ、なんてこと」シャーロットはかすかに意識が遠のく気がした。フェートンに残っているようにとマットに命じられたのがとてもありがたかった。「きっと今度こそ逃げられないと彼女にもわかっていたのね」

コンスタンティンはジェミーを抱き上げて馬車の後ろに乗せ、自分も馬車に乗りこんだ。

「ジェミー、おまえはどのぐらい見たんだ？」

「あんまり。乗馬従者が見せてくれなくて。何があったか教えてくれただけなんです」

「それはよかった」コンスタンティンはしばし目を閉じた。「リッチモンドに戻ろう。あとのことはマートンとワーシントンが片づけてくれる。誰かに見られるまえに、きみとジェミーをここから離れさせたい」

シャーロットはコンスタンティンの体に腕を巻きつけた。「ダヴ亭まで行ってクロウご夫妻に片がついたって教えてあげるべきよ」

コンスタンティンはどうなっているか見ようとまだ首を伸ばしている少年に目をやって小声で言った。「今朝、リッチモンドを出るときに、ジェミーのことを訊いてきたご婦人がいたんだ」

シャーロットの鼓動がほんの少し速くなった。「もしかして……？」

「可能性は高いと思うが、ふたりを会わせるまではわからないよ」

シャーロットはジェミーの家族が見つかったのでありますようにと神に強く祈った。「つかまえた紳士たちはどうなるの？」ミス・ベッツィに金を払った男たちを紳士と呼ぶことで、シャーロットの口のなかに苦いものが広がった。生まれから言えば、紳士でまちがいないとしても。

馬車を出すまえに、マットがコンスタンティンに合図した。コンスタンティンはシャーロットに手綱を渡した。「すぐに戻る。ジェミーはここにいさせてくれ」少しして、婚約者は戻ってきた。「悪人どもをうんと長いあいだ忙しくさせておいてくれる船の船長をワーシントンが知っているそうだ」

「よかった。あんなことをした人たちですもの、もう二度と戻ってきてほしくないわ」

「自分の身がかわいかったら、二度とイギリスの岸辺に足を下ろすことはないだろうよ」

ほぼすべてが片づいたように思えたが、ひとつだけ……。「ミス・ベッツィに支払われたお金はどうなったのかしら？」

「マートン様が持っているよ、レディ・シャーロット」とジェミーが言った。「彼女の犠牲者を助けるために使うって。それってつまり、彼女が傷つけた人たちってこと？」

「たしかにそういうことよ」コンスタンティンのたくましさを感じたくなり、シャーロットは街道に出るまで彼にもたれていた。「ジェミー、スター・アンド・ガーター亭に着いたら、まっすぐメイのところへ行って、あなたがお風呂にはいってきれいな服を着なくちゃならないって伝えて」

「そうしなくちゃだめ？　お風呂なら、このあいだはいったばかりなんだけどな」シャーロットはほほ笑みそうになるのをこらえた。幼い男の子たちがなぜお風呂が嫌いなのか、どうしても理解できなかった。「言われたとおりにして。そう、はいらなくちゃだめよ」

馬車はダヴ亭に寄った。前庭に馬車を乗り入れるやいなや、クロウ夫妻が出てきてふたりを出迎えた。

コンスタンティンが女の死も含め、何があったかを説明した。

「すっかりだまされていたなんて信じられないですよ」とクロウ夫人は言った。「あんなきれいで洗練されたご婦人だったのに」

「いつもまさかと思う人が極悪人だったりするわ」シャーロットが女性の肩を軽くたたいた。

「たぶん、彼女にだまされていたのはあなた方だけじゃなかったようだし」

「終わりよければすべてよし。あたしだったら、そう言いますよ」クロウが馬車から一歩離れた。「解決してくださってありがとうございました。あなた方のようなことをして下さる方は多くありませんから」

「こっちこそ、協力してくれてありがとう」とコンスタンティンが答えた。

二十分もしないうちに、馬車はスター・アンド・ガーター亭の前庭に乗り入れた。ジェミーが馬車から飛び降り、宿屋のなかへ走った。

「さっきはああ言っていたが、風呂にはいりたくてたまらないって感じじゃないか」

「きっと態度で示す以上に気に入っているんだと思うわ」シャーロットは笑った。「弟たちもそうだもの」

「うちの母だったら、幼い男の子は野蛮人だと言うだろうな。母にはぼくしかいなかったわけだが」宿屋の馬丁が来て馬をあずかってくれた。「さあ、ジェミーに新しい家族ができたのかどうかたしかめに行こう」

「ええ、そうしましょう」馬車の彼女の側にまわりこむ彼に彼女は笑みを向けた。

コンスタンティンはフェートンからシャーロットを抱き上げ、ゆっくりと地面に下ろした。「ワーシントンがきみをいっしょにロンドンに連れ帰ろうとするんじゃないかって気がするんだが」

「そう命令されても行かないわ。わたしたちは遅くとも来週には結婚するのよ。義兄《あに》はとても威圧的になれる人だけど、良くも悪くも、ルイーザに対するほどの力をわたしにはおよぼせないわ。それでも強く言ってくるようなら、カーペンター家の女性がどれほど意志を強くできるか思い知ることになるわね」コンスタンティンは疑うように片方の眉を上げた。「それだけじゃなく、この結婚は義兄も望んでいるわ。いずれにしても、ドッティとマートンにはいっしょに来てもらわなければならないし。ヘア・アンド・ハウンド亭のご主人もその奥さんも、わたしたちのことを思い出したら、よく思わないいんじゃないかしら」

「彼らの娘をあんなふうに縛り上げたわけだからね」

「だからこそ、ドッティたちに来てもらわなきゃならないのよ」シャーロットは忍び笑いを抑えようとしてできなかった。「マートンは侯爵様でいるのがとっても上手だから」

婚約者は怒った顔を彼女に向けた。「ぼくは侯爵としてちゃんと体面を保っていないと言いたいのかい？　これだけは言えるが、わが家が爵位を得たのは彼の家よりも少なくとも五十年はまえなんだ」

シャーロットは鈴のような笑い声をあげた。「いいえ、そういうことじゃないのよ、コンスタンティン。彼は以前、ひどくうぬぼれた人間だったの。そのころの彼のこと、知らなかった？」

「あまりよくは」コンスタンティンはぼやくように言った。「もったいぶったところがあったのは覚えているが」

「マートンがあまりに自分の地位を強調するものだから、幼い子供たちは――とくにテオが――彼のことを〝お侯爵様〟と呼んでいたものよ」

「それはひどいな」コンスタンティンの顔はまだこわばっていたが、目はきらめき、唇の端は震えていた。「きみの言いたいことはわかったよ」

シャーロットは彼の肘に手を置いた。「ドッティがジェミーのことについて何を話してくれるか聞くのが待ちきれないわ。それに、彼女はマートンが戻ってくるまえに、何から何までをわたしたちから聞き出すわよ」

コンは応接間の扉のところでシャーロットと別れ、自分の部屋へ行った。顔と手を洗うためだったが、まだ彼女に渡していない小さな品をとってくるためでもあった。

手と顔を洗い、クラバットを換えると、従者を呼んだ。

「旦那様？」

「宝石箱を持ってきてくれ」ヒルストーン・マナーを出るまえに、母から三つの指輪を受けとっていたのだった。そのときは、母も自分もシャーロットの好みを想像できるほどには彼女をよく知らなかった。今は彼女には自分で選ばせたほうがいいとわかっていた。

カニンガムは宝石箱をドレッシング・テーブルの上に置いて蓋を開けた。「レディ・

シャーロットにはどれを差し上げるんです、旦那様?」

「決めるのは彼女さ」コンは三つの指輪を手にとった。どれもちがう石がついており、異なる世紀に作られたものだ。もっとも新しいものは作られてから百年そこそこだった。

「賢明でございます、旦那様」従者は蓋を閉めて箱を持ち去った。

手に指輪を持ったまま、コンはノックして互いの部屋のあいだの扉を開けた。「シャーロット?」

女主人の髪に緑のリボンを結び終えたお付きのメイドがくすくす笑った。シャーロットは馬車用のドレスから縁に緑のグログランリボンがついた黄色いモスリンの薄手のドレスに着替えていた。

シャーロットは鏡越しに彼と目を合わせてほほ笑んだ。「下がっていいわ、メイ」

メイドはお辞儀をし、コンがこれまで気づかなかった扉から出ていった。

「すまない、シャーロット。きみのメイドがいるとは思ってもいなかったので。きみにとって困ったことになるかな?」コンがシャーロットの寝室に来たことをメイドがワーシントンに告げ口するかもしれないと思いながら、彼は訊いた。ワーシントンはすでにふたりに腹を立てている。

「いいえ、彼女は長年わたしのメイドを務めているの。あなたと結婚することを話したので、うきうきしているわ」コンはシャーロットの後ろに立ち、肩に手を置いた。止められなくなるのを恐れてそれ以上彼女に触れる勇気はなかった。彼女が心ゆくまでキスされた顔になるまで止められないかもしれない。ほっそりした手が彼の一方の手に重ねられた。「言うまでもないけれど、ドッティとマートンが結婚してからというもの、わたしのメイドはずっとわたしにも結婚してほしいと思っていたのよ」

コンには理解できなかった。主人の友人の結婚を知った自分の従者が、主人の結婚を願うようになることなどなかったからだ。「それはどうしてだい？」

シャーロットは笑った。「ドッティのメイドとわたしのメイドのメイは親友同士なんだけど、ある意味競争相手でもあるの。これでメイも貴婦人のメイドから、侯爵夫人のメイドになるわ」

「ああ、そういうことか」内心とは裏腹に平静を装い、コンは身をかがめて手を開き、彼女のドレッシング・テーブルに指輪を置いた。「結婚と言えば。母にこれを渡されたんだ。ぼくがきみに選ぶよりも、きみに好きなのを選んでもらおうと思ってね」

シャーロットは初めて見るような輝く笑顔を彼に向けた。「どれもとてもきれいね」そう言って人差し指で宝石を撫でながら、ひとつひとつの指輪をじっくり眺めた。しまいに、両側にオパールを添えて大きなエメラルドを仕立てた模様入りの金の指輪の上で指を止めた。「これがいいと思うわ。エメラルドの緑はわたしの好きな色で、十月生まれで誕生石がオパールだから」

コンはほかのふたつの指輪を拾い上げてウェストコートのポケットにしまった。そして、彼女が選んだ指輪を手にとり、彼女の手をとって、指に指輪をはめた。「きみにぴったりだ」

コンはそれ以上彼女に触れないという決意を忘れ、口を口に下ろし、濃いピンク色の唇のあいだに舌をすべりこませた。シャーロットは口を開き、はいってきた舌に舌で触れた。コンは首をかがめた。もっと彼女がほしく、もっと近くに寄りたかった。「ことばにできないほど、きみといっしょにいたいよ」

彼の手がほっそりした肩から腕をなぞりはじめ、彼女の指がたくましい背中を這った。

「シャーロットはどこにいる?」ワーシントンの太い声が壁にこだましたように思えた。

「行って」シャーロットは扉から彼の部屋へとコンを押しやった。「応接間で会いましょう。ジェミーもすぐに来るわ。メイによると、ジェミーはマートンの従者といっしょにいて着替えているそうよ。

すぐ行くわ、マット」シャーロットは扉から部屋に戻るコンにキスを投げた。

一分ほどして、コンが応接間にはいっていくとワーシントンとシャーロットとジェミーといっしょにドッティがそこにいた。

ワーシントンがコンと目を合わせた。「シャーロットには、ぼくといっしょにロンドンに戻ってほしいと言ったんだが、断られた」

「ぼくにも断ると言っていたよ」コンは婚約者のほうを見やって目を合わせた。彼女のまなざしには熱と愛情が宿っており、コンの知りたいすべてを語ってくれていた。将来の義兄でもある友のほうにわざわざ目を向けることなく、コンは言った。「きみさえよかったら、彼女が閉じこめられていたヘア・アンド・ハウンド亭に行くまえに、ドクターズ・コモンズに寄るよ。そこで特別結婚許可証を手に入れるつもりだ。結婚式ではきっとマートン夫妻が証人になってくれるはずだ」

「ぼくを殺すつもりならね」ワーシントンがあざけるように言った。「シャーロットの結婚式に参加できないとなったら、グレースと子供たちはもちろん、彼女の叔母と叔父にもぼくは殺されるよ」ワーシントンは立ち上がってしばらく部屋を行ったり来たりした。「シャーロット、今度のことはきみにとってそんなに重要なことなのか?」

シャーロットはコンに目を向けたままでうなずいた。「ええ、最後まで見届けなきゃならないわ」

「マット」とドッティが言った。「みんなでいっしょに行くなら、誰も異を唱えることはできないわよ。それに、このふたりは婚約しているんだから。あなたが家に戻ってグレースに結婚式の計画をはじめるように言えば、彼女が社交界全体にそのことが知れ渡るようにしてくれるわ」

「レディ・ベラムニーとケニルワース様のお母様も喜んで手伝ってくれるはずよ」シャーロットは付け加えた。「一週間もしないうちに、ベルギーに行っていた人たちですら、わたしたちがまもなく結婚するのを知ることになるわ」

ワーシントンはシャーロットとドッティの言ったことについて思案している顔でふたりを見比べていた。「わかった」そう言ってシャーロットの手をとった。「きみはルイーザほど簡単に言うことを聞かないんだな。まあ、ルイーザの場合は十八年かけて教育できたからね」

シャーロットはワーシントンに笑みを向けた。「きみが自分のしていることをわかっていると信頼しなきゃならないようだ」

シャーロットは爪先立って義兄の頰にキスをした。「あなたは女性が望み得るなかで最高の保護者よ。感謝しているわ。でも、ここからは自分でどうにかする」そう言って彼にほほ笑みかけた。「グレースもわかってくれるはず。それは絶対よ」

「そうだといいな」ワーシントンは小声で言った。「ぼくは妻に嫌われたくないからね」

「愛していると伝えて。またすぐに会いましょう」

ワーシントンが発って五分もしないうちに、扉をノックする音がした。

「どうぞ」とドッティが呼びかけた。

使用人が扉を開け、濃い灰色のボンバジンのドレスを身に着けた中年女性が部屋にはいってきた。

「レディ・マートン」女性は頭を下げた。

これはおもしろい。この女性の地位はドッティと同じかそれ以上だ。コンはまだ白髪のない明るい茶色の髪から鋭い灰青色の目までじっくりと女性を眺めた。その目は誰かを思い出させた……。「ジェミー？」

「はい、侯爵様」ジェミーはソファーの陰から立ち上がり、すぐさまシャーロットのところへ行った。いったい彼はソファーの陰で何をしていたんだ？

中年女性は息を吞み、手を喉にあてた。

「レディ・リッチフィールド」とドッティが言った。「レディ・シャーロット・カーペンターとその婚約者のケニルワース侯爵を紹介させてください。レディ・シャーロット、ケニルワース様、リッチフィールド侯爵夫人です」

「この子があなたのところへ来ることになったいきさつをレディ・マートンが話してくださったんです。レディ・シャーロット、ありがたいことに、あなたがこの子を救ってくださったとか」彼女の唇が引き結ばれた。「真実を知る方法はたったひとつです。この子に服を脱いでもらわなければなりません」

ジェミーはシャーロットの手をつかんだ。「ぼくはもうお風呂にはいったよ」

シャーロットはジェミーを見下ろした。「ええ、わかってるわ、ジェミー」それから、レディ・リッチフィールドに目を向けて訊いた。「なんのためにです?」

「この子が、わたしが思っている子ならば――」ああ、誰もがまわりくどい言い方をする。「痣がふたつあるはずなんです。ひとつは肩に、もうひとつは太腿に。茶色っぽい色の痣です」

「知らない人のまえでジェミーに服を脱がせるよりは――」シャーロットは毅然とした様子で眉を上げた。ああ、彼女はすばらしい公爵夫人にすらなれるだろう。しかし、コンは彼女をあきらめるつもりはなかったので、侯爵夫人で我慢してもらわなければならない。「わたしのお付きのメイドを呼ぶのはどうかしら。ジェミーの身なりを整える役目を担っているので、ジェミーに痣があるかどうか教えてくれるはずです」

「お付きのメイド？」レディ・リッチフィールドは疑うような顔になって言った。

「ええ」シャーロットはきっぱりと言った。「弟や妹が大勢いて、子供の扱いが上手なんです」

「いいでしょう、呼んでください」

「おすわりになりませんか、レディ・リッチフィールド？」ドッティがそう言って、女性をソファーへと導いた。

客がすわると、ドッティは呼び鈴のひもを引っ張った。マートンが大勢引きつれてきた使用人のひとりが現れた。「お茶をお願い」

使用人がお辞儀をして応接間を出ていったところで、シャーロットのメイドが部屋にはいってきた。

「お呼びですか、お嬢様？」メイドはお辞儀をした。

「ええ。メイ、ジェミーに痣があるかどうか教えてもらえる？　肩にひとつと太腿にもうひとつ」

「はい、お嬢様。その、あります。茶色い痣で。妙な形をしてるんです。ひとつは蹄のような形で、もうひとつは鳥の巣のような形です」

シャーロットはレディ・リッチフィールドにちらりと目を向けた。「それで質問への答えになりますか？」

「ええ」レディ・リッチフィールドは立ち上がってシャーロットに目を向けた。「お邪魔してすみませんでした」

シャーロットとドッティはがっかりした目を見交わした。誰もジェミーに何も言わなかったのはよかった。

「もういつもの服に着替えてもいい？」とジェミーが訊いた。

シャーロットは彼をすばやく抱きしめた。「ええ、いいわ」

子供は応接間から走り出ていき、コンはシャーロットに腕を巻きつけた。「残念だったね」

「ほんとうに。ふたつの痣から、きっと家族が見つかったと思ったのに」シャーロットは決して涙をこぼすまいとするようにまばたきした。

「まったくね」ドッティが彼女の隣に立った。シャーロットは友を抱きしめた。「家族は悲しんでいるでしょうに」

「ジェミーには家族がいるさ。ぼくらという」コンの声は自分の耳にもぶっきらぼうに聞こえた。ジェミーに愛情を感じるようになってきたからにちがいない。「いつまでも。彼がぼくらを必要とするかぎりは」

少年の家族を見つけるために最善を尽くすつもりではあったが、見つからなければ、シャーロットとのあいだに生まれる子供たちといっしょに育てればいい。馬車の後ろに飛び乗らないように誰かが彼に教えなければならないのだから。

29

一時間後、マートンがようやく戻ってきた。「厩舎でジェミーを見かけたよ」

「あなたを引き留めた女性はジェミーが身内かもしれないと思ったの」シャーロットは首を振った。「どうやら、勘違いだったみたいだけど」

それでも、コンスタンティンはすばらしかった。彼がジェミーを引きとりたいと思っているとわかったのはとてもうれしいことだった。

「そうか、だったら――」マートンは咳払いをした。「あのベッツィという女が引き起こした今回の問題にどう片をつけるか決めたほうがいいな」

「ミス・ベッツィを雇った悪人たちは発ったのか？」とコンが訊いた。

「ああ。身許がわかるものをすべて奪いとって、ロンドンの波止場へ送った。どうやらアディソンがいくつかの船の船長と知り合いで、それをワーシントンに知らせたらしい。もうやつらについては心配しなくていい」

ドッティは夫の腕に手を置いた。「ほんとうに、ドミニク？　あの人たちが逃げ帰ってきたら？」

マートンがいたずらっぽい笑みを浮かべたので、シャーロットは驚いた。「もう一度ケニルワースやワーシントンやぼくのまえに姿を現すようなことがあったら、死を覚悟しろと嫌

という ほどはっきり言っておいた」

「でも、彼らが姿を消したら、探す人がいるんじゃない？」とシャーロットが訊いた。

「財産管理人にしばらく国を離れると告げる手紙を書くことは許した。それで問題には片がつくはずだ。どちらも人によく思われる人間じゃなかったようだし」

「ラッフィントンは生活に困っている人間だ」コンスタンティンが付け加えた。「債権者に追われなかったら驚きだな」

「ミス・ベッツィについては？　家族がいたとしたら、家族に知らせることについて、治安判事はどういう決定を下すかしら？」

「今のところ、クロウ夫妻を除けば、彼女が手紙を受けとっていた場所を知っているのはわれわれだけのようだ」とマートンが言った。「探している情報が手にはいったら、治安判事に知らせればいい。唯一見つかっていない悪党は逃げた男だ」

　わたしを二度さらった男ね、とシャーロットは胸の内でつぶやいた。ほかの悪人たちについては、その場で命を奪う以外では、唯一できることが為されたのはたしかだ。「すでに長い一日になっているけど、昼食のあと、トウィッケナムのホワイト・スワン亭に行って、ミセス・ボトムズの住まいを訊いたらどうかしら。わたしが彼女の昔の知り合いの振りをするわ」シャーロットは支えを求めるようにコンスタンティンに目を向けた。「どこかの時点で、サー・ジョンもクロウ夫妻がかかわっていたことを思い出して彼らから話を聞くはずよ。ミス・ベッツィが誘拐したもうひとりを見つけるために、情報を手に入れて利用するほうがいいわ」

「ぼくもシャーロットに賛成だ。ミス・クローヴァーによれば、犠牲者はもうひとりいるらしい。その女性がヘア・アンド・ハウンド亭にいるとしたら、サー・ジョンは管轄外だ。その地の治安判事がかかわってくるまえに、その女性を救出しなければならない」コンスタンティンが言った。「この件は急いで片づけたほうがいい。それとは別に——」彼はにやりとした。「ぼくは結婚式に参列しなきゃならないからね」

「同感よ」とドッティも言った。

「きみのお気に召すままに。ミス・ベッツィの家の鍵はぼくが持っている」とマートンが言った。「今日受け渡された金も。何か価値のあるものを見つけたら、彼女の犠牲者を助けるために使おう」

「まずは犠牲者を見つけなければ、助けられないな」コンスタンティンが暗い声で付け加えた。

昼食をとってただちに、一行はすぐ近くにあるトウィッケナムの町へ馬車で向かった。ホワイト・スワン亭の主人は、ボトムズ夫人の友人であるというシャーロットの話を信じ、家への行き方を教えてくれただけでなく、彼女あての手紙まで託してくれた。

数分後、四人は小さな家を見つけた。とがった屋根の張り出しのある玄関を赤いつるバラが優美に飾っている。白いペンキを塗られた家は手入れが行き届いていた。玄関の両側に窓がひとつずつある。

マートンは誰か在宅しているのを期待するかのように扉をノックした。応答はなく、彼は鍵を使って扉を開けた。「家の者がいるかのように話をしてくれ。近所の人や、ここに夜警がいれば夜警に、誰もいない家にどうしてはいろうとしていたのか説明しなきゃならなくなるのは嫌だからね」

マートンが扉を閉めると、シャーロットは両側に扉のある整った玄関の間を見まわした。玄関とは反対側の隅の横にもうひとつ緑のベーズを張った扉があった。二階に続く階段が玄関の真正面にあり、階段の脇には狭い廊下がある。外から見たよりも奥行きのある家だ。

「彼女の机を見てくるわ」ドッティがそう言って廊下を進み出した。

シャーロットは宿屋の主人に託された手紙を開いた。「思ったとおりだわ。次の犠牲者はすでにヘア・アンド・ハウンド亭にいる」そう言ってコンスタンティンに目を向けた。「ここからあそこまでどのぐらい距離があるかわかる?」

「残念ながら、わからないな。スター・アンド・ガーター亭には地図があるはずだが」

「三カ月まえから記入のある手帳を見つけたわ」ドッティが家の奥から速足でやってきて言った。

「それはぼくらがあの娼館を閉鎖するまえだな」とマートン。

「そのとおり」ドッティの唇が引き結ばれた。「彼女は人を犠牲にする仕事から、同様の別の仕事へとすぐさま移ったのよ」

「見てもいい?」シャーロットは友からその手帳を受けとった。「簿記とか、何か役に立ちそうなものはあった？」

「何冊か簿記と別の書類もあったわ。全部持っていかなくちゃ」

「ああ、でも、どうやって全部をここから持ち出せばいいかな？」コンスタンティンが顔をしかめて指摘した。「ぼくらが簿記を抱えて馬車へ戻るのは奇妙に見えるはずだ」

「帽子箱とか、何か使えるものがあるはずよ」シャーロットは階段をのぼった。そのすぐ後ろにコンスタンティンが従った。

二階には三つ部屋があり、扉はすべて閉じていた。シャーロットはひとつひとつなかをのぞいた。ふたつの部屋には家具がなかったが、三つ目の部屋にはベッドと衣装箱があった。衣装箱の上にはいくつか箱が重ねてあった。

「ぼくがとるよ」コンスタンティンは一番上の帽子箱を手にとった。「これなら大きさは充分のはずだ」

シャーロットは箱の蓋を開け、ボンネットをとり出してベッドに置いた。

玄関の間に戻ると、ドッティとマートンが簿記をそこへ持ってきていた。家について十五分もしないうちに、四人は玄関に誰かいるように別れの挨拶をして扉から外へ出た。

「こういうごっこ遊びもおもしろいな」馬車のところまで来ると、コンスタンティンが言った。「きみたちはまえにもやったことがあるように見える」

シャーロットはドッティの目をとらえて笑った。

「お伽芝居」とふたりは声を合わせた。

コンスタンティンはぽかんと口を開けた。「クリスマスのお伽芝居かい？」シャーロットはうなずいた。「ぼくは参加できたことがない」と彼は言った。「まず、幼すぎたし、大きくなってからは、姉たちがみな家を出てしまっていたからね」

「ぼくは見たことすらないよ」とマートンが不満そうに言った。

「今年は見られるわよ」とドッティが保証した。

「あなたもね」とシャーロットはコンスタンティンに言った。「あなたが参加できなかったなんて不公平だわ。うちの家族では、子供たちはよちよち歩きができるようになったらすぐに参加してきたもの」

シャーロットはコンと腕を組んだ。彼女がそばにいてくれることがコンはうれしかった。クリスマスは彼にとって変化する数多くの物事のひとつでしかなかった。これからクリスマスは可能なかぎりワーシントン家の家族と過ごすことになるだろうという気がした。

心のなかでコンはそこにいるであろう人々の数を数え、彼女の家族の主な邸宅の近くに所有している家がないか、領地管理人に訊こうと決心した。たしかひとつあったはずだ。それでも、クリスマスはまだ何カ月も先で、今は若い女性を救い出し、シャーロットとの結婚式を無事行うことが先決だった。ほかのすべてはあとまわしだ。

「その手帳を見てもいいかい？」

「もちろんよ」シャーロットは手帳を彼に手渡した。

リッチモンドまで戻る道中、コンは手帳に目を通して過ごした。ほぼすぐに女性を買おうとした男たちの何人かが知り合いであることに気づいた。ワーシントンは正しかった。シャーロットと出会うまえは、低俗な連中と付き合っていたのだった。地図を見つけて、ヘア・アンド・ハウンド亭へ最短で行ける道を見つけなければならない。

スター・アンド・ガーター亭に戻ると、治安判事からの伝言が待っていた。マートンがそれを開いて読み、怒りの声をもらした。「ばかな庶民が！」

「なんて書いてあるの？」とシャーロットが訊いた。

コンはマートンの指から手紙を奪って読んだ。「要するに、サー・ジョンの考えでは、ミス・クローヴァリーを誘拐した男と御者はロンドンで裁判にかけられるべきだということだ。連中をニューゲートに移すつもりでいる。くそっ。こっちで終わらせられると思っていたんだが。そのほうがずっとすみやかに片づいたのに」コンはさらに読んだ。「治安判事は連中といっしょにマートンとぼくが書いた陳述書も送るつもりでいる」

「困ったわね」シャーロットは不快なときによくするように鼻に皺を寄せた。コンはそれをかわいらしいと思った。「でも、それについてわたしたちにできることは何もないわ。最後の犠牲者の救出について、わたしに考えがあるんだけど」コンはうなずいた。「わたしたち抜きでドッティとマートンに宿屋のなかにはいってもらうべきだと思う」

意外な提案だった。その考えに従えば、宿の亭主や女房、娘にシャーロットとコンがまた来たことを説明する必要はなくなる。しかし、それはつまり、ミス・ベッツィがじつは悪人だと亭主を納得させるのに、ドッティとマートンがより大変な思いをしなければならないということだ。「シャーロット、残念だが、きみの提案には反対だ。ミス・ベッツィが、よく言っても売春の斡旋に、悪く言えば人身売買にミスター・ウィックとその家族を利用していたと彼らを説得するのに、誘拐されたきみや救出したぼく以上の適任者はいないんじゃないか？」

シャーロットは眉根を寄せ、下唇を歯で噛んだ。「まあ、そう言われれば、あなたの言うとおりかもしれない。ドッティとマートンに重荷を全部背負わせるのは公平じゃないし」

「それでこそ、ぼくの勇敢な妻だ」コンは耳打ちした。

「娘さんを縛り上げたことを今もすまなく思っているのよ」

「ああ、でも、あれはしかたなかった。それ以外に選択肢がなかったからね」

部屋へ向かう途中、コンは宿の亭主からサリー州とケント州の地図を借りた。それをテーブルに広げ、燭台で端を押さえた。悪党どもがロンドンから通った道を指でたどる。ちくしょう。あのときはロンドンへ向かう街道に続く脇道を見逃してしまったのだ。

「だから迷ったんだ」彼はひとりつぶやいた。

「なんだい？」とマートンが訊いた。

「いや、別に。宿屋はトウィッケナムとは逆方向にほんの十マイルほど行ったところにある」

あのとき、自分の居場所さえわかっていれば、夜が明けてまもないうちにシャーロットをメイフェアに帰らせることも容易だっただろう。まあ、それを今彼女に告げるつもりは絶対にないが。おそらく、四、五年経って、子供でもできたあとなら、彼女もそれを愉快な話と思うかもしれない。彼女が自分でそれを推測してしまわないようコンは祈るしかなかった。

「そんなに近いの?」愛する人は叫んだ。「知らなかったわ。あそこへ行くのに何時間もかかったのよ」

「でも、それは理にかなっているわ」ドッティが考えこみながら言った。「ミス・ベッツィはどっちの宿にしてもそれほど遠くまで行かなくて済むけど、クロウ夫妻とウィック夫妻が知り合いにならないだけの距離は離れている」

マートンが地図をちらりと見て眉を上げた。

コンは急いで地図を巻いた。運試しをしても意味がない。「ここへ戻ってきてもいいし、ヒルトップ・マナーへ行ってもいい。ヒルトップ・マナーのほうが少し遠いが、使用人に何か訊かれることはない」

「その女性をここに連れてこられない理由はないはずだ」とマートンが言った。「彼女の住まいがどこかわかったら、田舎の家からよりもにぎわっている町からのほうが彼女をそこへ戻すのは容易なはずだから」

「明日朝早く出発すれば、明日の午後にはロンドンへの帰途につけるわ」とドッティが付け加えた。

シャーロットは読んでいた書類から目を上げた。「いずれにしても、ロンドンにはできるだけ急いで戻ったほうがいいわ。どうやら、ミス・ベッツィには娘がいるみたい。この書類に彼女の弁護士の住所と遺言が書かれているの。娘はシュルーズベリにいる夫婦に育てられていて、両親が実の親じゃないことを知らないみたい。ミス・ベッツィの遺産はすべて娘が受けとることになっている」

それはミス・ベッツィが唯一私欲をからめずにしたことかもしれない。「では、明日朝に」

30

その晩遅く、コンはシャーロットの寝室にはいっていった。彼女はすでに寝巻に着替え、ドレッシング・テーブルに向かっていた。金色の髪は肩に落ち、蠟燭の明かりを受けてきらめく巻き毛が腰まで届いていた。コンは自分の幸運が信じられず、息を呑んだ。これから一生、世界一美しい女性を、寝るまえに最後に目にし、起きて最初に目にするようになるのだ。ほかの誰かを欲するなど、想像もできなかった。

長年、無垢な女性相手に血が沸き立つことなどあるとは思えず、結婚を避けてきたのだった。ひとりの女性で満足できるとは思えなかった。夫婦関係とは、一種の取り決めにすぎないと思っていた。彼女を助けるために馬車を停めた自分を呪い、自分を彼女を助けられる唯一の人間にした運命を呪ったのだった。

しかし、どんな娼婦も未亡人も、シャーロットほど自由にみずからを与えてくれた女性はほかにいなかった。自分のほうも、彼女に対するほどに心も頭も魂も誰かにささげたことはない。シャーロットを説得して結婚に同意させられれば、息子の幸せは決まると言っていた母は正しかった。いっしょにいた短いあいだに、彼はたしかに変わった。しかもいいほうに。

「コンスタンティン？」彼を見つめるやさしい青い目が熱を帯びた。「何を考えているの？」

「考えていたのは――」コンはそばに寄り、彼女を腕に引き入れた。「きみといっしょのときほど幸せなときはないなということさ」

彼女の首から顔にかけてがうっすらとピンク色に染まった。これから何年経っても、彼女の頬を染めさせられるといいのだが。「わたしも同じ気持ちよ。姉妹や親戚や友達が恋に落ちるのをそばで見てきて、わたしも自分にぴったりの人を見つけられるんだろうかと思っていたの」シャーロットは彼の首に腕をまわした。「でも、見つけた。あなたが道に迷わなかったら、どういうことになっていたか、想像してみて」

コンはうなるように言った。「知ってたのかい？」

「わたしも地図は読めるのよ。それに、あなたは馬車のなかでひとりごとを言っていたし」

彼女の目が躍り、唇の端が持ち上がった。「迷ってくれてほんとうによかったわ。そうじゃなかったら、わたしたちがいっしょになることもなかった。あなたの愛人も望まない人生をいまだに送っていたはずよ」

「ぼくはふつうは方向感覚にすぐれているんだ。あのときは気が散っていたにちがいないな」

「コンスタンティン、ロンドンにとても近いところにいたのに気づかなかったことで腹を立てているの？」

コンは首をかがめ、彼女の顎を軽くかじり、優美な首にキスの雨を降らせた。「今？　いや、まったく。もっと早く自分の失敗に気づいていたら、腹が立っただろうけど。それでも、きみにはどこか惹かれるものがあったんだ」彼は手でやわらかい胸を包んだ。胸の先はすでにとがって触れられるのを待っていた。「なぜかきみが強情だと思っていたときですら、きみに結婚を承知させる方法を考えていた」

シャーロットは乱れた息をし、彼のてのひらに胸を押しつけた。「あなたの言いたいことはわかるわ。あなたの何かがわたしの心に響いたのもたしかだし」

「きみとすぐに結婚したいというぼくの申し出をきみの兄上が聞き届けてくれるといいんだが」彼は手を下に動かした。いつか何時間もかけて彼女と愛を交わせるようになる。いつか家で彼女を愛するときには、誘拐された女性を救うために朝早く起きなくていいのだから。

「いいえ、それはだめよ」シャーロットは鈴が鳴るような軽やかな笑い声をあげた。「うちの妹たちに復讐されることを考えたら、そうするだけの価値はないわね」

コンは巨大なボンネットをかぶった十二歳の女の子たちと熱心にあれこれ質問してきたふたりの幼い女の子たちを思い出した。「たぶん、きみの言うとおりだな」コンは片方のバラ色の胸の先を口にふくんで吸った。「離れるまえに、いっしょにいられる時間を有効に使わないと」

今このとき、シャーロットと離れるときのことを考えようとは思わなかった。息が乱れ、彼女はあえぎながら硬くなったものに自分をこすりつけた。「この感じ……ほかになんて呼んでいいかわからないんだけど、昨日の晩よりも強くなってるの」

コンは彼女の尻のふくらみに手をすべらせ、秘められた部分を指でかすめるようにした。そして思いきり胸に唇を押しつけた。「ここかい？」

「ええ」誘惑するような太い声を聞いてシャーロットの欲望は募った。「何もかもがそこに集まる感じ」

シャーロットは彼の顔を手で包み、口を開けてと求めるように彼の唇に沿ってキスをした。舌と舌が絡み合い、彼の指が寝巻を持ち上げて前後に動き、秘められた部分に差し入れられると、シャーロットは声を漏らした。「解放されないと死にそうという声だね」

「あなたがほしいわ」

コンスタンティンは彼女を抱き上げてベッドへ運んだ。「死にそうになっているのはきみだけじゃない」

彼女の寝巻を頭から脱がせると、彼は自分のシャツのボタンを外して肩から下ろした。

「あなたの胸が好きだわ」シャーロットは口から口を離すと、たくましい喉から胸へとキスでなぞり、胸の先をなめた。「気持ちいいのね。わかるわ」

コンスタンティンはうなるような声をあげた。「今すぐきみのなかにはいらないと、種をまき散らしてしまいそうだ」

「だったら――」シャーロットは唇を彼の胸に押しつけた。「何を待っているの?」

マットレスに身を横たえるやいなや、シャーロットは早く奪ってというようにコンスタンティンの体に脚を巻きつけた。彼は昨晩よりも深くみずからを突き入れ、彼女を満たして奪った。シャーロットはそうしてつながっていることをたのしんだ。

強い欲望が渦巻くように募り、すぐにも張りつめたものがはじけてまた天国が訪れた。少しして、コンスタンティンはさらに深く突き入れ、彼女の名前を叫んだ。シャーロットはしばらく彼を抱きしめていたが、やがて彼は横に身を転がし、彼女を胸に引き寄せた。これから一生、ここがわたしの居場所となる。ともに長い人生を過ごせますようにとシャーロットは祈った。それがいかにたやすく短く断ち切られるかわかっていたからだ。

シャーロットは彼の胸に模様を描いた。胸を覆うやわらかい毛とたわむれるためだった。

「結婚したら、いっしょに眠るの？」

一瞬、彼の呼吸が止まった。「ぼくはそうしたいと思っている」

「いいわ」そう言ってほしいと思っていたとおりのことばだった。「今朝、あなたといっしょに目覚めるのはたのしかったもの。わたしの知るかぎり、うちの両親もいつもいっしょに寝ていたわ。少なくとも、わたしが悪い夢を見たときには、同じベッドにいた」

「ぼくらの子供たちが悪い夢を見たときには、ぼくらも同じベッドにいるはずだ」コンスタンティンは彼女の髪に顔をうずめた。シャーロットはすでにばらばらになっていた骨が溶ける気がした。

いつまでもこうしていられたなら。シャーロットは手を胸から引き締まった腹へとはべらせ、指を下腹部の毛にもぐらせた。初めはやわらかかったものが、手のなかで硬くなった。

「ああ、シャーロット、どうしてくれるんだ」

コンスタンティンは彼女をあおむけにして覆いかぶさり、そっとなかにはいった。今度は熱に駆られてではなく、ゆっくりと愛を交わす。シャーロットはすぐさま頂点に達し、彼もいっしょに達した。

コンスタンティンはシャーロットの額とまぶたと唇にキスをし、また彼女を胸に引き寄せた。「眠らなきゃならないよ」

シャーロットは目を閉じた。やがて、ふとある考えが浮かび、またぱっちりと目を開けた。

「ロンドンに戻るのが嫌になりそう」

「今はそのことは考えないでおこう」コンスタンティンの声は低く、眠そうだった。「何か手を打つよ。すぐに結婚できるのが一番だが」

朝日がカーテンの隙間から射し、ふたりは目を覚ました。コレットがシャーロットのそばで丸くなって喉を鳴らしていた。

コンスタンティンに胸を撫でられ、シャーロットはまた欲望に満たされた。彼がほしい。

「猫を動かすわ」

「大丈夫」彼が忍び笑いをもらしているかのように、背中にあたっている胸が震えた。「新しい体位を教えてあげるから」

一時間後、ふたりはドッティとマートンといっしょに応接間で朝食をとっていた。コンスタンティンはシャーロットに彼女の好みのやり方でジャムを塗ったトーストを手渡した。

「ありがとう。気づいていてくれたなんて知らなかったわ」

「きみについてぼくが気づかないことなんて何もないさ」その表情を見て、シャーロットの心ははためいた。まるで蝶々が住みついたかのように。「きみだって、ぼくに完璧な紅茶を飲ませてくれるんだから」

これは単純にまだ愛し合って日が浅いからなのか、それとも結婚してからもずっと続くものなのか、シャーロットは考えずにいられなかった。おなかが鳴って物思いから引き戻される。もう何年もなかったほどにおなかが空いていた。そしてしばらくのあいだ、誰も会話を交わしていないことに気づかなかった。

朝食を終えると、シャーロットはお茶のカップを置いてため息をついた。「こんなにたくさん食べたことってこれまでないかも」

「言いたいことはわかるわ」ドッティが応じた。「結婚して以来、わたしも食欲旺盛だもの」

マートンがコンスタンティンに、シャーロットには理解できないひそかな笑みを向けた。

「きみはふたり分食べているわけだからね」

「あなたのおっしゃるとおりね」ドッティは椅子を後ろに押しかけたが、夫がすばやく立ち上がって手を貸した。「ありがとう、あなた」

「馬車は三十分以内に準備できる」マートンがドッティに続いて部屋へはいりながら肩越しに言った。

「準備しておくわ」シャーロットはお茶のお代わりを注ぎ、コンスタンティンが朝食を終えるのを見守った。

彼の動きはきちんとしていて手際がよかったが、優美でもあった。馬車を操ったり、馬に乗ったり、歩いたりするときと同じように。シャーロットはくすくす笑いそうになるのをこらえた。わたしの服を脱がせるときもそう。熱が首から顔へと駆けのぼる。

「きみが何を考えているかあててみせようか、シャーロット?」コンスタンティンは銀器を下ろしながら、いたずらっぽい笑みを彼女に向けた。「もっと時間さえあれば」

「そうね」そこでふと思いついたことがあった。「出かけるまえにやらなきゃならないことがあるわ」

シャーロットが立ち上がるとコンスタンティンも立ち上がり、彼女を腕に引き入れた。

「少なくとも、ぼくらにはもうひと晩ある」

そして、うまくいけば、うんと近い将来、もっとずっと多くの晩がある。シャーロットは爪先立って唇を彼の唇に押しつけた。「愛してる」

そう言って振り返り、彼の腕から離れた。「またすぐに」

シャーロットは自分の部屋へはいると、隅にある小さな書き物机へ向かった。紙を一枚とり出し、ペンを削らなくていいのをたしかめてからインクに浸す。

親愛なるグレース
今ごろは、ケニルワース様とわたしがすぐに結婚したいと思っていることをマットから聞いていると思います。ロンドンに戻ったらすぐに結婚したいというのがわたしの願いであることを付け加えておきます。生涯をともに過ごしたいと思う男性が見つかったので、待つ理由はないはずです。マットが特別結婚許可証を手に入れてくれて、ほかの結婚式をとり行った司祭様（彼の名前はどうしても覚えられないわ）に連絡し、今から四日以内の式を計画してくださると、とてもうれしいのですが。それだけの時間があれば、わたしたちもこちらでの問題を解決してロンドンに戻れると思います。マットに訊かれたときのために書いておきますが、ケニルワース様はこのことをまったく知りません。内緒にしておきたいので。

たくさんの愛をこめて

あなたを愛する妹シャーロット

シャーロットは紙に砂をまき、インクを乾かしてから宛名を書き、小指にしている指輪の小印をやわらかい蠟に押しつけた。

それから、ボンネットと手袋とマントをつかむと、急いで応接間に戻り、ドッティの部屋の扉をノックして呼びかけた。「使いの者に届けてもらいたい手紙があるの。すぐに戻るわ」

宿泊している一画から廊下に出ると、その階の係の人間を呼んだ。「これを使いの者に届けさせてほしいの」そう言って手紙と硬貨を手渡した。「今日中に届けなきゃならないの。返事は待たなくていいわ」

「かしこまりました」係の人間は階段のところへ行き、ほかの誰かに合図した。すぐさまもっと若い男が現れた。「これをロンドンにすぐに届けてくれ」

シャーロットが応接間に戻ったときには、コンスタンティンが部屋を行ったり来たりしていた。「どこに行ってたんだい？」心配そうな皺が額に寄っている。「きみのメイドも知らなかった」

「ごめんなさい。ちょっと廊下に出てただけなの。宿の人にやってもらいたいことがあって」シャーロットは彼の額に垂れたひと房の髪を後ろに撫でつけた。「あなたを心配させるつもりはなかったのよ」

「きみが悪いんじゃないよ」彼の両手が彼女の腰に置かれた。「昨日のことに反応してしまっているだけだ。きみに息苦しい思いをさせたくはないが、無事でいてもらいたいんだ」

彼の反応は不安な気もした。結局、ほんの短いあいだ廊下に出ていただけなのだから。しかし、ここ数日、緊張に満ちていたのはたしかで、ふたたびさらわれもした。それに、心配性は自分で解決しなければならない問題だと彼も気づいている。「わかるわ」

少しして、ドッティとマートンも応接間にやってきた。四人は宿屋を出発してヘア・アンド・ハウンド亭を目指した。ドッティとシャーロットは馬車に乗り、マートンとコンスタンティンはマートンの少なくとも十人の乗馬従者とともに馬に乗ることにした。

コンスタンティンがこれほど大勢の使用人に妻を守らせようとする夫にならなければいいのだけど、とシャーロットは思わずにいられなかった。それでも、家を出るときには必ず男の使用人といっしょに行くようにとマットからいつもきつく言われていた。ドッティとルイーザも結婚まえは同じことを言われていた。おそらくそれは、頼りになる紳士が家族の無事を守るやり方なのだろう。

シャーロットはグレースに宛てて書いた手紙について考えた。ひとつ忘れていたことがあった。ルイーザは結婚の知らせを受けとってロンドンに間に合って戻ってこられるだろうか。必要とあれば、一日かそこら結婚式を遅らせてもいい。とはいえ――シャーロットはひとりほほ笑んだ――新たな公爵夫人は強い性格の持ち主だ。シャーロットの結婚を知ったら、きっと何がなんでも駆けつけてくれるはずだ。

31

コンは連れていけないとジェミーを説得するのに少々苦労していた。しかし、ようやく最後はジェミーも宿に残ることに同意した。シャーロットのメイドにアイスクリームを手に入れてもらうという約束で。子猫たちは出発までシャーロットの寝室に閉じこめられていた。ジェミーと猫を連れずに出かけるのは妙な気分がするほどだった。

その日の午前十時すぎに、一行はヘア・アンド・ハウンド亭に到着した。コンは道中、宿の亭主と女房に、シャーロットとともにどう接すればいいか考えた。ふたりとの再会を亭主夫婦がまったく喜ばないだろうというシャーロットの意見には賛成だった。ミス・ベッツィにだまされていたと彼らを納得させるのはどのぐらい大変だろう？　シャーロットは売春の斡旋人に送られた手紙を持ってきているだろうか。おそらく、それについて彼女にひとこと言っておくべきだった。

コンは馬をマートンの馬に寄せた。「宿屋のなかにきみの使用人を何人か連れていったほうがいいと思う。あの女の手下と以前やりとりしたときには、連中は酒場にいた」マートンはうなずいた。「ひとりかふたりは厩舎に残しておいたほうがいい。誰かが逃げようとしたり、伝言を送ろうとしたりしたときに備えて。彼女が客とどんな取り決めをしていたのかまだわからないから」

「ぼくが最初に宿にはいろうか？　シャーロットの話では、亭主とおかみは、彼女を連れ去ったことできみを攻撃してくるかもしれないということだった」

「彼らがぼくらに危害を加えようとするとしたら」コンは悲しげに言った。「それはぼくらが彼らの娘をベッドに縛りつけてさるぐつわを嚙ませたからさ」

「そういうことか。だったら、絶対にぼくが何人かの使用人といっしょに最初にはいっていくべきだと思う。昨日は全員をつかまえたと思ったんだがな。今日、ぼくの思ったとおりだったらいいのに」マートンはジェファーズを呼んだ。「宿の亭主と使用人たちか、あの女に雇われていたごろつきたちとのあいだに問題が起こるかもしれない。何人か酒場にやってくれ。ケニルワース侯爵のまえに、三人ほどぼくといっしょに宿屋にはいってほしい」

「かしこまりました」

ジェファーズが下がりかけたところで、コンが呼び止めた。「宿屋が安全であることをたしかめるまでは、レディ・シャーロットには馬車を離れてほしくない」

「奥様もお嬢様もご無事であるようにいたします」ジェファーズは帽子に触れて歩み去った。

コンとマートンは馬の歩みを緩めて宿屋の前庭に馬を乗り入れた。乗馬従者たちが配置につくのを待ってから馬を降りる。「何に対処しなければならないか、すぐにわかる」

私服に身を包んだ使用人の何人かが宿屋にはいっていった。マートンが宿にはいり、コンが続いた。マートン家のお仕着せを着た三人の使用人は扉の脇に立った。

「ご亭主！」マートンが呼びかけた。

亭主のウィックが玄関の間の右の部屋から急いで出てきた。「閣下」彼はマートンの後ろに目を向けた。その目が見開かれ、怒りに細められた。「あんたらのような人には泊まってほしくないね。すぐに出ていってくれ」

亭主のことばを無視して、コンは名刺を一枚とり出した。「ちゃんと紹介されていなかったな。ぼくはケニルワース侯爵。こちらはマートン侯爵。前回と同じ目的でここへ来た。ミス・ベッツィという女の指示でここへ連れてこられた人間の救出だ」

ウィックの口がぽかんと開いた。「救出?」

亭主がそれ以上ことばを発しなかったので、コンは続けた。「まさしく。あの女は人身売買の斡旋人だ。まえにぼくが救出したご婦人は、依頼人に売りつける目的で誘拐されたんだ」

「そんな話信じませんよ」亭主はけんか腰で顎を突き出した。「どんな証拠があるってんです?」

「ぼくが証人だ」マートンが言った。「ぼくは、親戚でそのご婦人の保護者である人物と共に、ミス・ベッツィが経営していた娼館をつぶしたことがある。彼女はそこで女性たちに無理やり体を売らせていたんだ」

ウィックはさらに顎を突き出した。「そんなの作り話だ」

「たぶん、手紙を見せたらわかってもらえるんじゃないかしら」コンの後ろからシャーロットが言った。「これはミス・ベッツィから、お金を払ってわたしをさらわせた男への手紙よ」亭主が読めるように、彼女は手紙を掲げた。少しして、彼女は言った。「これで信じてくださる？」

「彼女があなた方にどう説明していたかはわかっているのよ」ドッティがシャーロットの横に立った。「ほかの宿のご亭主夫婦にも同じ話をしていたから。女性や子供たちを売買していた悪人にあなた方が利用されていたと伝えなければならないのは残念だけど」

ウィックは口を開けたが、やがて首を振ってコンに鍵を手渡した。「女性はまえのときと同じ部屋にいます」

「ミス・ベッツィの手下の男たちはどこに？　何人いる？」とコンが訊いた。

「御者は厩舎にいます」亭主は激しく喉ぼとけを動かしながら答えた。「手下のひとりは酒場にいて、もうひとりはご婦人の部屋から扉ふたつ離れた部屋にいます。いつミス・ベッツィが来てもいいように」

「彼女には二度と会うことはないから心配要らない」マートンはそう言ってジェファーズに目をやった。「御者のことは頼む」

コンはほかのふたりの乗馬従者に玄関の間に残るように合図した。「ぼくはすぐに戻る」

酒場にはいっていくと、マートンの使用人がひとりカウンターの近くのテーブルについている褐色の服を着た中肉中背の男と話をしていた。男はコンに目を向けたが、危険はないと判断したようで、エールに目を戻した。

コンはテーブルに近づくと、手振りで使用人を下がらせた。「ミス・ベッツィのために働いているんだって?」

男はジョッキから目を上げてコンを見つめた。「スミスだ。彼女に伝言でも?」

「それはちょっとむずかしいだろうな」コンは作り笑いを浮かべた。「死んでるんだから。ぼくの知りたいことを教えてくれなかったら、おまえもそうなる」

それが合図のように、男はコンに飛びかかった。コンは拳を繰り出し、スミスの顎に打ちこんだ。男は後ろにのけぞったが、また向かってきた。コンは拳を男のみぞおちにたたきこみ、髪をつかんで顔にも一発お見舞いした。血や唾がテーブルの上に飛んだ。

スカーフをつかんでスミスを持ち上げると、コンはその体を激しく揺さぶった。「続けたいなら、まだまだお見舞いしてやるぞ。もしくは話をしてもいい」

「おれは話さねえ」

「だったら、縛り首だな」コンは乗馬従者を手招きした。「こいつを縛り上げるんだ。ぼくはこの地域の治安判事が誰かたしかめる。ミスター・スミスの運がよければ、ここで尋問が行われるが、そうじゃなかったら、ニューゲート行きだな」コンは男にちらりと目を走らせた。「リッチモンドの治安判事はそう判断した。誘拐が行われたのがロンドンだからと」

ニューゲートの名前が出て、男は青ざめた。「おれは迎えに行っただけだ。ほかは何も知らねえ」

コンは眉を上げた。「それは気の毒だな。もっと知っていれば、縛り首じゃなく、追放で済んだかもしれないのに」

「待ってくれ、知っていることがあるかもしれない」

「そうかい？」男はうなずいた。どうやらこの男はセント・ジャイルズのごろつきとはちがうらしい。ミス・ベッツィはこの男をどこで見つけたのだろうとコンはつかのま考えた。

「いいだろう。何を知っている？」

「あの女、ミス・スーザンはすげえおしゃべりだった。おれたちが迎えに行ったら、大喜びだった。サー・レジナルドという男が迎えに来るって言ってた。お互い人生の足枷をはめることになるって」

サー・レジナルド？　その名前でコンが唯一知っている男は、金に困っているだけでなく、若い貴婦人の相手としてまるでふさわしくなかった。彼が知るかぎり、社交界からははじかれている男のはずだ。

「ミス・ベッツィがその男とどこで会うことになっていたか知ってるかい？」

「ここからそんなに遠くないさびれた宿屋さ。グレイ・ホース亭とかいう」

「助かったよ。でも、あとでもっと訊きたいことがある」そこで階上から何かがぶつかるような大きな音が聞こえてきた。「失礼する。行って見てこなくては」

コンが部屋から出ていくと、ジェファーズに追いかけられて大柄な男が階段を降りてくるところだった。ジェファーズが叫んだ。「そいつを逃がすな！」

悪党はマートンの足元に倒れ、立ち上がろうとしたが、マートンが男のこめかみに拳銃を突きつけた。「ぼくがおまえなら動かないだろうな。ふつうぼくはご婦人のまえで荒っぽいことをするのは反対なんだ。でも、おまえについては例外にしてもいい」

次の瞬間、ひとりの女が叫び出した。「サム！　あんた、痛めつけられたのかい？」

その女は勢いよくまえに進み出た。シャーロットがコンに耳打ちした。「ミセス・ウィックよ」

「これはどうやら家族の問題のようだな」宿のおかみはマートンに飛びかかっていきそうに見えた。彼女がそうするまえにコンがゆっくりと言った。「ぼくがあんたなら、そんなことはしない。サムを死なせたくないなら」

「あんた！」女は目を細めた。「治安判事を呼んでやる」

「そうしてくれ。あんたとあんたの家族が人身売買の犯罪でどんな役割を演じていたか、きっと治安判事は大いに興味を持つだろうからね」

「人身売買？」ウィック夫人はにぎった手を腰にあてた。「言っておきますが、あたしは善良なキリスト教徒ですからね」

シャーロットはその場の状況を俯瞰するように眺めた。マートンはまだサムの頭に拳銃を突きつけている。ジェファーズは階段の一段目で凍りついたようになっている。ウィック夫人は今にも誰かに飛びかかりそうな様子だが、誰に飛びかかっていいか決めかねている。ふたりの乗馬従者がおそらくは酒場への入口に立ち、両手を縛った男をつかまえている。そしてコンスタンティンは片眼鏡でその場の状況を眺めまわしている。宿のおかみを威圧しようとしているとしか思えなかった。

脇に立っているウィックは怯えたウサギのようで――宿の名前と同じ野ウサギ《ヘア》と言ったほうがふさわしいが――今にも逃げ出しそうに見えた。

シャーロットはまず宿のおかみの説得からはじめることにした。「ミセス・ウィック」シャーロットが誰かようやくわかったらしく、女は目を丸くした。「ほんとうのことを言うと、ミス・ベッツィは売春の斡旋人だったの。女性や子供を助けたりはしていなかった。あなたがボンネットを注文するように、男性から注文を受けて、女性や子供を売っていた」年上の女性の口がぽかんと開いた。「わたしも――ここにいる誰も――」シャーロットはそう言ってドッティ、コンスタンティン、マートンを手で示した。「あなたが彼女の悪事を知っていたとは思っていない。じっさい、あなたの娘さんとほんの少しだけ交わした会話から判断すると、きっとあなた方はミス・ベッツィの悪事については何も知らなかったんだと思うわ」

ウィック夫人は首を振った。「ええ、知りませんでした」そう言ってサムを指差した。「でも、有り金賭けてもいいが、この悪党は知っていたはずですよ」彼女はサムに刺すような怒りの目を向けた。「なのに、あたしには何も言わなかった」

サムは口を閉じておくだけの頭はあるようで、ひとことも発しなかった。

「そう、それで――」シャーロットは続けた。「わたしの親戚と婚約者がここに来たのは、ミス・ベッツィが迎えに来るはずだった若い女性を救うためよ」

「その邪魔をしたことで彼女に仕返しされるだろうさ、ばかめ」とサムは言った。

結局、それほどの頭はないのね。「彼女は昨日死んだわ」とシャーロットは言った。サムの体が突然縮んだように見えた。「わたしたちが知りたいのは、彼女が何度女性や子供をここに連れてきたかということよ。それと、その人たちについて何か教えてもらえないかどうか」

ウィック夫人は背筋を伸ばしてゆっくりとうなずいた。「すべて紙に書いて差し上げますよ」

「ありがとう。力を貸してくださって感謝するわ。娘さんのお力も借りられるかもしれないわね」

コンスタンティンはシャーロットが話しはじめてから、片眼鏡を下げていた。「うまくやったね、シャーロット。どうして口をはさもうと思ったんだい？」

「ミス・ベッツィの一味だとあなたに非難されたときの彼女の表情よ。怒りのあまり、あなたが何を言っても耳を貸さないんじゃないかと思ったの」

コンは部屋の鍵をとり出した。「言っておくが、この若いご婦人は自分に助けが必要だとは思っていないかもしれない。どうやら、サー・レジナルド・スタンリーにだまされているらしくてね。理解できないのは、彼がどうやって彼女に近づいたかだ」

「サー・レジナルドって誰？　名前を聞いたことがないわ」シャーロットはジェファーズともうひとりの乗馬従者がサムを階段のまえから追い立てていくのを待った。

「彼がきみやきみの姉妹から半マイル以内に近づいたら、きみの兄上に銃弾を食らうことだろうな。一年か二年まえ、そのサー・レジーは裕福な家の娘を妻にしようとしたんだが、その努力は報われなかった。それ以降、人から避けられるようになったと言えば充分だろう。それだけじゃなく、賭けの借金を払わないことで、クラブからも出入り禁止となった」コンスタンティンは彼女に腕を差し出した。「そう考えてみれば、最近はロンドンで見かけることもなかったな」

「その女性をだませるんだとしたら、きっととても魅力的でハンサムな男性にちがいないわ」

「そう思う女性もいるかもしれない」コンスタンティンの声には嫌悪がにじんでいた。「どちらかと言えば、バイロン卿みたいな顔立ちで、髪は黒髪じゃなくブロンドだ」

そう聞けば充分だった。「困ったわね。厄介なことになるかもしれない」ふたりは階段をのぼった。「サー・レジーについては彼女に異を唱えないようにしましょう。じゃないと、わたしたちから逃げようとするかもしれないわ」

「彼女の名前はミス・スーザンだ」コンスタンティンが扉を開け、一歩下がって先にシャーロットを部屋に通した。

窓辺から若いご婦人が満面の笑みで振り向いた。ふたりを目にするや、その笑みが消えた。褐色の髪と青い目の女性だった。広い額に一カ所以外、肌にはほとんどしみがなかった。シャーロットは息を呑んだ。ミス・スーザンは多く見積もっても十六歳以上ではあり得なかった。

「あなたがミス・ベッツィ？」と彼女は窓辺に留まったまま訊いた。

「いいえ。わたしはレディ・シャーロット・カーペンターよ」シャーロットは部屋のなかに足を踏み入れた。ミス・ベッツィもサー・レジナルドも来ないということをどう説明していいかわからず、若干困惑しながら。

少女は顔を輝かせた。「ああ、サー・レジナルドがわたしのお迎えをあなたに頼んだのね。彼がまだ来てなくてちょっと驚いたの」

コンスタンティンはシャーロットの肘に触れて部屋を出た。

シャーロットはわずかに眉根を寄せ、口調からその若い女性のことを知ろうと努めた。妹たちほど洗練された口調ではない……。突然すべてが腑に落ちた。ミス・スーザンの家族は貴族ではなく、おそらくはなんらかの商いをしている裕福な商人なのだ。サー・レジナルドが彼女と知り合いになれたことにも説明がつく。知り合いになりたいと思った理由も。「ええ、そうなの。サー・レジナルドは外せない用事があって。ミス・ベッツィは残念ながら昨日事故にあって、お迎えに来られなくなったの」シャーロットは少女がその話を信じてくれるようにと祈りながら、彼女の表情をうかがった。その年の若い女性なら、スター・アンド・ガーター亭に着いたときに、みんなの評判を落とすような騒ぎを起こすこともできるはずだ。「わたしたち――わたしの親戚のご夫婦とわたしの婚約者は――ここから遠くない場所を訪ねる予定で、あなたのこと、迎えに来たのよ」シャーロットは少女に身を寄せて声をひそめた。「正直に言って、わたしの婚約者は記憶力が悪いの。サー・レジナルドはあなたのことを話すときはたいていミス・スーザンって言っていたので、あなたの名字を知らないのよ」

「メリーヴィルです」少女はにっこりした。「ミス・スーザン・メリーヴィル。一番上の姉がミス・メリーヴィルと呼ばれています」

ミス・スーザンがまだデビューしておらず、デビューまであと何年かあることには、御者台の高いフェートンを賭けてもよかった。「お会いできてとてもよかったわ、ミス・スーザン・メリーヴィル」

少女はお辞儀をした。「わたしもお会いできて光栄です、レディ・シャーロット。きっとサー・レジナルドと結婚したら、わたしもたくさんの貴婦人とお会いすることになると思うの」

少女はスコットランドで結婚するにも年が足りないように思われ、放蕩貴族の目的はなんだろうと思わずにいられなかった。しかし、それを探るのはあとにしなければならない。少女の住まいを調べ、もっとも早く彼女を家に戻す方法を考えなければならなかった。

シャーロットは力づけるようにミス・スーザンにほほ笑みかけた。「ねえ、サー・レジナルドとはどんなふうに出会ったの？　最近、ロンドンでは彼をお見かけしなかったけど」

「あら、わたしたち、ロンドンじゃなく、うちの祖母が住んでいるバースで出会ったんです。わたしは祖母を訪ねていて、祖母のために用事を済ませているときにサー・レジナルドと出会ったんです」

若いだけではなく、人を信じやすい女性なのだ。「きっとあなたのお祖母様は彼のこと気に入ったにちがいないわね。あんなにハンサムで魅力的な人だもの」

「最初はそうだったの」ミス・スーザンは妹のテオを思い出させる強情な表情を顔に浮かべた。「でも、彼はわたしのお相手としては年をとりすぎているって言い出して」

シャーロットは手袋をはめた指で自分の頰を軽くたたいた。「彼がいくつなのか正確には知らないんだけど、きっと三十二歳以上ではないわね」

「三十九歳よ」ミス・スーザンはささやくような声を出した。「彼はわたしのこと、年のわりにとても成熟しているって思ってるんです。あえて言えば、誰かを愛するのに年は関係ないわ」

「まあ、そうね。どんな困難があっても、愛があれば乗り越えられるわ」サー・レジナルドがこの少女を愛しているというなら、シャーロットはボンネットを食べてもよかった。「でも、きっとバースからはるばる来たわけじゃないでしょう?」

「まさか」ミス・スーザンはバースからさらわれてきたという考えにくすくす笑った。「わたしはガンターズにいたの」

「シャーロット」コンスタンティンが背後に近づいてきた。「出発の準備ができた」

「ありがとう、コンスタンティン」シャーロットは少女と腕を組んだ。「わたしもガンターズのアイスは大好きよ。話の続きは馬車のなかでしましょう」

32

シャーロットは、どうにかミス・スーザンを納得させなければならなかった。ろくでなしを信頼するという恐ろしいまちがいを犯していると。友に何かいい考えがあればいいのだが。使用人が手を貸してマートン家の大きな旅行用の馬車に少女を乗せた。ドッティは夫と話をしており、コンはシャーロットの横に立っていた。

「彼女の姓はわかったのかい？」

「メリーヴィルよ。とても人を信じやすい女性なの。リッチモンドへ着くまでにこれまでの彼女の人生についてすべてを知ることになりそう」

「だったら、そこはきみにまかせるよ」コンは彼女の手を唇に持ち上げてキスをした。「彼女を自宅に戻らせる方法を考えてくれたら、助かるよ」

シャーロットは踏み台をのぼって馬車に乗りこんだ。「精一杯やってみる」

ドッティが乗りこむのを待つあいだ、シャーロットは馬車のなかで少女の隣にすわった。そこで初めて、少女はこれほど簡単にシャーロットを信じたのはまちがいだったのではないかという様子を見せはじめた。「サー・レジナルドはわたしがどこへ向かうかご存じなんですか？　わたしはここに残ったほうがいいんじゃないかしら」

「だめよ。すぐに出発しなければ」ドッティがシャーロットとスーザンと向かい合う席にすわりながら言った。「マートンが昼食を頼んであって、それに遅れたくないと思っているから」ドッティは目を馬車の天井に向けてため息をついた。「彼って食事が遅れるともう手に負えないのよ。だから、戻りを遅らせるわけにはいかないの」そう言ってスカートを直してから、スーザンに目を向けた。「レディ・シャーロット、こちらはどなた？」

「ミス・スーザン・メリーヴィルをご紹介するわ。ミス・スーザン、こちらはわたしの親友のマートン侯爵夫人よ」

「お会いできて光栄です」ドッティがスーザンに優美な笑みを向けた。

少女は口をぽかんと開けた。「わ、わたし、侯爵夫人にお会いするなんて夢にも思ってませんでした。その、サー・レジナルドが上流社会の一員であるのは知ってますけど、そんなすごいお友達がいるなんて知らなかったわ」

シャーロットは友と目を合わせ、顔をしかめた。「スーザン――スーザンって呼んでいい？」

「ええ、もちろんです」

「ありがとう。さっき、話していたんだけど、スーザンは愛する人とどんなふうに出会ったのか教えてくれたの。ほんとうにロマンティックな話なのよ。お祖母様が彼の年齢のせいで認めてくれないって話と、バースから直接ここへ来たんじゃなく、ガンターズから来たって話をしていたところなの」シャーロットは少女にちらりと目を向けた。「どうしてこんな思い切ったことをやろうと決めたの？」

「え、ちょっと待って」ありがたいことに、ドッティはシャーロットが少女の味方のふりをしているのを理解して言った。「まさか、お祖母様があなたの愛しい人のこと、ご両親に悪く言ったんじゃないでしょうね？　そうだとしたら最悪だわ」

「そのとおりなんです」スーザンはうなずいた。「彼のことを母と父に話そうとしたら、ふたりとも彼の訪問を受けることさえ拒んだんです。手紙のやりとりも、うちのメイドと彼の従者を介さなければならなかった」

ドッティは両手を組み合わせた。「ああ、恋文《ビレ・ドゥ》。なんてロマンティックなの！」

スーザンは当惑してシャーロットに目を向けた。「フランス語で恋文という意味よ」シャーロットが説明した。少女はうなずいた。「でも、あなたのメイドはどこにいるの？　いっしょに来たがらなかったの？」

「その勇気がなかったんです。母が推薦状もなしに彼女を追い出すことになったでしょうから。男たちにわたしが馬車に乗せられて馬車が走り出してから、誰にも責められないようにメイドは叫び出したんです」

ドッティはわずかにまえに身を倒した。「レディ・シャーロットはバークリー・スクエアに住んでいるのよ。あなたもそこに住んでいるの？」

「いいえ、うちはラッセル・スクエアです。以前はチープサイドに住んでいたんですけど、両親がそろそろ引っ越すころあいだって。それでわたしは祖母のところにいたんです」

「ラッセル・スクエアはとてもきれいなところね」とシャーロットは言った。「それに、チープサイドよりもずっと上品な界隈だわ。そうは言っても、チープサイドだって別に悪いところじゃないけれど」

「わたしの親友はまだチープサイドにいます」スーザンの声が暗くなり、口の端が下がった。「彼女に会いたくてたまらない」

友達に相談できていれば、スーザンもこんな破滅的なまちがいを犯さずに済んだのだろうかとシャーロットは思わずにいられなかった。

ドッティは目を見開いた。「きっとそうでしょうね。でも、話に出ているその男性がどなたなのか教えてもらわないといけないわ」

「サー・レジナルド・スタンリーです」少女は実質、彼の名前をささやくように言った。

「ご存じなんですよね、レディ・マートン？」

「サー・レジナルド」ドッティは指で頰をたたいていたが、少ししてにっこりした。「ああ、そうね。紹介されたことがあるわ。もちろん、結婚してからだけど。ほんとうに偶然に。そう、彼は社交界からははじき出されているから」

スーザンはぽかんとした顔になった。上流社会に加わるという少女の夢ががたがたと崩れはじめるのがシャーロットには見えるようだった。「は、はじき出されている？」

「遊び人で病的に賭け事が好きという評判なの。貴婦人が娘たちのお相手として望むような紳士じゃないわ」

「でも、遊び人だって改心できるわ」少女は気をとり直した。「もちろん、結婚すればの話ですけど」

「ええ、たしかにそうね。じっさい、改心した遊び人のほうがいい夫になるなんて言う人もいるわ。でも、まずは結婚しないと」ドッティの眉根が寄った。「あら、わたしったら、なんて思いやりのないことを。あなたは彼と結婚するつもりなの？」

少女の表情がまた明るくなった。「ええ。スコットランドに行くことになっています」

「そう、結婚するつもりなら、もちろん、話はちがってくるわ」ドッティはまたスーザンに目を向けた。「あなた、おいくつっておっしゃった？」

「十五歳です」スーザンはすごい年だと言わんばかりにきっぱりと答えた。

「十五？」ドッティは怪訝な声で訊き返した。少女はうなずいた。「だめね。それじゃ無理だわ。スコットランドで結婚するには十六歳以上じゃないと。ご両親の許しがあれば別だけど」ドッティはしばらく沈黙が流れるままにした。「でも、あなたにはない」

スーザンは膝の上で手を組み合わせてふたりをじっと見つめた。「え、ええ」

「レディ・マートン」シャーロットが言った。「十六歳以上というのは絶対にたしかなの？」

「ええ、絶対よ。今シーズンの初めに駆け落ちした恋人たちのことを覚えていない？」覚えていたが、友が言っているのがその人たちのことでないのもたしかだった。それでも、シャーロットはうなずいた。「女性のほうはまだデビューもしていなかったわ。ふたりが国境に着いたのは彼女の十六歳の誕生日の二カ月まえだったんだけど、ふたりとも拒まれて追い払われてしまったの。当然、彼女は社交シーズンにデビューすることも許されなかった。

永遠に評判に瑕がついてしまったのよ」

シャーロットは口を覆って息を呑んだ。「ああ、そうね。思い出したわ。なんて恐ろしい一件だったこと！」スーザンをちらりと見ると、恐怖に目をみはっている。「スーザン、スコットランドに行かなくて幸運だったわね」

少女はすぐさまわっと泣き出した。シャーロットは少女に腕をまわし、ハンカチをとり出して手ににぎらせてやった。「ほら、ほら。わたしたちがここにいるのはあなたを助けるためよ」

「サー・レジナルドがスコットランドまでの旅費を出せるとも思えないわ」とドッティが考えこむようにして言った。「何をするにもその資金がないんですもの」

そう、それが問題に決着をつけてくれるはずだ。

スーザンはさらに激しく泣き出した。「わ、わたしは、ど、どうなるんです？」

シャーロットとドッティは目を見交わした。その質問にどう答えるにせよ、ミス・ベッツィとサー・レジナルドがかわいそうなスーザンについて計画していたことよりはずっとましなものになるはずだ。彼女を救うことができたのはありがたかった。問題は、サー・レジナルドが別の少女に害をおよぼすまえにどうやって彼を見つけて罰を受けさせるかだった。

コンはマートンと並んで馬を進めながら、救ってきた若い女性をどうするか話し合っていた。どちらもそういったことに詳しいわけではなかったが、彼女がまだデビューできる年ではないという点では意見が一致した。

「シャーロットとドッティがなんて言うか聞きたいものだな」とコンは言った。

「オーガスタのほうが年上に見える。少なくとも大人っぽくは見える」マートンはシャーロットの十五歳の妹を引き合いに出して答えた。

「それにもっと分別がある」ふたりはしばらく黙りこんだが、やがてコンが言った。「今夜、もう一泊スター・アンド・ガーター亭に泊まりたかったんだが、ロンドンに戻ったほうがいいんじゃないかと思うよ」

「たぶん、きみの言うとおりだな。問題はあの少女をどうするかだ」

「昼食の席につくまでには、ご婦人方が彼女の両親の住まいを聞き出しているという確信があるよ。シャーロットが彼女と交わしている会話をそばで耳にしたんだが、どうやら、シャーロットは彼女に同情している貴婦人の役割を演じようと決めたようだった。サー・レジーのことを悪く言うなと釘を刺されたよ」

「ぼくならそうするのもむずかしくないな」とマートンが言った。「きみが話してくれるまで、その男のことは聞いたこともなかったんだから」

「ああ、そうだろうな。長年彼は放埒な連中とばかり付き合っていたから」とコンは言った。

「ミス・スーザンは金持ちの娘にちがいない」

「苗字はわかっているのかい？」

「メリーヴィルだ」コンは聞いたことのない名前だったが、マートンが知っていればいいがと思った。

「シティに貿易と海運業に携わっているメリーヴィルという人間がいる。ぼくは最近、彼の名前を冠した投機事業に出資したばかりだ」

「一般市民だったら、サー・レジーについての噂など聞いたこともないだろうな。だからこそ、両親が鍵をかけて娘を閉じこめておかなかったわけだ。彼の目的は強請りであって、結婚ではなかったんじゃないかと思うんだ」

「男がロンドンに顔を見せなければ、じっさいはどうだったのか、われわれが知ることもないかもしれないな」

コンはこの問題の場合、それが一番の解決策かもしれないと思った。「ミス・ベッツィがいなくなった今、あの少女がどこにいるか、彼には知る由もないわけだ。彼女がさらわれたとも思っていないかもしれないし」

「彼女のほうは彼が結局迎えに来なかったと思うわけだ」マートンは考えこみながら言った。「傷つくだろうが、それもしばらくのあいだのことで、一生ではない」サー・レジーのような放蕩者との生活は地獄だろう。彼の計画が彼女と結婚することだけだったとしても。

マートンは馬の足を速めさせた。「家族に早く返してやったほうがいい」

コンにもまったく異論はなかった。

スター・アンド・ガーター亭に着くと、シャーロットがコンに耳打ちした。ミス・スーザンにまだ注文していないのを知られないように昼食を注文しなければならないという。

「ドッティが向こうの宿屋をすぐに出発しなければならないことの言い訳にしたの。ミス・スーザンはわたしたちといっしょに行くことに疑念を抱きはじめていて、どうにか信じさせることはできたけど、ちょっとでも嘘がばれたら、失敗する危険があるわ」

「ぼくがどうにかするよ」とコンが言った。マートンがミス・スーザンを宿屋のなかへと導いた。「マートンと話し合ったんだが、今日、ロンドンに戻ったほうがいいということになった」

「それが一番ね。わたしたちはふたりきりの時間をもう持てなくなるけど、彼女を自宅に戻さないといけないから。きっとご両親は気が気じゃないはずよ」

「彼女はいくつなんだい？」

「十五歳。サー・レジナルドはスコットランドで結婚するって言っていたらしいけど、それには彼女が十六歳以上じゃなきゃだめなんじゃない？」

コンはうなずいた。「駆け落ちはそうだな」

「それに、どうして彼女とロンドンの東で落ち合うの？　グレート・ノース・ロードのどこかじゃなくて？」

「それはミス・ベッツィのせいだな。ロンドンの北にも家を持っているんじゃなければ」

「彼に彼女と結婚するつもりがあったとは信じられないわ」シャーロットの声には懸念がありありと表れていた。「きっともっと邪悪なことが計画されていたんだと思う。それが何かわかればいいんだけど。あの子を娼館に売ったとしても、彼が必要とするお金は手にはいらないでしょうし」

競売にかけられれば手にはいることもある。それをシャーロットに告げるつもりはなかったが。「今心配する必要はないと思うな」

「たしかにそうね。でも、彼女をたぶらかした悪人を見つけて罰を与えてやりたいわ。それに、バートのことも。逃げてしまった悪党よ」シャーロットは額をこすった。「ほかの犠牲者を救うにはまだまだ山ほどやることがある」

「そうだね。でも、ぼくらで全部をやる必要はないはずだ」コンは彼女が話題を変えてくれたことにほっとした。「まだぼくの優秀な秘書をきみには紹介していなかったね。彼がやりがいのある仕事をもらって喜ぶだろうよ」

シャーロットはコンの肘に手をたくしこんだ。「おなかが空いたわ」

「それは困る」コンは芝居がかった声を出した。

「ご自分のこと、おもしろいと思っているのね」彼女は顔をしかめた。「これだけは言っておくけど、わたしはおなかが空いているといっしょにいてたのしい相手じゃなくなるのよ」

「空腹を満たすだけできみを幸せにできるなら、ぼくの人生はほんとうにすばらしいものになるな」

シャーロットはまぶたを伏せた。「まあ、それ以外にもひとつかふたつ必要かもしれないけど」

メイがスーザン・メリーヴィルの世話を引き受けてくれ、ミス・スーザンは応接間に現れたときには、上機嫌をとり戻していた。そして昼食のあいだずっとしゃべりつづけた。食べ終えて出発の準備をするころには、コンは彼女について知りたい以上のことを知ることになった。警戒心などかけらも持ち合わせておらず、サー・レジーにとってこれほどにたやすい標的になったのも不思議はなかった。

昼食の席にはジェミーも加わっていた。一度ならず、コンは少年に心から同情せずにいられなかったが、ミス・スーザンを批判するようなことを言い出したときには叱らざるを得なかった。彼女が自分の女主人といっしょにいることについてジェミーは少しばかり妬いているようだった。

昼食を終えてテーブルを立つと、コンはシャーロットを脇に引っ張った。「シャーロット、ロンドンまでぼくといっしょに馬車に乗ってくれないか？　ふたりきりになれる機会も何日も先までないんだから」

シャーロットはシリルと遊んでいるミス・スーザンに目をやった。頭のいいコレットはバスケットに隠れていた。「ぜひそうしたいわ。ドッティがあの子にうんざりしたとしても、シリルが遊び相手になってあげるでしょうし」シャーロットはきれいな額に縦皺を寄せて彼を見上げた。「彼女に嘘をつくのは嫌でたまらないんだけど、ドッティがこしらえた作り話は功を奏してたと思うわ。ミス・スーザンはすぐに人を信じてしまう人なのよ。彼女が簡単に悪人に騙されてしまったことをご両親が理解してくれるよう祈るしかないわね」

「きみがこんなふうに嘘をつきたくないと思うのはわかるよ。それでも、せいぜい作り話をするしかできなかったんだからしかたないさ。きみの気分が多少ましになるように言っておくが、マートンが彼女の父親の名前を耳にしたことがあって、メリーヴィル家を見つけてくれるよう、きみの兄上に書きつけを送ったよ」

「教えてくれてありがとう」そう聞いてシャーロットの気分はずっとよくなった。「彼女はとても幼いんですもの。多くの点でオーガスタよりずっと幼いわ」

双子とマデリンでさえ、ミス・スーザンよりは分別があった。「きみの妹さんたちは誰にしてもこんなあさはかなことはしないと思うよ」

「そうね。でも、ここでその話をすべきじゃないわね」紳士たちがシャーロットやドッティほど同情的ではないことにスーザンも気づいているようだった。「ボンネットをとってくるわ」

メイフェアまで半分ほど来たところで、コンスタンティンはフェートンの調子がおかしいので、道を少し行ったところにある宿屋でひと晩過ごさざるを得ないと言い出した。

シャーロットが笑いたくなるのをこらえていると、ジェミーが声を張り上げた。「どこも調子の悪いところなんてないみたいだけど」

それを聞いてシャーロットは噴き出した。「やられたわね。コンスタンティン、わたしたち、すぐに結婚するんだから」

「でも、すぐってどのぐらいすぐだい？　ぼくの姉たちが結婚したときには、気の毒な義兄《あに》たちは一年も待たなきゃならない感じだった」

シャーロットはあと四日のうちには、結婚の誓いを立てることになると教えそうになったが、そのことは秘密にして驚かせたいと思って口をつぐんだ。「少なくとも、殿方は新しい服を買う必要がないもの」

「ああ」コンスタンティンは彼女をちらりと見てから、その目を馬に向けた。「どうして若いご婦人方は淡い色のドレスを着なくちゃならないんだい？　好きなものを着ていいとしたほうが簡単じゃないか？」

「自分に一番似合う色ということね。それはそうよ。でも、身持ちが悪いと思われて、オールマックスを牛耳っているご婦人方に入場許可証をもらえなくなるし、ほかのご婦人方からは催しに招いてもらえなくなる。結局、決まりに従ったほうがずっと安上がりなの」

「きみは何を着ていてもきれいだよ」

「わたしは淡い色のなかに似合う色があるから運がいいわ。でも、ご婦人方の多くはそうじゃないのよ」

「ぼくらが結婚したら、きみはなんでも好きなものを買っていいよ」コンスタンティンは寛容な声を出し、シャーロットはまた噴き出したくなった。

「ありがとう、そうするわ」これも彼に秘密にしていることのひとつだった。グレースとレディ・ケニルワースに促され、すでに新しい衣装をひとそろい注文していた。良心がちくりと痛む。シャーロットは、最後はすべてうまくいくよう祈った。

33

コンスタンティンの馬車がバークリー・スクエアに乗り入れたときには、夕方近くになっていた。マートンの馬車もまもなく着くはずだ。コンスタンティンにフェートンから下ろされるやいなや、シャーロットの両脚に小さな腕が巻きついてきた。

「さみしかったのよ」とメアリーが言った。

驚いたことに、テオはうなずいただけだった。

「どうぞ、お嬢様、家のなかにおはいりください」ロイストンが扉を押さえていてくれ、使用人がデイジーをつかまえていた。

「ええ、もちろん」シャーロットは敷居をまたいだ。そのすぐあとにコンスタンティンとジェミーが続き、執事が扉を閉めた。「こんにちは、デイジー。おまえにも会いたかったわ」

グレート・デーンはシャーロットに体を巻きつけるようにした。バスケットから甲高い声がして、コレットがバスケットから飛び出ると、デイジーの足に体をこすりつけた。

「この分だと、家の奥までいつになったらはいっていけるかわからないな」とコンスタンティンが言った。

「ときどきちょっと時間がかかるんだよ」とジェミーが言った。

シャーロットは玄関の間の奥へと少しずつ歩を進めた。「ドッティとマートンもすぐにここへ来るわ。朝の間へ行きましょう。もうお茶は飲んだの？」

「何時間もまえに」とテオは言った。「もうすぐお夕食よ」

「うそ、もうそんな時間？」

メアリーはうなずいた。「体を洗って着替える時間は充分あるわ。マットとグレースも今そうしてるところだし。わたしたち、あなたが通りを近づいてくるのを見たのよ」

それで謎が解けたとシャーロットは思った。みんなどこへ行ったのだろうと思っていたのだ。

「侯爵様が夕食をごいっしょなさるなら、お部屋へ案内いたしましょう」とロイストンが申し出た。

「ありがとう」コンスタンティンはシャーロットに笑みを向けた。「応接間で会おう」

シャーロットはスカートから犬の毛をふるい落とした。「そこでまた」

自分の部屋に行くとすぐに、メイがドレスのひもをほどき出した。「わたしがここへ着いたときには、おうちのなかが大混乱でした」

「どんなふうに？」シャーロットはメイが用意してくれていた温かい湯を張った湯船に足を踏み入れた。「気持ちいいわ」

「レディ・ワーシントンはお嬢様からの手紙を受けとって、婦人服仕立屋に伝言を送りました。ワーシントン様は急いで教会に行かれたそうで、わたしが到着したときにちょうど戻ってこられたところでした」シャーロットはすばやく体を洗い、立ってメイに流してもらった。

「特別結婚許可証をとってきたそうで、お嬢様は午前九時に結婚することになっています。でも、旦那様がおっしゃるには、お嬢様のご希望の日は予約で一杯だったので、お嬢様は四日後ではなく、三日後に結婚なさることになったそうです」それならシャーロットの期待以上だった。「このことは、子供たちに聞かれないように、奥様の書斎でわたしにお話がありました」

「それは賢明ね」小さい子供たちの誰かが結婚式について知ったら、きっと口を滑らせてコンスタンティンに知られてしまうことだろう。

「旦那様はお嬢様が、レディ・ルイーザ、その、ロスウェル公爵夫人と同じぐらい仕切りたがりだとは知らなかったとおっしゃっていました。奥様は笑って、よく注意していなかったせいよとおっしゃいました」

「それは単にルイーザがわたしとは異なるやり方をしていたというだけのことだと思うわ」シャーロットは笑みを浮かべた。「マットは姉がすべてを仕切っているのに気づいてないのかしら？」

「それが男性というものですよ、お嬢様。うちの母がよく言うんです。男たちは鼻をなぐってやらなきゃ、目のまえのものも見えやしないって」

それを聞いてシャーロットは笑った。「うちの母も時々同じことを言っていたかもしれないって気がするわ」そこで、さっきテオが静かだったことを思い出した。「子供部屋のメイドの誰かと話をして、レディ・テオが最近どんな様子だったか訊いておいてくれる？

ちょっと心配なの。わたしが家に着いたときにとてもおとなしかったから」

「小さい方々がベッドにはいってから訊いてみます、お嬢様」

「ありがとう」シャーロットはルイーザのメイドが公爵夫人のメイドになることについて心配していたのを思い出した。「あなたはどうなの？　これから色々と変わるけど、それを心待ちにしている？」

「これ以上はないほどに幸せです、お嬢様」メイはシャーロットがこれまで見たこともないような満面の笑みになった。「ポリーとじっくり話したんですけど、彼女のことはミス・フランクスと呼ぶべきですね。彼女によると、マートン・ハウスに行ったときには、すぐさま自分の立場をはっきりさせたそうです。それで、わたしも同じようにすべきだって言うんです。だから、そうしました。侯爵様の従者はわたしをミス・ウォーカーと呼びますし、ほかの使用人たちにも同じようにさせるつもりです。ここへ着いたときには、ボルトンがわたしの世話をしてくれて、ほんとうに助かりました」

このころには、シャーロットの着替えも済み、メイドがシャーロットの首にまわした真珠のネックレスの留め金を留め終えていた。わたしもお付きのメイドをウォーカーと呼ばなくてはならないだろうとシャーロットは思った。お付きのメイドへの敬意が欠けているところを見せるのは得策ではない。

「あなたにお手本となる誰かがいてよかったわ」

「ええ、お嬢様」ウォーカーは一歩下がった。「お戻りになったときには、レディ・テオについて訊いておきますね」

「ありがとう」シャーロットが立ち上がると、メイドがシルクのショールを肩にはおらせてくれた。「あなたがいてわたしは運がいいわ、ウォーカー」

メイは誇らしそうに顔を輝かせた。「お嬢様のようなすばらしいご主人様にお仕えできて、わたしこそ幸運です」

扉をノックする音がし、シャーロットが答えた。「どうぞ」

グレースが優美な足取りで寝室にはいってきた。シャーロットは心に誓った。いつかわたしもあの歩き方を学ぼう。姉は妹をきつく抱きしめた。「マットのことをひどく苛々させてること、あなたにもわかっておいてもらわなくちゃ」

「ほんとうのことを言うと、彼のことは考えていなかったの」シャーロットは姉の目をのぞきこんだ。「考えるべきだったんでしょうけど。わたしはただ、結婚したかっただけなの」

「わかってるわ」グレースは軽い笑い声をあげた。「あなたに言っておかなくちゃならないけど、レディ・ケニルワースにも秘密は打ち明けたの。そうしないのは不公平だから」

シャーロットもそれは理解できた。「ふつうなら、結婚の宴もするんでしょうけど」

「もちろんするわ。でも、招待状には結婚の祝宴とは書かないの」姉はくすくす笑った。

「シーズン終わりの朝食会と呼ぶつもりよ」

「なんてすばらしい考えなの」祝宴を開くとは思っていなかったのだった。

「レディ・ケニルワースが思いついたのよ」グレースはかつて両親を内緒でびっくりさせよ

うとあれこれ企画していたときのような笑みを浮かべた。

「つまり、ケニルワース様はマットに教会へ連れていかれるまで、何が起こっているのかわからないってわけね」彼を驚かせると考えれば考えるほど、わくわくする思いも募った。

「成功を祈りましょう」グレースはまたシャーロットを抱きしめた。「あなたが愛する人を見つけたのがとてもうれしいわ」

シャーロットは喜びの涙がこぼれそうになってまばたきした。「わたしもよ」

その日の夕方、シャーロットが応接間にはいっていくと、コンスタンティンが彼女を待っていた。彼はシェリーのグラスを手渡してくれた。「こんなにすぐにきみの準備ができるとは思っていなかったよ」

「一番乗りになるなんて思ってもみなかったけど、とてもうれしいわ」シャーロットは彼の唇に唇を押しつけた。「あなたを驚かせることがあるんだけど、まだ言えないの」

コンスタンティンは彼女に腕を巻きつけて引き寄せた。「それは公平じゃないな」

「あら、何かわかったら、きっととってもたのしんでくださると思うわ」

「お転婆め」彼の口が口に降り、シャーロットは口を開いて彼の舌に舌をからめた。

シャーロットは身を引き離した。子供たちが階段を降りてくる音は聞こえるだろうと思っていたが、マットはそうしようと思えば、音もなく歩きまわれるのだった。三日以内に結婚するふたりとわかっていても、義兄の怒りを買う危険は冒したくなかった。とくにこれだけのことをやってくれたことを思えば。「あなたといっしょに眠ったり、昼間にいっしょに過ごしたりできないのがさみしくなるわ」

コンスタンティンの指に力が加わった。「明日、夫婦財産契約のことで、きみの兄上に会うことになっている。結婚式の日取りを早めてくれるよう言っておくよ」

階段に足音が響き、扉が開いた。子供たちが部屋に駆けこんでくる。「シャーロット、おかえり！」双子とマデリンがシャーロットの腰に腕をまわし、シャーロットは三人を抱きしめ返した。「会いたかったわ」

「わたしもよ。ただ、お行儀を思い出してケニルワース様にご挨拶してちょうだい」

三人の少女はお辞儀をした。「こんばんは、ケニルワース様」

彼はお辞儀をしてから顎をこすった。「こういう状況から言って、ぼくのことはコンスタンティンと呼ぶべきじゃないかな。それから、ぼくのことも抱きしめてほしいな」

少女たちはしばらく彼をじっと見つめてから、彼を抱きしめた。「あなたが一番いいわ」

「そうかい？」コンスタンティンは目をみはった。「それはどうして？」

「ルイーザの旦那様のことはロスウェル様と呼ばなくちゃならないんだもの」とマデリンが言った。「公爵様だから」

「それにドッティの旦那様はマートン様」エレノアが付け加えた。「彼はちょっともったいぶってるから」

「コンスタンティンはいいわ」とアリスが言った。「シャーロットとはいつ結婚するの？」

「きみたちの兄上の許しが出たらすぐにだ」彼はじっさいに不満そうな声を出し、シャーロットは笑みを押し隠した。

その瞬間、グレースとマットが部屋にはいってきた。「それについてだが」マットが言った。「明日の朝、夫婦財産契約について話し合おう」

「早すぎなければ、九時にきみを訪ねるよ」

 マットは自分とグレースのためにグラスにシェリーを注いだ。「それでいい」

 数分後、マートン夫妻がスーザンといっしょに到着し、応接間の大騒ぎに加わった。コンは少女の家族と誰か接触することができたのか訊きたかったが、個人的に話をすることはできなかった。さらに数分後、執事が夕食の準備ができたと告げた。

コンはシャーロットの手を自分の腕にたくしこんだ。「約束するよ。きみの兄上を説得して、来週には結婚できるようにする」

「きっとうまくいくわ」彼女の表情はあまりにおちついていた。すぐに結婚できなくてもかまわないのか？　それとも、首尾よくいくと確信しているのか？

夕食は思ったとおりにぎやかだった。コンはふと、末っ子として自分はどれほどさみしい子供だったかと思った。メアリーをちらりと見て、兄や姉たちがいなくなったときに彼女がどう感じるかを思わずにいられなかった。しかしそこで、グレースが――夕食まえに、自分のことはグレースと呼んでくれと彼女に言われたのだった――十二月後半に出産予定だということを思い出した。彼の横でシャーロットは弟のウォルターと話をしている。ふたりがなんの問題もなく仲良くしていることには驚かずにいられなかった。もちろん、自分も姉のうち、アニスとの仲は良好だが、それすらシャーロットの家族の関係とはまるでちがった。

扉が開いて閉じる音が響きわたった。少しして、カーペンター家の髪と目の色の若者が部屋にはいってきた。「ぼくのすわる場所はある?」

椅子がこすれる音とともに押しやられ、子供たちが大挙して集まった。

「チャーリー!」と誰かが呼んだ。

「おかえり!」ほかの何人かが言った。

「会いたかった」テオもうれしそうな声を出した。

ワーシントンが立ち上がった。「早かったね」

「学期の中休みが今日からはじまったんだ。ここに来たくてたまらなかったよ」彼は幼い子供たちをひととおり抱きしめ終えると、シャーロットの椅子のほうへ来ようとし、彼女も立ち上がった。「結婚するんだってね」

シャーロットの目に涙があふれた。彼女は彼にほほ笑みかけた。「そうよ」そう言って弟の手をとった。「彼に紹介させて」

コンは椅子を押しやって立ち、紹介を待った。

「コンスタンティン、こちら弟のスタンウッド伯爵チャーリーです。チャーリー、ケニルワース侯爵様よ」

若者はコンがカーペンター家の特徴とみなしている外見をしており、その態度から、きょうだいたちのことを深く思いやっているのは明らかだった。新たにきょうだいになったワーシントン家の姉妹のことも。コンの喉が締めつけられた。まもなく自分も互いに深く愛し合っているこの家族の一員になるのだ。「スタンウッド」

「ケニルワース」若者はコンの手をとった。「うちの家族にようこそ」

「彼のことはコンスタンティンと呼んでいいんだよ」とフィリップが呼びかけた。

「あなたは彼のこと、チャーリーと呼んでいいのよ」とアリスが言った。

チャーリーの席が作られ、みな自分の席に戻った。チャーリーはテーブルを見まわし、ドッティとマートンに挨拶した。それから、その目がミス・スーザンのところで止まった。

「誰か紹介を忘れてると思うんだけど」

「ミス・スーザン」とドッティが言い、シャーロットを促すようにきらりと光る目を向けた。

「弟のスタンウッド伯爵を紹介してもいい？　チャーリー、こちらミス・スーザン・メリーヴィルよ。彼女はさしあたり、わが家に来てくださっているの」

チャーリーはお辞儀をした。「光栄です、ミス・スーザン。わが家での滞在をたのしんでらっしゃるならいいのですが」

チャーリーが彼女に目を向けたとたん、スーザンの目は丸くなり、口は大きく開かれた。彼女がサー・レジナルドのことなどすっかり忘れてしまったのはまちがいなかった。「ええ、伯爵様。とても」

チャーリーはグレースの隣にすわり、それから食事のあいだずっと、低い声で姉と会話を続けた。一度か二度シャーロットに目を向け、ワーシントンにも一度目を向けた。

シャーロットはコンに身を寄せた。「どういうことになっているのか、グレースが弟に話しているのよ。夕食後か明日、弟はほぼ一日マットと過ごすことになるわ。子供たちの勉強が終わったら、子供たちと過ごすの」

「弟さんはいくつだって言った？」

「十六歳よ。弟は自分の責任を真剣にとらえているの」

「それはわかる」チャーリーの態度や挙動を見ていると、自分には欠けているものをつきつけられた。もしくは、自分は義務をはたさずにきたと思わずにいられなかった。そう思うのは奇妙なことだ。自分はつねに領地や小作人の世話は怠らなかったのだから。「いつか彼は力のある人物とみなされるようになるだろうな」

テーブルの下でシャーロットが彼の手に手をすべりこませた。「今のあなたのように」

そうであろうと自分が固く決意しているように。「ミス・スーザンの彼を見る目に気づいたかい？」

シャーロットは笑みを浮かべてうなずいた。「より若い男性に夢中になるのが今の彼女には必要なのかもね。それに、チャーリーは安全だから。やさしくはするでしょうけど、彼女のことは姉妹のひとりのように扱うはずよ」

「ワーシントンが彼女の両親に連絡をつけられたのかどうか知っているかい？」

シャーロットは首を振った。「誰も何も言ってくれないわ。すぐに来てくれるといいんだけど」

一時間後、グレースが椅子から立った。「殿方を殿方だけにしてあげましょう」

紳士と男の使用人がほかのご婦人たちに手を貸した。シャーロットはコンの手をきつくにぎった。「すぐにまた」

愛する人が部屋を出て扉が閉まると、男性陣はテーブルの上座に集まった。使用人がレモネードとブランデーとポートワインを運んできた。年下の少年たちとチャーリーはレモネードを手にし、コンとワーシントンはブランデーを、マートンはポートワインを選んだ。スポーツと基礎的な政治へと話は移ったが、コンは女性たちと合流してシャーロットといっしょに過ごしたいと、それしか考えられなかった。

時計が八時を打ち、ワーシントンが立ち上がった。「紳士諸君、ご婦人方のところへ行こうか？　ウォルターとフィリップは寝る時間だ」

コンは少年たちがすばやく部屋を出ていったことに驚いた。それでも、扉が閉まると、チャーリーが言った。「シャーのこと、一度じゃなく、二度も救ってくださったそうですね。お礼を言わなくちゃ」

「これだけは言えるが、こちらこそだよ。ほんとうに正直に言えば、最初のときに彼女を救ったのは彼女自身なんだ。ぼくは馬車を用意しただけさ。二度目のときについては多少役に立てたはずだが」

チャーリーはにやりとした。「ぼくが学校に戻るまえに結婚式をあげてくださるといいんだけど」

コンはワーシントトンに目をやった。「それについては明日の朝話し合うつもりだ。さて、ご婦人たちのところへ行くかい？」

三十分後、執事が応接間にはいってくると、低い声でワーシントトンに何か告げた。ワーシントトンはコンとシャーロットを手招きした。

「たぶん、メリーヴィル夫妻が来たんじゃないかな」

「そういうことだといいなと思うわ。ほかには何も考えられないもの」シャーロットは彼の腕に手を置いた。「すぐにわかるわ」

ふたりがワーシントトンのあとから部屋を出ようとすると、マートンがコンの目をとらえた。コンは肩をすくめ、マートンはうなずいた。

三人は広場を横切ってワーシントトン・ハウスに向かった。「どうしてきみたちはふたつの家で暮らすようになったんだい？」とコンがシャーロットに訊いた。

「スタンウッド・ハウスはチャーリーのものよ。グレースと結婚するまえは、マットは継母と妹たちとワーシントトン・ハウスに住んでいたわ。結婚したときに、グレースがみんなでスタンウッド・ハウスに住めばいいって提案したんだけど、マットは当主のチャーリーのものになるはずの部屋を使うことは考えもしなかったし、ほかには彼の体に合うベッドがなかったの。でも、ワーシントトン・ハウスはわたしたち全員で暮らすには小さすぎたし、ドッティも社交シーズンのあいだうちに泊まることになっていた」嘘だろう！　ひとつのタウンハウスに十一人の子供たちと継母ともうひとり若いご婦人が暮らすなど、コンには想像もできなかった。「うんと話し合ったんだけど、結局、マットとグレースがワーシントン・ハウスで寝て、ほかは彼の継母も含めてスタンウッド・ハウスで暮らすことになったわ。そのほうがあのふたりにも、あれだけの子供たちがまわりにいるよりも、ふたりきりになれる時間ができるから」それが、ワーシントンが言い出したことだったのはまちがいないだろう。「今、ワーシントン・ハウスは改装中なの。来シーズンは、チャーリーがこの家をマットの継母と彼女の新しい旦那様に貸すことになっているわ。それもふたりが結婚したときのとり決めのひとつよ」

「レディ・ワーシントンは誰と結婚したんだい？」

「ウォルヴァートン子爵様よ。ふたりは子供のころから愛し合っていたの。彼女がデビューしたときにどうしてふたりが結婚しなかったのかはわからないけど」

コンはシャーロットの言うあれこれをとりちがえないように、すべてに注意深く耳を傾けなければならないことに気づいた。「きみのところは複雑な家族なんだな」

「求めることがさまざまある大家族ってだけよ」ワーシントン・ハウスの石段をのぼりながら、シャーロットはコンに横目をくれた。「それってあなたにとって問題？」

コンは彼女をさらに引き寄せた。「まったく問題ないね。きみの家族には深い思い入れを持つようになったし、将来のぼくらの子供たちも、叔母や叔父やいとこたちと親密な間柄でいてほしいと思うよ」

コンの腕にもたれたシャーロットの体から力が抜けた。「よかった」

広間の右側にある応接間にはシャーロットが最初に足を踏み入れ、マットとコンがそれに続いた。彼女の眉が上がった。「この部屋の改装が終わっていたことも知らなかったわ」

応接間にはふたつのソファーがあった。そのあいだに低いテーブルが置かれている。ソファーのあいだの長いテーブルの端には籐《とう》の背のついた座面の幅の広い椅子が二脚置かれていた。黄色の地に小さなスミレ色の花と緑の葉が描かれたシルクが貼られた壁には、植物の絵が飾られている。明るいが心をおちつかせる色合いで、やはり明るい色の絨毯が床のほとんどを覆っていた。

居心地のいい部屋ではあるが、親しみには欠ける。友人や家族ではない人間が通される類いの部屋だ。

三人がはいっていくと、メリーヴィル夫妻にちがいない男女が立ち上がった。最新流行の上等な装いをしている。男性は背が高くしなやかな手足をしていた。髪は濃いブロンドだ。女性のほうはスーザンが年齢を重ねたような容姿だった。今はどちらの顔にも心配の皺が寄っている。

シャーロットがまえに進み出た。「メリーヴィルご夫妻ですか？」男性のほうが首を下げた。「わたしはレディ・シャーロット・カーペンターです」シャーロットはワーシントンを手で示した。「こちらはわたしの義兄《あに》のワーシントン伯爵と、婚約者のケニルワース侯爵です。ケニルワース様とはいっしょにスーザンを救い出しました」

34

メリーヴィル夫妻はそれぞれお辞儀をした。シャーロットは夫妻とは反対側のソファーにすわり、コンスタンティンはその横に、兄は椅子のひとつに腰を下ろした。

「うちの娘がどうしているかお訊きしてもいいですか？」メリーヴィル夫人が訊いた。赤くなった目を拭いていたハンカチをにぎりしめている。

「大丈夫、スーザンは無事で無傷です」シャーロットは女性を力づけようと笑みを向けた。

「自分の振る舞いについてとても率直に話してくれましたわ」

メリーヴィル夫人は息を吐いた。「あの子はちょっとおしゃべりがすぎると心配なんです」そう言って手に持ったハンカチをひねった。「わたし――わたしたちはあの子がこんなことをするなんて思ってもいなくて」

「常軌を逸してますよ」メリーヴィルが言った。夫妻のうちではあきらかに夫のほうが怒っていた。

「こんなことを言っても、お気持ちは楽にならないでしょうが――」コンスタンティンは少女の父親に向かって言った。「サー・レジナルドは筋金入りの放蕩者なんです。若い女性が太刀打ちできる相手じゃないと思います」

「彼女のお祖母様が最初は彼を受け入れたのに、やがてスーザンにちゃんと道理をわからせずに彼を拒絶したのもよくなかったようです」シャーロットが付け加えた。「結局、スーザンはそういう年ごろですから」

「とても魅力的になれる男ですから」とコンスタンティンは言った。「でも、莫大な借金を抱えていて、おそらくすでにご存じでしょうが、上流社会からははじき出されている」

シャーロットは少女の父が唇を引き結び、表情を険しくするのを見つめた。かわいそうなスーザンにとってよくない兆候だ。「娘さんのことは責められませんわ。バースにいるあいだ、彼女はお祖母様の用事を済ませるために自由に外出できていたんです。ひとりでも、若いメイド連れでも。バースはロンドンとはちがいますけど、それでも、若い女性がひとりで歩きまわるのに安全な町ではありません。サー・レジナルドがスーザンを見かけて、彼女のことを調べたとしても、意外ではありませんね。とても困っていたそうですから」

「バースに行ったのだとしたら、そうにちがいない」コンスタンティンは息をひそめて言った。シャーロットは目を天井に向けたくなる衝動を抑えた。

「あの子を私の母のもとへ送ったのは、孫娘の誰かをよこしてほしいと母に懇願されたからです」メリーヴィルが言った。「母の考えがそんなに甘いなんて思ってもいなかった。でも、われわれは自分が子供のころに親にされた以上に、子供たちには目を光らせているわけですから」

「お祖母様がもっとよくスーザンに目をかけてくださらなかったのは残念ですわ」シャーロットは夫婦に同情した。

「あの子はまだ十五にもなっていないんですよ！」メリーヴィル夫人が叫び、わっと泣き出した。夫は妻の肩に腕をまわした。「その男はどうしてそんなことができたんです？」

一瞬、シャーロットは、スーザンがまだ十五歳にもなっていないという夫人のことばに気をそらされたが、やがて、メリーヴィル夫人がじっさいに何を心配しているかを理解した。「ちょっとすみません。彼女が無事だと申し上げたのは、指一本触れられていないという意味で言ったんです」

女性はハンカチを目から下ろした。メリーヴィルはシャーロットをじっと見つめた。「ほんとうですか、レディ・シャーロット？」

「まちがいありません。彼女も彼を信じるなんて恐ろしいまちがいを犯したと理解していますわ」シャーロットは声をやわらげた。「たぶん、赦してもらいたいと心から思っているはずですわ」

「ひとつ提案してよければ」とマットが口をはさんだ。「ぼくは妹たちが外出する際には、少なくともひとり、経験豊富で年上の男の使用人を付き添わせるようにしています」

「メイドより役に立つのもたしかですわ」シャーロットが付け加えた。「とくに買い物のときには」

「サー・レジナルドから何か連絡はありましたか？」とコンスタンティンが訊いた。

「いいえ、まったく」メリーヴィル夫人は顔をしかめた。「ワーシントン様から手紙を受けとるまでは、娘がどこにいて、誰があの子を連れ去ったのかもまったくわかりませんでした」

彼女の夫の顎がぴくぴくと震え出した。「そのことには驚かないんですね」

コンスタンティンの目がメリーヴィルに向けられた。「スーザンの持参金はかなりの金額になるんですか？」

「父が事業をはじめたんです。私がそれを大きくし、うまくいっています。ただ、うちには娘が四人いるんです。長女は来年デビューする予定です。もちろん、上流社会にじゃありませんが、費用はだいぶかかります。それでも、娘たちの持参金はかなりのものとなります。それに、娘たちを貴族様に嫁がせたいとは思わないんですが、良縁に恵まれてほしいとは思っています」メリーヴィルは立ち上がった。「助けていただき、ありがとうございました。何がまちがっていたのかわかりました。二度と同じまちがいは犯しません」そう言ってマットに目を向けた。「男の使用人についての助言は実践してみます。娘を家に連れ帰りたいんですが」

「もちろんです」シャーロットも立ち上がった。「彼女は通り向こうのスタンウッド・ハウスにいますわ」

メリーヴィルはスーザンが呼びにやられるあいだ、玄関の間に留まっていることにした。

スーザンは両親をひと目見て泣き出した。両親はすぐさま娘を抱きしめ、力づけるような声で話しかけた。

コンスタンティンはシャーロットにおもしろがるような目を向けた。「ああするのが彼女にとっては一番だったな」

「そのようね」

シャーロットがコンスタンティンの手をとり、こっそりその場を去ろうとしたところで、メリーヴィルが近づいてきた。「スーザンを見つけて守ってくださったことでお礼を言っても言い切れませんよ。何か私にお返しできることがあれば、なんでもおっしゃってください」

「彼女の無事が一番の心配事でした」とシャーロットは答えた。「ご両親のもとに戻ることになってうれしいですわ」

メリーヴィルはお辞儀をし、妻と娘を連れて玄関から出ていった。扉が閉まると、玄関の間にはいってきたグレースにマットがぞっとした目を向けた。「きみが大げさに騒ぎ立てる女性じゃなくて、どれほどありがたいか、もう言ったかな？　ああやって泣かれると、ぼくは心が乱れるんだ」

「単に失神されるのとはちがってね」とマットの妻は答えた。結婚まえ、グレースはびっくりするとよく気を失っていたものだった。幸い、シャーロットやほかの弟妹が頻繁に切り傷やすり傷や骨折を負ったときに気を失うことはなかった。

「失神されるほうがずっといいよ。それもめずらしいことじゃないとわかってからは」マットはグレースの腰に腕をまわした。「結婚してからは一度も失神していないことに気づいたかい？」

グレースはしばらくそのことについて考えている顔になった。「きっとあなたの言うとおりね。でも、今は子供たちが自分のもとから引き離されるかもしれないという恐怖は感じずにいられるから」

「あのやりとりの陰には何か秘密があるね」コンスタンティンがシャーロットに耳打ちし、彼女の首のまわりに悦びの震えが走った。

応接間へと向かいながら、シャーロットは自分がまだコンスタンティンの手をとっていることに気づいた。「いつか知っていることを全部話してあげるわ。それでもまだ明かされていない秘密があるって気はするんだけど」


翌朝早く目覚めたコンは、シャーロットを驚かせようと決めた。彼女の隣で目覚めることはできないかもしれないが、いっしょに朝食をとることはできる。夫婦財産契約について彼女の義兄と話し合う約束があるのは言うまでもなく。

そのあとでいっしょにフェートンに乗ることもできる。ハイドパーク内でふたりきりになれる人気の少ない小道を見つければいい。

コンは呼び鈴のひもを引っ張った。少しして従者が現れた。

「おはようございます、ご気分はいかがですか、旦那様？」

「これ以上はないほどいいよ。朝食はレディ・シャーロットの家族といっしょにとるつもりだ」

魔法のように湯が現れ、思った以上にすばやく着替えが済み、コンは玄関の間へと向かっていた。使用人たちがこれほどに有能であることにどうしてこれまで気づかなかったのだ？

「旦那様」コンが玄関の間に行くと、執事のウェブスターが言った。「家政婦のミセス・ヘンリーが、レディ・シャーロットが近いうちに家を見にいらっしゃるかどうか知りたがっております」

それを聞いてコンは足を止めた。もちろん、シャーロットは家を見に来たいはずだ。女主人が変わる際のしきたりについては詳しく知らなかったので、助言を得なければならないのは明らかだ。問題は誰に助言を乞うかだ。母がとり仕切るべきなのか？「どこかの時点できっと見に来たいはずだ」自分の希望がかなうならば、それは結婚式のあとになるが。「レディ・シャーロットがいつミセス・ヘンリーに会いに来たいか、たしかめなきゃならないな」

「結構でございます、旦那様」執事は扉を開けた。「ご昼食にはお戻りになりますか？　料理人が知りたがっております」

コンは足を止めてウェブスターに鋭い目を向けた。「これまで料理人にいつ家で食事するか訊かれたことはないと思うが」

「ええ、旦那様。でも、これまではあまりご自宅でお過ごしになりませんでしたから」

それを聞いてコンは驚いた。しかし、執事の言うとおりだった。借りていた部屋からこの家に移ってからというもの、愛人が途切れることはなく、ほとんどの時間を彼女たちの家かクラブなどで過ごしてきたのだった。考えてみれば、シャーロットと出会ってから、過去四年を合わせた以上に家で過ごすことが増えていた。「昼食は家でとる。それから、母上に昼食をごいっしょしたいと伝えてくれ」

「ありがとうございます、旦那様」

結婚式が夏か秋のいつかではなく、必ず――来週に――行われると母に話すのに、昼食は願ってもない機会になるはずだ。それから、シャーロットが家政婦と会うのはいつがいいか、母に訊くこともできる。

コンは石段を降り、約十分後には大股でスタンウッド・ハウスへとはいっていた。彼の来訪が告げられても、玄関の間にいても聞こえる騒音は、ほんの一瞬途切れたかどうかだった。

「おはよう」コンは朝食の間にはいっていってシャーロットに歩み寄った。「少なくとも朝食はいっしょにとれるかと思ってね」

「来てくださってうれしいわ」シャーロットに晴れ晴れとした笑みを向けられ、コンは温かさに包まれた。

ワーシントンがうなずき、彼の妻は笑みを浮かべた。

フィリップが自分の席から勢いよく立った。「おはようございます。ぼくの席にすわってください。ぼくはもう食べ終わったので」

男の使用人が少年の皿を片づけ、席を作ってくれた。コンはサイドボードから皿に料理をとってくると、シャーロットの隣にすわった。「今日のきみの予定は?」

「夫婦財産契約についてふたりでマットと会ってからってこと?」

ふたりで? コンは彼女の義兄がすべてを処理するものと思っていたのだった。「ああ。

このあいだロンドンを離れるまえに、彼にぼくについての詳細は送っておいた」詳細を彼女に話そうとして、そこでことばを止めた。まだ弁護士から契約書を受けとっていなかった。あとでシャーロットと話す時間は充分あるだろう。

「マットがそう言っていたわ」彼女がお茶のカップを手渡してくれ、コンはトーストにジャムを塗った。「たぶん、ドッティとルイーザに用いたのと同じ契約になると思う。わたしについての詳細以外は」シャーロットはトーストを嚙んだ。コンはその咀嚼音すらも好ましいと思った。「わたしの個人的な財産は信託管理されるという条項が組みこまれることは知っておいてもらったほうがいいかもね」

コンは身動きを止めた。口へ持ち上げたカップが途中で止まった。「マートンとロスウェルがその条件に同意したと？」

彼女の目が躍り出した。「マートンは不満だったんだけど、どうしてもドッティと結婚したかったの。そしてそれが、マットが結婚に同意する唯一の条件だったわけ。当時マートンはあまり好かれていなかったのを理解してもらわないと。ロスウェルは多少金銭的な問題を抱えていたんだけど、そのほとんどは解決したわ。それで、ルイーザが自分の財産を保つだけじゃなく、それを公爵家のために用いてはならないって条件を付け加えるよう主張したの」

「それで、今度はぼくの番というわけか」コンはお茶をひと口飲み、もっと強いものであればと思った。

シャーロットの澄んだ青い目は揺らがなかった。「そう、今度はあなたの番」

彼の家系はつねに結婚を通して財産を得てきたが、コンはシャーロットの持参金については考えたこともなかった。カーペンター家の側にあれだけの数の弟妹がいることからして、彼女の持参金は見苦しくない程度だろうと思われた。それでも、心のなかの小さな声が、そうでもないのかもしれないぞとささやいていた。ワーシントンは賢い男だ。これまで思っていた以上に狡猾な人間である可能性も大きい。彼女の友人も姉妹も婚約者に出会ってからほんの数週間で結婚している。上流社会の基準から言ってもそれは早い。

つまり、夫婦財産契約が提示されるときには、恋に落ちた男がそれに異を唱えることはないということだ。異を唱えれば、自分が唯一必要とする女性を失う危険を冒すことになるのだから。「ぼくもその条項に反対したりはしないさ」

息を吐き出す音が聞こえた気がしたが、たしかではなかった。コンには、同意しなかったら、シャーロットが自分のものにはならないことが直感的にわかった。コンの人生において、彼女の存在は家族の財産を増やすよりも重要だ。

子供たちが部屋を出ていくと、朝食の間はじょじょに静かになった。すぐにもそこにいるのは、コンとシャーロット以外、テーブルの反対側の端で頭を寄せて静かに何か話しているマットとグレースだけとなった。

時計が九時を打ち、ワーシントンが椅子を押しやって立った。「十五分後に会おう」

コンはシャーロットに身を寄せた。「彼があんなに時間に厳しい人間とは知らなかったよ」

「今、とても忙しいから」ふんわりとした声だったが、その答えは何かをごまかそうとしているように聞こえた。なぜかはわからなかったが。「この家を閉めて、もうひとつの家の改装の計画を最終的に詰めなきゃならないの。みんなで田舎へ向かうまえに、することが山ほどあるのよ」

コンはたしかにそうだろうとは思ったが、自分が何か見落としているのではないかという気がしていた。

広場の向こうのワーシントン・ハウスでの面談は短く終わった。夫婦財産契約はすでにできあがった形でコンに提示された。シャーロットの持参金が思っていたよりもずっと金額が大きかったことを考えれば、契約がそれほどに公平でなかったら、かえって困惑していたかもしれない。契約のもっとも重要な部分は、跡継ぎが生まれるまえにコンの身に何かがあった場合にシャーロットの生活の安寧をどう守るかだった。

「これが契約に含まれるのは――」ワーシントンが説明した。「ぼく自身、将来の跡継ぎが、ぼくが望むほどに妻を世話してくれると信じきれないからだ。貧しい暮らしを余儀なくされている未亡人のことをあまりに多く耳にするからね」

コンも同様の話を聞いたことはあった。そうした女性たちのなかには、パトロンを持つ人もいたが、彼女の家族がそれを許すわけはないとしても、シャーロットにはそうなってほしくなかった。そして、跡継ぎがいないまま自分が死んだ場合に侯爵の爵位を継ぐ親戚は、ほとんど知らない人間だ。コンはワーシントンが持つペンをとって書類にサインをした。

コンスタンティンが帰るとすぐに、グレースが街用の馬車を用意させた。「マダム・リゼットは行ったらすぐに対応してくださるそうよ。すでに花嫁衣裳を注文していてどんなにうれしいか、ことばでは言えないぐらいだわ」

上流社会にシャーロットがほんとうに婚約したと納得させるための買い物が、結果としてすばらしい判断となった。「ルイーザは間に合ってここへ来られると思う?」

「たぶん、大丈夫」グレースは肩をすくめた。「今にわかるわ」

シャーロットとグレースはそれからの三時間を、マダム・リゼットの店で最後の試着に費やした。ふたりはシャーロットが必要とするほかの品々を書いた紙を手に店をあとにした。

買い物を終え、姉とともにシャーロットがお茶を飲みに朝の間にはいっていくと、そこにはマットと子供たちだけでなく、コンスタンティンとその母親ともうひとり同じ緑の目をしたご婦人がいて、双子とマデリンと話をしていた。

「シャーロット」コンスタンティンは三歩の大股で彼女のそばに寄った。「ぼくの姉のアニスが到着したんで、母がきみに会わせたいと言ってね」コンスタンティンは人生は思いどおりにならないといったあきらめの顔をしていた。シャーロットは笑いたくなるのを必死でこらえた。「来ると言うのをどう止めていいかわからなかったんだ」

「あなたのお姉様は仲良くしてくださりそうだわ」シャーロットは彼の手をとった。「ご紹介くださいな」

ケンドリック卿夫人アニスに会ってまもなく、シャーロットは彼女が新たな義姉になることに喜びを感じた。

「あなたが何か用事がおありなら――」シャーロットはコンスタンティンに言った。「あなたのお母様とお姉様はうちの馬車でお帰りになればいいわ」

「ええ、そうよ」レディ・ケニルワースも同意した。「用事を済ませに行って」

コンスタンティンが部屋を出て扉が閉まり、廊下を玄関へと向かう足音が聞こえてくるやいなや、アニスが言った。「母に聞いたんですけど、弟に内緒で結婚式を計画しているんですってね。なんてすてきな計画なの。それを秘密にしておくのはもちろんだけど、何かお手伝いできることがあったら、言ってくださらなければならないわ」

「コンスタンティンを忙しくさせておいてくれるよう、うちの親戚のマートンに頼んだんですけど、何かあるにちがいないと推測を巡らす暇がないだけ彼を忙しくさせておいていただけたら、すばらしいわ」シャーロットは鼻に皺を寄せた。「ときどき、彼が疑っているような気がするんです」

「ふうん、ちょっと考えさせて」アニスの唇の端が持ち上がった。「母を忙しくさせておくのはずっと簡単なのよ。買い物に行くと言えばいいだけだから。でも、たぶん、何か思いつけるわ」

シャーロットもそれを期待した。婚約者と時間を過ごすのは大好きだったが、結婚式の計画を立てなければならず、それにはあまり時間がなかった。

35

翌朝、コンスタンティンは、また朝食をシャーロットとその家族といっしょにとった。彼の家の家政婦と会うことについて話し合ったのだったが、コンスタンティンが知らないうちに、結婚式のあとまで待つことになっていた。

「このままきみといっしょに過ごしたいんだが――」コンスタンティンは時計を見て顔をしかめた。「マートンが書きつけを送ってきて、タッターソールズで売りに出されると噂に聞いた馬について助言がほしいと頼んできたんだ」

シャーロットは力になろうとしてくれている親戚に感謝の祈りをささげた。「いいのよ。あなたは馬を見るほうがずっとたのしいでしょうから。わたしのためにそろいの馬が見つからないか見てきてくれてもいいわ。マットがルイーザとわたしにそろいの馬を買ってくれたんだけど、その馬たちのことはマットが手元に起きたいんじゃないかと思うの」

コンスタンティンの表情が晴れた。「それはすばらしい考えだ」

朝食を終えるとすぐにシャーロットとグレースはストッキングなどの必要な品々の買い物を終えるためにボンド街のバザールへ出かけた。

シャーロットがお茶に間に合うように家に戻ると、ルイーザが夫のロスウェルとともに戻ってきていた。

ルイーザはシャーロットを脇に引き寄せて興奮しつつも声をひそめて言った。「受けとった手紙には、結婚式は秘密で、ギディオンにも言っちゃいけないって書いてたけど」

「結婚式自体は秘密じゃないわ。日取りだけよ」シャーロットは説明した。「マットとチャーリー以外、殿方に教えたら、秘密をもらしてしまうんじゃないかと心配だったの。子供たちも知らないわ。マートンは親切にも、コンスタンティンを忙しくさせておいてくれている」

「シャーロット、何もかも話して」ルイーザがささやいた。「何があったの？　一カ月まえにはケニルワース様のこと、知りもしなかったじゃない」

「全部説明するわ。でも、ここじゃだめよ」シャーロットは部屋を見まわした。「夕食まえに若いご婦人たちの居間に来て」

ルイーザは目をむきたいというような顔になった。「細かいことまで全部話してよ」

「話すわ。今はグレースと話をしなくちゃ」


タッターソールズで、コンは思った以上にたのしい時間を過ごした。マートンとはコンの馬車でいっしょに出かけたが、タッターソールズには学校時代の知り合いで、それ以降音信不通になっていた友人たちもいた。ハントリー伯爵とウィヴンリー子爵がコンに挨拶した。マーカス・イヴシャムも妻のお産がまもなくということでロンドンを離れていた。ラザフォードもそこにいたが、田舎に出発する準備をはじめていた。会話は馬の話に政治や家族の問題が差しはさまれた。ハントリーとウィヴンリーも結婚には消極的だったが、コンとちがって社交界から身を切り離そうとはしていなかった。

ぼくは何を考えていたのだろう。付き合う価値もなく、おもしろくもない男たちといっしょにいるために、友人たちを無視していたなど。

ワーシントンからは低俗な連中との付き合いについて警告を受けたのだった。今考えてみれば、自分はこれらの紳士たちといっしょに過ごす計画を立てようともしてこなかった。たとえば、ブルックスでいっしょに食事をしようとすらしなかった。

「レディ・シャーロットの馬車用のそろいの馬を探しているなら――」ウィヴンリーが糟毛の雌馬を検分しながら言った。「葦毛がいいだろうな」

「葦毛？」コンは彼女が座席の高いフェートンを操っているのを見たこともなかった。それでも、どうやら彼女が馬車を操る姿を見たことのない紳士は自分だけのようだった。

ウィヴンリーはうなずいた。「彼女の馬車は緑で、ワーシントンがそのために買った葦毛はまさにぴったりだったからな」

すぐに義兄になる男からその二頭の葦毛を買うべきかもしれない。彼はそろいのクリーヴランド・ベイを検分しているマートンのそばにゆっくりと歩み寄った。

「この二頭をどう思う？」とマートンが訊いた。

二頭は胸の深い馬だった。馬たちが脚を高く上げて歩くさまを見せるために馬丁が馬を連れてまわっている。「脚はすばらしいな」

「もちろんさ」マートンは、それがわからなくて訊いたと思うなど、おかしくなってしまったのかと言いたげな目をコンにくれた。「ぼくは色のことを訊いているんだ。ぼくの妻の馬車は赤で金の縁がついている」

マートンがそれほどに不安そうな表情をしていなければ、コンは笑っていたことだろう。

「たぶん、合うんじゃないかな」

コンはハントリーのところへ行った。「結婚が男におよぼす影響というのはこういうことかい？」

「きみにもすぐにわかるんじゃないのか」ハントリーは首を振った。「気の毒なのは、馬が馬車に完璧に合っているかどうかなど、レディ・マートンが気にも留めないということだな。しかし、彼が奥さんのために彼らしくないことをするのは悪くないな。ああいう姿を見るとは思ってもみなかったよ」

馬の話は今日の午後、いっしょにお茶を飲むときに、ワーシントンに持ちかけてみようとコンは思った。シャーロットが見映えを気にするようには思えないが、今いる馬たちにはきっと愛着があるはずだから。

馬の購入が済むと、彼らは昼食をとりにブルックスへ行った。

「レディ・シャーロットとは結婚の日取りをもう決めたのかい？」とハントリーが訊いた。

「まださ」それもワーシントンと話し合わなければならない問題だった。「特別結婚許可証をとりにドクターズ・コモンズへ行かなくちゃならない」

「じゃあ、〝シーズン終わりの朝食会〟のあとだな」ウィヴンリーが牛肉をもうひと口分切った。

シーズン終わりの朝食会？　どうしてその催しについてぼくは聞いていないんだ？　今はすべての招待状を受けとっているというのに。「それはいつだい？」

「明後日さ。ぼくがまちがっていなければ」ハントリーが目を上げてコンを見た。「きみも招待状を受けとっているはずだ」

「母が受けとっているのかもしれない」そして自分は最近あまり母とゆっくり話していない。姉が来て忙しくしているからだ。

「きっとそうだな」とマートン。「母上に訊いてみるといい」

シャーロットがこれまで何も言わなかったのはおかしなことだったが、もしかしたらふたりが田舎を駆けずりまわっているあいだに計画された催しなのかもしれなかった。「そうするよ」

お茶のときにシャーロットに訊いてみよう。招待されていなかったとしても、追い払われることはないはずだ。

「最近、ラッフィントンを見かけたかい？」その質問は隣のテーブルについていた紳士から発せられた。「彼には仔馬一頭の貸しがあるんだ」

「それが手にはいる可能性はないな」と別の男が応じた。「国を離れたって噂だ」

それもあたらずとも遠からずだとコンは胸の内でつぶやいた。悪人どもの処置がうまくいったことは喜ばしかった。

数時間後、コンは副執事によってスタンウッド・ハウスに招じ入れられた。「ご家族は朝の間でお茶を召し上がっています、侯爵様」

「ありがとう」シャーロットとはほんの数時間離れていただけだが、もう彼女に会いたくてたまらなかった。

しかし、朝の間に行ってみると、そこにいたのはワーシントンと、コンがロスウェルとして認識している紳士だけだった。子供たちの遊ぶ声が庭から聞こえてくる。「ご婦人たちも外に？」

ロスウェルが乾杯というようにグラスを掲げた。「ある意味そうだね。彼女たちは買い物に出かけている」その声から不満そうなのはわかった。「ここへ来て二十分も経たないうちに、ぼくらはうちの妻ときみの婚約者とグレースに置いていかれたんだ」

ロスウェルは金のことを心配しているのだろうかとコンは思った。「時間的に大した買い物はできないんじゃないかな。夕食まであと二時間しかないし、着替えもしたいだろうから」

「きみは彼女たちがどれほど機敏になれるか知らないらしいな」ワーシントンがぶつぶつと言った。

そしてコンのためにグラスに赤ワインを注いでくれた。

「そう考えてみれば」ロスウェルが自分のワインをあおって続けた。「ぼくが貴族院に加わるためにロンドンに来たときには、ぼくが戻ってくるまでのあいだにルイーザが厨房を改装して、部屋もいくつか内装を変えていた」そう言ってグラスのワインを見つめて眉根を寄せた。「二週間しか留守にしなかったのに。彼女がどうやってそれを成し遂げたのか、いまだにわからないよ」

「二日後に大きな朝食会を開くらしいな」

「グレースが田舎に戻るまえに何かしたいと言うんでね。妹たちとドッティのために舞踏会を計画していたんだが、結婚式ばかり続いて実現しなかったから」ワーシントンはワインをひと口飲んだ。「きみらの結婚式も近いときに、夜の催しは準備が大変すぎるということで意見が一致して、朝食会ということにしたんだ」ワーシントンは窓の外へ目をやり、子供たちの様子をしばらく眺めていた。「きみの招待状はきみの母上が持っているよ」

またも完璧に理にかなっていた。それでも、コンは何かを見落としているような気がしてならなかった。「朝食会をたのしみにしているよ。きみの催しとぼくらの結婚の宴を合体させられなかったのは残念だ」

ワーシントンはしばらく黙りこんでから答えた。「ああ、まったくだ」

「結婚と言えば、日取りを決めたい。それと、よければシャーロットが馬車に使っている二頭の葦毛を買いとりたいんだが」

「馬は手配できる。結婚式の日取りについては、まだ妻の答えを待っているところでね」

ちょうどそのとき、子供たちが朝の間に駆けこんできた。そのあとによりゆっくりした足取りでグレート・デーンたちが続いた。

ワーシントンはため息をついた。「子犬を産み落とすまえにデイジーのことは絶対に田舎に連れていかなくちゃならない」

子供たちがまわりを囲みはじめたが、ワーシントンは彼らに勉強室へ行くように命じた。

「ケニルワースを夕食に招待するつもりだ」

子供たちは誰がコンの隣にすわるか言い合い、たのしそうにおしゃべりしながら朝の間を出ていった。

ロスウェルが当惑した顔になった。「ぼくの席についてはどうなんだ？」

「ぼくは彼らにとってお気に入りの義兄なんだ」コンはにやにやせずにいられなかった。

「いったいきみは何をしたんだ？」と公爵は不満そうに言った。「最後に会ったときには、ぼくだって完璧に気に入られていたんだぞ」

自分が優位にあるとわかりコンは胸をふくらませた。「名前で呼んでいいって言ったのさ」

「あの子たちはぼくの地位をなんとも思っていないんだ」ロスウェルは鼻を鳴らした。「この家族のなかにいるときほど、自分が公爵だってことを実感できないときはないよ」

ワーシントンはグラスを掲げた。「そしてぼくはそのままでいさせるつもりでいる」

「きみも子供たちに〝ギッド〟と呼ぶのを許すべきだな」とコンは言った。ロスウェルは顔をしかめ、コンは噴き出しそうになるのをこらえて唇を引き結んだ。「そのほうが彼らも気に入るよ」

「たしかにそうだろうさ。そうだとしたら、きみのことはコニーと呼ばせてもいいな」

「それはだめだ」とコンは言い返した。「それはうちの姉のコーネリアの呼び名だからね」そのことは昔からありがたかった。「それだけじゃなく、バートンが——彼のことはきみも覚えているはずだ——コニーと呼ばれていた。みんなが混乱してしまうことになる」

「あまりくよくよしないほうがいい」ワーシントンがロスウェルのグラスにワインのお代わりを注いだ。「ドッティが侯爵の爵位などなんの役にも立たないと思っているとマートンもぼやいているよ」

コンは宿屋でマートンが似たようなことを言っていたのを思い出した。「ぼくは爵位よりもぼくという人間を望んでもらうほうがいいな」これまでそんなことは考えもしなかったのだが。

そして、爵位と富があるのに拒絶されるとは思ってもみなかったのだった。

翌日の午後、ルイーザとドッティとシャーロットは若いご婦人たちの居間に腰をおちつけ、シャーロットの結婚式について話し合っていた。

「花嫁衣装はできあがっているの？」とルイーザが訊いた。彼女は紙をとり出しており、その上で鉛筆を手に持っていた。

「最後の品まで届いているわ」シャーロットは驚いたが、マダム・リゼットは愚かな仕立屋ではなく、これから長年注文を受けることになるとわかっているのだろう。「メイが——というか、ウォーカーが——こうして話しているあいだも荷造りしているわ」

「新婚旅行はどこへ行くつもり？」ルイーザは眉根を寄せた。「じっさいに旅行をするの？」

「たぶん。行き先は大陸の状況次第だけど。まだ安全じゃなかったら、湖水地方へ行くわ。きれいだって話だから」

「結婚の宴は大丈夫」とドッティが指摘した。「リストに加えていいわよ」

ルイーザは紙に書いた。「特別許可証は？」

「マットが持っているわ」とシャーロットは答えた。

「結婚の贈り物は？」

「彼のためにエメラルドのネクタイピンを作らせたの。彼の目やわたしの指輪の色に合うものを」

ルイーザは唇をすぼめた。「彼からあなたへの贈り物がないわ」

「それはいいわ」シャーロットは肩をすくめた。「きっとあとで埋め合わせしてくれるから」

「わたしとしては、あなたがこれを秘密にできているのが驚きだわ」とドッティが言った。

「ドミニクは察しがついていたけど、誰にも言わないと約束してくれた。きっと少しばかりふざけてると思ってるわね」

「かわいそうなコンスタンティンはそれについてあまり考える時間もなかったわ」コンスタンティンを忙しくさせておくことにマートンが同意してくれたことはありがたかった。「あなたとルイーザがわたしとばかり過ごしているから、ロスウェルとマートンが彼と過ごすことになっているし」

「明日のこの時間にはあなたは結婚しているのよ」ルイーザがせわしなくまばたきした。「わたしが結婚したときには、最後に残されたあなたがさみしくなるんじゃないかと心配だったわ。あなたに愛する人が見つかってほんとうにうれしい」

シャーロットの目もうるんだが、彼女は泣くまいと決意していた。ここで泣いたら、みんなで泣くことになる。「わたしもよ」

ルイーザは手帳をバッグにしまって立ち上がった。「まだ一時間ほどあるから、その時間を使って買い物を終えたほうがいいわね」扉をノックする音がして、ルイーザはまた腰を下ろした。「うちの男性陣じゃないといいんだけど。わたしたち、やることが山ほどあるんだから」

「すぐにわかるわよ」とシャーロットは言った。「どうぞ」

「お嬢様」ロイストンが名刺を手渡してよこした。

知っている名前ではまったくなかった。「ご用件をおっしゃった？」

「いいえ」

買い物はあとまわしにしなくては。「いいわ。ここへお通しして」友人たちが彼女に目を向けた。「聞いたことのない名前のご婦人がわたしに会いたいんですって」

「悪い知らせじゃないといいんだけど」とルイーザがつぶやいた。

「きっとちがうわ」ドッティが身を乗り出して名刺を見た。「あやしいところのあるご婦人だったら、ロイストンが家のなかへ通すはずがないもの」

36

シャーロットが見るに二十代半ばの女性が居間に案内されてきた。青いシルクの散歩用ドレスに身を包み、明るい茶色の髪をしている。灰青色の目にはわずかに不安そうな色があった。

「レディ・ピアポントです」とロイストンが告げた。

シャーロットはまだロイストンから渡された名刺を持っていた。それを下ろして予期せぬ客を出迎えるためにまえに進み出た。「こんにちは。わたしはレディ・シャーロット・カーペンターです。こちらは――」彼女はルイーザを手振りで示した。「わたしの姉妹のロスウェル公爵夫人と親戚のマートン侯爵夫人です」

レディ・ピアポントはお辞儀をした。「お目に書かれて光栄です」

ルイーザとドッティは礼儀正しい笑みを浮かべ、首を下げた。「どうぞ、おすわりください」シャーロットはそう言ってドッティといっしょにすわっていた小さなソファーの隣の椅子を示した。「お茶をすぐに運ばせますわ」

「ありがとうございます」女性はシャーロットに目を向けた。「よければ、こうしてうかがった理由を単刀直入にご説明したいと思います。一週間ほどまえにリッチモンドであなたはわたしの母のレディ・リッチフィールドにお会いになりました」

ドッティとルイーザは背筋を伸ばした。女性のことばに全身を耳にしている。「こうしていらしたのはジェミーのことですか？」

「ええ」レディ・ピアポントはバッグを開いて小さな手帳をとり出した。「ムアリング家の人間はほぼ全員に痣があるんです。ほとんどの者にふたつ。わたしのきょうだいとわたしが子供を持ったときに、わたしはそれぞれの痣の絵を描いてみたんです」レディ・ピアポントは手帳の青いリボンをはさんであるページを開けてシャーロットに手渡した。「その男の子――ジェミーの痣がこれらのような形かどうかたしかめなければなりません」

ドッティはレディ・ピアポントの言っていることが信じられないというように首を振った。「でも、あなたのお母様は、ジェミーが思っていた子供ではあり得ないとお思いだったわ」

「ええ、その――」レディ・ピアポントは唇を引き結び、ため息をついた。「母はいつも、自分の判断はまちがいないと思っているんです。ただ、母がすべての痣をじかに見たことがないのはもちろん、わたしたちや孫たちの裸を見たことがあるのかどうかも、わたしはかなり疑わしいと思っています。わたしのきょうだいは八人いて、それぞれに少なくともひとり子供がいますから」シャーロットは絵を眺め、手帳をドッティに手渡した。「どうか、それをお持ちいただいて、痣と比べていただければ、ほんとうにありがたいのですが。長兄と話して、その子がムアリング家の一員かどうかたしかめなければならないということで意見が一致したんです」

シャーロットは呼び鈴のひものところへ行き、二度引っ張った。「わたしのメイドがすぐにまいります。同じものかどうか、メイドが確認できるはずです。ただ――」シャーロットは友の肩越しにもう一度絵を眺めた。「メイドが言っていた特徴と合っているようではありますが」

ウォーカーがやってきて、その後ろにお茶のトレイを持った男の使用人が続いた。トレイがふたつのソファーのあいだにある低いテーブルの上に置かれ、お茶のカップを配ったあとで、ウォーカーは背筋を伸ばした。「なんでしょう、お嬢様」

「これらはジェミーの痣に似ている？」

シャーロットは息を止めた。ほかの誰もが同じようにしているようだった。やがて、ウォーカーがうなずいた。「ええ。ほとんどこのとおりです」

シャーロットは息を吐き出した。「ああ、神様」

「これ以上はない結婚の贈り物ね」ドッティは目に涙をため、ルイーザはふたりを抱きしめた。「わたしがお茶を注ぐから、お話ししていて」

「いいえ、お茶が飲めるとは思えないわ」シャーロットはハンカチをとり出して目の端を拭いた。「レディ・ピアポント、ジェミーに会いたいですか？」

「ありがとう。ぜひ会いたいわ」彼女はそう言って、すぐさまわっと泣き出した。ルイーザが自分のハンカチを手渡した。「ありがとう、レディ・ロスウェル。わたし、どうしてしまったのかしら。ジェイムズが見つかるという希望をほとんどなくしてしまっていたので」

「あなたのお母様は受け入れてくださるかしら？」とシャーロットは訊いた。レディ・リッチフィールドがこの子はちがうと判断したときにはとても確信に満ちていた。

「ええ、もちろん。言う必要もないことですが、痣を確認するときにわたしをいっしょに連れていかなかったことで手ひどく非難しましたから」レディ・ピアポントは鼻をかんだ。

「でも、わたしの一番下の妹が出産したばかりで、母は待てなかったんです」彼女は涙まじりの笑い声をあげた。「いい教訓になったと思います」そう言って目をぬぐった。「いつ彼を家に連れて帰れます？」

「一度に少しずつ進めませんか？」とシャーロットは言った。

レディ・ピアポントはぽかんとした。

彼女を傷つけたくはなかったが、ジェミーが新しい家族をすんなり受け入れる気持ちにならなければならない。「わたしの結婚式が明日の朝なんです。あの子もそれには参加したいはずです」

「この結婚式のことは誰にもおっしゃらないで」とルイーザが言った。「わけがあって秘密なんです」

「お約束します」とレディ・ピアポントは言った。「わたしはあの子のことだけしか考えていないので」

「連れてきましょうか？」とウォーカーが訊いた。

「ええ、お願い」シャーロットはルイーザから手渡されたお茶のカップを持った。「あなたがあの子と話をすれば、もっといい考えが浮かぶはずですわ。あの子に両親とその他の家族について話してくださってもいいし」

「ええ、もちろん」女性はルイーザからお茶のカップとビスケットの皿を受けとった。

「知っておいてもらわなければならないんですけど」とドッティが言った。「シャーロットが彼を見つけたのは、いわゆる子供を手先とする犯罪組織でだったんです。そこでは幼い子供たちを泥棒とすべく訓練していました」

女性の手が、その母親がしたのと同じように喉元にあてられた。「どのぐらいのあいだ?」

「三カ月ほどです」シャーロットは喉が締めつけられる気がしてお茶を飲んだ。「今はうちの弟や妹たちといっしょに家庭教師から授業を受けていますが、覚えは早いようです」

シャーロットはジェミーの叔母をどうにか安心させたいと思った。家族に彼を拒絶されるわけにはいかない。「あの子はわたしが知っているなかでも一番心のきれいな子です」

「あ、ありがとう」レディ・ピアポントは声を詰まらせながら、目をハンカチでぬぐった。「あの子を救ってくださってありがとう。どれほど恐ろしいことだったか、想像もできないぐらいだわ」

扉をノックする音がして、ウォーカーがジェミーの手をとってはいってきた。彼は笑みを浮かべながらおしゃべりしている。メアリーとテオとフィリップもその後ろをついてきた。

「わたしの兄そっくりだわ」レディ・ピアポントは息を呑んだ。「ジェミー、こっちへ来てくれる?」

ジェミーはウォーカーに目を向け、ウォーカーはうなずいた。

ジェミーは若干不安そうにレディ・ピアポントのほうへゆっくりと進んだ。そばまで行くと、お辞儀をした。「こんにちは」

「あの女の人は誰？」テオがはっきり聞こえるささやき声で訊いた。ルイーザがテオをソファーのほうに引っ張り、シャーロットには聞こえない何かをささやいた。

レディ・ピアポントはジェミーのほうに手を伸ばしかけたが、そうしないほうがいいと思ったにちがいなく、その手を膝に置いた。「わたしはあなたの叔母のアメリア・ピアポントよ。ジェミーはジェイムズを縮めたものだと思うわ。あなたは行方知れずになったときには四歳だった。両親のことはまったく覚えていないの？」

ジェミーは首を振った。「覚えていません」

レディ・ピアポントはロケットをとり出して蓋を開けた。「この紳士と貴婦人があなたの両親よ。二年まえに亡くなったの。あなたはその年ごろのあなたのお父様にそっくりだわ」

ジェミーはロケットを手にとり、床にすわってじっとそれを見つめた。ようやく目を上げて叔母を見た。「ぼくを連れていくつもり？」

「いっしょに来てくれるなら」彼女はやさしく言った。「あなたには、ずっとあなたの面倒を見てくれる大家族がいるのよ」そう言ってバッグから小さな細密画をとり出した。「これはあなたのお父様が七歳ぐらいのときに描かれたものよ」

メアリーとテオとフィリップがジェミーのまわりに集まり、ジェミーと小さな細密画を見比べた。

「そっくりね」とメアリーが言った。

「ジェミーといっしょに暮らしたいなら」とテオが言った。「わたしたちと同じだけ、ジェミーのことを愛してくれなくちゃならないわ」

「そして彼にやさしくすると約束してくれなくちゃ」とフィリップが付け加えた。

レディ・ピアポントは胸で十字を切った。「どんなことがあっても、決して信頼を裏切らないわ。みんなで彼を愛し、誰も彼を傷つけないと約束します」

メアリーはジェミーの肩に手を置いた。「しばらくのあいだ、試してみたらいいと思うの」

「あなたが嫌だったら、わたしたちが迎えに行くから」テオが肩越しにルイーザに目を向けた。「そうでしょう？」

「ええ、そうよ、テオ」

扉が開き、コンスタンティン、マートン、ロスウェルが居間にはいってきた。部屋がまえより狭く思えた。

コンスタンティンはシャーロットに腕をまわし、それからレディ・ピアポントに目を向けた。「ジェミーの家族が見つかったと聞いたんだけど、どうなんだい？」

「あとでどういう成り行きか全部話してあげるけど、そうよ」シャーロットはささやいた。

「レディ・ピアポントはレディ・リッチフィールドの娘さんで、ジェミーの叔母様なの。彼の姓はムアリングよ。ジェミーのこと、伯母様や伯父様やいとこたちに合わせるために連れていきたいんですって」

コンスタンティンはしばらくジェミーをじっと見つめていた。「そう、ジェミーにはどこか見覚えがあるとまえから思っていたんだ。ぼくはジェイムズ・ムアリング卿と学校がいっしょだった」

「どうやら、その方はジェミーのお父様らしいわ」

メアリーがコンスタンティンの上着を引っ張った。「ジェミーのこと、家族に会わせるために連れていきたいんですって」

エチケットを思い出してシャーロットは言った。「レディ・ピアポント、わたしの婚約者のケニルワース侯爵を紹介させてくださいな。公爵夫人のとなりにいる紳士はわたしの義兄のロスウェル公爵で、もうひとりは親戚のマートン侯爵です」

ジェミーの叔母はお辞儀をし、紳士たちもお辞儀を返した。

「きみたちご婦人方が忙しいのはわかっているんだが――」とコンスタンティンは言った。「ぼくたちは今、手持ち無沙汰でね。ぼくたちがレディ・ピアポントとジェミーに同行して彼の家族に会ってみるのはどうかな？」マートンとロスウェルもうなずいた。「もちろん、きみたちさえよければだが」

シャーロットは、自分もジェミーが家族と会う場に居合わせたいと思ったが、コンスタンティンの言うとおりだった。あとまわしにするよりも早ければ早いほうがいい。そして、明日はふたりの結婚式なのだ。たとえそのことを彼が知らなくても。それに、ジェミーが嫌だと思うことを強制されていないとコンスタンティンならたしかめてくれるはずだ。

ドッティとルイーザに目を向けると、どちらもごくわずかにうなずいていた。「それはいい考えだわ」

「レディ・ピアポント、どうでしょう？」とコンスタンティンが訊いた。

「家族と会わせるのが容易になるようなことなら、何にしても異は唱えませんわ」そう言ってカップを下ろして立ち上がった。

「そうだとしたら」コンスタンティンはジェミーを床から抱き上げた。「行きましょう」

「ぼくらも行っていい？」とフィリップが訊いた。

一瞬、コンスタンティンはことばに詰まったが、やがて言った。「グレースとワーシントンがいいと言ったら、きみらも来ていい。きっとジェミーもきみらがいっしょにいたほうが気が楽になるだろう」

コンスタンティンはレディ・ピアポントのために扉を開け、ほかの面々もそのあとに続いた。

「ふうん」彼らが部屋を出て扉が閉まると、ルイーザが言った。「ケニルワース様は家族の一員になろうとしているようね」

「たしかにそうだわ」シャーロットは幸先いいとは言えなかった最初のころを思い出してひとり笑みを浮かべた。「わたしたちの夫は――わたしの場合はまもなく夫となる人だけど――みんな家族の一員になったわね」そう言ってドッティにからかうような目を向けた。

「マートンですらも」

「やめてよ。初めてロンドンに来たころに比べて、彼がものすごく変わったってルイーザですら言ってくれているんだから」とドッティが言い返した。

「ほんとうにそう」ルイーザは呼び鈴のところへ行ってひもを引っ張った。少ししてハルが部屋にはいってきてシャーロットに問いかけた。「ご用でしょうか？」

「シャンパンをお願い」とルイーザが言った。

「ただちに」

「お祝いをしなくちゃならないわ」ルイーザは部屋のなかの様子を脳裏に焼きつけようとするように見まわした。「考えてみれば、この居間をわたしたちのものと呼べるのもこれが最後かもしれない」

「ここでずいぶんと話し合ったわね」シャーロットが思いを巡らしながら言った。「今度はオーガスタの部屋になるんだわ」

「あの子が結婚するまで」とドッティも言った。「感傷的になるのはやめましょう。感謝すべきことがたくさんあるんだから。わたしについて言えば、わたしたちの夫と――」そう言ってシャーロットに笑みを向けた。「もうすぐ誰かさんの夫になる人が仲良くしていることがうれしくてたまらない」

「頻繁に訪ね合うようにしましょうよ」ルイーザが付け加えた。「わたしが訪問計画を作っておくわ」そう言って首を下げ、シャーロットが投げたクッションを避けて笑った。「誰かが記録しておかなくちゃならないもの」

扉が開き、ハルがシャンパンの瓶二本と四つのグラスを持って部屋にはいってくると、シャンパンの栓を抜き、グラスに注ぎ出した。「ミス・ターリーがこちらへ上がってらっしゃるところです」

「最初の印象とは裏腹に、いいお友達になったもうひとりね」とシャーロットは言った。

ドッティとマートンが婚約した晩、マートンと結婚するためにエリザベスが彼を罠にかけようとしたにちがいないと三人は考えたのだった。しかしその後、彼女とはとても親しい友人となった。

「エリザベス」シャーロットは部屋にはいってきた女性に挨拶し、頬にキスをした。「お元気なの？」

「元気よ。あなたにも同じことを訊いてもいいけど、まるで雲の上を歩いているみたいに見えるわ」

「そういう言い方もできるわね」じっさい、シャーロットがこれほどの幸せを感じたのは生まれて初めてだった。

ルイーザとドッティもエリザベスに挨拶すると、四人はシャンパンのグラスをまわし、ソファーに腰をおちつけた。

エリザベスはルイーザとドッティとシャーロットを見て目を輝かせた。「結婚するのは夏まで待つって言っていた計画はどうなったのかしらと思って」

シャーロットの頬に熱がのぼった。「家族と同じぐらいわたしも待てないことがわかったの」話題を変えようとして彼女は訊いた。「あなたには何か見こみはないの？　シーズンもまだあと数週間残っているわ」

「まえまえからある紳士に目をつけていたんだけど」エリザベスは用心深い口調で言った。「あなたが花嫁市場から姿を消したので、その人はわたしのほうに目を向けてくれているわ」

「ハリントン様？」数週間まえに言っていたことから、エリザベスは彼に関心があるのかもしれないと思ったのだった。「彼との結婚に同意するまえに、結婚に値する人かどうか試さなきゃだめよ。あの人はどこまでも自信過剰だから」

「ほんとうにそう思うわ。少なくとも、以前は。あなたが別の紳士と結婚すると知って、ずいぶんと打撃を受けたみたいよ」

「あなたの言うとおりだといいんだけど」シャーロットが思うに、ハリントンは何度か高慢の鼻をへし折ってやる必要があった。

しかし、彼がロンドンに留まっていたら、自分がコンスタンティンと出会うこともなく、こんなふうに天にものぼる幸せを感じることもなかっただろう。

エリザベスはさらに十五分ほど留まってから立ち上がった。「明日、朝食会でお会いしましょう。ちょっと寄ってお祝いを言いたかっただけなの」そう言ってシャーロットを抱きしめた。「あなたのためにこれ以上はないほどにうれしいわ」

それはシャーロットが感じていることでもあった。何もかもが完璧だった。

37

マートンとロスウェルとコンが居間へはいっていったときには、シャーロットとルイーザとドッティはもう一本シャンパンを頼もうかと考えているところだった。コンとロスウェルはそれぞれソファーのシャーロットとルイーザの横の腕置きに腰を下ろした。マートンはドッティの隣にすわった。

少しして、ハルがシャンパンとグラスを持って部屋にはいってきた。彼は最初の瓶の残りを女性たちのグラスに注ぎ、新しい瓶を開けると、今運んできたグラスにシャンパンを注いだ。

「何のお祝いだい？」とコンが訊いた。

「家族と友情に」

コンはシャーロットの手を持ち上げ、てのひらにキスをした。腕に引き入れたかったが、親しい面々のまえとはいえ、それは遠慮した。

「ジェミーと家族の顔合わせはどうだったの？」とシャーロットは訊いた。

「うまくいったよ」コンはシャンパンをひと口飲んだ。「祖母のレディ・リッチフィールドにも会ったんだが、まえにジェミーの痣を孫のではないと判断したことで少なからずうろたえていた。彼には何歳も年のちがわないいとこが大勢いるんだ」コンはグラスを下ろし、シャーロットと指をからめた。「当然ながら、テオとメアリーとフィリップは初め、ジェミーを守ろうと殺気立っていた。でも、彼らでも、ジェミーの家族がジェミーをうんと思いやってくれていることは認めていた」

「今ジェミーはどこに？」

「夕食に残ることにしたんだ」とコンは答えた。「そのあとはこっちへ戻ってきて、ぼくらの結婚式のあとまでいることになる。それも願わくはそれほど先のことじゃないといいんだが」

「それで、どういう計画になっているの？」シャーロットがコンとからめた指に力を加えた。

「きみも知ってのとおり、ワーシントンはぼくらの結婚式のあと、できるだけすぐに家族をスタンウッドに連れていくつもりだ」結婚のことを言いつづけていれば、日取りも決まるかもしれない。「ワーシントンはできるだけ早くそうするつもりなんだが、家族を移動させるのがそんなに簡単なことだと思うなら、準備をご自分でどうぞときみの姉上に言われたんだろうな」ジェミーのことを思い出してコンはまたわれに返った。「ジェミーはぼくらの結婚の宴のあとでムアリング家に行くことになる。必要とあれば、きみの家族が遠くないところにいると知った上で」

「それで、終わりよければすべてよしってこと？」とシャーロットが訊いた。

「そのようだね」コンは彼女の頭に軽くキスをした。「ジェミーはきみたちみんなを恋しく思うだろうが、幸せそうに見えたのはたしかだ。そうじゃなかったら、あそこに置いてこなかったよ。彼らと暮らすことになったら、毎週手紙を書くようにと命じられることになっている」

喜びの涙がシャーロットの目に浮かんだ。「あの子の家族が見つかって、ほんとうにうれしいわ」

「ぼくもさ、シャーロット。ぼくもだよ」コンはワーシントンに結婚式の日取りについて早々に同意させようと決意した。最後に訊いたときには、将来の義兄はセント・ジョージ教会の誰かと話をしなければならないと言っていた。

「ご婦人方がみんな泣きはじめるまえに、乾杯しよう」ロスウェルがそう言ってみんなのグラスにシャンパンを注いだ。「新たな家族ともっとも新入りの弟に」

「それと」マートンが立ち上がって言った。「家族がつねに親しくあるように」

みなグラスを掲げた。「乾杯」

「もうひとつお祝いすることがあるの」ルイーザが頬をバラ色に染めた。「ロスウェルとわたしに二月の末に赤ちゃんが生まれる予定なの」

「ああ、ルイーザ、それってすごいわ！」シャーロットは身を乗り出してルイーザを抱きしめた。

ドッティが急いで近くに来て、やはりルイーザを抱きしめた。男性たちはロスウェルの背中をたたいて祝福した。

コンはシャーロットに腕をまわしてささやいた。「次はぼくらだ」

彼女は今ももしかしたら彼の子を宿しているかもしれなかった。コンには、どうして彼女の義兄が妻を説得して日取りを決めさせようとしないのか、まったく理解できなかった。

コンは翌朝早く目覚めた。最近はそれが習慣になりつつある。昨晩、ワーシントン家のテーブルはマートン夫妻とロスウェル夫妻の席を作るために引き延ばされたのだった。話題のほとんどは、ジェミーと、子供たち全員が参加を許された翌日のパーティーについてだった。その興奮は部屋全体にみなぎっており、コンは子供たちがベッドへ行くのを拒むのではないかと思った。しかし、それはまちがっていた。単にパーティーに参加させないぞと脅しただけで、みなおとなしく部屋へ引きとった。

シャーロットとは数分ふたりで話ができたが、みな翌朝早く起きなければならなかったので、九時すぎにはお開きとなった。それでも、成果のある晩ではあった。ワーシントンが今朝、結婚式の日取りを決めると約束してくれたのだ。

着替え室から物音がし、カニンガムが黒いシルクの膝丈ズボンを持ってやってきた。

「今朝は長ズボンを穿くつもりだったんだが」とコンは言った。

「朝食会にはいけません、旦那様」従者は驚いた顔になった。

「いや、それまでのあいださ。まだ何時間かある」

「ワーシントン様から伝言があり、八時半にいらしてほしいとのことでした」

おそらく、結婚式の日取りについてだ。シャーロットといつ結婚できるかを朝食会で発表できそうだ。「今は何時だ?」

「ちょうど七時です、旦那様。お風呂の準備はできております」

カニンガムが扉をノックする音に応えたときには、コンはクラバットを締めようとしていた。従者は小さなベルベットの袋を持って戻ってきた。「旦那様にです」

「ちょっと待ってくれ」コンは顎を引き、クラバットの皺が完璧であることをたしかめた。

「さあ、袋の中身を渡してくれ」

従者はたたんだ紙とネクタイピンをとり出した。

コンは紙を開いた。

愛する人へ
すぐに会いましょう。
愛をこめて
シャーロット

「これは旦那様がレディ・シャーロットに差し上げた指輪を思い出させます」

小さな真珠に囲まれた瑕ひとつないエメラルドがきらりとひかった。「たしかに。今日の朝食会が終わったら、ランデル・アンド・ブリッジの店へ行かなくちゃならない」

シャーロットを連れていって、いっしょに選んでもいい。

「旦那様のお姉様が朝食の間でお会いしたいとのことです」従者はコンが上着をはおるのに

手を貸した。「できました、旦那様」

朝食の間にはいっていくと、テーブルにはお茶のポットが用意されていた。部屋には、いつもの朝の装いではなく、外出用のドレスを着た姉のアニスがすでに来ていた。

「どこへ出かけるんだい？」コンはトーストを自分の皿にとって訊いた。薄く切ったハムと焼いた卵も皿に載せる。

「訪問よ」姉はカップを下ろした。「お母様がこれをあなたにって。シャーロットのために」姉は大きなベルベットの袋をコンに手渡した。「彼女が選んだ指輪とそろいのものよ」

コンはネックレスをとり出した。オパールとエメラルドが、シャーロットの指輪と同じ金の模様のなかにちりばめられている。「きっと気に入るよ。今朝、彼女がこのネクタイピンを送ってくれたんだ。これを彼女に送ってやればいいな。朝食会で着けてくれるかもしれない」

アニスは表情を隠すようにカップを持ち上げた。「それはいい考えね」

コンは急いで食べ終え、書斎に向かった。圧縮紙を一枚とり出すと、何かロマンティックなことを考えようとしたが、彼に詩才はなかった。

愛するシャーロット
これをきみに。愛をこめて。
すぐに会おう。
C

「ウェブスター、これをレディ・シャーロットに届けてくれ」

執事はお辞儀をし、コンは執事の唇の端が持ち上がったのを見た気がした。目の錯覚にちがいない。そんなことは想像しただけで驚きだったのだから。


シャーロットは青リンゴ色のシルクのドレスに着替えていた。メイドが髪に真珠のついたピンを差していると、扉が開いてメアリーとテオが駆け入ってきた。

「グレースからたった今、あなたが今朝結婚するんだって聞いたの。パーティーはそのためのものだって」ことばがメアリーの口からほとばり出た。テオには口をはさむ暇もなかった。

「どうして教えてくれなかったの？」

ふたりの手をとってシャーロットは幼い少女たちを引き寄せた。「コンスタンティンに内緒にしているからよ。彼は今朝結婚するって知らないの」

「マートンは知っているの？」テオが少し反発するように訊いた。

「知っているけど、コンスタンティンを忙しくさせておいてもらうためよ」シャーロットはテオが理解してくれるようにと祈った。「でも、ロスウェル様も、親戚のジェーンも、ヘクターも、ほかはほとんど誰も知らないわ。ドッティとルイーザには手伝ってもらう必要があったから教えなきゃならなかった。それと、レディ・ケンドリックと彼女のお母様も同じ理由で知っているわ」

「だったら、わたしは気を悪くしたりしないわ」メアリーはそっとシャーロットを抱きしめた。

「わたしもよ」テオはシャーロットの頰にキスをした。「きれいね。でも、わたしたち、何も贈り物を用意してないわ」

「そんなに急がないことにしましょう」グレースがピンクのバラに青いタロタネソウの花を添えた花束を持って部屋にはいってきた。「これ、どう思う?」

目を輝かせて少女たちはうなずいた。「これまで誰かにあげた花束のなかで一番よ」

「青い何かは用意できたわね」グレースはシャーロットに笑みを向けた。「マデリンと双子もちょっと心外に思ってるようよ」

まるで呼ばれたとでもいうように、三人の少女が部屋にはいってきた。それぞれが白地に刺繡を施したハンカチを持っている。「もっとあげられたのに」とアリスが言った。「まえもって言っておいてくれれば」

「きれいなハンカチね。ごめんなさい。でも、どうしてもコンスタンティンを驚かせたかったの」

「ほとんど誰も知らなかったのよ」とテオが言った。「ドッティとルイーザとグレースとマートンとマットだけ」

「それと、コンスタンティンのお母様とお姉様。秘密を守るには彼女たちにも力を貸してもらわないといけなかったから」とメアリーが付け加えた。

「赦してあげるわ」と年上の少女たちは声をそろえて言った。

「お嬢様」ウォーカーが扉のところから呼びかけてきた。「お嬢様にこれが届きました」

シャーロットはドレッシング・テーブルの上に袋を置き、これまで見たこともないほどに美しいネックレスをとり出した。それをドレッシング・テーブルの上に置くと、書きつけを呼んだ。「コンスタンティンからだわ。彼が気づいたんだと思う？」

「まさか」とグレースが答えた。「アニスが指輪とそろいのネックレスがあることを思い出して、今朝彼に渡したのよ」

「遅くなったかしら？」ドッティが部屋にはいってきた。「結婚式に必要な四つのもののうち、新しいハンカチと青い花束と古いネックレスがそろったわね。借り物はわたしの蝶々のピンにすればいいわ」

「わたしからはイヤリングを貸すわ」ルイーザがエメラルドとオパールのイヤリングをシャーロットの手に置いた。

「ふたりともありがとう」目からあふれそうな涙をこらえながら、シャーロットは友たちを抱きしめた。「これで完璧よ」

「わたしのこと忘れないで」オーガスタが急いで寝室にはいってきて、シャーロットにオパールのブレスレットを手渡した。「エメラルドのついたのを買ってもいいってグレースは言ってくれたんだけど、もっと頻繁に身に着けられるもののほうがいいかと思って」

「そこまで考えてくれるなんて」シャーロットは妹の頬にキスをした。「頻繁に着けるわ」

「シャー」チャーリーが開いた扉をノックした。「もう出かける時間だ。ぼくらが正面から出かけられるように、マットがケニルワースを書斎に通した」

「今度も歩いていくの？」とメアリーが訊いた。

「いいえ、メアリー」とグレースが答えた。「コンスタンティンにあなたたちを見られたくないから。彼が最後に教会に到着するのよ」

「つまり、今は彼以外のみんなが知っているってこと？」とテオが訊いた。

シャーロットはうなずいた。「そうよ」


一行が教会に到着すると、ワーシントン家の結婚式をすべてとり行っている若き司祭のミスター・ピーターソンは顔に笑みを浮かべた。

彼はシャーロットに挨拶した。「レディ・シャーロット、新郎に内緒の結婚式を新婦が計画するなんて、聞いたこともありませんが、あなたの兄上から、その紳士は喜んであなたと結婚するつもりだと聞いています」

「花婿はこの何日か、義兄を説得して日取りを決めようとしていましたわ」

「そういうことでしたら」ミスター・ピーターソンは忍び笑いをもらした。「ワーシントン様が花婿を連れてくるということでしたが、どなたが花嫁のエスコートを？」

「ぼくがします」チャーリーがシャーロットの横に立った。

「弟のスタンウッド伯爵です」

ミスター・ピーターソンは教会のなかを見まわした。「ほかのごきょうだいも参列予定ですか？」

「ええ」ドッティの横に立っているルイーザが言った。「みんなわたしたちの夫たちといっしょに来ます」

アニスが母といっしょにはいってきて会衆席にすわり、小さく手を振った。

少女たちが席に腰をおちつけたところで、ウォルターとフィリップとジェミーとロスウェルとマートンが到着した。

少年たちは満面の笑みだった。「御者に馬車で連れてきてもらわなくちゃならなかったんだ」とウォルターが言った。

「花婿に内緒の結婚式なんて聞いたこともないよ」ロスウェルがルイーザのところへ歩み寄った。「それに、きみは全部知っていたわけだし」

ドッティはマートンの肘に手をたくしこんだ。「秘密を守るのに力を貸してくれてありがとう」

「家族のためならどんなことでも」マートンは首をかがめて妻の頬にキスをした。

「旦那様たちがお着きです」ハルが教会の横の扉から呼びかけてきた。

子供たちが席につき、ドッティとルイーザはチャーリーとともにシャーロットの横に立った。マートンとロスウェルが反対側のコンスタンティンが立つ予定の場所のそばに立つ。

シャーロットは義兄といっしょに歩いてくるコンスタンティンの目をとらえた。「彼ってハンサムじゃない？」

「小鳥でも住んでいるかのように胸がはためいている？」とドッティが訊いた。

「わたしは呼吸がむずかしかったわ。息を奪われてしまったような感じだった」とルイーザが言った。

「そんな感じ以上よ」コンスタンティンの顔に笑みが広がるのを見てシャーロットの笑みも深まった。

ようやくそばまで来た彼は彼女の手をとった。「完全に度肝を抜かれたよ。でも、そう考えてみれば、たまに両方の家族があやしげな態度をとることもあったな」

「幸せ？」シャーロットはどうしてそんなことを訊いたのか、自分でもわからなかった。コンスタンティンの目を見れば、知りたいことはすべてわかったからだ。

「疑うのかい？」

「いいえ、まったく」シャーロットは司祭に目を向けた。「準備ができました」

誓いのことばは最近あまりに頻繁に耳にしてきた。それでも、自分がそれを口にするのを聞くと、驚きを感じるほどだった。〝妻を敬い……〟と誓いのことばを述べたコンスタンティンのまなざしが熱を帯びるのを見て、シャーロットは噴き出したくなった。

司祭がふたりを夫婦であると告げると、コンスタンティンは祭壇のまえでシャーロットにキスをしてみんなを驚かせた。「やっとだ」

「ええ」とシャーロットもささやいた。「やっと」

振り返って帰ろうとするコンスタンティンをシャーロットは脇に引っ張った。「登録簿にサインしなくちゃ」

「ぼくも忘れそうになったよ」とロスウェルが言った。

「花嫁とふたりきりになりたくてたまらないからだろうな」とマートンが付け加えた。

「それが終わったら」コンスタンティンが言った。「シーズン終わりの結婚の宴に出席しなくては。新婚旅行も計画してあるのかい？」

シャーロットは目をみはった。「もちろん、してないわ。それはあまりに先走りすぎているもの」

コンスタンティンは忍び笑いをもらした。「湖水地方はどうだい？　この時期、きれいだと聞いたよ」

「なんてすてきな提案なの」シャーロットは噴き出しそうになっているドッティに笑わないでよというような目を向けた。

「きみが同意してくれてうれしいよ。ウィンダミア湖のそばにきれいな小さな家を持ってもいい。最小限の使用人とともにね」

シャーロットは彼になまめかしい笑みを向けた。「それはさらにすてきね」

エピローグ

八カ月後

シャーロットは改装したばかりのコンの書斎にぶらぶらとはいっていって、彼の机のまえに置かれた二脚の革張りの椅子のひとつに腰を下ろした。子を宿して重そうな腹をしているのに、彼女がどうしてこれほどに優美に動けるのかコンには見当もつかなかった。

「あなた宛てによ」そう言って妻は手紙を差し出した。「フランスから」

フランスにいる知り合いはかつて愛人だったエーメだけだ。まさか彼女から頼りがあるとは思ってもみなかった。「開けてくれ」

封印を丁寧に破り、シャーロットは机の上に紙を広げた。そして声に出して読んだ。「わが友《モナミ》へ」そこで目を上げて彼を見た。「彼女、あなたのことをいつもモナミと呼んでいたの？」

「ああ」今考えてみれば、呼び方としてはかなり奇妙だった。パトロンをもっと親しく呼ぶ愛人は多い。「それか、ケニルワースと」

「コンスタンティンとかコンと呼ぶことはなかったの？」シャーロットの顔には興味津々の表情が浮かんでいた。慎重にことばを選んだほうがいいのだろうかとコンは逡巡した。

「ああ。そこまで砕けた呼び方をされたことはないな。彼女がフランス人だからだろうとずっと思っていたが、彼女との最後の会話からして、それが彼女なりに距離を置くやり方だったんだろうと思うよ」

妻は理解したようにうなずき、手紙に戻った。「わたしのために開いてくださった口座を閉めてくださってかまいません。わたしは結婚し、もうあなたからの援助は必要なくなりました。信じていただきたいのですが、わたしは生まれて初めて感じるほどの幸せに包まれております。あなたも同じであるように祈ります。シャーロットは手紙をたたんだ。「彼女は幸せになってしかるべきだ」

「よかった」コンがそう言うと、シャーロットは手紙をたたんだ。「彼女は幸せになってしかるべきだ」

「そう、彼女もほかの大勢の女性たちも」シャーロットは手紙を彼のほうへすべらせようとした。「彼女がこれ以上あなたからの援助を受けないというのは驚き？」

コンはシャーロットの手に手を重ねてその動きを止めた。「いや。彼女はまだそれを以前の人生でしてきたことへの支払いとみなしているはずだ。これ以上援助を受けないどころか、どうにかしてすべての金を返そうとしてきたとしても驚きではないね」コンは重なり合った手を見てから妻に目を上げた。「この手紙は燃やすべきだな」

燃やして、灰にするのだ。エーメの過去の人生と同様に。コンは彼女と過去をつなぐものを何も残しておくつもりはなかった。

シャーロットは首を傾けてしばらく彼をじっと見つめていた。それから、ほとんどわからないほどにうなずくと、手紙を暖炉に持っていって火のなかへ投じた。少しして、椅子のほうへ戻ってきた。「彼女がお金を返してきたら、そのお金をどうするつもり?」

「きみの慈善事業に寄付するよ。その金はやはり困っている人を救うのに使うべきだ」コンは妻が向けてきた明るい笑みにひたった。自分がこれほどの幸せに恵まれるとは思ってもみなかった。

突然、シャーロットの表情が険しくなり、手が腹に行った。「痛みがだんだん強くなって間隔が近くなってきてる」

「え!」コンは重い革の椅子をひっくり返して飛び上がり、机をまわりこんで妻のもとへ駆け寄った。「陣痛かい?」早すぎる。予定日まであと何週間かあるはずだ。コンはシャーロットを椅子から立たせた。「ベッドにいなくちゃだめだ」それから手を伸ばして呼び鈴のひもを引っ張った。扉が開き、執事がお辞儀した。「産婆と医者を呼んでくれ」

「産婆は呼んであります、旦那様。何分かまえに来ております」

コンはシャーロットの体に腕を巻きつけ、体を支えながらゆっくりと廊下へ向かった。

「医者は?」

「別のお産に立ち会っているそうです、旦那様」ウェブスターは顔をしかめた。「できるだけ急いでこちらへ向かうとの伝言を送ってきました」

「コンスタンティン」シャーロットは笑いながら言った。「やめて。わたしは大丈夫よ。この子たちが出てくるまで、寝室に閉じこめられるのは嫌よ」

コンはしばし頭が真っ白になった。「この子たち?」

「ええ」シャーロットは夫に笑みを向けた。「ミセス・コナーがこのあいだ触診してくれたときに、赤ちゃんがふたりいるようだって言ってたの」シャーロットは夫の頬を軽くたたいた。「双子は少し早く生まれるのがふつうだけど、わたしは大丈夫よ。赤ちゃんもわたしも健康で、大いに動きまわってきたから」

「きみはベッドにいたほうがいいはずだ」コンは声に威厳を持たせようとしたが、じつは途方に暮れていた。人生でこれほどになすすべもない思いをしたのは初めてだった。

「弟や妹が生まれたときに、わたしは母の出産を見てきたわ。母はそのときが近づいたと確信するまでは寝室には行かずに歩きまわっていた」

執事はまだそこに留まっていたが、コンはどう反応していいかわからなかった。「で、でも――」

「最悪でも、赤ちゃんがわたしの寝室じゃなく、ほかの部屋で生まれるだけのことよ。手を貸してくれる気があるなら、いっしょに歩いて」

「きみがたしかだと言うなら」かわいそうな夫は武器もなく戦に直面した兵士のような声を出していた。

「たしかよ」シャーロットはゆっくりと扉のほうへ歩きはじめた。

グレースが息子のヴァイヴァーズ子爵ギディオンを産んですぐに、シャーロットに手紙をくれ、お産がどういうものかを説明してくれていた。ドッティからは、彼女が小さなレディ・ヴィヴィアンを産んでから一カ月後に手紙をもらい、ルイーザからはラングトン侯爵マシュウの誕生後に手紙をもらっていた。そのため、これまで出産経験はないものの、シャーロットは驚くほどに自信にあふれ、知識豊富だった。

姉の手紙がもっとも重要だった。グレースは双子とその下の子供たちが生まれたときに母の出産に立ち会っており、母がグレースを宿しているときの話を直接母から聞いていた。できるだけ長く歩き、何か軽いものを食べるようにという助言は、今まさにシャーロットが実践しようとしていることだった。産婆のコナー夫人もそれに賛成してくれたのは幸いだった。しかし、医者はまったく別の問題だった。この医者はシャーロットとことごとく考えが合わず、双子を宿しているという産婆の見立てにも異を唱えていた。執事が気を利かせて医者を呼んだりしなければよかったのにと思わずにいられなかった。

一時間ほどシャーロットがゆっくり歩いたり食べたりしていると、コンスタンティンも家のほかの者たちもすぐに彼女が何をしようとしているか気づいた。不安そうな表情の男の使用人が、料理人の用意した軽食を載せたトレイを手にそばをうろうろしている。トレイの上には、栄養たっぷりのスープと、地方の邸宅から届いた鶏肉やチーズや果物を添えた小さなトーストが載せられていた。

猫のコレットはシャーロットのそばを離れようとせず、スカートの近くにはいても、歩く邪魔はしなかった。

ときおり、コナー夫人が歩み寄って質問をし、経験豊富な手をシャーロットの腹にあてがってうなずいた。そうした触診が最初に行われたときから、コンスタンティンは、陣痛にシャーロットが声をあげるたびに時計に目をやり出した。

五時間が過ぎてから、産婆が宣言した。「そろそろだと思いますね」

階段を少しのぼったところで、シャーロットは力みたい衝動に駆られた。「ああ。急いで。赤ちゃんが出てきそう」

コンスタンティンが彼女を抱き上げ、臨月の彼女は重かったのに、猫ほどの重さもないかのように運んだ。

メイドのメイが寝室にいて、シャーロットの服を脱がせる準備が整っていた。コンスタンティンは部屋を出ようとした。

「行かないで」シャーロットは手を伸ばして夫の腕に触れた。「あなたにはそばにいてほしいの。父はいつも母のそばにいたわ」

彼はたくましい顔の筋肉をこわばらせつつも、うなずいた。「きみのいいように」

メイドたちが湯とリネンの布と銀のボウル一杯の氷のかけらを運んできた。

コナー夫人が部屋の隅からお産用の椅子を引っ張ってきた。そのあいだメイはすばやく服をはぎ、シャーロットをシュミーズ姿にしていた。

「旦那様」と産婆が言った。「奥様が椅子にすわるのに手を貸して差し上げてください」

コンスタンティンはシャーロットに問うような目を向けた。「グレースが送ってくれたの」とシャーロットは説明した。

椅子に腰を下ろすか下ろさないかで、また力みたい衝動が来た。

「さあ、奥様。どのぐらい進んでいるか見てみましょう」産婆は膝をついてシュミーズの裾を持ち上げた。「もう長くはかかりません。あと一度か二度力めば」

「いったいどういうこと？」先代のケニルワース侯爵夫人が部屋にはいってきた。「シャーロットはベッドにはいって。ケニルワース、ただちに部屋を出ていって。いったいどこに――」

「母さん、黙ってくれ。そうじゃなかったら、出ていくんだ」コンスタンティンは母が初めて聞くような命令口調で言った。

先代のレディ・ケニルワースは目をみはって口を閉じた。

シャーロットがまた彼の手をきつくにぎって力むと、コンスタンティンは顔をしかめた。最初の赤ちゃんが体からするりと出ていく感触があった。年上のメイドのひとりが濡れた布を持って急いでまえに進み出た。

「元気な男の子ですよ、奥様」とコナー夫人が告げた。「ほかはどうか見てみましょう」

少ししてふたり目が現れた。「女の子です。さあ、もう一度力んでください。そうしたら、きれいにしますから」

とても短く思えるあいだに、シャーロットは体を洗われて寝巻を着せられ、ベッドに入れられて赤ん坊たちに乳を与えていた。

コンスタンティンはシャーロットの額にそっとキスをすると、赤ん坊のひとりを抱き上げた。「もう二度と立ち会いたくないな」

「次はもっと楽なはずよ」シャーロットは疲れはてていたが、この上なく満足だった。「少なくとも、この子たち、見分けはつくわね。アリスとエレノアのときは足の裏に印をつけなきゃならなかったのよ」

「それに、あなたには跡継ぎができたわ、コンスタンティン」と母が言った。黙れと息子に言われてから初めて発したことばだった。「でも、理解できないんだけど、あの椅子は何？」

「お産用の椅子ですよ、奥様」と産婆が答えた。「お医者様は賛成なさらないんですけど、あれを使うと赤ちゃんを産むのがずっと楽になるんです」

「姉が送ってくれたんです」とシャーロットが付け加えた。「わたしのために作らせて。母が使っていた椅子はワーシントン・プレイスにあるので」

「お医者様はどうしたの？」明らかに当惑した表情でシャーロットの義理の母は訊いた。

「残念ながら、立ち会えませんでしたわ」シャーロットに言わせれば、永遠に来なくてよかった。きっと問題を引き起こしただろうから。「きっとわたしとコナー夫人と口論になっていたでしょうし」

「そう、わたしのときよりもずっと楽なお産だったのはたしかね」レディ・ケニルワースはシャーロットが抱いている赤ん坊に手を伸ばした。「乳母はもう雇ったの？」

「いいえ。医者がよこした乳母はエールのにおいがしたので、雇わないことにしたんです」

コンスタンティンは赤ん坊にキスをし、シャーロットを抱きしめた。「どうしてもまたこれをするというなら、医者は呼ばないことにしよう。医者がいると、きみにとってこれがもっと辛いものになるというならなおさらだ」

シャーロットはコンスタンティンを見上げた。彼が支えてくれ、いつでも妻の意見に耳を貸そうとしてくれることには絶えず驚かされるのだった。「わたしは世界一幸運な女だわ。愛してる」

「そしてぼくは世界一幸運な男さ。愛しているよ」

コナー夫人はお辞儀をした。「ご夫婦の営みは二カ月はなしですよ」

コンスタンティンは声を殺して毒づき、シャーロットは笑いを抑えられなかった。「ええ、ミセス・コナー。ご協力に感謝するわ」

著者あとがき

本書においても、わたしは摂政時代のイングランドのもっとも暗い部分に触れました。子供を手先に使う犯罪組織は実在しました――『オリバー・ツイスト』を思い出してください。捨てられて孤児になる子供たちも多かったのです。子供たちはまだ非常に幼いうちにそうした犯罪組織にとりこまれました。組織の親方は子供たちに衣食住を与え、掏りや空き巣など無数の犯罪のやり方を教えこみました。どうして子供たちを利用したのかって？　子供たちは狭いスペースにもぐりこんだり、鉄格子のあいだをすり抜けたり、煙突を降りたり、倉庫の窓を通り抜けたりできたからです。つかまっても、大人よりも縛り首になったり追放になったりすることも少なかったのです。

誘拐もめずらしいことではありませんでした。誘拐の理由は、財産狙いの結婚目的から身代金の要求まで多岐にわたりました。その結果が悲劇に終わることもよくありました。若い貴婦人が誘拐された場合は、誘拐や強姦の犯人と結婚させられることになりました。じっさい、アメリカでは、一九七〇年代まで、強姦犯は被害者と結婚すれば、罪を免れることができたのです。ここで述べているのは法廷強姦ではありません。誘拐犯とふたりきりで時間を過ごした摂政時代の女性がどれほど切迫した状況にあったか、想像できるはずです。未婚でいるだけで女性の評判に瑕がつく時代でした。

奇妙に思えるかもしれませんが、当時のイングランドには警察組織はありませんでした。ボウ・ストリート・ランナーズはロンドンの一画にかぎられた組織でした。地方都市や田舎のそれぞれの地域では、さまざまな行政官が責任を負っていました。彼らは煩わされるのを嫌い、犯罪が起こっても、できるかぎり別の管轄へとそれを移そうと画策しました。犯罪の訴追は被害者自身に負わされました。それはつまり、被害者が事務弁護士や法廷弁護士を雇わなければならないということでした。貴族の男女が罪を問われた場合は、貴族院でのみ裁くことができました。中流階級や貧しい人々の裁きはすみやかで過酷なもので、盗みはほぼなんであれ、縛り首が宣告される罪でした。運に恵まれれば、のちにオーストラリアとなる場所への流刑になりました。しかし、貴婦人がさらわれた場合、裁判になることは決してありませんでした。貴婦人の評判に瑕がついてしまうからです。そうした問題はつねに内密に処理されました。罪人に対する罰は死刑か強制追放で、罪を犯した人間が永久に国に戻らないことに同意させられることもありました。ミス・クローヴァリーがレディ・シャーロットとは異なる決まりや利害関係の対象として描かれていることに気づかれた方もいるかもしれません。それはつまり、良し悪しにかかわらず、中流の女性が高貴な生まれの貴婦人とは異なる扱いを受けていたからです。

また、ほとんどの場合、本書ではマットをシャーロットの兄と呼び、ルイーザを姉妹としています。当時の法律では、グレースと結婚したマットが（『一夜かぎりの花嫁』）、シャーロットの兄となったからです。じっさい、男性が義理の姉妹と結婚するのは違法でした。そういう事実もあり、すべての子供たちが親密な関係を保っているため（絶えず義理の兄とか義理の妹とか書きつづけるのが退屈であるのは言うまでもなく）、彼らを姉妹《シスター》や兄弟《ブラザー》と呼ぶことにしました。念のために言っておきますが、今日ではなじみのある〝きょうだい《シブリング》〟ということばは一九〇三年まで兄弟姉妹という意味で使われることはありませんでした。

最後に、猫のシャルトリュー種について触れておきたいと思います。古いフランスの血統で、青い毛皮と黄色い目が特徴です。中世には毛皮と肉を求めて狩りの対象とされました（当時は非常に幅広い食文化があったのです）。わたしは長年にわたってシャルトリュー種の猫と暮らす運に恵まれ、彼らが旅好きであることは証言できます。これまで飼った猫のなかで、家に残されるよりはみずからキャリアに喜んではいる猫は、シャルトリュー種のラファエラだけでした。

本書において事実を正確に伝えていることには自信がありますが、わたしも人間ですので、おそらくまちがいもあるはずです。

何か疑問点がありましたら、わたしのウェブサイト www.ellaquinnauthor.com からご連絡ください。つねに喜んで質問にはお答えします。読者のみなさんからのご意見をたのしみにしております。

さて、次の本にとりかからなければ！

エラ・クイン

放蕩侯爵と不本意な花嫁
2024年9月17日　初版第一刷発行

著 ……………………………… エラ・クイン
訳 ……………………………… 高橋佳奈子
カバーデザイン ……………………… 小関加奈子
編集協力 …………………… アトリエ・ロマンス

発行 …………………………… 株式会社竹書房
〒102-0075 東京都千代田区三番町8-1
三番町東急ビル6F
email：info@takeshobo.co.jp
https://www.takeshobo.co.jp
印刷・製本 …………… TOPPANクロレ株式会社
